Anna Fischinger

Verwurzelt

Fantasyroman

Impressum

© 2025 Anna Fischinger
Erste Auflage

Lektorat: www.derletzteschliff.de
Covergestaltung: Jervy Bonifacio PDC
Kontakt: annafis@edu.aau.at
Verlag: BoD · Books on Demand GmbH, In de Tarpen 42, 22848 Norderstedt, bod@bod.de
Druck: Libri Plureos GmbH, Friedensallee 273, 22763 Hamburg

ISBN: 978-3-8448-0804-9

Für meine Mutter, die mir die Magie zwischen den Buchseiten zeigte.

Prolog

Das Kerzenlicht verwandelte die Gesichter der beiden Männer in teuflische Fratzen. Es warf ihre Schattenbilder an die Wand, die dort unruhig tanzten. Der Schatten des einen Mannes erschien unnatürlich groß, der des anderen Mannes war spindeldürr. Er wirkte wie eine Karikatur mit überlangen Gliedmaßen, die sich im Kerzenschein unnatürlich verbogen. Die Kerzen standen überall: In den Regalen, die an die Wand geschraubt waren und auf dem Tisch, der aussah wie ein Altar. Einige waren beinahe vollständig heruntergebrannt, andere frisch entzündet worden. Die beiden Prachtstücke standen links und rechts des Steinaltars. Sie steckten in goldenen Kerzenhaltern, die bis zur Hüfte des großen Mannes reichten, und spendeten ein besonders helles Licht.

Obwohl es nirgends ein Fenster gab, fuhr ein Windstoß in die Flammen und ließ das Feuer tanzen.

„Zeig es mir!" Die Stimme des großen Mannes klang tief und unheilvoll. Sie wurde von den Nischen in dem kleinen Raum aufgefangen und als Echo zurückgeworfen.

Zeig es mir, zeig es mir ...

Dieser Mann stand direkt vor dem Altar. Wie ein Priester hielt er seine Hände ausgebreitet und hatte die Augen geschlossen, als könnte er sich so besser konzentrieren. Über seinen Schultern hing ein schwarzer Umhang, der bis zum Boden reichte und dort bereits eine Menge Staub angesammelt hatte. Der andere Mann stand in respektvollem Abstand und starrte mit einer Mischung aus Faszination und Angst auf den Steinaltar. Dort lag ein Sack, dessen Öffnung nach oben gerichtet war. Sekundenlang hörte man nichts als das Wispern der immer gleichen Worte (*Zeig es mir, zeig es mir …*) und ein leises Zischen. Die Intensität nahm stetig zu, bis sich der Sack zu bewegen begann und etwas in der Öffnung erschien. Dann herrschte Totenstille. Ein weiterer Windstoß ließ die Flammen auflodern und das Etwas im Sack begann langsam hervorzugleiten. Es war eine Schlange, die sich beunruhigend schnell über den Steinaltar bewegte. Sie hatte hellgraue Schuppen und ein Zickzackband am Rücken. Das Horn auf der Schnauze verlieh ihr ein teuflisches Aussehen. Der Mann im Umhang öffnete seine Augen und gab ein lang gezogenes Säuseln von sich, das wie die Worte einer fremden Sprache klang. Die Schlange zog sich zusammen, hob den vorderen Teil ihres Körpers an und gab ein warnendes Zischen ab. Doch der Mann ließ sich nicht abbringen, senkte seine Hände etwas tiefer hinab und imitierte das Geräusch des Reptils. Wie ein Katapult schoss der Schlangenkörper nach vorne, um den Störenfried zu beißen. Doch mit einer raschen Bewegung packte der Mann das Reptil im Flug und hielt es fest.

„Zeig es mir!", säuselte er erneut, und die Schlange öffnete wie in Trance ihr Maul. Heraus stieg ein Lichtball, der das restliche Zimmer in eine schummrige Atmosphäre tauchte. Der Mann verzog das Gesicht zu einem dämonischen Grinsen und beobachtete, wie der Lichtball höher und höher stieg und schließlich in seinem weit geöffneten Mund verschwand.

„Das Amulett ist ganz in der Nähe", hauchte er und ließ das Reptil auf den Altar zurücksinken. Leblos blieb es dort liegen. „Jetzt müssen wir nur noch seine Gebieterin finden. Aber das ist mir nicht möglich. Das ist deine Aufgabe. Lass ein wenig deine Beziehungen spielen. Ich bin mir sicher, du kannst sie zurücklocken."

„Selina", flüsterte der andere. Seine Augen glänzten, als er nach einem Beil auf der Arbeitsfläche griff. „Ich werde dich finden!"

Kapitel 1

„Was für ein verdammtes Sauwetter!", fluchte Selina und zog sich die Kapuze tiefer ins Gesicht. Es half nichts, da sie bereits vollständig durchnässt war. Der Gehweg hatte sich in einen Bach verwandelt, der die Straße hinunterfloss und ihre Knöchel umspülte. Der Sturm hatte derart an dem Schirm in ihrer Hand gezerrt, dass sie ihn inzwischen als Gehstock verwendete. Er erzeugte ein leises *Tock Tock* auf dem Asphalt, das vom Prasseln des Regens übertönt wurde. Selinas Hand hielt einen Brief umklammert, den sie wenige Stunden zuvor wütend zusammengeknüllt hatte.

Es schien, als würde sie rückwärtsgehen, so stark war der Widerstand der Luft. Dabei war es gerade heute wichtig, dass sie schnell nach Hause kam. Auf jeden Fall schneller als Mike – sie musste vor ihm zu Hause sein! Selina biss die Zähne zusammen, um nicht unkontrolliert zu schlottern. Sie verfluchte sich, nicht die U-Bahn genommen zu haben. Bei Schichtende hatten die Wolken bereits schwer wie gefüllte Ballons im Himmel gehangen. Das Tageslicht hatte sich davongestohlen, als warte die Nacht auf ihren Auftritt. Der Wind hatte an Plakaten gezerrt und Kundschaften die Tür aus der Hand gerissen. Er hatte die Sitzgarnituren von der Eisdiele gegenüber auf die Straße fliegen lassen. Der Eisverkäufer war mit erhobenen Armen aus dem Geschäft gerannt und seinen Stühlen hinterhergeeilt. Als hätten sie vor ihrem Chef fliehen wollen, waren diese jedoch immer weiter und weiter davon gehüpft, bis er sie endlich hatte einfangen und zurücktragen können.

Sie hatte es also gewusst. Aber der Gedanke an überfüllte Waggons, mies gelaunte Menschen und Betonwände hatte ihr Brechreiz verursacht. Sie hob den Blick, spürte einen Platsch und löste angeekelt einen Flyer von ihrer Haut, den der Wind ihr ins Gesicht getrieben hatte. Werbung für einen Beautysalon. Desinteressiert gab sie das Blatt dem Sturm zurück, das sich drehend auf und ab hüpfte und kurz darauf an einer Autoscheibe kleben blieb. Selina blickte in die Ferne und erkannte ihr Wohnhaus. Sie war sich nicht sicher, ob sie darüber erleichtert war oder nicht. Nicht nach dem, was heute Morgen geschehen war.

Was, wenn Mike bereits hier war? Wollte sie ihm wirklich begegnen? Sollte sie sich nicht lieber in eine Bar setzen, einen Toast essen, zu viel Kaffee trinken und warten, bis das Unvermeidliche sich nicht länger hinauszögern ließ? Der Körper unter den nassen Klamotten traf die Entscheidung: Selina stapfte die Stufen nach oben. Sie hinterließ Wasserabdrücke im gesamten Treppenhaus. Obwohl sie sich nach der Wärme des Ortes sehnte, verharrte sie einige

Minuten davor. Mike war vor ihr nach Hause gekommen, was Selina an seinen Schuhen vor der Tür erkannte.

Selina hatte ihre Chefin bekniet, sie früher gehen zu lassen – damit sie Mike nicht über den Weg laufen musste. Anscheinend hatte er ähnlich gedacht. Sie hielt den Brief in der Hand – am Morgen hatte er im Postfach des Hotels gesteckt, in dem Selina arbeitete. Inzwischen war er so durchweicht, dass er vermutlich kaum noch lesbar war. Das hatte Selina auch nicht vor. Wütend und fassungslos hatte sie ihn zerknüllt, in den Papierkorb geworfen und ihn am Nachmittag wieder hervorgezogen. Es wäre befreiend, den Brief seinem Urheber an den Kopf zu werfen.

Sie hatte sich gut mit ihm gefühlt. Sie mochte die kleine Wohnung, die günstig war, im Vergleich zu dem, was man in Wien sonst bezahlte. Sie mochte ihr Bett, das sie im Abverkauf ergattert hatten und dessen Gestell genauso rot war wie der Bilderrahmen des Fotos an der Wand darüber. Sie mochte ihre Nachbarn – ebenfalls ein junges Pärchen, das erst vor vierzehn Tagen hier eingezogen war und mit dem sie sich auf Anhieb verstanden hatten. Sie hätten Freunde werden können. Und sie mochte die Entfernung, in der ihrer beider Arbeitsstätte lag. Endlich hatte sie gedacht, einen Ort gefunden zu haben, an dem sie sich wohlfühlte: Ein Zuhause. Mit jemandem darin, den sie mochte, vielleicht sogar liebte. Heute dann der Schock! Wütend klopfte sie an die Tür – auf der anderen Seite vernahm sie ein Schlurfen. Als er öffnete, starrten sie sich einen Moment an, dann drückte sie ihm den triefenden Brief vor die Brust.

„Du bist ein Feigling, weißt du das?"

„Ja vielleicht. Aber jetzt wissen wir, wo wir stehen."

Sie erinnerte sich an heute Morgen zurück, als eine Kollegin ihr den Brief zugesteckt hatte. Es war offensichtlich, dass er nicht den Postweg gegangen, sondern in den Briefkasten vor der Tür geworfen worden war. Als sie den Brief öffnete, war er ihr im ersten Augenblick wie ein Witz erschienen. Mike hatte ihr auf diesem Weg mitgeteilt, dass er sich in eine andere Frau verliebt hatte.

„Lass mich allein", forderte sie. „Ich packe meine Sachen."

Dass er das ohnehin vorhatte, war schwer zu übersehen. Trotzdem fühlte es sich gut an, den Idioten hinauszuwerfen. Mike war frisch rasiert, hatte die hellbraunen Haare mit dem ihm eigenen Schwung zur Seite geworfen. Selina hingegen sah mitleiderregend aus in ihren nassen Klamotten. Sie zwängte sich an ihm vorbei, schob ihn nach draußen und schlug die Tür zu. Sie verdrehte den Schlüssel und verharrte für einen Moment.

Wieder musste sie von vorne anfangen.

Sie rannte in das Schlafzimmer und wuchtete ihre Klamotten in den Koffer. Die Socken hatten sie gemeinsam in einer Schublade aufbewahrt, die Selina nun herauszog und am Boden ausleerte. Sie suchte ihre eigenen zwischen Mikes heraus und stieg über das Chaos hinweg. Eine Weile betrachtete sie das Bild über dem Bett; konnte ihr verliebtes Lächeln darauf allerdings nicht ertragen und griff nach einer Vase, die sie mit voller Wucht dagegen schleuderte. Mit Genugtuung beobachtete sie, wie das Glas splitterte und sich wie Tautropfen im Raum verteilte. Um sich keine Scherbe einzufangen, verließ sie das Zimmer vorsichtig auf Zehenspitzen. Außer ihren Klamotten gab es nicht viel, was sie hätte einpacken können. Keine Bilder von Freundinnen, keine Erinnerungen an ihr früheres Leben oder ihre Familie. Sie stand vor einem Neuanfang. Wie bereits dutzend Male zuvor.

Jemand klopfte an der Tür. Es konnte eigentlich nur Mike sein, der nie weggegangen war. Sie spielte mit dem Gedanken, ihn zu ignorieren und die Wohnung für sich zu beanspruchen. Aber die lief auf seinen Namen. Also atmete sie tief ein und riss die Tür auf.

„Was machst du noch hier?", blaffte sie.

Ein fremder Junge machte einen Schritt rückwärts und blickte sie fragend und eingeschüchtert an. Es war nicht Mike, der vor der Tür stand, sondern der Postbote. Der Junge schien kaum alt genug zu sein, um arbeiten zu dürfen. Das gelbe T-Shirt mit dem unverkennbaren Posthorn darauf war ihm mehrere Nummern zu groß.

„Ich. Ähm, ich … es tut mir leid. Sind Sie Selina Horst?", stammelte der Junge.

Selina nickte und nahm den Brief, den er ihr entgegenstreckte. Bevor sie sich für ihr Verhalten entschuldigen konnte, drehte sich der Junge um und rannte die Stufen hinab. Sie schlug die Tür wieder zu, setzte sich auf einen Stuhl und öffnete den Umschlag. Das Schriftstück war computergeschrieben. Wie immer, wenn sie einen Brief von unbekannter Herkunft entgegennahm, blickte sie zuerst auf die Signatur.

Frank, stand darunter.

Ihr wurde kalt – sie kannte nur einen Frank.

Vor zehn Jahren hatte sie ihn zuletzt gesehen. Wenn er es war – und wer sollte es sonst sein? –, wie hatte er sie finden können? Selina hatte alles dafür getan, um unentdeckt zu bleiben. Als sie vor zehn Jahren geflüchtet war, hatte sie unter falschem Namen gearbeitet und war so weit weggezogen, wie es für ein sechzehnjähriges Mädchen ohne Geld möglich gewesen war.

Sie steckte den Brief zurück in den Umschlag, ließ ihn in ihrer Jacke verschwinden und blickte sich ein letztes Mal in der Wohnung um. Sie war beunruhigt aufgrund des Schriftstückes, aber jetzt war nicht der Moment, es zu lesen. Zuerst musste sie einen Ort finden, an dem sie heute Nacht bleiben konnte. Das Problem war nur, dass sie keine Freunde hatte, die sie um Unterschlupf bitten konnte. Das war einer der Nachteile ihrer ständigen Ortswechsel. Der Vorteil war, dass sie viele Orte gesehen hatte und sich schwer aufspüren ließ – das hatte sie zumindest gedacht.

Am schwierigsten war es jedoch beim ersten Mal für sie gewesen. Doch sie hatte damals davonlaufen müssen, sonst wäre sie an ihrer Schuld erstickt. Als sie aus ihrem Elternhaus geflohen war, war sie noch ein Teenager gewesen. Es fiel ihr schwer, an diesen Tag zurückzudenken. Selina rang nach Luft, als sie sich an das Gesicht ihrer Mutter erinnerte. Sie konnte die Abscheu in ihrem Blick erneut sehen und spüren. Selina schüttelte sich und versuchte, an etwas anderes zu denken. Doch es gelang ihr nicht. Sie konnte sich dort am Bahnhof sitzen sehen, als 16-jährigen Teenager. Die Tasche zu ihren Füßen hatte sie eilig gepackt gehabt. Sie hatte nicht gewusst, wo sie hinwollte. Nur weg von diesem Ort! Und doch hatte sie gehofft, dass jemand auftauchen und sie aufhalten würde. Ihre Mutter oder Frank oder … irgendjemand würde kommen und sie zurück nach Hause holen, da war sie sich sicher gewesen. Doch niemand war gekommen. Auch nicht um

Mitternacht, als der letzte Zug für diese Nacht gekommen war. Sie hatte sich hineingesetzt und war an der Endstation ausgestiegen. Wien: Mehr Menschen, als sie je auf einem Fleck gesehen hatte. An diesem Tag hatte sie ein neues Leben begonnen. Kein einziges Mal hatte sie zurückdenken wollen. Am nächsten Morgen war sie umhergestreift und hatte um Arbeit gefragt. Es war nicht schwer gewesen, einen Job in einer Kneipe zu bekommen. Der Wirt hatte zugestimmt, dass sie unter falschem Namen arbeitete und sie ihr Geld jeden Sonntag nach Dienstschluss auf die Hand bekam. Als sie sich bei einem renommierten Restaurant beworben hatte, hatte sie sich jedoch ein Bankkonto einrichten und einen Ausweis vorzeigen müssen. Damals hatte das System sie erfasst.

Als sie die Wohnung verließ, spürte sie eine plötzliche Wehmut, ein Gefühl des Verlustes. Nicht wegen Mike, auch nicht wegen der Wohnung. Sondern weil sie gedacht hatte, endlich ein Zuhause gefunden zu haben. Sie ließ die Tür absichtlich unverschlossen und für Einbrecher einladend weit geöffnet. Es war nichts mehr darin, was man ihr hätte stehlen können.

Wind und Regen hatten nachgelassen, nur ein paar Tropfen fielen vom Himmel. Die Sonne leuchtete durch die Wolkendecke wie Scheinwerfer durch dichten Nebel. Sie zog den Koffer über den

Bürgersteig und blickte auf den Boden. Sie achtete nicht auf die Wasserlachen, durch die sie spazierte, und fand sich nach einer halben Stunde an dem Ort wieder, den sie kurz zuvor verlassen hatte. Das Hotel, in dem sie arbeitete, war verhältnismäßig klein. Die Gäste bezahlten einen hohen Preis für geräumige Zimmer, einen Wellnessbereich und für die Freundlichkeit des Personals. Im Empfangsbereich luden Sofastühle zum Verweilen und zum Schlürfen eines Cocktails mit Freunden ein. Eine Mauer trennte den Sitzbereich von der Rezeption und vermittelte den Gästen den Schein von Privatsphäre. Darin war ein Bildschirm eingelassen, der die Illusion eines Kaminfeuers hervorrief. Wer sich auf den Polstergarnituren direkt davor niederließ, konnte es leise knistern hören. Selina steuerte auf ihre Chefin zu, die hinter der Rezeption stand. Eine hochgewachsene Frau von vierzig Jahren, ohne Rundungen oder besondere Attraktivität. Das Lächeln, mit dem sie die vielen Gäste begrüßte, hatte längst nichts Natürliches mehr.

„Wie geht es Ihrem Ex-Freund?", fragte die Chefin.

„Er hat die Wohnung wieder für sich allein."

Sie nickte verständnisvoll. „Wir haben leider kein Personalzimmer mehr frei. Sie könnten heute Nacht auf dem Sofa im Aufenthaltsraum schlafen."

Selina blieb gerade noch Zeit, ein rasches

„Danke" zu stammeln, schon fragte ihre Chefin nach den Wünschen einer jungen Mutter, die einen Kinderwagen vor sich herschob. Erleichtert über die Unterkunft, auch wenn es nur für eine Nacht war, betrat sie den Raum. Kein Kollege war hier, den sie hätte vertreiben müssen. Zum Glück! Sie war viel zu neugierig, was in dem Brief stand. Sie wollte sich nicht mit Geplänkel aufhalten. Inzwischen war es Abend geworden. Ihre Hand griff von allein in die Tasche mit dem Schriftstück.

Liebe Selina, stand dort. Sie schluckte und verkrampfte ihre Hände derart stark, dass das Papier Wellen schlug und sie den Inhalt kaum noch entziffern konnte. Selina legte das Blatt auf das Sofa und strich es mit der Faust glatt.

Zuerst möchte ich dir sagen, wie froh ich bin, dich endlich gefunden zu haben. Ich habe lange nach dir suchen lassen. Ich hoffe wirklich, es geht dir gut. Ich respektiere, dass du in Ruhe gelassen werden möchtest. Es gibt aber einen traurigen Grund, warum ich nach dir suchen musste. Es tut mir sehr leid, aber deine Mutter ist vor einem halben Jahr verstorben. Es betrübt mich, es dir so mitteilen zu müssen. Aber du hast mir keine Wahl gelassen. Sie wollte, dass du das Haus bekommst. Mach damit, was du willst. Der Schlüssel liegt bei. Es tut mir leid, wie alles gelaufen ist.

Sie las den Inhalt mehrmals. Bis sie sich eingestehen musste, dass er sich nicht veränderte – wie sehr sie es auch wünschte. Ihre Mutter war tot?

Obwohl sie die letzten zehn Jahre versucht hatte, die Erinnerung an sie zu verdrängen, war sie ihr nie egal gewesen. Sie spürte ein Ziehen in der Brust, sprang auf, setzte sich auf die Sofakante. Das hier fühlte sich unwirklich an. Selina drehte das Kuvert um, der Schlüssel zu dem Haus ihrer Kindheit fiel ihr in den Schoß. Was sollte sie damit? Sie wollte nicht dorthin zurück. Nie mehr wieder. Schon gar nicht jetzt, wo die einzige Person nicht mehr lebte, für die sich eine Rückkehr gelohnt hätte. Sie könnte einen Makler beauftragen, das Haus zu verkaufen. Eine Entrümpelungs- und eine Putzfirma. Sie könnte ihr Leben hier weiterleben und so tun, als würde es ihrer Mutter gut gehen. Aber würde ihr das gelingen? Vielleicht würde sie es später bereuen, sich nicht verabschiedet zu haben. Ihre Chefin hatte gewiss keine Freude, wenn sie in der Hochsaison früher aufhörte, aber für einen Todesfall in der Familie musste sie Verständnis aufbringen. Und momentan gab es nichts, was sie hier hielt. Mit Mike war es vorbei, und sich auf die Schnelle eine Wohnung zu mieten, würde beinahe ihren ganzen Lohn auffressen. Entschlossen riss Selina ein Blatt Papier aus dem Block,

schrieb den Grund für ihren vorzeitigen Arbeitsab-
bruch darauf und drapierte es auf dem Sofa, auf dem
sie eigentlich hätte schlafen sollen. Sie hielt inne.
Sollte sie wirklich gehen? Wäre es nicht fair, zumindest bis zum Morgen zu warten und der Chefin per-
sönlich die Situation zu erklären? Eine Weile dachte
sie darüber nach. Dann stand sie auf und rollte ihren
Koffer aus dem Hotel.

Kapitel 2

Das Haus lag in einer gepflegten Vorstadtsiedlung. Jeder Besucher erkannte sofort, dass es nicht hierher gehörte. Die Siedlung war ein Ort, an dem wohlhabende Bürger die Vorzüge der nahen Stadt und die Ruhe des Landes genießen wollten. Es war ein Ort, an dem Aussehen wichtig war und die Nachbarn darüber wachten, dass man seine Gartenarbeiten ordentlich erledigte. Für den Beobachter war es ein Ort der Perfektion. Die Hecken waren zu jeder Jahreszeit gestutzt, der Rasen gemäht. Blütenköpfe wurden vor dem Verblühen ausrangiert. Jedes Haus mitsamt Grundstück sah sich als Teil eines kunstvollen Mosaiks. Und dieses Haus war der schwarze Fleck darin.

Die Nachbarin von gegenüber, Frau Karla Larsen, erzürnte sich jeden Morgen, wenn sie ihr Zuhause verließ, und jeden Nachmittag, wenn sie zurückkehrte, über den Anblick. Über ihrer Spüle in der Küche befand sich ein Fenster. Damit sie beim Abwaschen nicht zufällig auf die Scheußlichkeit blicken musste, hatte sie einen blickdichten Vorhang davorgehängt.

Zu der Zeit, als das Taxi mit Selina in die Siedlung einbog, kam Frau Larsen in der vier Kilometer entfernten Stadt ihrer Arbeit nach. Im Verlauf des Tages würde sich die Vorstadt mit Leben füllen, jetzt war es ruhig. Gepflegte Blumenbeete lächelten Selina aus den Nachbargärten entgegen. Nirgends lag unordentlich Spielzeug verstreut. Zwei Fußballtore in einem Garten und ein Spielplatz mit Rutsche und Schaukel in einem anderen zeugten von der Anwesenheit von Kindern. Die Schaukeln wippten sanft im Wind. Zwei Katzen balgten sich auf einer Grünfläche, fauchten sich an, die Haare aufgestellt. Es war dieses Grundstück, das Frau Larsen als Abscheulichkeit gebrandmarkt hatte und das in ihren Augen abgerissen gehörte.

In der Tat stach es zwischen den anderen hervor. Wie ein schwarzes Loch, eine Monstrosität zwischen Schönheiten, zog es alle Blicke auf sich. Es schien sich gegen das Bild der Vorstadtidylle wehren zu wollen und passte sich seiner Umgebung allzu deutlich nicht an. Genau dort blieb das Taxi stehen.

Selina war froh, das Auto verlassen zu können. Eine gefühlte Ewigkeit stand sie vor dem Haus ihrer Kindheit und betrachtete das einst stolz wirkende Gebäude. Früher hatte es auf sie ein Gefühl von Sicherheit und Zuhause ausgestrahlt. Jetzt wirkte es wild und verwahrlost wie ein ungeliebtes Haustier. Das Haus war in einem respektablen Zustand, auch wenn der Putz an einigen Stellen abblätterte, doch der Garten wirkte verwildert. Die einst prächtigen Rosenstöcke schienen mehr Gestrüpp zu produzieren als Blüten. Der Rasen wuchs hoch – er könnte als Kuhweide herhalten; der Geräteschuppen hatte unter sich selbst nachgegeben. Die Vorhänge des Hauses waren zugezogen, was jedem Betrachter signalisierte, unwillkommen zu sein. Genauso fühlte Selina sich. Das Haus nach zehn Jahren wiederzusehen, löste ein unwirkliches Gefühl in ihr aus. Als liefe man nach langer Zeit einem Bekannten über den Weg und erkannte an seinem Verfall, wie alt man selbst geworden war. Sie versuchte den Moment hinauszuzögern, in dem sie das Gartentor öffnen musste. Und doch wusste sie, dass es keinen Unterschied machte. Früher oder später würde sie diesen Schritt wagen müssen. Wollte sie das wirklich? Sie hatte Angst davor, die Tür aufzuschließen und ihrer Vergangenheit zu begegnen. Angst, dass sie sich dem stellen musste, wegen dem sie vor zehn Jahren geflüchtet war.

Sie trug gemütliche Klamotten, die man auswählte, wenn man sich abends auf dem Sofa zusammenrollen wollte oder eine lange Zugreise plante. Ihre Haut wirkte blass für Mitte August. Das hatte mehrere Gründe: Zum einen war sie mit heller Haut geboren worden und erntete jeden Sommer die Rechnung dafür, wenn sie sich nicht ordentlich eincremte, zum anderen hatte sie die jüngste Nachricht noch nicht verdaut. Sie gab sich einen Ruck, trat entschlossen auf das Tor zu, drückte die Klinke, schritt hindurch. Ohne nach links oder rechts zu schauen, steuerte sie die Haustür an. Sie folgte einem Weg, den sie aus ihrer Kindheit kannte. Früher war er von grauem Kiesel bedeckt gewesen – jetzt wuchs das Gras auch dort so hoch, dass sie nach den Steinchen hätte suchen müssen. Am Hauseingang angekommen, griff sie in ihre Hosentasche; fand nicht, wonach sie tastete, blickte zurück zur Straße. Der silberne Koffer mit den abgewetzten Kanten thronte dort und wartete. Selina hastete zurück, ergriff ihn und zerrte ihn über das hohe Gras, das sich in den Rädern verfing. Sie fluchte, warf den Behälter ungeduldig auf den Boden, öffnete den Reißverschluss. Auf der Hartschale stand ihr Name: Selina Horst. Gleich daneben hatte ein anderer, längerer Name gestanden, den sie durchgestrichen und einen Kastenwagen daraus gezeichnet hatte. Selina durchwühlte die Kleidungsstücke, zerrte ein Handykabel und eine Rolle Toilettenpapier hervor; überlegte kurz, ehe sie alles zurückstopfte und eine Tasche aus einem Seitenfach zog. Darin fand sie, wonach sie gesucht hatte, und hielt einen Schlüssel in die Höhe. Sie erhob sich rasch und schritt erneut auf die Haustür zu. Je näher sie dem Schloss kam, das sie entsperren wollte, umso kleiner wurden ihre Schritte. Sie atmete heftig, streckte zitternd die Hand aus. Sie wusste nicht, was sie dahinter erwartete. Zehn Jahre waren eine lange Zeit. Die Verschlussvorrichtung klickte, die Tür schwang mit einer Mischung aus Knarren und Quietschen nach innen auf.

Minutenlang stand Selina an der Schwelle und stierte in das Innere des Hauses. Es war dunkel darin, woran die zugezogenen Vorhänge und die Tücher auf den Möbelstücken nicht unbeteiligt waren. Sie trat vorsichtig ein. Als hätte sie Angst, sich an der Atmosphäre die Hände zu verbrennen.

Nicht so, als dürfte sie nicht hier sein. Mehr, als wollte sie es nicht. Sie ließ die Haustür offen stehen; Staubpartikel schwirrten durch den Raum. Drehten sich, dort, wo Selina die Luft in Bewegung versetzte. Niemand war hier. Erleichtert atmete Selina aus. Sie wusste nicht, was sie erwartet hatte. Bedächtig zog sie ein Tischtuch von einer hohen Vitrine, wodurch sie noch mehr Staub aufwirbelte. Durch das Glas blinzelte eine Ansammlung von Fotos und kleinen Basteleien nach draußen, die ohne Zweifel von Kinderhand entstanden waren. Gebannt starrte Selina auf eine Aufnahme, öffnete die Schranktür, nahm sie in die Hände. Ein wehmütiges Lächeln schlich sich in ihr Gesicht, als sie erst über die Züge der vierzigjährigen Frau strich, dann über den Körper des elfjährigen Mädchens.

„Ich vermisse euch", flüsterte sie, ehe sie das Bild rasch zurückstellte.

Sie konnte den Blick nicht von den Erinnerungen abwenden. Die Fotografien zeigten immer dieselben

Menschen: Ein Mädchen mit rabenschwarzen Zöpfen, deren Gesicht auf allen Aufnahmen strahlte. Das war Mellie, ihre kleine Schwester. Sie hatte dieselbe helle Haut wie Selina, die auf einigen Fotos neben ihr stand. Selina war als fünf Jahre älterer Teenager abgebildet und versuchte sich abwechselnd an einer lässigen Miene, einem charmanten Lächeln und einer Grimasse. Die dritte Person, die weniger häufig, aber immer noch oft vertreten war, war ihre Mutter. Die Ähnlichkeit mit Selina war kaum zu übersehen. Ihre Mutter schien kleiner und fülliger als Selina; ohne dick zu wirken. Der auffallendste Unterschied waren ihre Frisuren: Während Selina es bei ihrer Naturfarbe belassen hatte, schrie die Kurzhaarfrisur ihrer Mutter nach Aufmerksamkeit. Zu einem schwarzen Kleid trug sie eine blitzblaue Kette und farblich identische Haare. Auf einem Bild war sie mit einem Mann abgelichtet. Es war Frank. Selinas Stiefvater, der damals gewollt hatte, dass sie ihn Vater nannte. Nie und nimmer wäre ihr dieses Wort über die Lippen gekommen. Schließlich waren er und Mutter nur ein halbes Jahr zusammen gewesen, bevor Selina geflüchtet war. Und in diesem halben Jahr hatte er sich aufgespielt, als hätte er schon immer zur Familie gehört. Er hatte Selina gemaßregelt, wenn ihr Kleid zu kurz gewesen war und er hatte Mellie bei ihren Hausaufgaben über die Schulter geblickt. Er hatte all das gemacht, was ihr richtiger

Vater hätte machen sollen. Doch der war nicht da gewesen. Dafür hatten sie Frank gehasst!

Auf diesem Bild trug Frank ein schwarzes Hemd, seine Frisur saß perfekt. Neben Selinas Mutter wirkte er beinahe spießig. Sie hingegen hatte Haare mit roten, goldenen und grünen Sprenkeln darin und trug eine Bluse mit großen, bunten Blumen darauf. Sie erinnerte an einen exotischen Vogel, schien sich dessen bewusst und ihren extravaganten Auftritt zu genießen. Da Selina spürte, wie es ihr vor Kummer den Hals zuschnürte, wandte sie sich rasch ab und verbarg die Vitrine unter dem Tuch, damit sie die Bilder nicht länger ansehen musste. Sie trat zu einem der Fenster, schob die Vorhänge zur Seite und ließ Licht in den Raum fallen. Plötzlich war die düstere Stimmung verschwunden. Ein Lächeln schlich sich über ihr Gesicht. Dies war ihr Zuhause gewesen. Wie hatte sie dieses Haus und den Garten geliebt! Sie riss alle Fenster im Erdgeschoss auf und vertrieb die abgestandene Luft. Nacheinander entkleidete sie Möbelstücke. Im Ess- und Wohnzimmer kamen vier Stühle und ein massiver Holztisch zum Vorschein. Ein Fernseher von einer Marke, die nicht mehr produziert wurde. Ein graues Stoffsofa, das genügend Platz für eine Großfamilie bot. Den gesamten hinteren Teil der Wand bekleidete ein Bücherregal. Die Romane darin waren nach Autoren sortiert; das war ihrer Mutter wichtig gewesen.

Nur die Vitrine ließ Selina zugedeckt. Sie wollte die Personen darauf nicht erneut sehen. Es war furchtbar, zu wissen, dass sie alle verloren hatte, die sie geliebt hatte. Als sie alle anderen Möbel entblößt hatte, betrat sie die Putzkammer und tauchte mit einem Staubsauger in der Hand wieder auf. Kurz blieb sie im Vorraum stehen; warf einen zögerlichen Blick die Treppe hoch in den oberen Stock. Ein gewaltiges Spinnennetz prangte dort. Ihr Herz pochte stärker. Sie hatte Angst davor, dort hochgehen zu müssen. Angst vor dem, was sie dort finden würde. Rasch wandte sie sich ab, wischte systematisch Kästen ab, saugte Böden und Polstermöbel, wuchtete Tischtücher in die Waschmaschine. Später warf sie einen Blick in die Garage und war überrascht, als sie den alten Wagen ihrer Mutter sah. Sie fragte sich, ob er fahrtüchtig war oder Mutter ihn hatte stehen lassen, um den Schrottgebühren zu entgehen. Die Begutachtungsplakette war seit acht Jahren abgelaufen.

Am Abend klebte mehr Staub an ihr als am Fußboden. Sie wusste, dass es im oberen Stock ein Badezimmer gab. Ihre Haut und Haare schienen gräulich, sie lechzte nach einer Dusche. Zögernd setzte sie einen Fuß auf die Treppe. Früher oder später würde sie sich ihrer Vergangenheit stellen müssen. Ihr Herz klopfte laut und schnell. Vielleicht hatte ihre Mutter alle Erinnerungen weggeräumt. Sie rollte das Spinnennetz auf einem Besenstiel auf – danach sah er aus, wie eine Portion Zuckerwatte am Stöckchen. Ihre Augen kletterten die Stufen hinauf – vorsichtig, als setzte sie bereits Schritt für Schritt ihre Füße darauf. Der Staub dort lag zentimeterdick. Beim Gedanken daran musste sie niesen. Dort oben wartete das Schlafzimmer ihrer Mutter und Frank, ihr eigenes Jugendzimmer, Dusche und WC und … das Kinderzimmer von Mellie. Selina schluckte. Mit einer Mischung aus Sehnsucht und Furcht fokussierte sie das dunkle Loch am Ende der Treppe.

Früher oder später würde sie es angehen müssen. Früher bedeutete, sie könnte bald von hier weg und einen Makler kontaktieren. Sie schüttelte den Kopf. Rasch stolperte sie die wenigen Stufen hinunter, die sie erklommen hatte. Ihre Angst davor, dass die Erinnerungen sie einholten, war zu groß. Darum verzichtete sie auf die Dusche; rollte sich ohne Decke und Polster auf dem Sofa zusammen.

Als sie am Morgen erwachte, fühlte sie sich alles andere als ausgeruht. Kein Wunder! In dem Haus ihrer Kindheit hatte sie kaum ein Auge zugetan. Dennoch fuhr sie mit dem Putz fort. Sie hätte im ersten Stock weitermachen sollen. Stattdessen riss sie die Grasbüschel zwischen dem Kies heraus und tastete unter dem Haufen alten Holz, der der Geräteschuppen gewesen war, nach dem Rasenmäher. Sie kippte Benzin in den Tank, doch erinnerte sich nach mehreren missglückten Startversuchen, dass auch Treibstoff ein Ablaufdatum hatte. Wie lange stand das Haus schon leer? Wann waren Frank und ihre Mutter von hier weggezogen? Sie fand eine alte Sense, die sie nie jemanden hatte verwenden sehen – außer ihren Großvater, der sie ihnen vererbt hatte. Selina stellte sich breitbeinig hin und achtete verbissen darauf, sich nicht über den Haufen zu mähen. Nach den ersten Versuchen bekam sie ein Gefühl für das Werkzeug. Da es seit einem Jahrzehnt nicht geschärft worden war, drosch Selina mehr auf das Gras ein, als es zu schneiden. Dennoch ... Stunden später lag die Wiese kurz genug vor ihr, dass sie mit einem Rasenmäher anrücken konnte. Wenn sie Sprit gehabt hätte. Stattdessen stürzte sie sich auf die Rosenhecken. Obwohl sie ein Paar Handschuhe fand, waren bald ihre Arme und Oberschenkel zerkratzt und sie selbst völlig aus der Puste. Doch Selina dachte nicht daran, aufzuhören. Es hätte bedeutet, zurück in das Haus zu müssen und über die Räume im oberen Stock nachzudenken. Zehn Jahre lang hatte sie die Erinnerung an das, was geschehen war, verdrängt. Sie war von diesem Ort verschwunden, ohne zurückzublicken. Nicht auf ihre Mutter, nicht auf das Haus und nicht auf ihre Freunde. Jetzt hier zu sein, zwang sie, sich mit der Vergangenheit zu beschäftigen. Die Bilder auszugraben, die sie erfolgreich in ihrem Inneren versteckt hatte. Die Bilder von ihrer kleinen Schwester. Nicht einmal Mike hatte gewusst, dass sie kein Einzelkind war. Als ihre Nachbarn nach Hause kamen, schien das Stück Land zwischen den gepflegten Gärten nicht mehr so fehl am Platz wie am Tag zuvor. Die Nachbarin von gegenüber, Frau Larsen, erschien am Gartenzaun und winkte hektisch mit beiden Händen, bis Selina auf sie aufmerksam wurde.

„Endlich jemand, der hier Ordnung schafft", grüßte sie und zeigte auf den dilettantisch geschnittenen Rasen. „Sie wurden gewiss vom Bürgermeister geschickt. Ich ließ ihn bereits vor geraumer Zeit wissen, dass hier jemand aufräumen muss. Das ist ja kein Anblick. Ein Schandfleck ist das. So ein ungepflegtes Grundstück in einer solch exquisiten Gegend."

„Das Haus gehört jetzt mir", erwiderte Selina, kaum dass sie von den Rosenhecken aufsah. Sie verspürte wenig Lust, sich mit jemandem zu unterhalten.

„Ihnen? Auch gut. Dann hoffe ich sehr, dass Sie in Zukunft penibel darauf achten werden, dass es dem Ansehen dieser Siedlung gebührend Respekt zollt. Wenn Ihnen die Arbeit zu viel ist, kann ich Ihnen einen guten Gärtner vermitteln. Er arbeitet auch für die …"

Selina stand auf, warf der Frau einen gleichgültigen Blick zu und verschwand im Haus. Als die Tür hinter ihr in die Angel fiel, wurde ihr Augenpaar erneut von der Treppe angezogen, die nach oben führte. Sie spürte ein Kribbeln in der Magengegend. Die Stufen verloren sich im Nichts. Selina wusste genau, wohin sie reichten. Sie atmete ein und stockend wieder aus. Jetzt oder nie! Mit einem langen Besenstiel bewaffnet, um sich vor Monstern und Spinnentieren zu schützen, schlich sie die Treppe hinauf, als hätte sie Angst davor, jemanden zu wecken. Selina wusste, dass niemand da sein würde. Von den Menschen, die hier gewohnt hatten, waren nur noch Frank und sie am Leben. Sie betrat den darüberliegenden Flur und blieb unsicher stehen. Durfte sie das überhaupt? War es nicht unfair, in das Zimmer ihrer Schwester einzudringen und ihre Sachen zu durchstöbern?

Das war eine Ausrede!

Mellie würde ihr nichts davon je vorwerfen. Sie konnte es gar nicht mehr. Selina öffnete die Tür, die langsam quietschend aufschwang. Der Ton klang gespenstisch genug, dass sie von einer Gänsehaut überfallen wurde. Sie spürte Tränen in ihre Augen schießen, als sie in das Zimmer blickte. Es war penibel zusammengeräumt. Nicht von Mutters Hand, Mellie war ordentlich gewesen. Im Gegensatz zu ihr. Das Bett war gemacht, als würde Mellie gleich zur Tür reinspazieren. Auf dem Schreibtisch lag ein aufgeschlagenes Heft. Selina musste den Staub fortblasen, um lesen zu können, was darin stand. *12. Juni* hatte ihre Schwester in die linke Ecke geschrieben. Danach kamen mathematische Sachaufgaben. Fein säuberlich waren ihre Geburtstagsgeschenke dahinter aufgestapelt. Am 12. Juni vor 10 Jahren hatte ihre kleine Schwester ihren elften Geburtstag gefeiert, den letzten in ihrem ganzen Leben. Am nächsten Tag war sie tot gewesen. Selina ließ sich auf den Stuhl sinken und schlug verzweifelt die Hände vor ihr Gesicht.

„Es tut mir leid", flüsterte sie und betrachtete verzweifelt die neue Uhr, die nie getragen worden war. Das zierliche Armband mit dem Glückssymbol daran und den kleinen Zwerg aus Ton, der seinem Betrachter frech die Zunge herausstreckte. Das war ihr Geschenk an Mellie gewesen. Läppische zwei Euro hatte sie hergegeben. Mehr hatte sie für ihre Schwester nicht ausgeben wollen.

Das Geschenk ihres Vaters war nicht dabei.

Selina runzelte die Stirn, erinnerte sich an dieses Präsent zurück. Nach der Scheidung hatte ihr Vater sich von der Familie abgewandt und sich in fünf Jahren nur zweimal blicken lassen. Doch zu Mellies letztem Ehrentag war er plötzlich aufgetaucht und hatte ihr eine Kette geschenkt. Das war alles! Keine Erklärung, wo er die letzten fünf Jahre gewesen war. Keine Entschuldigung, dass er sich nicht um seine Töchter gekümmert hatte. Auch jetzt noch spürte

Selina Wut in sich aufsteigen, wenn sie an ihn und sein Verhalten dachte. Sie blickte sich in dem kleinen Zimmer um, konnte die Kette aber nirgends entdecken. Sie wollte Mellies Sachen nicht durchstöbern. Auch wenn sie sich nicht mehr wehren konnte, in ihre Privatsphäre wollte sie nicht eindringen.

***

Das Haus lag optimal. In fünf Minuten Fußmarsch erreichte Selina einen Supermarkt, einen Friseur, eine Kneipe und einen Hundesitter. In sieben Autominuten entgegengesetzter Richtung hatte sie am Vortag das Schild *Willkommen in Lahburg* passiert. Selina entschied sich für die Kneipe. Sie war nie zuvor im *goldenen Hund* eingekehrt. Sie öffnete die schwere Holztür. Ein Läuten ertönte – es erinnerte an das leise *Gling Gling Gling* einer Kuhglocke. Der Raum war nicht viel größer als das Wohnzimmer in ihrem Haus. Die Möbel stammten aus dem letzten Jahrhundert; massive Holztische, in die im Laufe der Zeit ein Dutzend Namen und Herzchen eingeritzt worden waren. An der Tischunterseite hatten Halbstarke ihre Kaugummis aufbewahrt, Pommes vom Vortag lagen am Boden verstreut. Fleischstücke gab es keine. Dafür sorgte der zottelige Hund, der still wie ein Teppich in einer Ecke lag. Selina bemerkte ihn erst, als er seine Augen öffnete, die wie

Schneebälle aus der Dunkelheit hervorstachen. Er betrachtete die Besucherin, seufzte laut und schloss die Augen wieder.

Obwohl eines der Fenster geöffnet war, lag der Geruch von Männerschweiß und altem Frittierfett in der Luft. Ein Duft, der ohne Zweifel aus dem Raum hinter dem Tresen kam. Die Tür war nur angelehnt und wurde in diesem Moment von innen aufgetreten. Der Wirt kam in den Raum. Er war so groß, dass er beinahe am Türrahmen streifte.

„Guten Tag", sagte er laut. Selina zuckte zusammen. „Setzen Sie sich, wohin Sie möchten."

Zwischen der dunklen Einrichtung wirkten die Stühle fehl am Platz. Sie waren aus einem helleren Holz und in einem anderen Stil gefertigt und wirkten so deplatziert wie Gummistiefel auf einem abendlichen Empfang. Durch die Fenster kam kaum Sonne in den Raum. Trotzdem konnte Selina den einzigen Gast in der Kneipe erkennen. Es war ein Mann, Anfang dreißig. Selina hätte ihn eher auf dem Sportplatz vermutet als an der Theke einer Bar. Unter dem eng sitzenden Shirt erkannte sie einen athletischen Körper. Er musterte sie eine Weile, hob den Bierkrug und prostete ihr zu.

„Ein Getränk für die blasse Lady", sagte er.

„Die *blasse Lady*", gab Selina bissig zurück, „hätte gern einen Toast und ein Mineralwasser."

Der Wirt nickte und verschwand durch die Tür.

„Nur Alkoholisches zählt", sagte der Mann und grinste.

„Ich habe niemanden gebeten, mich einzuladen." Selina drehte sich genervt um und setzte sich an einen der vier Tische. Möglichst so, dass sie dem Mann den Rücken zuwandte und ihn nicht ansehen musste. Sie wollte ihre Ruhe haben. Auf dem Tisch lag eine Zeitung von vorvorgestern. Da Selina sich seit der Rückkehr in ihr Elternhaus wie in ihrer eigenen kleinen Kapsel fühlte und von der Außenwelt nichts mitbekommen hatte, zog sie das Blatt zu sich heran. Vor vier Tagen hatte in der Stadt ein Wohnhaus gebrannt. Selina hätte gerne weitergelesen, doch sie vernahm das Schürfen des Barhockers über Holzboden. Der Mann schien ihr Desinteresse falsch zu deuten.

„Mir ist nicht nach Gesellschaft", informierte sie ihn kühl und hoffte, er würde den Wink mit dem Zaunpfahl verstehen. Das tat er nicht! Stattdessen setzte er sich auf den Stuhl ihr gegenüber, griff nach der Zeitung und schlug sie zu.

„Das ist alter Schinken", sagte er und verzog dabei seinen Mund zu einem schiefen Lächeln. Selina hätte ihn attraktiv gefunden, wäre er nicht derart dreist und unhöflich gewesen. Sie starrte ihn entrüstet an. War das sein Ernst?

„Otto, bring uns doch noch ein Bier und ein … Glas Weißwein", rief er dem Wirt zu.

„Ich will einfach meine Ruhe haben", wiederholte Selina mit zusammengebissenen Zähnen. Innerlich kochte sie vor Wut. Die Versuchung war groß, die Frustration der letzten Tage an diesem aufdringlichen Dorfproleten auszulassen.

Als Otto mit den Bestellungen kam, schob Selina den Wein von sich. Sie hasste Bevormundung und würde sich mit Sicherheit nicht zum Trinken drängen lassen!

„Sie wurden eingeladen", erklärte er mit Nachdruck und bewegte das Glas schwungvoll zurück. Er ließ es los, der Wein schlitterte weiter und verteilte sich über Selinas Shirt.

„Verdammt! Was soll das?" Verärgert stand sie auf, trat zur Theke, wo sie dem Wirt einen Geldschein hinknallte, griff sich die Flasche Mineralwasser und ihren bis dahin unberührten Toast, warf dem Mann noch einen vernichtenden Blick zu und verließ das Lokal.

***

Am Morgen nahm sie sich den oberen Stock vor. Mit Eimer und Putzlappen bewaffnet erklomm sie die Treppe und fand sich an dem Ort wieder, den sie zu meiden versucht hatte. Um es hinter sich zu bringen, öffnete sie das Schlafzimmer ihrer Mutter. Das Bettgestell und ein Kleiderschrank standen noch da;

alles Weitere hatte ihre Mutter mitgenommen. Ihr eigenes Zimmer lag vor ihr, wie sie es verlassen hatte. Angereichert mit einer dicken Schicht Staub bot es einem Dutzend Spinnen und anderen Krabbeltieren Heimat. Mehrlagige Spinnweben hingen von der Zimmerdecke. Durch den darauf abgelagerten Schmutz waren sie überdeutlich sichtbar. Selina schüttelte sich. Sie lief nach unten, holte den Staubsauger und saugte die Netze ab. Eines der Gebilde riss die anderen mit sich, die sich von der Decke lösten und sich wie ein Netz über Selina und das Zimmer ausbreiteten. Sie schrie auf, erstarrte für einen Moment, schlug um sich, um das Gefühl der krabbelnden Spinnentiere abzuschütteln, und rannte in das Badezimmer – nur um in der Duschwanne eine besonders fette Hausspinne vorzufinden. Selina war den Tränen des Ekels nahe. Sie zog ihren Schuh aus; schlug mehrmals auf die Spinne ein … bis sie definitiv tot war und als schwarzer Fleck am Boden klebte. Selina warf einen Blick in den Spiegel. Das Glas war gräulich, nur auf einem handballgroßen Stück in der Mitte erkannte sie ihren eigenen Körper: Ein bräunliches Spinnennetz zog sich darüber. Es krabbelte in ihren Haaren. Hysterisch hämmerte Selina darauf ein. Spürte gleichzeitig den Schmerz ihrer Schläge und das Kitzeln an der Kopfhaut. Sie stellte sich in die Dusche und drehte das Wasser auf. Heraus kam eine widerliche Kloake, die eine gefühlte

Unendlichkeit wie ein Gewehr um sich schoss. Selina war von heftigen Schüttelanfällen gepackt, mit denen sie versuchte, die Krabbeltiere loszuwerden. Endlich färbte sich das Wasser klar. Sie stellte sich unter den Wasserstrahl und spürte, wie Schmutz und Ungeziefer von ihr gespült wurden. Es dauerte jedoch noch eine ganze Weile, bis sie sich wirklich rein fühlte.

Tropfnass fiel ihr ein, dass sie kein Handtuch mitgenommen hatte. Wenn es im Schrank welche gab, moderten sie seit einem Jahrzehnt vor sich hin. Was war sie für ein Idiot?! Auf Zehenspitzen tappte Selina durch den Teppich aus Staub nach unten zu ihrem Koffer, trocknete sich ab und kleidete sich neu ein.

Ein *Tock Tock* an der Tür. Unsicher schlich sie darauf zu.

Wenn es Frank war? Wer sollte es sonst sein? Vielleicht neugierige Nachbarn, die den Neuankömmling unter die Lupe nehmen und aushorchen wollten. Vermutlich war es Frank – der beleidigt war, weil sie sich nicht bei ihm gemeldet hatte. Sie wollte ihn nicht sehen.

In ihrer Vorstellung war er nur ein halbes Jahr lang an der Seite ihrer Mutter gewesen. Für ihn waren es über zehn Jahre. Natürlich wollte er mit der Tochter der Frau sprechen, die er geliebt hatte. Und sollte sie das nicht auch wollen? Sie wusste nicht einmal, was mit ihrer Mutter passiert war. Aber sie würde kein Wort über die Vergangenheit verlieren ... das musste sie ihm klarmachen. Entschlossen straffte sie die Schultern und öffnete die Tür.

Überrascht starrte sie die Person auf der anderen Seite an und spürte ein schmerzhaftes Ziehen in ihrer Brust.

„Trudi?", fragte sie unsicher.

Obwohl sie sich verändert hatte, erkannte Selina sie sofort. Wie hätte sie ihre beste Freundin auch vergessen können? Sie hatten im Gymnasium Freundschaft geschlossen und von da an jede Minute zusammen verbracht. Bis Selina vor zehn Jahren davongelaufen war. Sich nicht bei ihrer besten Freundin zu melden, war ihr schwerer gefallen als alles andere. Wenn sie Gesprächsbedarf gehabt hatte, hatte sie an sie denken müssen. Wenn sie gelacht hatte, hatte sie sich nach ihr umgesehen. Unzählige Male hatte sie ihre Telefonnummer in ein Handy getippt – die einzige Nummer, die sie auswendig gekannt hatte. Sie wusste sie auch jetzt noch; als hätte sie sich in ihr Gedächtnis gebrannt. Jedes Mädchen, jede Frau, die sie im letzten Jahrzehnt kennengelernt hatte, hatte sie mit ihr verglichen. Doch es gab keinen Menschen auf der Welt, mit dem sie so hatte lachen können. Niemanden, der sie so gut kannte und dem sie alles hatte erzählen können, ohne sich schämen zu müssen.

Trudi war keine klassische Schönheit. Sie hatte breite Schultern, was sie größer wirken ließ, als sie in Wahrheit war. Ihre braunen Haare fielen wie ein Pelz hinab. Wenn sie den Fehler beging, sich zwei Tage nicht zu kämmen, brauchte sie eine Schere, um die Knoten darin zu lösen. Doch diese kleinen Makel machte sie wieder wett: Durch das Funkeln in ihren Augen, die gute Laune, die sie verbreitete, und ihr selbstbewusstes Auftreten.

„Selina? Was – was machst du hier?" Trudi stand wie festgewachsen vor der Haustür. „Ich dachte, deine Mutter wäre hier. Der Rasen ist gemäht."

Selina starrte sie sprachlos an. Einen Moment wusste sie nicht, wie sie reagieren sollte, dann übermannte sie die Freude. Wie hatte sie ihre beste Freundin in den Jahren vermisst! Unsicher übertrat sie die Türschwelle und nahm Trudi in den Arm. Es fühlte sich an wie früher, so vertraut. Sie spürte den Druck von Trudis Händen und schloss die Augen. Für einen Moment dachte sie an nichts anderes mehr, atmete den Duft ihres Parfums ein und spürte die weichen Locken an ihrer Wange.

„Ich bin so froh, dass du wieder da bist", flüsterte Trudi. „Du bist doch wieder da, oder?"

Selina schnürte es das Herz zu. Sie löste sich aus der Umarmung, trat einen Schritt zurück und schüttelte den Kopf. Sie liebte Trudi – über alles. Aber niemals würde sie wieder an diesem Ort wohnen können. „Nein. Ich bin hier, um mich zu verabschieden. Ich werde nicht herziehen."

Trudi ließ ihre Hand los, als hätte sie sich daran verbrannt. Als würde ihr die Berührung Schmerzen verursachen. „Hättest du mich besucht?", fragte sie, presste die Lippen aufeinander.

Selina blickte ihrer Freundin fest in die Augen. Sie konnte ihr nichts vormachen. Das hatte sie nie können. Trudi hatte sie besser gekannt als jeder andere. Wahrscheinlich besser als sie sich selbst. „Nein. Ich hätte dich nicht besucht."

Einen Moment starrten sie einander an. Selina erkannte, wie sehr sie Trudi verletzte. Sie streckte die Hand nach ihr aus. „Es tut mir leid. Komm mit rein, wir haben uns so viel zu erzählen."

Trudi schüttelte den Kopf, wich vor ihrer Hand zurück. „Du hast mich damals hier zurückgelassen, ohne dich zu verabschieden – ohne dich auch nur ein einziges Mal zu melden. Es gibt nichts, was wir beide zu bereden hätten." Sie drehte sich um und eilte den Weg zurück zur Straße. Selina blickte ihr hinterher. Sie wusste, was sie verloren hatte, als sie von hier verschwunden war. Ihre Familie, ihre Freunde, ihr Zuhause. Hier war sie glücklich gewesen. Sie hätte sich gerne bei Trudi gemeldet. Wie oft hatte sie eine Nachricht in ihr Handy getippt – doch sie war zu feige gewesen, sie abzuschicken. Sie hatte Angst davor gehabt, zu erfahren, was sie mit ihrer Flucht angerichtet hatte. Sie hatte Trudi doch nicht verletzen wollen. Niemals hatte sie ihre beste Freundin verletzen wollen! Und doch hatte sie sich nicht melden können. Trudi hätte ihr gesagt, dass sie zurückkommen sollte. Aber das hatte sie nicht gekonnt. All diese Menschen hier zu vergessen, war die einzige Möglichkeit gewesen, dass sie weiter atmen konnte, ohne an ihrer Schuld zu ersticken. Und doch hatte sie Trudi nie ganz vergessen können, wie sehr sie es auch versucht hatte.

Nach der Abfuhr war Selina entschlossen, den oberen Stock fertig zu putzen, um schnellstmöglich von diesem Ort verschwinden zu können. Sie stopfte den Inhalt ihres Zimmers in Müllsäcke, die sie vor die Tür stellte und abholen lassen würde. Es gab nichts, was sie behalten wollte. Selbst in die beiden Tagebücher unter der Matratze warf sie keinen Blick, und ihre alten Klamotten hätten nicht mehr gepasst. Das Wegwerfen der Schulsachen brachte ihr keine Befriedigung, wie sie als Teenager angenommen hatte. Die Schulbücher erzählten von verpassten Träumen. Über dem Schreibtisch hing eine Fotowand. Beinahe auf jedem Bild war Trudi abgebildet. Dazwischen lachte ihr das Gesicht des Jungen entgegen, in den sie verliebt gewesen war. Lorenz hatte er geheißen.

Für ihre Mutter musste es furchtbar gewesen sein, zwei Töchter zur gleichen Zeit zu verlieren.

Aber sie hatte nicht hierbleiben können. Nicht nach dem, was ihrer Schwester passiert war. Nicht nach dem, was sie getan hatte …

Kapitel 3

Das Haus war vom gröbsten Schmutz befreit. Ein letztes Mal durchschritt Selina ihr Elternhaus. Sie stieg die Stufen in den Keller hinab und blieb vor der Eisentür stehen. Als Kind war sie nur ein Mal hier unten gewesen. Sie hatte ihren Vater begleitet, um Kartoffeln nach oben in die Küche zu tragen. Diesen Ort hatte sie stets gemieden. Damals hatte sie ihn gruselig gefunden, und auch jetzt schlug ihr Herz schneller, als sie nach dem Eisengriff fasste. Die Tür rührte sich nicht. Selina ruckelte daran, stemmte sich mit ihrem gesamten Gewicht dagegen. Jemand musste die Tür abgesperrt haben. Beim Hausputz hatte sie nirgends einen Schlüssel gefunden, der groß genug war, um in das riesige Schlüsselloch zu passen. Sie blickte hindurch, konnte außer Schwärze jedoch nichts erkennen. Selina zuckte mit den Schultern. Im Grunde war es ihr egal. Der Keller war schon nicht genutzt worden, als sie noch hier gelebt hatten. Auch jetzt würde sich nichts Wertvolles darin befinden. Höchstens ein paar verfaulte Äpfel und Kartoffeln. Vielleicht gab es Ratten und garantiert jede Menge Spinnweben. Selina schüttelte sich und trat wieder nach oben. Vor der Vitrine im Wohnzimmer blieb sie stehen und schlug das Tuch hoch. Ihr Blick fiel auf eine Fotokopie, die an Mellies letztem

Geburtstag entstanden war. Das Bild wirkte ungewöhnlich … Mellie hatte den Arm um ihre beste
Freundin geschlungen und hielt ein Eis in die Kamera. Um ihren Hals hing das Amulett, das Vater ihr
geschenkt hatte. Selina konnte sich nicht mehr daran erinnern, wie es genau ausgesehen hatte. Und
am Bild war der Anhänger zu weit entfernt, um Details zu erkennen. Sie wusste aber, dass er groß und
rund gewesen war. Aus einem dunklen, vermutlich
teuren Holz. Sie hatte ihre Augen damals kaum von
dem Stück abwenden können. Der Stein in der Mitte
hatte sie wie magisch angezogen. Sie war so eifersüchtig gewesen, auf ihre kleine Schwester. Warum
hatte Vater nach all den Jahren Mellie beschenkt
und nicht sie? Warum hatte er sich, nachdem er aus
seiner Versenkung gekrochen war, nicht mit seinen
beiden Töchtern getroffen? War Mellie ihm vielleicht lieber gewesen? Die Frage hatte sie zerfressen. Um ehrlich zu sein, knabberte sie immer noch
an ihr. Selina konnte sich noch genau an den Abend
von Mellies Geburtstag erinnern. Mellie war guter
Laune in das Haus gestürmt und hatte Selina zu verstehen gegeben, ihr zu folgen. Sie hatte ihr das Geschenk nicht vor Mutter zeigen wollen. In ihrem Zimmer hatte sie das Päckchen hervorgeholt: braunes
Papier, eine große rote Masche daran. Darin hatte
diese Kette gelegen. Selina hatte versucht, sich für
sie zu freuen – die Eifersucht war stärker gewesen.

Mellie hatte die Kette viel bedeutet. Schließlich war es ein Geschenk von Vater gewesen. Sein erstes Mitbringsel, nachdem er sich fünf Jahre lang nicht um sie gekümmert hatte. Selina durchschaute auch heute noch nicht, was in seinem Kopf vorgegangen war: Fünf Jahre lang hatte er sich nicht für seine Töchter interessiert. Um dann plötzlich an Mellies Geburtstag aufzutauchen und ihr quasi beim Vorbeifahren diese Kette zu schenken. Und der Anhänger selbst war auch ziemlich ungewöhnlich, für ein so junges Mädchen. Selina konnte sich nicht vorstellen, dass er das Amulett irgendwo gekauft hatte. Eher hatte es wie ein Erbstück gewirkt.

So seltsam dieses Präsent und sein Verhalten auch waren – das war es nicht, was Selina beim Betrachten des Bildes störte. Sie konnte das warnende Gefühl in sich nicht benennen; doch ihr Herz schlug laut und kräftig und ihre Haut prickelte. Von dem Anhänger ging ein Strahlen aus, das man auf einen Fehler der Kamera oder die Reflexion des Sonnenlichtes hätte zurückführen können. Was Selina sich nicht erklären konnte, war die Art und Weise, wie die Mädchen vor der mit Efeu berankten Mauer standen. Mellies Freundin Leila posierte direkt vor dem Gewächs, eine Hand in die Hüfte gestemmt, die andere um Mellie gelegt. Über Mellies Schulter rankte sich eine Efeupflanze, die unter ihrer Achsel hindurchwuchs und sie nach hinten zog. Ein Ausläufer hatte sich um Mellies Hüfte gewickelt; vom Boden wuchs die Ranke an ihrem Bein hoch. Selina versuchte sich vorzustellen, wie Leila den Efeu um sie gelegt und dabei gelacht hatte. Es gelang ihr nicht. In Mellies Gesicht lag ein gekünsteltes Lächeln. Als würde sie gegen etwas ankämpfen. Für einen Moment kam Selina der Gedanke, dass das Gewächs ein Eigenleben entwickelt hatte … Mellie zu sich holen wollte. Es schien sich um sie zu schlingen wie eine Würgeschlange. Immer enger und enger, bis dem Opfer die Luft ausging.

Blödsinn! Rasch stellte Selina das Bild zurück, ließ das Tuch über den Kasten fallen und trat in den oberen Stock, um einen letzten Blick in das Zimmer ihrer Schwester zu werfen. In einem Anflug von Sentimentalität griff sie nach dem Zwerg, den sie Mellie zum Geburtstag geschenkt hatte. Sie strich die Wände entlang, über die Möbel. Sie wusste, dass sie diesen Ort nie mehr sehen würde. Sie konnte sich nur schwer vorstellen, dass eine andere Familie darin lebte. Andere Kinder, die darin stritten, spielten und ihre Erinnerungen mit diesem Ort verknüpften. Sie konnte Mellies Anwesenheit in den Räumen spüren, als wäre sie immer noch da – der kleine Wirbelwind, der durch die Räume hüpfte. Ihre schwarzen Zöpfe flogen beim Spiel wild um sie. Es war, als hätte das Haus die Erinnerungen aufgesaugt. Selina konnte nicht glauben, dass es Platz für die Erinnerungen einer neuen Familie gab. Langsam drehte sie sich um und öffnete die Haustür. Sie zwang sich dazu, nach draußen zu treten, die Tür zu versperren und den Blick nach vorne zu richten. Sie würde nicht zurückkommen.

Kurz meinte sie, das Lachen ihrer Schwester zu hören – doch als sie sich umdrehte, war dort nur Stille. Sie riss sich vom Anblick los, griff nach dem Koffer und blickte zur Straße, wo bereits ein Taxi auf sie wartete. Sie musste sich beeilen. Bevor sie in den Wagen stieg, warf sie einen letzten Blick auf das Haus ihrer Kindheit. Dies war der einzige Ort, an dem sie sich je zu Hause gefühlt hatte. Das Leben mit Mike war diesem Gefühl von Wärme und Geborgenheit nahegekommen. Selina blinzelte eine Träne weg, kletterte rasch in den Wagen und nannte der Fahrerin den Zielort: der Hauptfriedhof. Bisher war ihr der Tod der Mutter unwirklich vorgekommen. Sie spürte kein anderes Gefühl als während all der Jahre, in denen sie in einem weit entfernten Bundesland gelebt hatte. Die Versuchung war groß, in den Zug zu steigen und vor den Tatsachen zu flüchten. Wie sie es als Teenager getan hatte. Aber sie war kein Kind mehr. Vielleicht konnte sie endlich glücklich werden, wenn sie mit ihrer Vergangenheit abschloss.

Sie war nie zuvor am Grab ihrer Schwester gewesen, doch sie nahm an, dass sie im Familiengrab lag.

Obwohl ihre Eltern sich vor vielen Jahren scheiden ließen, trugen sie alle denselben Nachnamen. Es war ihrer Mutter wichtig gewesen, zu heißen wie ihre Töchter. Genauso wichtig wäre es ihr gewesen, nach dem Tod mit ihren Kindern im selben Grab zu liegen. Auch wenn das bedeutete, irgendwann neben ihrem Ex-Mann zu ruhen. Frank hatte das gewusst; er hätte ihren Wunsch respektiert. Der Friedhof war groß und sie war zu selten hier gewesen, als dass sie den Weg gekannt hätte. Neben dem Eingang hing eine große Tafel, anhand derer sie sich orientierte. Links und rechts des Weges verlief eine Mauer aus groben Steinen. Über die Mauer konnte man auf ein Meer aus Grabsteinen hinwegblicken: einige schlicht und elegant, andere pompös. Selina trat eine Treppe nach unten. Hier waren Gräber aneinandergereiht, die größer waren als ein herkömmlicher Balkon. Als würde es sich um Miniaturgärten handeln, waren die Grabstätten von Eisenzäunen umgeben. Dahinter begannen die normalen Ruhestätten. Manche bis zum Rand bepflanzt, andere mit einem Trockengesteck in der Mitte. Auf einem Grab, das einen Dr. Dr. beherbergte, thronte die Skulptur eines Philosophen. Sie war so groß, dass sie Selina überragte, die für einen Moment davor stehen blieb. Wie in einem Park wuchsen überall verteilt Büsche und Bäume. Sie warfen ihren Schatten auf die Steinplatten und boten den vielen Vögeln ein Zuhause, die sich an diesem ruhigen Ort niedergelassen hatten. Selina fühlte sich benommen, weit entfernt. Als würde jemand anders das Grab ihrer Mutter und Schwester besuchen. Sie fragte sich, ob sie sich morgen noch an den Ausflug würde erinnern können. Wie ein Traumwandler, dessen Füße ihn zu einem Ziel trugen, während der Geist weiterschlief und am nächsten Tag ohne Erinnerung erwachte.

Selina wäre beinahe an dem Grab vorbeigelaufen. Im Gegensatz zum Haus wurde die Grabstätte regelmäßig gepflegt. Es war kein vergessener Ort. Ein Teil war mit weißen Steinen bedeckt, die ein Blumenbeet in ihrer Mitte aussparten. Dort wuchsen lila und weiße Blumen, dazwischen Grün. Lila war die Lieblingsfarbe ihrer Schwester gewesen. Selina lächelte und stellte den frechen Zwerg neben einen betenden Engel. Sie musste sich zwingen, den Blick zu heben und den Grabstein zu fokussieren. Bis hierher hatte sie verdrängen können. Einen Moment spielte sie mit dem Gedanken, zu verschwinden – dann schalt sie sich einen Angsthasen und heftete die Augen auf den obersten Namen. *Gertrude Horst*, stand dort. Selinas Urgroßmutter. Gleich darunter *Adolbert Horst*. Er hatte den Stein, aus dem der Grabstein gemacht worden war, aus einem Felsen geschlagen. Geschichten zufolge hatten Selinas Urgroßeltern sich vor diesem Gestein das Ja-Wort gegeben.

Darunter stand ein weiterer *Adolbert Horst*; ihr Großvater. Er war ungefähr ein Jahr vor der Trennung ihrer Eltern verstorben.

Mellies Name. Sie hätte nicht hier sein sollen. Sie war achtzig Jahre zu früh gestorben. Bei einem Unfall mit Fahrerflucht. Ein Unfall, der nie geschehen wäre, wenn Selina nicht …

Die Anweisung ihrer Mutter war klar gewesen: Selina sollte sich um Mellie kümmern. Doch Selina hatte sich stattdessen mit Freunden getroffen. Es gab zwei Wege, wie man vom Park nach Hause kam. Der sichere Weg verlief durch den Teil des Parks, in dem bereits am frühen Nachmittag angetrunkene Männer herumlungerten und sich nicht schämten, kleine Mädchen anzupöbeln. Mellie hasste diesen Weg. Ohne ihre Schwester wäre sie ihn nie gegangen. Da sie alleine gewesen war, hatte sie die Alternative gewählt: Die stark befahrene Hauptstraße, die Mutter zu benutzen verboten hatte! Mellie musste sie wie das kleinere Übel vorgekommen sein.

Darunter stand ein neuer Name, den sie hier nicht erwartet hatte. *Helga Horst*, ihre Großmutter. Die Mutter ihres Vaters. Sie war vor zwei Jahren gestorben. Selina bedauerte, sie nicht mehr besucht zu haben. Im Gegensatz zu ihrem Vater hatte Großmutter ihre Enkel nach der Scheidung nicht fallen gelassen. Ihre Großmutter väterlicherseits hatte sich gut mit ihrer Mutter verstanden. Besser, als sie sich mit ihren eigenen Eltern verstanden hatte.

Ruht in Frieden. Selina musste es zweimal lesen, um zu begreifen, dass ein entscheidender Name fehlte. Ihre Mutter lag nicht hier? Wieso nicht? Das war falsch. Wo war sie dann? Selinas Herz klopfte heftig, als sie sich um sich selbst drehte und auf die Grabsteine in der Umgebung starrte. Wieso lag ihre Mutter nicht im Familiengrab?

Es gab nur eine Möglichkeit: Sie war im Grab der Familie Radentheiner zur letzten Ruhe gebettet worden. Oder hatte Frank sie in sein Familiengrab gebettet? Das war falsch, absolut falsch. Sie hätte bei Mellie liegen müssen, ihrer Tochter! Das hatte sie sich gewünscht. Und Mellie wäre nicht so allein. Selina versuchte, die Tränen wegzudrücken, doch es gelang ihr nicht. Hatte Frank den Gedanken nicht ertragen, dass sie bei ihrem Ex-Mann lag? Das gab ihm nicht das Recht ... er hätte darüberstehen müssen. Selina setzte sich an den Grabstein und weinte. Das erste Mal seit zehn Jahren ließ sie ihre Trauer zu und beweinte den Tod ihrer Schwester und den ihrer Mutter.

Die Grabstätte der Familie Radentheiner lag in Sektor 2. Noch bevor Selina einen Blick auf die Namen der dort Ruhenden warf, wusste sie, dass zumindest ihre Großmutter unter den Lebenden weilte. Niemand sonst schaffte es, ein Grab mit so wenig Aufwand so elegant wirken zu lassen. Über die Ruhestätte war eine glatte, grau marmorierte Platte gelegt worden, sodass das Grab wie eine Gruft wirkte. Bis auf eine Vase in der Mitte und einem länglichen Metallteller war das Grab leer. In der Vase standen frische Blumen; eine der drei Kerzen brannte konstant, obwohl die anderen beiden vom Wind ausgeblasen worden waren. Es war eine mit wenig Wachs und viel Batterie im Inneren. Selina wusste wenig über die Großeltern Radentheiner. Mutter hatte nicht gerne über sie gesprochen. Selina wusste nur, dass ihre Mutter ein Einzelkind war. Ein paar Mal im Jahr waren Selinas Großeltern zu Besuch gekommen, ihre Mutter war tagelang davor schlecht gelaunt gewesen. Und das, obwohl sie ansonsten ein Quell der guten Laune war.

Ihre Großmutter hatte Sachen gesagt, wie: „Du kommst ganz nach deiner Mutter" und hatte gemeint, dass Selina schlechte Noten schrieb und zu Hause mit Jogginghose und Kapuzenpulli herumlief, anstelle mit Bluse und eleganter Hose. Ihre Haare wären zu lang, gehörten an den Spitzen gekürzt und überhaupt sollte sie auf eine adrettere Frisur achten. Aussehen wäre im Businessleben der halbe Erfolg. Wenn Selina erwähnt hatte, dass sie nicht vorhatte, in einen kaufmännischen Beruf einzusteigen, geschweige denn Mathematik zu studieren, hatte Großmutter empört geschnaubt: „Nichts als Flausen im Kopf. Wie ihre Mutter." Mellie war ihr Liebling gewesen. Sie hatte Ohrringe geschenkt bekommen und Bücher mit dem Aufdruck „Mit 100 Schritten zum Erfolg" oder „Auf dem Weg an die Spitze". Obwohl Selina es niemals zugegeben hätte, hatte sie an solchen Tagen Mitleid mit ihrer Mutter gehabt. Ihre eigenen Eltern schienen sie kaum zu beachten, und wenn doch, dann um sie über einen Missstand aufzuklären. „Die Blumen lassen die Köpfe hängen, Liebes." „Meinst du nicht auch, die Bluse sei etwas zu jugendlich für dich?" „Ist euer Rasenmäher nicht in Ordnung?" Meistens waren sie direkt gewesen. „Was hast du denn da schon wieder in den Haaren? Du bist kein Teenager mehr, also verhalte dich endlich wie eine Erwachsene und sei deinen Kindern ein gutes Vorbild. Du willst doch nicht, dass sie genauso werden wie du." Selina hatte sich mehrmals gefragt, wie sich die Tochter von strengen Kaufleuten zu einer solchen Frau entwickeln konnte. Selinas Mutter war das Gegenteil all dessen, was ihre Eltern sich für sie gewünscht und von ihr erwartet hatten. Vermutlich war es eine Trotzreaktion gewesen, die ihre damals pubertäre Mutter dazu gebracht hatte, sich zu kleiden wie ein Hippie und Volksschullehramt zu studieren, anstelle von Betriebswirtschaft. Es wurmte ihre Großeltern, dass sie Kindern das kleine 1×1 beibrachte, anstelle in höheren Sphären zu schweben und der neue Einstein zu werden. Selina war froh, dass sie den Namen ihrer Mutter nicht auf diesem Grabstein lesen konnte. Den Gedanken, in diesem Grab ihre letzte Ruhe finden zu müssen, hätte ihre Mutter gehasst. Aber wenn sie nicht hier lag, wo war sie dann?

Es gab nur eine weitere Möglichkeit. Es war unfair von Frank, sie in sein Familiengrab zu legen. Niemals hätte ihre Mutter dem zugestimmt. Selina spürte, wie sie von ihren Gefühlen durchströmt wurde. Es war ihre Schuld! Wäre sie hier gewesen und nicht weggerannt ... sie hätte sich dafür eingesetzt, dass ihre Mutter zu Mellie kam. Da, wo sie hingehörte.

„Es tut mir leid, Mama", flüsterte sie erstickt.

Sie drehte sich rasch um und stolperte vom Friedhof. Es war ihr egal, dass die Leute sie anstarrten. Hier, an diesem Ort, war Trauer erlaubt.

***

Selina entschied sich, noch eine Nacht zu bleiben. So aufgewühlt wollte sie nicht in den Zug steigen und in ihr Leben zurückkehren. Der Gedanke daran, wo sie nach ihrer Rückkehr wohnen würde, bereitete ihr Kopfschmerzen. Sie hatte einige Wohnungen herausgesucht. Bei ihrer Ankunft würde sie diese besichtigen. Sie spielte mit dem Gedanken, bei Franks Familiengrab vorbeizusehen, um sich würdevoll von ihrer Mutter zu verabschieden. Dafür hätte sie ihn anrufen müssen, und das wollte sie nicht. Sie wollte sich nicht mit ihm unterhalten und sie wollte ihm nicht an den Kopf werfen, dass er Mutter in das falsche Grab gelegt hatte. Genau darauf würde es hinauslaufen. Dann würde er ihr vorwerfen, dass sie vor zehn Jahren verschwunden war und sich nie gemeldet hatte. Er würde ihr vor Augen führen, was sie ihrer Mutter damit angetan hatte. Das könnte sie nicht ertragen. Nein! Selina ging den fünfminütigen Fußmarsch zur Kneipe – danach würde sie ausschlafen, am nächsten Morgen Mellies Unglücksstelle aufsuchen und diesen Ort ein für alle Mal hinter sich lassen. Das Zugticket hatte sie für dreizehn Uhr gebucht. Genügend Zeit, um ihrer kleinen Schwester Lebewohl zu sagen. Der Weg zur *City Lahburg,* wie das Zentrum der Vorstadt scherzhaft genannt wurde, war neu asphaltiert. Die Straße glänzte schwarz. Tafeln mit der Aufschrift *Parkett nicht befahrbar* steckten im Wegrand. Auf ihrem Weg zur Kneipe begegneten Selina zwei Autos. Links und rechts der Straße wuchsen versetzt Büsche und Bäume; einige davon trugen Äpfel, Zwetschken und anderes Obst. Unter einem Baum lagen aufgeplatzte Birnen. Wespen umkreisten die süßen, überreifen Früchte. Nur ein Lebensmüder würde den Insekten ihr Festmahl entwenden. Selina trat in einem großen Bogen um das Gesumme herum. Gleich hinter dem

Laubwerk begannen die Gärten der Häuslebauer. Selina kam an einem Spielplatz mit Kletterwand, Schaukel und der Information *Eltern haften für ihre Kinder* vorbei. Die *City* bestand aus nicht mehr als einem Lebensmittelgeschäft und den drei Läden auf der gegenüberliegenden Seite. Der Hundesalon und die Kneipe *der goldene Hund* lagen nicht nur im selben Gebäude, sie wurden von einem Ehepaar geführt. Wobei, so munkelte man, die Verbindungstür zwischen den Geschäften nur noch für den gemeinsamen Hund offengehalten wurde. Im Herzen des Platzes stand ein Lindenbaum, dessen Geäst von den Einkaufswägen des Lebensmittelhandels bis zur Eingangstür der Kneipe reichte. Seine Wurzeln lagen unter Kopfsteinpflaster verborgen. Um den Stamm war eine Holzbank gezimmert, auf der ein Junge saß. Er hielt den Kopf gesenkt und pendelte mit den Füßen vor und zurück. Selina trat zu der schweren Holztür, über der ein Schild mit der Aufschrift *Der goldene Hund* prangte. Die Buchstaben waren vor langer Zeit in das Holz gebrannt worden und kaum noch lesbar. Mit beiden Händen drückte sie gegen die Tür – sie klemmte einen Moment; war heute geschlossen? – und stolperte mit einem Ruck hinein. Der gut aussehende Mann an der Theke hob seinen Blick. Es war derselbe wie das letzte Mal. Einen Moment musterten sie sich, er hob das Bierglas.

„Die blasse Lady", grüßte er. „Kann ich Sie dieses

Mal zu einem Getränk überreden? Wasser ist auch erlaubt."

Kurz kam ihr der Gedanke, umzudrehen und im Laden gegenüber ein Brötchen zu konsumieren. Stattdessen setzte sie sich auf einen der Barhocker und bestellte den Wein, den sie bei ihrem letzten Treffen verweigert hatte. Etwas Gesellschaft war genau das, was sie im Moment brauchte. Jemanden, der sie ablenkte und nicht länger an ihre tote Familie oder den Mann in ihrem Leben denken ließ, der sich per Brief von ihr getrennt hatte. Otto, der Wirt, brachte ihr eine Portion Pommes frites und eine Tube Ketchup, auf der die Fettflecken des Vorbenützers zu sehen waren.

„Ich bin John", sagte der gut aussehende Mann und griff sich eine Pommes von ihrem Teller. Er war also noch genauso unverschämt wie bei ihrem letzten Treffen. Wenigstens kannte sie jetzt den Namen desjenigen, der mit seinen Fingern zwischen ihrem Essen herumfuhr.

Selina tränkte eine frittierte Kartoffel in der Soße. „Bist du jeden Tag hier?" Sie fixierte das Bierglas in seiner Hand.

Er trank das Glas in einem Zug leer, stellte es mit einem *Wumm* auf dem Tresen ab, schob es dem Wirt hin. „Mach mir noch eins, ja?" John wartete, bis Otto ihm das neue Getränk reichte, und trank einen Schluck. Er hatte Schaum auf der Oberlippe, den er mit seinem Handrücken fortwischte. „Was verschlägt dich in diese Gegend … so ganz allein?"

Uff. War das die Retourkutsche auf ihre Frage? Allem Anschein nach wollte er nicht darüber reden. Vielleicht hatte er eine Ehekrise und benebelte hier sein Gehirn. Vielleicht war er aber auch einfach ein gut aussehender Alkoholiker.

Wegen seiner Frage spürte Selina einen Stich in der Brust. War es so offensichtlich, dass sie niemanden hatte? Sonst würde sie den frühen Nachmittag vermutlich nicht mit einem Wildfremden in einer Bar verbringen.

„Ich besuche eine Freundin." Sie dachte an Trudi. Sie war so wütend gewesen. Wie gerne würde sie sich mit ihr versöhnen. Doch sie wusste nicht, wo ihre ehemalige beste Freundin jetzt wohnte. Und wozu? Morgen wäre sie am anderen Ende von Österreich. John blickte sie eindringlich an. Er hatte braune Augen und Haare. Sein Bart war rasiert. Er griff nach ihrer Hand, Selina wollte sie zurückziehen, ließ es dann aber doch geschehen. Sanft strich er ihren Zeigefinger entlang, bis zu ihrem Handgelenk. Selinas Herz pochte erwartungsvoll.

„Trägst du Schmuck? Ich mag Schmuck." Seine Augen glitzerten. Er beugte sich nach vorne. „Du bist wunderschön."

Er berührte ihren Hals, setzte sich zurück und zog seine Geldbörse aus der Hosentasche. „Ich zahle!", rief er dem Wirt zu, ließ einen Schein liegen und verschwand, ohne sich zu verabschieden. Selina blickte ihm verwirrt hinterher. Und dann auf sein noch volles Bierglas. Was war das denn gewesen? Für einen Moment hatte sie gedacht, er würde sie küssen. Vielleicht war es aber auch nur ihr Wunsch, nicht allein sein zu wollen. Nachdem Mike sich von ihr getrennt hatte, wusste sie nicht mehr, wo ihr Platz im Leben war. Da würde eine neue Romanze nicht ungelegen kommen. Sie schüttelte den Kopf über sich selbst. So weit war es mit ihr also schon gekommen, dass sie auf die Zuwendung eines Hobbyalkoholikers hoffte.

Als Selina am späten Nachmittag zurückspazierte, ging es ihr deutlich besser. Sie trug einen Papiersack in der Hand, in dem ein kleiner, aber immer noch zu großer Kürbis, Schlagsahne, Suppenwürze und Brot lagen. Einfach aber lecker: Die Zutaten für eine Kürbissuppe, die sie am Abend verspeisen wollte. Als Selina vor ihr Grundstück trat, war eine fremde Person dabei, ihren Rasen zu mähen. Perplex blieb sie stehen und erkannte die Nachbarin von gegenüber.

„Frau Larsen?", rief sie verwirrt.

Da Karla Larsen den Rasenmäher in Richtung Haus schob, konnte sie Selina weder hören noch sehen. Erst als sie den Mäher wendete und zur Straße zurückfuhr, wurde sie auf Selinas Fuchteln aufmerksam. Sie stellte das Fahrzeug ab und kam lächelnd auf Selina zu.

„Wie schön", sagte sie. „Ich dachte mir, ich helfe Ihnen ein wenig bei der Gartenarbeit. Sie müssen mich auch gar nicht bezahlen. Ich mache das gerne. Und wissen Sie, ich bin ja so froh, dass hier endlich jemand Ordnung schafft. Dieser Ausblick. Fürchterlich! Es sieht ja jetzt schon viel besser aus. Nein, wirklich. Aber als ich heute Morgen aus dem Haus kam und den Rasen sah. Nein, da wurde mir ganz anders. Wie das aussieht. Das konnte ich mir nicht ansehen. Und als ich vorhin von der Arbeit kam, da sagte ich mir: Nein, Karla. Das geht gar nicht. Wissen Sie, mein Küchenfenster liegt nämlich so, dass ich genau in Ihren Garten sehe, und das verdirbt mir dann immer meinen Appetit. Mein Mann sagte auch schon, dass man da etwas machen muss. Also fasste ich den Entschluss, hier ein wenig Ordnung zu schaffen und mich erst dann an den Herd zu stellen." Frau Larsen gestikulierte beim Sprechen wild mit den Händen, holte zwischen den Wörtern kaum Luft. Sodass es Selina nicht möglich war, sie zu unterbrechen. Karla war Mitte vierzig. Sie war schlank und trug aus Vorliebe eng gebundene Schürzen aller Art, die ihre schmale Taille betonten. Jetzt war ihre Wahl auf einen grünen Vorbinder mit bunten Vögeln gefallen. Ihre Haare waren braun gefärbt. Sie hatte sie zu einem Pferdeschwanz gebunden, der so kurz war, dass er wie ein Pinsel ab stand.

„Das ist freundlich von Ihnen", begann Selina langsam, wurde jedoch zunehmend wütend. „Aber meinen Sie nicht, dass sie vor ihrer eigenen Tür kehren sollten? Sie könnten ihre Hecke zupfen." Selina zeigte auf ein Gebüsch, auf dem kein Blatt zu viel wirkte. „Oder Schachbrettmuster in Ihren Rasen mähen." Selina schnaubte, streckte ihre linke Hand einladend aus, um die Nachbarin aus dem Garten zu bitten. Verdutzt und endlich stumm schob diese den Rasenmäher auf die Straße. „Das hier ist mein Garten! Und wenn ich möchte, dass mein Rasen wirkt wie ein gerupftes Huhn, dann ist das so. Auf Wiedersehen!" Ohne auf Frau Larsen zu achten, ließ sie das Gartentor zufallen und verschwand im Haus.

***

Selina begab sich sofort in die Küche, um dort die Lebensmittel auszupacken und mit der Zubereitung der Suppe zu beginnen. Als sie den Kürbis hervorholte, den sie ohnehin nie hätte verspeisen können, kam ihr eine bessere Idee. Mit dem Kick der Schadenfreude sprintete sie in den ersten Stock, stöberte dort gut gelaunt in Mellies Kleiderschrank und zog eine Bluse hervor.

„Das wird dir gefallen", versprach sie dem Bild

ihrer Schwester und griff nach einem Strohhut. Da der Hut für den Kopf eines zehnjährigen Mädchens gedacht war, anstelle des Plattschädels eines Kürbisses, musste Selina diesen mit Superkleber auf dem Gemüse ankleben. Die Stifte in der Schublade waren alle eingetrocknet, darum konnte Selina kein Gesicht aufmalen. Als Alternative nahm sie zwei schwarze Steine aus der Spielesammlung, mit denen sie als Kinder Mühle gespielt hatten. Dies wurden die Augen. Für den Mund sammelte sie Kieselsteine vom Weg und drückte sie in einem Halbkreis in den Kürbis. Noch ein Dominostein als Nase und fertig war das Kürbisgesicht. In dem verfallenen Gartenhäuschen fand sie eine Heugabel, in deren oberes Drittel sie ein kurzes Holzstück hämmerte. Die Gabel rammte sie mit den Zinken voraus in die Erde vor dem Gartentor. Nun sah das Gebilde aus wie ein Kreuz. Da Selina nicht gläubig war, wie es auch ihre Mutter und Vater nicht gewesen waren, setzte sie dem Kreuz ein Haupt auf. Genauer gesagt steckte sie den Kürbiskopf auf den Stiel der Gabel. Zu guter Letzt zog sie dem Männchen Mellies Bluse an, die im Wind flatterte. Es war eine durch und durch hässliche Vogelscheuche. Ein herrlicher Ausblick aus dem Küchenfenster von Frau Larsen.

Mit einiger Genugtuung saß Selina am nächsten Morgen am Fenster, nippte am Tee und beobachtete Frau Larsen, die wie angewurzelt auf der Straße stand. Der Blick, mit dem sie die Vogelscheuche fixierte, glich dem eines kleinen Mädchens, das anstelle der gewünschten Barbiepuppe einen hässlichen Gnom zu Weihnachten bekam. Selina rechnete damit, dass die Nachbarin ihr Grundstück betreten und den Anblick entsorgen würde. Stattdessen wandte sich Frau Larsen rasch ab und eilte davon – als müsse sie sich am Umkehren hindern. Fünf Minuten später brach Selina auf. Wie vor zehn Jahren spazierte sie durch den Park. Damals war sie in Begleitung ihrer Schwester gewesen, einen Tag nach ihrem Geburtstag. Selina erinnerte sich, dass Mellie den Anhänger ihres Vaters getragen hatte. Sie ging durch den vorderen Teil des Parks. Den Teil, den Mellie zu meiden versucht hatte. Die Männer, die sich dort herumtrieben, hatten sich nicht wesentlich verändert. Neue waren dazugekommen, viele waren gegangen. Ihr Verhalten war dasselbe geblieben.

„Hey Mäuschen, willst dich nicht zu uns setzen?", grölte einer. Die anderen lachten.

Vor einer Bank blieb Selina stehen, setzte sich hin. In den Bäumen ringsum konnte sie es zwitschern hören. Abseits des Weges wuchs eine Ansammlung an seltenen und weniger seltenen Buschpflanzen, teilweise so dicht beieinander, dass sie als Barriere für Fußgänger galten. Nur Kinder zogen sich beim Versteckspiel vor ihren Eltern dorthin zurück. Hier hatten sie gesessen. Mellie hatte über Vater sprechen wollen. Sie hatte das Thema oft aufgegriffen. Selina hingegen hatte dieses Thema gehasst und solche Gespräche stets im Keim erstickt. Sie hatte Sachen gesagt, wie: „Er liebt uns eben nicht." Das hatte Mellie verletzt; danach war sie ruhig gewesen. Sie strich über die Stelle, auf der Mellie gesessen hatte. Sie konnte sich genau an Mellies Gesicht erinnern. Sie hatte so verletzt ausgesehen. Selina hasste sich dafür, wie sie mit ihrer kleinen Schwester gesprochen hatte. Sie hatte sie geliebt und doch war sie meistens genervt von ihr gewesen.

Selina erhob sich, verfolgte den Weg, den sie vor zehn Jahren gegangen waren. Sie kam an einem Mülleimer vorbei. Er war so voll, dass es wirkte, als würde er Chipstüten und Plastikflaschen zu Boden speien. Selina blieb an einer Stelle zwischen zwei Bäumen stehen, die damals nicht gewesen waren. Die Bäume hatten weiße Flecken auf der Rinde. Die Blätter wehten sanft im Wind, drehten sich und zeigten abwechselnd eine silberne und eine weiße Seite.

„Hier", hatte Mellie gesagt und Selina die Kette in die Hand gelegt. „Ich finde, du sollst sie auch tragen dürfen. Papa würde das so wollen."

Selina schloss die Augen, vergrub das Gesicht in den Händen. Es war egal, ob jemand ihre Verzweiflung sehen konnte. Mellie war großherzig gewesen, immer hatte sie ihrer Schwester gefallen wollen. Und sie? Sie war nach diesem Geschenk weggegangen. Hatte ihre kleine Schwester sich selbst überlassen. Wo war der Anhänger jetzt? Selina erinnerte sich daran, die Kette von ihrer Schwester entgegengenommen zu haben. Sie hatte sich das Schmuckstück um den Hals gelegt und war durch den Park zu ihren Freunden geeilt.

Selina hatte die Kette nicht in ihr neues Leben mitgebracht – sie hatte nichts mitgenommen. In ihrem Zimmer hatte sie das Holzstück auch nicht gefunden, das wäre ihr beim Ausräumen aufgefallen. Die Kette würde sich kaum selbständig gemacht haben. Kurz blitzte das Foto aus der Vitrine vor Selinas innerem Auge auf … Efeuranken, die sich um ihre Schwester schlangen. Als würde die Pflanze einen eigenen Willen besitzen …

Selina schüttelte sich und schob das Bild gedanklich von sich.

Mellie war sicher nicht lange allein im Park geblieben. Selina folgte dem Weg bis zur Landesstraße. Obwohl sich der Park verändert hatte, sah sie im Grunde dasselbe, was ihre Schwester gesehen haben musste: Der Rasen war gepflegt; dafür sorgte eine Kompanie an Mährobotern. Auch in den heißesten Monaten war das Gras grün und die Blumen blühten. Die Sprinkler waren im ganzen Park verteilt und schalteten sich zweimal am Tag an. Die

Obdachlosen nutzten das Wasserbad als Gratisdusche. Obwohl es verboten war, sich im Park auszuziehen, traf man um diese Zeit regelmäßig auf nackte Männer und Frauen. Sie wehrten sich nicht, wenn die Polizisten sie mitnahmen, und genossen eine warme Mahlzeit und ein Bett. Dass sie die Nacht hinter Gitterstäben verbrachten, störte sie nicht.

Auf der Straße herrschte viel Verkehr. Die Einheimischen wussten, wo die Radarkästen standen. Sie fuhren mit überhöhter Geschwindigkeit am Park entlang und stiegen kurz vor dem Blitzer auf die Bremse. Wie ihre Schwester ging Selina am Straßenrand und zuckte bei jedem Auto, das an ihr vorbeifuhr, zusammen. Sie versuchte, an nichts zu denken. Stattdessen sah sie Mellie. Wie sie zu ihr aufsah und lächelte. Wie sie ihr die Kette reichte. Wie sie strauchelte, hinfiel und von einem Auto überrollt wurde …

In der Nähe erkannte sie das schlichte Holzkreuz, das Mellies Unfallstelle markierte. An dem Tag, als Selina geflohen war, hatte sie kurz vorbeigesehen. An diesem Tag waren die Autos langsam gefahren. Sie hatten alle gewusst, was wenige Tage davor geschehen war. Vor der Gedenkstätte hatten so viele Kerzen und Blumen gestanden, dass sie in die Straße hineingereicht und den Verkehr behindert hatten. Die Autofahrer waren großzügig ausgewichen;

niemand hatte eine Kerze überfahren. Kein Polizist hatte die Straße geräumt; alle waren entsetzt gewesen über den Tod des Mädchens. Bereits einen Kilometer vor dem Unglücksort hatte eine Fünfzigerbegrenzung gegolten und Warnschilder hatten darauf hingewiesen, langsam und vorsichtig zu fahren. Vor dem Kerzenmeer hatten Freunde gestanden, Klassenkollegen und Lehrer. Wildfremde Personen waren gekommen, um eine Kerze für das Mädchen zu entzünden. Selina hatte niemandem begegnen wollen, schon gar keinem Bekannten. Sie hatte sich mitten in der Nacht eingefunden, starr vor Entsetzen. Sie hatte keine Kerze und keine Blume dabeigehabt, nur sich und eine Reisetasche. Jetzt waren die Trauerbekundungen beachtlich geschrumpft: Ein Kranz mit Trockenblumen lag zu Füßen des Kreuzes. Selina setzte sich auf den Boden vor die Unglücksstelle ihrer Schwester; spürte den Wind der vorbeirasenden Fahrzeuge. Niemand drosselte sein Tempo. Selina wäre gerne aufgestanden, hätte mit den Händen gewunken und die Autofahrer angeschrien. Hatten sie aus Mellies Tod nichts gelernt? Vor zehn Jahren war sie nur kurz hier gewesen. Sie hatte ihre Tasche am Rand des Lichtermeeres stehen gelassen und war über die Kerzen bis zum Kreuz hinweggestiegen. Dort hatte sie alles zur Seite geräumt, bis sie Platz gefunden hatte, sich hinzuknien. An derselben Stelle wie heute. Selina besann sich, den Rasen berührt zu haben. Sie hatte nicht geweint, dafür weinte sie jetzt. Die Tränen rannen ihr stumm über die Wangen. Als verstand sie erst nach all den Jahren, dass ihre Schwester nicht mehr da war. Sie schluchzte auf, vergrub ihr Gesicht in den Händen, langte nach dem verwitterten Kreuz. Automatisch griff sie sich an den Hals, wo vor zehn Jahren der Anhänger ihres Vaters gehangen hatte. Sie erinnerte sich, ihn abgenommen und an den Fuß des Kreuzes gelegt zu haben. Selina hielt inne, wischte hastig die Tränen fort und suchte mit zitternden Fingern zwischen dem hohen Gras. Sie ertastete etwas, halb unter der Erde vergraben – zog es vorsichtig hervor.

Kapitel 4

Selina konnte nicht sagen, was genau sie in ihren Händen hielt, so viel Erde klebte daran. Es war in etwa so groß wie ihr Handteller. Sie begann, die Erdschicht abzubröckeln, erkannte an einem Ende den Rest einer Kette. Sie strich mehrmals daran entlang. Langsam, als würde die Bewegung sie beruhigen. Das war der Anhänger! Was sollte es sonst sein? Außer ein paar kläglicher Überreste war von der silbernen Kette nicht mehr viel übrig. Das Amulett selbst jedoch schien unversehrt zu sein – soweit sie das unter dem Haufen Dreck ertasten konnte. Selinas Herz klopfte heftig, sie wusste selbst nicht warum. Vom Schmuckstück ging eine Wärme aus. Als wäre es ein Stein, der lange in der Sonne gelegen hatte. Sie kratzte vorsichtig den Schmutz herunter; hatte Angst, dieses wertvolle Gut könnte in ihren Händen zerfallen. Doch das Holz fühlte sich fest an, genau wie in ihrer Erinnerung. Als hätte die Naturfaser keine zehn Jahre in der nassen Erde gelegen – wo sie hätte morsch werden und zerfallen müssen.

***

Der Anhänger schien sanft zu pochen. Wahrscheinlich war es ihr eigener Herzschlag, den sie spürte. Aber etwas an dieser Kette war ungewöhnlich. Warum sonst hätte das Holz sich in einem

Jahrzehnt nicht verändern können?

Selina stand vor dem Waschbecken in einer öffentlichen Toilette. Es lag der Geruch von Urin und einem aufdringlichen Raumspray in der Luft, der den Duft des Ersteren zu überlagern versuchte. Die Mischung verursachte ihr Brechreiz. Einen Arm vor die Nase gedrückt und flach atmend, wusch sie mit der anderen Hand den Schmutz vom Schmuckstück. Das Wasserrinnsal, das aus der Leitung kam, war ihr dabei keine große Hilfe. Als sie an die frische Luft trat, atmete sie erleichtert ein. Sie inspizierte den Anhänger; fand keine Erklärung. Wie konnte es sein, dass man dem Amulett aus Holz sein Alter nicht ansah? Zuerst hatte sie gedacht, es handelte sich um ein Holzimitat. Doch daran glaubte sie nicht. Wenn das der Fall war, war es dem Fälscher erstaunlich gut gelungen.

Das Amulett sah noch genauso aus, wie vor zehn Jahren. Selina suchte in ihrem Koffer nach einem Stück Garn, ersetzte damit die silberne Kette, die als Einzige dem natürlichen Verfall unterlegen war. Eine Weile starrte sie auf das Schmuckstück. Sie fühlte sich an den Anhänger erinnert, den ihre Tante Helen gerne getragen hatte. Er hatte vollkommen anders ausgesehen als dieser, dennoch hatte ihn eine ähnlich mystische Aura umgeben. Selina hatte ihrer Tante gesagt, dass sie den Klumpen viel zu groß fand, um ihn um den Hals zu tragen. Daraufhin hatte

Tante Helen gelacht und gesagt, dass dies keine ge-
wöhnliche Kette sei, sondern ein Amulett. Ein Talisman, der seinen Träger beschützt und böse Geister
fernhält. Selina hatte schon damals nicht an solchen
Hokuspokus geglaubt. Dennoch meinte sie jetzt eine
Art Kraft zu spüren, die von diesem Anhänger ausging. Sie hob das Amulett hoch. Es war aus einem
dunklen, edlen Holz gefertigt und fühlte sich an, als
hätte jemand stundenlang die Oberfläche poliert.
Verschnörkelte Zeichen waren in das Holz geritzt,
Selina konnte diese nicht entziffern. Aber die feinen
Linien sahen hübsch aus; sie schimmerten golden,
als das Sonnenlicht schräg darauf fiel. In der Mitte
war ein grüner Stein eingefasst, der hell funkelte.
Vielleicht ein Smaragd? Selina legte sich den Anhänger um den Hals, steckte ihn unter das Shirt und
spürte erneut die Wärme, die davon ausging.

Ein Blick auf ihre Handyuhr zeigte an, dass sie in
einer halben Stunde am Bahnhof eintrudeln musste.
Ein Grund, sich zu beeilen, wenn sie ihren Zug nicht
versäumen wollte. Das wollte sie auf keinen Fall!
Hier war alles erledigt. Sie eilte durch die Stadt; eine
Aneinanderreihung von Geschäften und Kaffeehäu-
sern, wobei Letztere überwogen. Dies war weniger
eine Einkaufsstadt als mehr eine Kaffeehausstadt.
Der Asphalt saugte die Hitze ein und gab sie in kleinen Dosen an die Einkaufswütigen ab. In der Mitte
des Platzes prangte die Skulptur eines Heiligen. Der

Mann aus Stein kniete auf einem Podest und blickte erhaben über die Menschenmenge hinweg. Zu seinen Füßen suchten Spatzen nach Kuchenstücken, mit denen sie von den Kindern gefüttert wurden. Die *Konditorei Besenmann,* die direkt daneben lag, war bei Familien besonders beliebt. Über jedem Tischchen war ein Sonnenschirm aufgespannt. Er war weniger dafür gedacht, Sonnenstrahlen abzuhalten, als vielmehr, um Vogelkot abzuschirmen. Nirgendwo anders in der Stadt gab es so viele Vögel auf einem Fleck. In der Konditorei konnte man neben Süßgebäck und Kaffee eine Tüte Vogelfutter bestellen. Während die Eltern sich bedienen ließen, waren die Kinder beschäftigt und erfreuten sich an den nimmersatten Piepmätzen. An einem der Tische machte sie Trudi in Begleitung eines Mannes aus. Die beiden lachten; Selina meinte, es in der Geräuschkulisse zu hören. Vielleicht war es eine Erinnerung, eine Adaption jenes Lachens, das sie als Teenager so oft gehört hatte. Gemeinsam hatten sie alles lustig gefunden. Seit sie Trudi nicht mehr bei sich wusste, hatte sie nie mehr so gelacht. Sie hatte es irgendwann verlernt. Selina spürte einen Stich im Herzen, und plötzlich war es ihr egal, ob sie den Zug verpasste oder nicht. Sie wollte sich zu ihrer Freundin an den Tisch setzen, sie in den Arm nehmen und Neuigkeiten austauschen. So wie früher. Selina hielt sich die Tasche wie einen Schutzschild vor den Bauch, drückte sie fest an sich. Sie hätte Trudi nie zurücklassen dürfen. Sie war der eine Mensch gewesen, der sie verstanden hatte. Trudi hatte alles für Selina getan und Selina alles für Trudi. Sie war ihr wichtiger gewesen als jeder Junge. Vermutlich war sie ihr wichtiger gewesen als sie sich selbst. Selina kämpfte gegen die Tränen an, atmete einmal kräftig ein und aus und trat auf die Mauer der Verachtung zu. Sie konnte den Mann nicht sehen, der Trudi gegenübersaß – sie unterhielten sich angeregt. Selina stellte sich hinter den Stuhl des Mannes und wusste nicht, wie sie auf sich aufmerksam machen sollte.

Es war nicht nötig. Trudi hob den Blick und das Gespräch erstarb. Die Stille, die ihr entgegenschlug, war eisig wie der Wind im Januar.

„Du bist noch hier?", fragte Trudi abweisend.

Obwohl das Thermometer über dreißig Grad anzeigte, fröstelte es Selina. Um sich Mut zu machen, drückte sie den Schutzschild enger an sich. „Gerade auf der Abreise."

„Wohl wieder vor etwas auf der Flucht, was?"

Selina zuckte zusammen, suchte nach einer Antwort. Doch ihr Inneres war wie leer gefegt. Sie versuchte sich an einen Moment zu erinnern, an dem Trudi sie angelächelt hatte. Doch alles, was sie sah, war die stählerne Maske, mit der sie bedacht wurde. Trudi hatte allen Grund, sauer auf sie zu sein. Und wahrscheinlich würde es zwischen ihnen nie wieder so werden, wie es einmal gewesen war. Aber zumindest wollte sie mit ihr im Guten auseinandergehen. Sie hörte das Scharren von Metall über Beton.

Erst als sie ein „Hallo Selina" vernahm, erkannte sie, dass der Mann sich umgedreht hatte. Der Mann war freundlicher als Trudi. Es war Lorenz, ihr Jugendfreund. In den Selina verliebt gewesen war. Nächtelang war sie seinetwegen wach gelegen und hatte über ihn fantasiert. Überall hatte sie Herzchen mit den Initialen S+L hingekritzelt.

Er sah noch so aus wie früher. Nur, dass er zu einem echten Mann geworden war – nicht dieser spindeldürre Junge, der die doppelten Portionen gegessen und immer noch Hunger verspürt hatte. Dieselben grünbraunen Augen; wie ein Sommerabend im Wald, ruhig und angenehm warm. Nichts konnte ihn aus der Ruhe bringen. Derselbe brünette Haarschopf. Wenn die Sonne schien, funkelten einzelne Strähnen golden. Selina bemerkte erst, dass sie ihn anhimmelte, als Trudi sich räusperte. Sie warf ihrer ehemaligen Freundin einen verlegenen Blick zu. Was sie wohl gerade dachte? Trudi wusste, dass sie beide ein Liebespaar gewesen waren. Natürlich, sie war ihre beste Freundin gewesen. Sie hatten sich alles erzählt: Angefangen beim ersten Kuss bis zum Fummeln auf dem Sofa seiner Eltern.

„Lorenz", Selina lächelte und strich sich eine Haarsträhne zurück. Wieso war sie nur plötzlich so

aufgeregt? „Du bist hier? Wohnst du in der Nähe?"
Sie versuchte, einen Blick auf seinen Ringfinger zu
erhaschen. Seine Hand verschwand hinter dem
Stuhl, auf dem er saß.

„Wir wohnen zwei Straßen von deinem Elternhaus entfernt." Lorenz lächelte Trudi an. Es dauerte
einen Moment, bis Selina verstand.

„Ihr? Du meinst, IHR beide?"

„Wir haben vor zwei Jahren geheiratet", erklärte
Trudi. „Was du wüsstest, wenn du dich einmal gemeldet hättest." In Selinas Kopf überschlug es sich.
Ihre beste Freundin hatte den Mann geheiratet, mit
dem sie zusammen gewesen war? Das war doch ein
Witz!? Stundenlang hatte sie ihr von Lorenz vorge-
schwärmt.

Lorenz rückte einen Stuhl zurecht. „Setz dich
doch zu uns." Für ihn war das alles lange her. Für
Selina fühlte es sich an, als wäre es gerade gestern
gewesen, dass sie auf der Wiese gelegen und sich geküsst hatten. Perplex ließ sie sich auf den Stuhl sinken. Trudi hatte sich zurückgelehnt, nippte an ihrer
Tasse Kaffee und betrachtete sie.

„Seit wann geht das mit euch beiden schon?"

„Als du weg warst, sind wir uns nähergekom-
men", erklärte er. „Es war für uns beide ein Schlag,
dass du einfach verschwunden bist. Wir haben jemanden zum Reden gebraucht."

Innerlich tobte Selina. So lange hatte es

gedauert, um über sie hinwegzukommen? „Na dann ist es ja gut, dass ich gegangen bin!", entgegnete sie schnippisch und warf Trudi einen vernichtenden Blick zu.

Trudi richtete sich kerzengerade auf und explodierte: „Du hast kein Recht, mir Vorwürfe zu machen! Du hast mich einfach hier zurückgelassen, ohne dich zu verabschieden oder dich auch nur ein Mal zu melden. In zehn Jahren nicht ein einziges Mal!" Wütend sprang sie auf. „Wieso bist du überhaupt zurückgekommen?" Sie schnappte nach ihrer Tasche, blieb jedoch stehen, als Selina leise antwortete: „Weil Mama gestorben ist."

Trudi drehte sich langsam um, starrte Selina an. Als suche sie nach einem Beweis, sich verhört zu haben.

„Was?", fragte sie ungläubig. Ihr Gesicht hatte jegliche Farbe verloren. „Aber ich hab' sie doch vor einem halben Jahr erst getroffen?"

Erst in diesem Moment wurde Selina bewusst, was für ein Schlag das auch für Trudi sein musste. Bis zu dem Tag, als Selina davongelaufen war, hatten die zwei Mädchen jeden freien Moment zusammen verbracht. Trudi war oft bei Selina zu Hause gewesen. Sie hatte mit ihrer Familie gespeist, in Selinas Zimmer übernachtet und eine Schublade im Wohnzimmer gehabt, in der sie Wechselklamotten und eine Zahnbürste aufbewahrt hatte. Selinas Mutter war quasi Trudis Zweitmutter gewesen. Selina nickte, ein Klos steckte in ihrem Hals, sodass sie nicht antworten konnte. Trudi kam einen Schritt auf sie zu, blieb stehen. Nicht einmal die Trauer war stark genug, um die Kluft zwischen ihnen zu überwinden.

„Das tut mir leid. Ich hab' deine Mutter wirklich gemocht. Ich habe sie nach deiner Abreise oft besucht und wir haben geredet. Sie war verzweifelt, weißt du." Trudi hielt inne. „Sie war nicht mehr sie selbst." Als könnten ihre Füße das Gewicht nicht länger tragen, ließ sie sich auf einen Stuhl sinken. „Was ist passiert?"

Selina blinzelte die Tränen weg. „Ich weiß es nicht. Sie ist schon vor einem halben Jahr verstorben. Frank konnte mich erst jetzt kontaktieren. Weil … weil ich niemandem gesagt habe, wo sie mich erreichen können." Sie schämte sich. Ihre Mutter hatte sie gebraucht, und sie war davongelaufen. Dafür gab es keine Entschuldigung.

„Vor einem halben Jahr schon?!" Trudi sprang so plötzlich auf, dass sie beinahe den Stuhl umwarf. „Und niemand hat es für nötig befunden, mich darüber zu informieren? Ich bin immer für Maria da gewesen … habe sie besucht und zu trösten versucht. Aber niemand hat daran gedacht, mich zu ihrem Begräbnis einzuladen?" Wütend ließ sie ihre Tasche auf den Tisch fallen und stieß dabei ein Wasserglas um.

Selina streckte abwehrend die Hände aus. „Es tut mir leid. Aber ich hab' es selbst gerade erst erfahren."

„Und dann bist du gleich zu mir gerannt, um es mir zu erzählen?" Trudi umkreiste den Tisch und baute sich drohend vor Selina auf. „Wenn wir uns hier heute nicht zufällig getroffen hätten, hätte ich es nie erfahren, oder? Nicht einmal einen Anruf war ich dir wert! Anscheinend bedeute ich hier niemandem überhaupt etwas!"

Lorenz räusperte sich und öffnete den Mund, um seine Frau zu beschwichtigen. Doch Trudi war viel zu aufgebracht, um irgendetwas zu bemerken.

„Weißt du was, Selina? Du kannst mir gestohlen bleiben! Fahr doch zurück in das Loch, aus dem du gekommen bist, und lass mich in Ruhe!" Trudi griff nach ihrer Tasche, drehte sich um und verschwand mit raschen Schritten zwischen den spielenden Kindern.

„Warte doch!", rief Lorenz ihr hinterher und schob seinen Stuhl zurück. „Tut mir leid, Selina", haspelte er und hob entschuldigend die Hände. „War schön, dich zu sehen, und tut mir leid wegen deiner Mutter." Dann drehte auch er sich um und eilte hinter seiner Frau her.

Selina blickte den beiden nach, bis sie die Körper

aus den Augen verlor. Sie hatte Trudis Wut verdient! Deshalb schmerzten ihre Worte nicht weniger. Gerade jetzt, wo ihre Mutter gestorben war. Sie wünschte sich mehr denn je nach Wien zurück: Dort war alles so viel leichter. Ohne die ständigen Erinnerungen vor der Nase, war es nicht schwer, das alles hier zu vergessen. Sie dachte an Mike; mit ihm hätte sie reden können. Obwohl sie ihm nichts von ihrer Familie oder ihrem alten Leben erzählt hatte, hätte er ihr zugehört. Als Selina einen Blick auf die Uhr warf, war es zehn vor eins. Zu spät, um den Zug noch zu erwischen. Wütend schlug sie mit der Hand auf den Tisch und durchsuchte das Internet nach der nächsten Fahrgelegenheit nach Hause. Ein Zuhause, das nicht mehr existierte, wie sie sich erinnerte. Sie lachte freudlos auf. Das nächste Verkehrsmittel fuhr erst morgen früh. Und wenn sie das Auto in der Garage zum Laufen bekam? Einen Führerschein besaß sie; wenn es auch lange her war, dass sie hinter dem Lenkrad gesessen hatte. Aber sie musste endlich weg. Auch, wenn die letzte Überprüfung des Fahrzeuges vor acht Jahren stattgefunden hatte. Eine Kellnerin im schwarzen Rock und weißer Rüschenschürze riss sie aus ihren Gedanken.

„Was darf ich Ihnen bringen?"

„Ein Kaffee mit Schuss", bestellte sie.

„Es tut mir leid. Aber wir führen keine alkoholischen Getränke. Darf's vielleicht ein Espresso und ein Tortenstück sein? Wir haben heute Malakoff, Sacher, Himbeer-Joghurt …"

„Nein, danke", unterbrach Selina, stand auf. „Auf Wiedersehen."

„Sie haben noch nicht bezahlt." Die Kellnerin legte einen Kassenbon auf den Tisch. Einen Moment starrte Selina darauf. Trudi und Lorenz hatten in ihrer Aufregung das Zahlen vergessen. Sie zog ihre Geldtasche hervor und beglich die Schulden. Danach rief sie ein Taxi und fuhr zurück zu dem Haus, das sie sich geschworen hatte, nie wieder zu betreten. Langsam schien es ihr, als wollte dieser Ort nicht, dass sie ihn verließ.

Bevor Selina das Haus betrat, machte sie einen Abstecher in den *goldenen Hund*. Sie wollte etwas essen, und vielleicht wollte sie auch sehen, ob John wieder da war. In der *City Lahburg* angekommen, setzte sie sich für einen Moment auf die Holzbank am Stamme des Lindenbaumes und ließ sich die Augustsonne ins Gesicht scheinen. Sie lehnte ihren Kopf an die Rinde und schloss die Augen. Sie wollte einfach den ruhigen Moment genießen; stattdessen musste sie an Lorenz und Trudi denken. Hatte sie ein Recht darauf, eifersüchtig zu sein? Wenn es nicht ausgerechnet ihre beste Freundin gewesen wäre … dann wäre es ihr vermutlich egal. Aber Trudi und Lorenz? Das musste sie erst verarbeiten. In diesem

Moment flammte der Anhänger auf. Der Schmerz durchschoss sie so unerwartet, dass sie aufsprang, aufschrie und die Kette mit einem Ruck von ihrem Hals riss. Was zum Teufel war das? Vorsichtig berührte sie das Amulett mit der Fingerspitze. Doch das Holz war so wärmeneutral, wie Holz es eben sein sollte. Tief ein- und ausatmend, versuchte sie sich selbst zu beruhigen. Verlor sie jetzt völlig den Verstand? Selina tastete nach der Stelle an ihrer Brust. Nichts wies darauf hin, dass sie verletzt worden war. Außer dem Gefühl, das immer noch in ihr nachbrannte. War das Normal? Doch bestimmt nicht, oder? Sie drehte das Amulett hin und her. Der grüne Stein funkelte. Er erinnerte sie an ein Auge; beinahe erwartete sie, dass es ihr zuzwinkern würde. Natürlich tat es das nicht. Es war ein stinknormaler Stein an einem stinknormalen Anhänger. Oder? Vielleicht war es eine Art Handwärmer … Selina drehte das Amulett um und suchte nach einer Öffnung, in die man eine Batterie setzen konnte. Doch sie fand nichts. Eigentlich hatte sie es auch nicht erwartet. Sie verknotete das Garn, welches sie entzweigerissen hatte und legte sich das Schmuckstück erneut um den Hals. Nichts geschah. Also war es doch nur Einbildung gewesen. Wahrscheinlich wurde das alles einfach zu viel für sie: Die Trennung von Mike, der Tod ihrer Mutter und jetzt auch noch das Wissen darüber, dass ihre beste Freundin mit ihrem Ex verheiratet war. Sie lachte trocken auf und schüttelte den Kopf über sich selbst. Reiß dich zusammen, Selina! Entschlossen drückte sie die Tür zur Kneipe nach innen auf. Warme Luft schlug ihr entgegen. Es roch nach Sportlerumkleide. Der Wirt verteilte Halbliterkrüge an eine Runde Männer, die laut über einen Witz lachten. Die beiden Frauen, die zwischen ihnen saßen und an einem Weinglas nippten, fielen in ihr Lachen mit ein. Selina erkannte John an der Theke, ihre Blicke kreuzten sich. Er hob sein Bierglas und grinste. Was erwartete sie sich von dieser Bekanntschaft? Sie wusste keine Antwort darauf. Im Grunde war es egal! Selina schlängelte sich durch den Raum und ließ sich neben ihn auf den Barhocker fallen.

„Ein Glas Wein? Oder etwas Härteres?", fragte er nach einem Blick in ihr Gesicht. Sie musste heute noch Autofahren — wenn die alte Kiste denn ansprang —, daher entschied sie sich für den Wein.

„Und, wie läuft der Besuch bei deiner Freundin?", fragte John.

Sofort musste Selina wieder an ihre letzte Begegnung mit Trudi denken. Wie abweisend sie gewesen war …

Sie zuckte nichtssagend mit den Schultern und war froh, als Wirt Otto ihnen die Gläser hinstellte. Und wenn sie einfach bei Trudi zu Hause vorbeifuhr und versuchte, sich zu entschuldigen? Aber sie wusste immer noch nicht, wo sie wohnte. Und was würde es ändern? Selina hatte nicht vor, hierzubleiben.

Sie musste Trudi vergessen! Das hatte sie doch schon einmal geschafft. In Wien wäre alles leichter … hoffte sie zumindest. Entschlossen griff sie nach dem Weinglas und spürte erneut eine sanfte Wärme, dort, wo das Amulett ihre Haut berührte. Sie war versucht, das Schmuckstück hervorzuziehen und zu betrachten – doch irgendetwas hielt sie davon ab. Sie wusste selbst nicht, was es war.

Wie konnte es sein, dass sich das Holzstück einfach so erwärmte? Vielleicht war es die Verbindung zu ihrer Schwester! Schließlich hatte auch Mellie den Anhänger getragen. Dieses Phänomen gab es doch, oder? Sie wusste, dass auch Mellie den Anhänger getragen hatte – deshalb versuchte ihr Unterbewusstsein, dem Schmuckstück etwas Besonderes zuzuschreiben. Und deshalb meinte sie, diese Wärme zu spüren. Das klang doch plausibel, oder? Deshalb musste sie ja nicht gleich verrückt werden!

John hob sein Bierglas hoch und grinste. „Na dann Prost." Als sie anstoßen wollten, verharrte er in der Bewegung. Die Gläser klirrten, als sie gegen seines stieß.

„Was hast du da?" Er zeigte auf die Stelle, an der ihr Anhänger verborgen lag. Selina fragte sich, woher er davon wissen konnte. Niemand konnte die

Kette unter ihrem Shirt erkennen. Sie stellte das Weinglas ab und blickte nun doch an sich hinunter. Vielleicht meinte er etwas anderes. An der Stelle, an der sie die Wärme des Amuletts spürte, schimmerte es rötlich durch ihr Shirt hindurch. War das auch noch normal? Sie kniff die Augen fest zusammen und blickte danach wieder auf dieselbe Stelle: Es schien, als würde der Anhänger darunter glühen. Vorsichtig zog sie das Garn mit dem Schmuckstück hervor. Doch sobald es in ihrer Hand lag, erkannte sie nichts Ungewöhnliches mehr daran. Selina schluckte und blickte John ins Gesicht. Hatte sie sich das gerade eingebildet? In Johns Augen lag ein Funkeln; er griff danach, fuhr am Holz entlang.

„Würdest du die Kette verkaufen?", fragte er mit seltsam rauer Stimme. Selina schüttelte den Kopf. Es war eine Erinnerung an ihre Schwester und ein Geschenk von Vater. Sie würde das Amulett nicht hergeben – egal, wie viel er dafür bot. Außerdem, irgendetwas an diesem Anhänger war anders. Sie war nicht verrückt, da war sie sich ziemlich sicher. Sie fand keine Worte, um ihr Gefühl zu beschreiben. Vielleicht war es am ehesten so, wie ihre Tante es damals gesagt hatte. Sie fühlte sich ... beschützt. Dies war ihr Talisman, ihr Glücksbringer. Das Schmuckstück, das sie und ihre Schwester verband. Dennoch war sie neugierig: Wieso wollte er den Anhänger haben und wie viel war er wert?

Sie nahm John die Kette sanft aus der Hand und versteckte sie wieder unter dem Shirt.

„Nein", sagte sie. „Für kein Geld der Welt. Was ist so besonders daran, warum willst du sie haben?"

John schüttelte rasch den Kopf. „Gar nichts. Sie gefällt mir." Er lächelte, griff nach dem Bierglas und hob es an, um erneut anzustoßen. Als die Gläser sich trafen, kam er nahe an sie heran. „Du bist schön, weißt du das?" Er stellte sein Glas ab und nahm Selina das ihre aus der Hand. „Darf ich?", fragte er und strich ihr eine Haarsträhne zurück. Seine Hand lag in ihrem Nacken, zeichnete dort immer kleiner werdende Kreise. Er beugte sich vor, blickte ihr in die Augen. Selinas Herz begann zu flattern, sie spürte seine Lippen, sie waren wunderbar weich. Ein Geruch von Erde und Bier umfing sie. Sie öffnete ihren Mund, spürte seine Hand. Er zeichnete keine Kreise mehr. Es fühlte sich an, als würde er nach etwas tasten. Etwas Warmes rutschte zwischen ihrem Busen hindurch, landete in ihrem Schoß. Was zur Hölle?! Selina sprang auf. Sie verstand plötzlich! Sie griff nach der Kette, deren Verschluss er geöffnet hatte und die jetzt zwischen ihren Beinen lag. Auch er hatte danach greifen wollen, doch er war zu langsam gewesen. Einen Moment blickten sie einander starr ins Gesicht. Zwei Personen, die erkannten, dass sie gerade zu Feinden geworden waren. Selina schob den Hocker zurück und ließ den Widerling keinen

Moment aus den Augen. Was war das hier? Wieso wollte er das Amulett stehlen?

„Ich denke, du bezahlst", erklärte sie kühl und verließ die Bar. Den Anhänger fest mit ihren Fingern umschlossen. Hier konnte er ihn nicht entwenden.

Selina eilte zurück in das Haus. Sie verstand nicht, was eben geschehen war. Was war das mit diesem Anhänger? Wieso war er interessant genug, dass jemand ihn stehlen wollte? Und wieso erwärmte er sich andauernd ohne einen ersichtlichen Grund? Am Schlüsselbrett fand sie den Autoschlüssel. Sie wollte so schnell wie möglich von hier weg; warf ihre Reisetasche auf den Rücksitz. Natürlich ließ der Motor sich nicht starten. Sie ärgerte sich darüber, nicht an Benzin gedacht zu haben. Ihre Abreise verzögerte sich um eine weitere Stunde, die sie zwischen ihrem Elternhaus und einer Tankstelle, auf dem Beifahrersitz eines Taxis, verbrachte. Der Anhänger wärmte sie unentwegt. Doch wenn sie zu ihm hinunterblickte, konnte sie kein verräterisches Licht ausmachen. Endlich wieder in ihrem Garten angekommen, leerte sie die Benzinkanister in den Tank. Ein wahrhaft letztes Mal nahm sie Abschied und betrachtete die Rosenstöcke ihrer Mutter. Sie hatte Blumen aller Art geliebt. Rosen waren ihr die Liebsten gewesen. Vermutlich, weil sie beim Schneiden mit ihnen hatte kämpfen müssen: Das schweißt zusammen. Selina griff nach einem der wenigen Rosenköpfe und beschloss, ihn als Erinnerung mitzunehmen. Sie holte eine Gartenschere aus dem Trümmerhaufen des ehemaligen Geräteschuppens, schnitt die Rose ab und drehte sich um, um die Vogelscheuche zu betrachten. Vielleicht sollte sie das Individuum entfernen, um der Nachbarin einen Gefallen zu tun. Selina grinste. Sie spürte einen Druck am Fußgelenk, blickte nach unten. Eine Rosenranke hatte sich dort um ihren Knöchel geschlungen. Sie versuchte, die Pflanze abzuschütteln. Doch diese wickelte sich immer fester und fester um sie, wand sich um ihren Fuß, bis zu ihrem Oberschenkel. Panisch zerrte Selina daran, versuchte, vom Gestrüpp wegzukommen; durchtrennte die Ranke mit der Gartenschere und hüpfte eilig zurück. Außer Atem schnitt sie ihr Bein frei und warf die Schlingpflanze weit von sich. Wie eine Schlange wand sie sich in der Luft und fiel irgendwo zwischen dem Gras zu Boden. Selinas Herz klopfte heftig. Kurz blitzte das Foto von Mellie vor ihrem geistigen Auge auf … hatte nicht auch dieses Bild gewirkt, als würde der Efeu nach ihr greifen? Verstört eilte Selina zum Wagen, setzte sich hinter das Steuer und war froh, die alte Tür hinter sich zuwerfen zu können. Im Inneren des Autos warteten garantiert keine gefährlichen Pflanzen auf sie. Selina versuchte mehrmals, den Wagen zu starten. Er hustete kränklich, blieb aber an Ort und Stelle stehen.

Frustriert schlug sie mit der Hand gegen das Lenkrad; ein Hupen ertönte. Sie sah sich unsicher um. Wenn sie jetzt ausstieg ... auf den Rasen trat ... würde dann etwas passieren? Aber hierbleiben konnte sie auch nicht. Sie stieß die Fahrertür auf, verließ die Garage und setzte vorsichtig einen Fuß auf den Teppich aus Gras.

„Brauchen Sie Starthilfe?", rief Frau Larsen von der gegenüberliegenden Straßenseite. Selina zuckte zusammen.

„Das wäre nett, ja."

„Wissen Sie, ich habe Ihre Not ja schon länger bemerkt. Aber an diesem scheußlichen Männchen konnte ich nur schwer vorbeiblicken. Außerdem müssen Sie verstehen, dass es mir wirklich schwerfällt, ihr Grundstück zu betrachten. Jetzt, wo dieses ... Ding hier steht." Selina stöhnte auf. Ihre Nachbarin würde sie sicherlich nicht vermissen. Sie zog die Heugabel mit dem Kürbiskopf aus der Erde und legte sie zu dem übrigen Bretterhaufen.

„Vielen Dank. Das ist wahrhaft zuvorkommend von Ihnen. Warten Sie, ich sehe gleich nach, wo mein Mann ist. HERBERT!" Ein Mann mit Glatzkopf, Brille und Bierbauch erschien. Er war weitaus kleiner und weniger attraktiv als seine Frau.

„Ich bin ja hier. Was schreist du denn so?"

„Hol doch bitte den Wagen und gib unserer Frau

Nachbarin Starthilfe."

Etliche gut gemeinte Ratschläge und zwei Fehl-
starte später, konnte Selina das Grundstück hinter
sich lassen und fuhr in Richtung Wien. Der schnellste
Weg auf die Autobahn ging durch einen verlassenen
Ort, in dem mehr Kühe als Menschen lebten. Die
Straße war gerade so breit, dass zwei Autos im
Schritttempo aneinander vorbeifahren konnten. Sie
musste an die Rosenranken denken und meinte erneut, den sanften Druck an ihrem Knöchel zu spüren. Sie blickte an sich hinab. Ein Ruck durchfuhr sie.
Schnell trat sie auf die Bremse. Sie war zu weit auf
die linke Spur geraten und hatte dort den Hang ge-
streift. Ihr Atem ging schnell. Sie musste sich besser
konzentrieren. Im hinteren Teil des Autos klapperte
etwas. Sie wollte nicht wissen, was es war. Solange
das Fahrzeug bis Wien mitspielte, war sie glücklich.
Sie hatte Angst, der Wagen könnte auseinanderbre-
chen. Aber momentan fuhr er. Wenn er auch bei jeder Umdrehung quietschte. Selina blieb stehen,
schaltete das Radio an und suchte nach einer Fre-
quenz. Sie drehte voll auf. Ein Rauschen ertönte. Sie
suchte eine Weile nach einem Kanal, fing einige
Töne ein; einen Mann, der ein Bibelzitat vortrug —
wieder nur Knistern. Selina stellte auf stumm, kur-
belte das Fenster herunter und genoss den kühlen
Fahrtwind. Die Gegend war schön. Beinahe bereute

sie es, abzureisen und zurück in die Stadt zu fahren. Wo es immer laut war und man für etwas Natur die Bäume im Stadtpark besuchen musste. Aber es gab niemanden, für den es sich gelohnt hätte, zu bleiben. Dort hatte sie zumindest eine Arbeit.

Sie hätte sich gerne mit Trudi versöhnt. Aber an einer Versöhnung schien diese wohl nur über ihre Leiche interessiert zu sein. Selina trat ins Gaspedal. Sie musste von hier weg! Keine Minute länger hielt sie es in dieser Gegend aus. Sie hörte das Drehen der Reifen, das Knirschen von Steinen und ein Quietschen im hinteren Teil des Wagens. Alles Geräusche, die Selina nervös stimmten und die sie lieber nicht gehört hätte. Sie gaben ihr das Gefühl, dass die alte Rostlaube beim nächsten Windstoß auseinanderfallen würde. Die Straße war kurvenreich, schlecht einsehbar und verstärkte ihre ungute Vorahnung. Dazu trug auch die Begegnung mit John bei, den sie zunächst sympathisch gefunden hatte. Selina wusste nicht, was sie jetzt für ihn empfand. War es Furcht?

Ihr Leben war binnen weniger Tage derart aus den Fugen geraten, dass sie nicht wusste, ob sie jemals wieder zur Normalität würde zurückkehren können. Die Landschaft um sie herum war atemberaubend. Doch im Moment hatte sie nicht den Kopf, um diese zu bewundern. Vielmehr stach ihr ins Auge, dass die Straße auf der linken Seite von einem Hang begrenzt wurde; zu ihrer rechten fiel sie steil ab. Selina befürchtete, sich zu verschätzen und den Hügel hinabzurollen. Darum fuhr sie jetzt eher mittig auf der Straße.

Ein sich näherndes Fahrzeug war zu hören. Selina drosselte ihr Tempo, fuhr zurück an den rechten Rand des Asphalts und schielte sorgenvoll in den Rückspiegel: Ein schwarzer SUV näherte sich mit halsbrecherischem Tempo. Doch anstatt zu bremsen, beschleunigte er offenbar noch zusätzlich und schien sie überholen zu wollen. Dafür war der Weg viel zu schmal! Selina rollte noch weiter auf die rechte Seite und warf einen ängstlichen Blick die Böschung hinab. Dieser Verrückte quetschte sich doch tatsächlich an ihr vorbei! Der würde ihr mit Sicherheit jeden Moment den linken Seitenspiegel wegreißen! Sie hörte ein lang gezogenes Knirschen: das Geräusch von Metall auf Metall. Selina klammerte sich mit beiden Händen am Lenkrad fest und versuchte, den Wagen wieder weiter nach links zu bekommen. Ganz gleich, ob dieser Wahnsinnige noch eine weitere Schramme im Lack bekam. Doch sie fuhr nun mal keinen schweren Mercedes. Die Geräusche, als ihre Reifen an Asphalt verloren, brachten Sie endlich zurück ins Hier und Jetzt. Nachdenken! Sie war hier die Schwächere! Bremsen! Mit aller Gewalt stieg sie ins Bremspedal. Zeitgleich traf sie von links ein weiterer Schlag, und plötzlich sah sie keine Straße mehr vor sich. Selina starrte auf die Tasche, die an ihr vorbei gegen die Frontscheibe schoss. Sie befand sich in einem tödlichen Karussell, das sich unaufhörlich weiterdrehte. Ihr wurde immer schwindeliger, während die Fliehkräfte sie in alle möglichen Richtungen rissen. Alles um sie herum drehte sich. Dann ein gewaltiger Knall, der das Trommelfell schier zerriss. Etwas schlug ihr ins Gesicht. Atmen, atmen. Ihr war so heiß, als würde sie verbrennen. Der Gurt fraß sich in ihre Oberschenkel, dann war es still.

Einen Moment regte Selina sich nicht. Sie atmete flach und versuchte mit geschlossenen Augen festzustellen, ob sich ihr Körper verändert anfühlte. Der Gestank von Rauch, Öl und verschmortem Plastik hing in der Luft. Langsam blickte sie den Tatsachen ins Gesicht: Vor ihr stand ein gewaltiger Baum, rechts neben ihr ein weiterer. Er hatte die Beifahrerseite derart eingedrückt, dass jeder tot gewesen wäre, der dort gesessen hätte. Selina bewegte vorsichtig ihre Finger, ihre Zehen, den Kopf. Der Airbag hing wie ein geplatzter Ballon aus dem Lenkrad. Mit zitternden Fingern löste sie den Gurt und öffnete langsam die Tür, die außer einem kleinen Riss in der Scheibe unbeschädigt wirkte. Erst als sie die klare Luft von draußen einatmete, bemerkte sie den Rauch im Wageninneren. Selina hustete und ließ sich zu Boden gleiten. Sie blickte zum Straßenrand hinauf; dort stand jemand und starrte herunter. Er musste doch Hilfe holen! Den schwarzen SUV hatte er am Rand geparkt. Selina fröstelte. War das etwa Absicht gewesen?

Irgendetwas ging hier vor, was sie selbst noch nicht begriffen hatte. Zuerst der Vorfall im Wirtshaus, und jetzt das. Das alles war kein Zufall, oder? Der Mann setzte sich in Bewegung und kletterte die Böschung herunter. Zu ihr! Würde er sein Werk zu Ende bringen und Selina verschwinden lassen? Ihr Herz begann heftig zu schlagen. Eilig rappelte sie sich auf und griff nach dem Amulett um ihren Hals. Es war immer noch da und lag schwer in ihren Händen. Eine sanfte Wärme ging davon aus. Irgendetwas hatte es damit auf sich. Wenn sie nur wüsste, woher das Amulett stammte ... dann würden sich all die Geschehnisse der letzten Tage ganz sicher wie von selbst aufklären. Sie spielte mit dem Gedanken, die Kette und den damit verbundenen Ärger weit von sich zu werfen. Stattdessen versteckte sie das Amulett unter ihrem Shirt, wo es sanft pulsierte. Sie taumelte einige Schritte in Richtung Wald, um Abstand zwischen sich und den Fremden zu bringen. Mittlerweile hatte er das Klettertempo erhöht. Wenn er eine Waffe trug, würde er vermutlich auf sie schießen, sobald er auf der Wiese angelangt war und einen sicheren Stand hatte. Selina begann zu rennen, stolperte über ihre Füße, fing sich aber rasch wieder. Ihre Beine zitterten, als wäre sie gerade einen Marathon gelaufen. Jeder Schritt kostete sie immense Kraft. Selina schleppte sich weiter. Immer weiter in Richtung Wald. Die ersten Bäume verschluckten ihren Körper. Sie stützte sich an den Stämmen ab und meinte, ein Flüstern zu hören.

„Komm zu uns", säuselte es im Wind. „Wir beschützen dich."

Selina wollte daran glauben und sank neben einem Baum zu Boden. Sie war so schwach. So unendlich schwach vergrub sie ihre Finger im Moos und griff nach den Ranken einer wilden Rose. Der Anhänger um ihren Hals pulsierte und war angenehm warm. Plötzlich begann die Rose vor ihren Augen zu wachsen. Intuitiv wusste sie aber, dass keine Gefahr von ihr ausging. Die Ranken wurden wie Tentakel immer länger und fassten nach ihrer Hand. Vorsichtig schmiegten sie sich um ihren Arm, bis er vollends umhüllt war. Die Dornen stachen ein klein wenig in die Haut, doch sie fühlte, dass die Pflanze es in keiner Weise böse meinte. Ranken hüllten auch ihren restlichen Körper ein, wanden sich um ihre Füße und den Rumpf – bis Selina vollständig von dem Rosengewächs verborgen war. Sanft legte sich ein übergroßes Blatt über ihr Gesicht. Seitlich konnte sie aber noch immer ein wenig daran vorbeiblicken. Selina sah den Mann auf ihr Versteck zulaufen und direkt daneben stehen bleiben. Er blickte sich aufmerksam um und suchte den Boden ab – sein Blick glitt über ihr Versteck hinweg, als wäre sie unsichtbar. Dann hastete er eilig weiter. Selina blieb kraftlos liegen und schloss die Augen – in einem Bett aus Dornen …

Kapitel 5

Die Zimmerdecke war weiß und fremd. Selina starrte einen Moment darauf. Bis sie erkannte, dass sie nicht zu Hause war. Sie legte den Kopf zur Seite. Es war ein Krankenhauszimmer. Auf dem Stuhl neben ihrem Bett saß eine junge Frau, ein dickes Buch in der Hand. Selina musste ein paarmal blinzeln, bis sie registrierte, dass es Trudi war. Aber wieso war sie hier? Bei ihrer letzten Begegnung hatte sie abweisend gewirkt. Selina war sich sicher gewesen, ihre beste Freundin verloren zu haben. Vielleicht würde doch noch alles gut werden. Sie lächelte, streckte vorsichtig die Hand aus. Als sie Trudis Bein berührte, zuckte sie zusammen.

„Selina! Du bist wach? Wie geht es dir?" Trudi legte ein Lesebändchen in den Wälzer, nahm Selinas Hand zwischen ihre. Sie sah ernst aus. „Kannst du dich an den Unfall erinnern?"

Selina dachte nach. Klar und deutlich. An den Wagen, der sie abgedrängt hatte, an den Mann und an die Pflanzen. Ein Schaudern überkam sie. Rasch tastete sie nach dem Anhänger an ihrem Hals; er war nicht mehr hier. Panisch setzte sie sich auf, blickte sich um.

„Alles ist gut", versuchte Trudi sie zu beruhigen. Sie fasste Selina sanft an den Schultern und drückte sie zurück in das Kissen. „Du bist in Sicherheit."

„Wo ist die Kette?"

Trudi runzelte die Stirn. „Meinst du die da?" Sie zog das Amulett aus der Tasche und hielt es am Garn hoch. Es schwang vor und zurück. Wie ein Pendel, das sie hypnotisieren wollte. Selina starrte darauf, bis Trudi die Hand sinken ließ. Sie griff danach, doch Trudi zog das Schmuckstück zurück. „Was ist passiert?", fragte sie leise. Sie setzte sich an den Rand des Krankenbettes und blickte Selina eindringlich in die Augen. „Wolltest du dich umbringen?"

Verwirrt starrte Selina sie an. Die Tür wurde geöffnet. Eine Ärztin trat ein, dahinter ein Mann in Uniform.

„Müller", stellte er sich vor, ehe die Ärztin etwas sagen konnte. „Ich bearbeite Ihren Unfall."

Verärgert stellte sich die Ärztin vor den Polizisten. „Frau Horst?"

Selina nickte, blickte erwartungsvoll auf die Frau in Weiß, lugte aber gleichzeitig an ihr vorbei. Der Uniformierte trug eine Brille, deren Konturen so dick waren, dass sie überdeutlich aus seinem Gesicht hervorstach. Seine Wurstfinger lagen auf der Mütze, die er nicht am Haupt, sondern zwischen den Händen trug. Ungeduldig klopfte er mit einem Finger an den Rand. Seine Haare wuchsen wie ein Kranz auf seinem Kopf. Das Gesicht hätte Gutmütigkeit ausgestrahlt – eine Äußerlichkeit, die viele Menschen dazu brachte, sich ihm anzuvertrauen – doch er hatte es mürrisch verzogen.

„Sie hatten großes Glück. Sie haben nicht einmal einen blauen Fleck vom Unfall davongetragen. Das ist mir gänzlich unverständlich."

„Ihrem Wagen erging's da nicht so gut. Der befindet sich im Karosseriehimmel", warf der Polizist ein.

Selina erinnerte sich an das letzte Bild, das sie von dem Auto hatte: eingedrückte Tür, zersplitterte Windschutzscheibe.

Die Ärztin drehte sich rasch zu dem Mann um. „Würden Sie bitte draußen warten?" Polizist Müller hob entschuldigend die Hände und blieb, wo er war. Für den Rest der Visite behielt er seine Meinung für sich.

„Heute Nacht möchten wir Sie zur Beobachtung hierbehalten, morgen früh können Sie nach Hause." Die Ärztin verabschiedete sich und hielt für Trudi die Tür auf, die mit ihr nach draußen treten wollte. Müller setzte sich auf den Stuhl, den Trudi vorgewärmt hatte.

„Warte!", rief Selina ihrer ehemaligen Freundin hinterher. Sie wollte nicht, dass sie ging. In der Tür drehte Trudi sich um, kam rasch zurück und legte den Anhänger auf die Decke. Bevor sie verschwinden konnte, fasste Selina sie am Arm.

„Bleib bitte."

„Du bist auch nicht hiergeblieben, als wir dich

gebraucht haben." Trudi zog ruckartig ihre Hand zurück. Selina schluckte und blinzelte rasch eine Träne weg, bevor die anderen sie bemerken konnten.

„Du willst doch wissen, was passiert ist, oder? Bleib und hör dir die Geschichte an."

Auf dieses Angebot ging Trudi ein. Einer guten Geschichte hatte sie noch nie widerstehen können. Sie setzte sich neben den Polizisten und sagte während der Befragung kein einziges Wort.

Obwohl Selina auf die Fragen des Ordnungshüters antwortete, war es Trudi, die sie während der Zeit ansah. Sie wollte sehen, wie ihre ehemalige Freundin auf die Geschichte reagierte.

„Der SUV hat mich von der Straße abgedrängt, ich bin mir ganz sicher, dass es Absicht war." Sie suchte Trudis Blick. „Der Kerl wollte mich umbringen." Wenn Selina zwischendurch zu Müller geblickt hätte, wäre ihr nicht entgangen, dass er sich fleißig Notizen machte und bei ihrer letzten Enthüllung die Stirn in Falten legte. Er kratzte sich mit dem Stift an der blanken Stelle zwischen seinem Haarkranz.

„Und wieso hätte das jemand tun sollen?"

„Wegen des Amuletts", antwortete Selina überzeugt, blickte dabei Trudi an, die vornübergebeugt in ihrem Stuhl saß, das Kinn in Denkerpose auf den Fingern abgestützt. Selina erzählte von dem Geschenk ihres Vaters und dass Mellie es an sie weitergegeben hatte. Sie erzählte von der Begegnung mit

John, dem Mann in der Bar, und dass er versucht hatte, ihr die Kette zu entwenden.

„Interessant. Wo befindet sich besagtes Schmuckstück?"

Selina fischte das Amulett von der Bettdecke und ließ es vor dem Polizisten hin- und herbaumeln.

„Diese Kette?", fragte er und griff danach, um sie genauer zu betrachten. Er strich über das glatte Holz. „Wegen dieses Schmuckstückes sollte Sie jemand umbringen wollen? Ist es denn viel wert?" Er blickte sie durchdringend an.

„Ich … Ich weiß es nicht", stotterte Selina. Unter seinem Röntgenblick war sie unsicher geworden. Sollte sie ihm von den Rosen erzählen? Aber das war so lächerlich, dass nicht einmal sie selbst daran glaubte. Wahrscheinlich war sie gestolpert, in ein Rosengebüsch gefallen und hatte dort halluziniert.

Die Ärztin hatte gesagt, sie hatte nicht einmal einen blauen Fleck von ihrem Unfall? Zumindest Einstichstellen von den Dornen musste sie haben! War das ein Beweis? Selina hob die Arme hoch und suchte nach Kratzern, Schürfwunden … irgendwas. Doch da war nichts!

„Wo haben Sie mich gefunden?", fragte Selina.

Müller tippte mit dem Stift mehrmals auf sein Notizbuch. „Im Wald, ein ganzes Stück von Ihrem Auto entfernt. Es scheint, als wären sie dort zusammengebrochen. Was wollten sie dort?"

„Ich wurde von dem Mann verfolgt, der mich abdrängen wollte. Ich ... lag ich in einem Rosengebüsch?"

Müller legte die Stirn in Falten und dachte kurz nach. „Nein. Ich meine, dort waren überall Rosen und anderes Gestrüpp, doch sie lagen mitten am Waldboden. Deshalb bin ich bei ihrer Aussage auch etwas skeptisch. Sie sagen, der Mann hätte sie verfolgt? Glauben Sie mir, wenn ich Ihnen sage, dass er sie dort leicht hätte finden können. Sie lagen für jedermann sichtbar im Moos." Müller bedachte sie mit einem sonderbaren Blick, klappte das Notizbuch zu und erhob sich. „Vielen Dank auf jeden Fall, Frau Horst. Wir werden diesem John auf den Zahn fühlen. Bis wir Näheres wissen, biete ich Ihnen Polizeischutz an. Vor dem Krankenzimmer steht eine Wache. Wenn Sie morgen nach Hause gehen, wird auch dort ein Polizist auf Sie warten. Und vielleicht sollten Sie sich auf eine Gehirnerschütterung untersuchen lassen." Er machte eine kurze Pause, dann nickte er in Trudis Richtung. „Ich gehe davon aus, dass dies Ihre Freundin ist?".

Trudi blieb keine Zeit zu verneinen, da Selina bereits ein lautes „Ja" erklingen ließ, und wartete, wie ihre Freundin darauf reagierte. Trudi zog die Augenbrauen zusammen, warf Selina einen dunklen Blick zu und schüttelte den Kopf. Müller drehte sich zu Trudi hin, setzte sich die Mütze auf den Kopf.

„Es wäre sicherlich nicht schlecht, wenn die nächsten Tage jemand in der Nähe ihrer Freundin ist. Wir könnten ihr einen Psychologen zur Verfügung stellen, aber in ihrem Fall wäre das offene Ohr einer Freundin vermutlich besser."

Trudi rümpfte die Nase, nickte aber.

„Dann bräuchte ich noch Ihre Kette. Die ist jetzt ein Beweisstück. Wir werden überprüfen, wie viel sie wert ist." Müller blickte sie abwartend an.

Die Kette? Er wollte sie mitnehmen? Selinas Herz klopfte heftig. Das ging nicht … auf keinen Fall. Sie wusste nicht, was hier los war. Aber etwas stimmte nicht! Sie war doch nicht verrückt und hatte sich ihren Verfolger ausgedacht. Und wenn sie mitten am Waldboden gelegen und trotzdem nicht von dem Unbekannten entdeckt worden war … dann bedeutete das, dass sie sich die Rosenranken doch nicht eingebildet hatte! Diese Rose war gewachsen und hatte sie beschützt. Wie lächerlich absurd das auch klang!

Sie konnte das Amulett nicht hergeben. Nach diesem Unfall war sie sicher, dass dies ihr Talisman war.

„Nein", widersprach Selina. „Es tut mir leid, aber ich kann Ihnen die Kette nicht geben. Ich glaube, dass doch nicht die Kette der Grund ist, warum man hinter mir her ist. Vielleicht ja etwas in meiner Vergangenheit. Wahrscheinlich hängt es mit dem Tod meiner Schwester zusammen. Sie starb ja auch bei einem Verkehrsunfall. Können Sie das überprüfen?"

Müller wirkte einen Moment irritiert, nickte dann aber. Bevor er das Zimmer verließ, drehte er sich noch einmal um. „Ah. Eine Frage habe ich noch: Sie sind doch vor zehn Jahren von hier abgerauscht?"

Selina bejahte. Zaghaft lächelte sie Trudi an, die demonstrativ in eine andere Richtung blickte.

„Wieso sind Sie zurückgekehrt?" Seine Augen wirkten hinter der Brille klein und gutmütig. Und doch lag ein Funke darin, der jedem Raubtier eigen war: die Vorfreude auf die Jagd.

„Meine Mutter ist verstorben", antwortete sie leise. „Ich habe ihr Haus geerbt und bin hier, um es auf Vordermann zu bringen und zu verkaufen."

Sobald Müller die Tür hinter sich zugezogen hatte, stand Trudi vom Stuhl auf und ging im Zimmer auf und ab.

„Deine Geschichte klingt an den Haaren herbeigezogen", sagte sie. „Willst du mir nicht sagen, was wirklich passiert ist?" Sie stützte sich mit den Händen am Bett ab und blickte Selina durchdringend an.

„Das habe ich eben."

Trudi schüttelte den Kopf. „Hältst du mich für blöd?", Sie schnappte sich Buch und Tasche und eilte auf den Ausgang zu.

„Warte! Ich habe nicht gelogen. Ich habe etwas ausgelassen. Aber das kann ich dir nicht erklären. Ich muss es dir zeigen, ja? Morgen, wenn ich von hier wegkann."

Unentschlossen blieb Trudi an der Tür stehen. Sie legte das Buch in die Tasche und ging in das Zimmer zurück.

„Warum bist du eigentlich hier?", stellte Selina die Frage, die ihr schon eine Weile durch den Kopf spukte. Trudi seufzte, ließ sich wieder auf den Stuhl sinken.

„Lorenz Bruder ist bei der Polizei. Durch einen Funkspruch hat er von dem Unfall gehört und mir sofort Bescheid gegeben. Ich bin schon eine Weile hier." Die beiden blickten sich lange an. „Ich hab' mir Sorgen gemacht", gab Trudi zu und lächelte zaghaft. Selina setzte sich im Bett höher auf.

„Es tut mir leid, dass ich mich nie gemeldet habe. Ich … es war leichter für mich, einen klaren Schnitt zu ziehen. Ich bin egoistisch, ich weiß."

Trudi stimmte ihr zu und stand wieder auf. „Ich komm' dich morgen früh abholen, ja? Ich muss nach Hause. Scooby-Doo und Lilli warten auf mich."

„Deine Kinder?" Bei dem Gedanken versetzte es Selina einen Stich. Zu sehen, wo Trudi im Leben stand, rief ihr in Erinnerung, was sie alles nicht hatte. Kein Haus, keine Kinder, keinen Mann. Ein Leben aus dem Koffer, zwischen Wohnungen, die auf eine Saison beschränkt waren.

Trudi lächelte, zog ihr Handy aus der Hose und suchte auf dem Bildschirm nach Fotos. Was sie Selina zeigte, waren ein Hundewelpe und ein Kätzchen, die eng aneinandergekuschelt auf einer Decke schliefen.

Als Trudi am nächsten Morgen wiederkam, war Selina bereits abreisebereit. Sie verstand nicht, was es mit dem Amulett auf sich hatte. Jetzt würde sie es erfahren. Gleichzeitig hatte sie Angst, es könnte nichts passieren. Angenommen, sie hatte sich alles nur eingebildet und keine Rosenranke würde sich im Garten um sie schlingen … Trudi würde ihr nie wieder vertrauen. Die Fahrt zu Selinas Elternhaus dauerte eine Viertelstunde, in der die Insassen nicht miteinander sprachen. Trudi blickte angestrengt auf die Straße, als würde jede Ablenkung das Fahrgefühl beeinträchtigen. Der Ring, den sie am Finger trug, war aus Gold; ein Streifen Silber zog sich hindurch. Selina fragte sich, wer ihre Trauzeugin gewesen war. Lorenz hatte bestimmt seinen Bruder als Beistand gewählt. Die beiden hatten sich immer verstanden. Allerdings musste Selina sich eingestehen, weder Braut noch Bräutigam nach der langen Zeit noch zu kennen. Trudi parkte den Wagen auf dem für Besucher gekennzeichneten Bereich am Ende der Straße. In der Siedlung selbst durfte kein Auto stehen bleiben. Jedes Fahrzeug, das dort an den Rand geparkt wurde und ohne Aufsicht war, fand sich kurze Zeit später huckepack hinter einem Abschleppfahrzeug herziehend. Dafür sorgte Frau Larsen, die selbst ernannte Parkwächterin. Dass sie den örtlichen Abschleppdienst auf Kurzwahl hatte, stieß bei den meisten Einwohnern auf wenig Freude.

Die zwei gingen das kurze Stück vom Auto bis zu Selinas Elternhaus. Vor dem Grundstück blieben sie eine Weile stehen. Auch ohne Vogelscheuche und mit geschnittenem Rasen war es das schwarze Schaf der Siedlung.

„Ich war schon lange nicht mehr hier", gab Trudi zu. „Deine Mama ist vor acht Jahren weggezogen. Sie hat es nicht mehr ausgehalten, zwischen all den Erinnerungen. Im Grunde ist sie geflüchtet, wie du. Nur hat sie sich verabschiedet." Sie warf Selina einen Seitenblick zu. „Weißt du, was ich nicht verstehe?", fragte sie und betrachtete das Haus; als wäre die Frage an das Gebäude gerichtet und nicht an Selina. „Deine Flucht damals war die Kurzschlussreaktion eines Teenagers. Vielleicht kann ich es sogar verstehen." Sie drehte sich zu Selina, blickte ihr anklagend ins Gesicht. „Aber zehn Jahre … du bist doch irgendwann erwachsen geworden. Hast du nicht irgendwann mal an uns zurückgedacht und dich gefragt, wie es uns geht?"

Eine Weile antwortete Selina nicht, beobachtete einen Käfer dabei, wie er die Zinnen des Gartenzauns entlang krabbelte. Trudi sah sie herausfordernd an, doch Selina heftete die Augen auf den Boden.

„Weißt du … Ich hab' mir damals geschworen, nicht zurückzublicken. Ich habe versucht, ein vollkommen neues Leben anzufangen, ohne Vergangenheit. Trudi … ich bin schuld daran, dass das passieren konnte." Selina sah auf und suchte den Blick ihrer Freundin. Sie musste verstehen, was in ihr vorging – obwohl sie es selbst kaum verstand. Sie konnte sich nicht verzeihen, ihre Mutter im Stich gelassen zu haben. Und noch viel schlimmer … sie konnte sich Mellies Unfall nicht verzeihen. Niemals würde sie das können. „Ich bin schuld an Mellies Tod. Ich allein! Und Mama und Frank wussten das. Sie haben es mich spüren lassen. Jedes Mal, wenn sie mich angesehen haben. Mama konnte mir kaum über den Weg laufen. Ich musste von hier weg. Ich konnte doch nicht weiterhin unter diesem Dach wohnen, an diesem Tisch essen – jetzt, wo Mellie nicht mehr da war. Mellie ist tot, weil ich mich mit euch getroffen habe. Ich konnte nicht hierbleiben, bei den Freunden, die ich meiner kleinen Schwester vorgezogen habe. Nicht bei der Mutter, die mich nicht mehr ansehen konnte, ohne ihre verstorbene Tochter vor sich zu sehen. Nicht bei Frank, in dessen Blick pure Verachtung lag. Ich musste fort! Ich habe eure Nummern gelöscht, alle Erinnerungen entsorgt und versucht, zu vergessen, wer ich gewesen bin

und was ich getan habe. Und es ist mir gelungen."
Selina lachte trocken auf. „Bis zu dem Tag, als Franks
Brief mich erreichte. Ich konnte euch nicht anrufen",
schloss sie traurig und wischte sich eine Träne fort,
die von einer weiteren abgelöst wurde. „Ich hätte all
das hier vermisst: Mein Zuhause, meine Freunde.
Und doch hätte ich nicht zurückkommen können. Es
hätte mich zerfressen, Trudi."

Trudi sagte kein Wort. Stattdessen öffnete sie
das Gartentor und trat langsam ein. Selina wusste,
dass sie von ihr die Wahrheit erwartete. Sie musste
ihr zeigen, was es mit dem Anhänger auf sich hatte,
und legte sich diesen um den Hals. Wie am vorheri-
gen Tag berührte sie eine der Blüten, fuhr an den
Dornen entlang. Nichts rührte sich und der Anhänger an ihrem Hals blieb kühl.

„Was wolltest du mir zeigen?", fragte Trudi und
trat neben sie.

Selina ging rasch einige Schritte zurück. Warum
hatte es gestern funktioniert? Am Straßenrand
parkte ein Polizeiauto. Ein junger Polizist öffnete die
Beifahrertür und trat an den Gartenzaun.

„Frau Horst? Wir werden hier Stellung beziehen.
Wenn Ihnen etwas ungewöhnlich erscheint, geben
Sie uns Bescheid."

Selina nickte. Sie stand mit dem Rücken zum Dor-
nengebüsch, doch keine Ranke legte sich um ihren

Knöchel. Sie trat weiter zurück, bis sie die Hecke im Rücken spürte. Trudi fasste sie am Arm.

„Raus jetzt mit der Sprache."

Selinas Herz klopfte. Vielleicht lag es daran, dass heute eine Zuseherin dabei war? Jedes Mal, wenn etwas Ungewöhnliches geschehen war, war sie alleine gewesen. Aber wie sollte sie das Trudi erklären? Sie musste Zeit gewinnen! „Wollen wir nicht erst reingehen? Wir können Kaffee und Kuchen essen." Ihr fiel ein, dass sie weder das eine noch das andere zu Hause hatte.

„Nein! Ich will jetzt wissen, was los ist!"

Selina wusste nicht, was sie antworten sollte. Dies war ihre Chance, sich wieder mit Trudi zu versöhnen. Sie spürte das! Trudi war neugierig und abenteuerlustig. Wenn dieser Anhänger etwas Ungewöhnliches in Gang setzte, würde Trudi das herausfinden wollen. Das würde sie zusammenschweißen. Aber wie konnte sie ihr zeigen, was sie erlebt hatte, wenn nichts geschah? Trudi würde sie für verrückt erklären und den Kontakt ein für alle Mal abbrechen. Das durfte nicht passieren! Dann endlich spürte Selina die ihr bereits vertraute Wärme. Sie blickte an sich hinab, konnte es aber nicht leuchten sehen. Doch das würde bestimmt gleich beginnen!

„Warte, ich zeig's dir gleich", sagte sie erleichtert, den Blick auf die Stelle an ihrem Shirt gerichtet, unter dem der Anhänger lag.

Trudi verschränkte die Arme, ihre Augen funkelten angriffslustig.

„Meinst du, ich merke nicht, dass du mich hinhältst? Glaubst du, ich bin blöd?" Sie machte eine wegwerfende Handbewegung, eilte an Selina vorbei, den Garten nach draußen.

„Nein, warte!", rief Selina ihr hinterher. Sie konnte doch jetzt nicht gehen! Aus dem Augenwinkel sah sie die Ranke einer Rose, die in die Höhe wuchs und wie ein menschlicher Arm hinter ihrer Freundin herwinkte. Doch Trudi achtete nicht mehr auf sie.

Nach Trudis Abreise war Selina alleine und nahm das Bild mit Mellie und deren Freundin aus dem Schrank. Sie betrachtete die Efeuranken, die sich von hinten um ihre Schwester schlangen. Hatte Mellie etwas Ähnliches erlebt?

Anscheinend war ihr Verdacht falsch gewesen. Es schien den Pflanzen egal zu sein, ob sie Zuseher hatten oder nicht. Aber warum kam dann Leben in das Grünzeug? Vielleicht gab es auch gar keinen Auslöser ... vielleicht hatten sie ihren eigenen Kopf und taten, was sie wollten. Was es auch war, Selina war sich sicher, dass es mit dem Anhänger zusammenhing.

Sie betrachtete Mellies Gesicht. Es sah aus, als hätte sie sich gefürchtet. Bestimmt hatte sie nicht gewusst, was hier vor sich ging. Als Selina die Fotos nicht länger ertrug, legte sie erneut das Tuch über die Vitrine und setzte sich auf das Sofa, zappte durch die Kanäle. Bei einer Tierdoku blieb sie stehen. Beobachtete Störche dabei, wie sie zusammen ein Jungtier großzogen. Die Vögel waren sich ein Leben lang treu. Frustriert stellte Selina den Fernseher ab. Sie trat zum Bücherregal und ließ ihren Blick über die Titel gleiten. Als Teenager hatte sie dauernd gelesen. Zwei bis drei Bücher in der Woche waren keine Seltenheit gewesen. In der Schulbibliothek hatte man sie gekannt und bewundert. Sie war gerne an ferne Orte gereist, hatte sich eine neue Haut übergestreift und die Gedanken zwielichtiger Charaktere zu Ende gedacht. Als sie von hier verschwunden war, hatte sie schlagartig damit aufgehört. Sie hatte selbst reichlich Probleme gehabt, um sich auch noch mit den Problemen anderer zu beschäftigen. Ohne auf Titel oder Inhalt zu achten, zog sie vorsichtig ein schmales Büchlein aus dem Regal und schlug die erste Seite auf.

Am späten Nachmittag klopfte es an der Tür. Selina war so in die Handlung des Romans versunken, dass sie das Geräusch erst nicht zuordnen konnte. Dann erhob sie sich aufgeregt. War Trudi zurückgekehrt? Sie riss die Haustür auf. Niemand stand davor. Ein Blick auf die Straße zeigte ihr, dass das

Polizeiauto verschwunden war. Eine Vorahnung stieg ihr in den Kopf, lähmte sie innerlich. Einen Moment stand sie wie erstarrt, stierte in den Garten. Dann sprang sie zurück und wollte die Haustür zuwerfen; doch eine Hand griff nach der Tür und hielt sie offen. Selina fixierte die Finger am Türrahmen, versuchte, sie mit aller Kraft zuzudrücken. Der Mann auf der anderen Seite war zu stark. Selina stolperte, rappelte sich auf und rannte die Treppen nach oben. Sie spürte die Hitze des Amuletts auf ihrer Haut, während sie sich im Badezimmer einsperrte. Sie hörte die Haustür ins Schloss fallen. Schritte, die sich durch das Wohnzimmer bewegten. Selina riss Schränke auf. Eine Schere, irgendetwas zur Verteidigung. Nichts, sie fand nichts, außer alter Handtücher. Sie riss das Fenster auf und blickte nach unten. Ein Stock: Das musste doch zu schaffen sein. Sie klammerte sich mit den Händen am Fensterrahmen fest, schwang sich hoch, saß im Fenster. Sie holte tief Luft. Bloß nicht nachdenken! Das Gras unter ihr wuchs in rasanter Geschwindigkeit. Es war nur ein kleiner Fleck, von der Größe eines Trampolins. Die einzelnen Halme verbanden sich zu polstergroßen Kissen, bis ein weicher Hügel im Garten entstanden war. Eine grüne Wolke, die ihren Sturz abfedern würde. Sie musste springen, auf den Füßen landen, über den Rasen zu den Nachbarn laufen und dort irgendwie durch die Thujenhecke brechen. Selina blickte zurück. Unten hörte sie ein Knarren. Er würde gleich die Treppe hinaufgehen. Das wäre der Moment zum Absprung. Dann blieben ihr wenige Minuten, vielleicht auch nur Sekunden.

Kapitel 6

„Frau Horst", rief eine Stimme. Es dauerte länger, bis Selina sie zuordnen konnte. Da sie nicht bedrohlich wirkte, ließ ihre Furcht etwas nach. Vorsichtig kletterte sie aus dem Fenster zurück nach innen, öffnete die Tür und blickte die Stufen hinab, bis sie den Mann im Wohnzimmer erkannte. Es war der Polizist, der ihren Fall bearbeitete. Herr Müller stand verdutzt neben der Vitrine, die aus der Vogelperspektive Ähnlichkeit mit einem Gespenst hatte.

„Ich habe neue Erkenntnisse", sagte er und ließ sich von Selina zu einem Kaffee einladen. Erst in der Küche fiel ihr auf, dass sie keine Kaffeebohnen im Haus hatte, nur grünen Tee. Müller beäugte die Tasse argwöhnisch, sagte aber nichts zur Verwechslung der Heißgetränke. Er drückte das Teesäckchen mit dem Löffel aus, legte es auf den Teller und führte die Tasse zum Mund. Das Wasser dampfte; ohne einen Schluck davon zu trinken, stellte er das Getränk zurück.

„Wir konnten den Mann, den Sie als John benannt haben, leider nicht finden. Nach Auskunft des Wirtes war es ein Urlauber, der für eine Woche hier war."

Selina runzelte die Stirn. Ein Urlauber? Der in das wunderschöne, aber doch sehr ruhige Lahburg gereist war, um dort den ganzen Tag in einer schlecht besuchten Kneipe zu sitzen? Das schien ihr recht ungewöhnlich.

Müller legte seine Hände auf den Tisch und beugte sich weit nach vorne. „Wieso haben Sie mich belogen?", fragte er und blickte Selina so durchdringend an, dass ihr mulmig zumute wurde.

„Was meinen Sie?" Hatte er von allein herausgefunden, dass jemand hinter dem Amulett her war?

„Ihre Mutter, sie ist gar nicht verstorben." Er ließ das Gesagte im Raum stehen, schien darauf zu warten, dass Selina ihm antwortete. Ihre Reaktion blieb aus. Ungläubig starrte sie den Polizisten an und versuchte, das Gesagte zu begreifen. „Ich habe ein wenig über Sie nachgeforscht, und wissen Sie, was ich glaube?"

Selina war wie gelähmt. Seine Worte rauschten an ihr vorbei, ohne wirklichen Sinn zu ergeben. Was war das für ein Spiel, wo war sie da hineingeraten?

„Ich glaube, Sie sind einsam. Kein Mann, keine Kinder. Nicht einmal Freunde, die man solche nennen könnte. Die letzten zehn Jahre sind Sie umhergeirrt. Auf der Suche nach etwas, was sie vermutlich selbst nicht benennen können. Was ist geschehen? Haben Sie eines schönen Tages gedacht, Sie kehren nach Hause zurück? Die lange verschollene Tochter, die man mit offenen Armen empfangen wird? Doch dem war nicht so, habe ich recht? Ihre Freunde waren alle weggezogen – die Einzige, die noch da war, wollte nichts mehr von ihnen wissen und hat den Mann geheiratet, den Sie einmal geliebt haben. Selbst ihre Mutter war nicht mehr hier. Da ist es durchaus vorstellbar, dass Sie sich inmitten all dieser plötzlichen Feststellungen und Emotionen womöglich Ihr Leben verkürzen wollten." Er räusperte sich, legte seine Hand auf ihre. Eine Geste, die verlegen wirkte. Er machte das nicht oft. „Es gibt Hilfe. Ich habe Ihnen Infomaterial mitgebracht. Ich empfehle diese Selbsthilfegruppe." Er reichte Selina mehrere Broschüren.

Perplex ergriff sie die Blätter, warf einen Blick darauf. *Ich sah keinen Ausweg mehr*, stand auf der Ersten. Das Bild eines Mannes mit geschlossenen Augen und geballten Fäusten. Er strahlte Verzweiflung aus.

„Vielleicht werden Sie dort Anschluss finden. Ihr Leben ist noch nicht vorbei, sie sind noch jung."

Selina verstand nicht, was hier vor sich ging. „A... aber mein Auto. Ich wurde von der Straße abgedrängt."

Verlegen blickte er sie an. „Es mag sein, dass Sie das annehmen, Frau Horst. Aber es gibt keine Hinweise auf Fremdeinwirkung. Wir haben den Unfall rekonstruiert: Sie haben den Wagen über die Klippe springen lassen. Es ist ein Wunder, dass sie noch leben. Ich verstehe, dass sie verzweifelt versuchen, beachtet zu werden. Darum auch die Geschichte mit ihrer Schwester. Sie müssen selbst zugeben, dass es unglaubwürdig klingt, dass jemand versuchen sollte, sie beide umzubringen. Und das mit einem Zeitraum von zehn Jahren dazwischen. Es ist verständlich, dass sie dem Tod ihrer Schwester eine Bedeutung geben wollen. Aber inzwischen ist viel Zeit vergangen, sie sollten damit abschließen. Lassen sie die Geister der Vergangenheit ruhen und blicken sie nach vorne." Der Kommissar erhob sich und schüttelte Selinas Hand. „Sie würden sich damit einen großen Gefallen tun."

Der Polizist war verschwunden, bevor Selina seine Worte richtig erfasst hatte. Gleichzeitig mit ihm war auch der Streifenwagen vor ihrem Haus davongefahren, und vor ihm Trudi. Selina spürte ein Brennen an ihrem Hals, wo der Anhänger ihre Haut berührte. Sie war vollkommen alleine; zog alle Vorhänge zu, nahm sich ein langes Küchenmesser und setzte sich damit auf das Sofa. Seine Worte spukten in ihrem Kopf herum … Ihre Mutter war nicht tot. Selina lachte trocken auf und wusste nicht, wieso. War es Erleichterung, weil ihre Mutter noch lebte? Eher war es Furcht. Sie wusste noch nicht einmal, wovor. Der schlimmste Feind war der Unbekannte. Der, den man nicht sehen konnte und von dem man nicht wusste, was er von einem wollte. Selina durchlief ein Zittern – sie schlang die Decke um ihren

Oberkörper und rollte sich zusammen. War ihre Angst unbegründet? Sie schien die Einzige zu sein, die die Gefahr sehen konnte.

Nein! Etwas ging hier vor. Und dass niemand es bemerkte, bedeutete nur, dass sie auf sich allein gestellt war. Aber damit hatte sie inzwischen Erfahrung. Und sie würde nicht hier sitzen, sich das Schlimmste ausmalen und darauf warten, dass das Monster zu ihr nach Hause kam. Sie würde zum Monster kommen!

Als Selina am nächsten Morgen erwachte, stellte sie fest, dass sie tief geschlafen hatte. Das Filetiermesser lag zwischen der Decke. Hätte sie die Waffe in der Nacht benötigt, hätte sie erst danach suchen müssen und sich in der Dunkelheit die Hand zerschnitten. Sie suchte in ihrem Reisekoffer nach dem Brief, in dem Frank sie über den Tod ihrer Mutter in Kenntnis gesetzt hatte; las ihn mehrere Male durch. Aber kam der Brief auch wirklich von ihm? Jeder konnte doch eine Unterschrift fälschen. An der Botschaft bestand kein Zweifel. Jemand hatte absichtlich versucht, sie zu täuschen. Aus einer Tischlade zog sie mehrere einseitig bedruckte Blätter, die Mellie und sie zu Übungszwecken verwendet hatten. Da alle Kugelschreiber vertrocknet waren, begnügte sie sich mit einer Packung Buntstifte, die sie nacheinander spitzte. Die Abfälle ließ sie im Mülleimer verschwinden, der aus Weide geflochten war. An glücklicheren Tagen hatte es Blumentöpfe gegeben, die aus demselben Material gefertigt waren. Ihre Mutter hatte eine Vorliebe für Schling- und Kletterpflanzen gehabt. Und für Ungewöhnliches ... im Badezimmer hatte eine fleischfressende Pflanze von der Decke gehangen. Sie hatte Kannen gehabt, die ausgesehen hatten, wie Kelche in Wikingerfilmen. Als Kinder hatten sie tote Fliegen gesammelt und die Pflanze damit gefüttert. Irgendwann war der Insektenfänger gestorben. Selina setzte den Stift auf das Blatt; wie in der Schule begann sie mit dem, was sie bereits wusste: Jemand wollte, dass sie dachte, ihre Mutter wäre tot. Wenn es wirklich Frank war? Aber wieso? Was hatte er davon? Offensichtlich hing es mit diesem Anhänger zusammen.

Als die Türglocke schrillte, zuckte Selina zusammen; griff nach dem Küchenmesser.

War er das, der Unbekannte? Beinahe hoffte sie es – dann wüsste sie endlich, mit wem sie es zu tun hatte. Dass es tatsächlich Frank war, konnte sie kaum glauben. Lieber wäre ihr, wenn jemand Fremdes nach ihrem Leben trachtete.

Doch es war kein Fremder, den sie durch das Küchenfenster erblickte. Es war Lorenz; der Lorenz, der inzwischen mit Trudi verheiratet war. Sie hätte seinen Haarschopf überall erkannt. Hellbraune Haare mit goldenen Sprenkeln darin. Zusammen mit der braun gebrannten Haut hatte er immer ausgesehen, als würde er gerade vom Strand kommen. Konnte sie ihm trauen? Er würde ihr doch nichts antun wollen? Aber kannte sie ihn wirklich gut genug, um das sagen zu können? Eigentlich – und dieser Gedanke machte ihr mehr Angst, als alles andere – eigentlich kannte sie niemanden mehr. Als sie die Wärme des Amuletts spürte, war sie beinahe erleichtert. Plötzlich wusste sie, dass sie nicht allein war. Der Talisman würde sie beschützen. Das musste der Grund sein, wieso er sich manchmal erhitzte. Immer wenn sie Angst hatte oder aufgewühlt war, hatte der Anhänger sich aktiviert. Lorenz klopfte erneut an die Tür, wich einen Schritt zurück und blickte sich um. Er sah verärgert aus. Rasch trat Selina einen Schritt zur Seite. Sie wollte nicht entdeckt werden.

„Ich weiß, dass du da bist, Sel!", rief er.

Der Spitzname verursachte ihr Gänsehaut. Nur wenige Menschen hatten sie so genannt. Mellie hatte ihren vollen Namen als Kind nicht aussprechen können und ihn auf die ersten drei Buchstaben reduziert. Obwohl sie nicht mehr da war, war ihr der Name geblieben. Selina versteckte das Messer hinter dem Rücken und öffnete ihrem Jugendfreund.

„Steig ins Auto", befahl er barsch, Selina trat zurück. „Wirklich. Ich halte das mit euch beiden nicht länger aus. Steig ein, ich fahr' dich zu unserem Haus. Und da sprichst du dich endlich mit Trudi aus. Bevor ihr euch nicht um den Hals gefallen seid, lass' ich euch nicht wieder raus!" Lorenz klang verärgert, als hätte er einen Streit hinter sich. Seine Haare waren zerzaust, so wie er sie als Teenager getragen hatte. Das Ungekämmte hatte ihm damals gut gestanden, jetzt wirkte es unaufgeräumt.

Selina wurde auf einen der Rosenbüsche neben dem Haus aufmerksam. Blätter und Blüten sprossen in Sekundenschnelle. Das Gebüsch wurde rasch üppiger – eine Ranke schlängelte sich den Boden entlang, die drei Stufen der Treppe herauf und wickelte sich dort um Lorenz Fuß wie eine Fußfessel. Selina schluckte. Trudi davon zu erzählen, war die eine Sache. Aber Lorenz? Wenn etwas Ungewöhnliches geschah, würde er vermutlich seinem Bruder davon berichten. Und der war jetzt bei der Polizei und würde das Amulett sicherlich als Beweisstück mitnehmen – so, wie es auch Polizist Müller vorgehabt hatte. Aber ohne ihren Talisman fühlte sich Selina ausgeliefert. Dann war niemand mehr da, der sie beschützte. Sie durfte nicht zulassen, dass ihn ihr jemand wegnahm!

Die Ranke wickelte sich immer höher, beinahe war sie schon bei Lorenz Knie angekommen. Wäre er nicht so aufgeregt gewesen, hätte er die Schlinge sicher längst bemerkt. Sie wusste nicht recht, was sie tun konnte. Hör auf, lass ihn los, betete sie innerlich. Doch das Rosengewächs schlang sich noch höher.

Sie hatte die ganze Sache hier nicht im Griff!

Obwohl eine warnende Stimme sie davon abhalten wollte, tat Selina das Einzige, was ihr in diesem Moment einfiel: Sie zog das Amulett unter dem Shirt hervor und nahm es ab.

Sobald es nicht mehr um ihren Hals hing, lockerte sich die Ranke um Lorenz Oberschenkel und zog sich rasch zurück – wie eine Schlange, die mit einem Stock vertrieben wurde. Selina legte Anhänger und Messer auf den Boden neben der Tür und fühlte sich augenblicklich nackt und angreifbar.

„Können wir los?", fragte Lorenz.

Selina bedachte das Amulett mit einem langen Blick. Ihr war unwohl dabei, es zurücklassen zu müssen und zu Lorenz ins Auto zu steigen. Und wenn das ein Fehler war? Wenn Lorenz hinter der ganzen Sache steckte und dies der Versuch war, sie von dem Talisman wegzulocken? Stocksteif blieb Selina stehen und starrte auf das Amulett hinab. Es lag unscheinbar am Boden, nicht einmal der Stein funkelte. *Du hast ihn bereits geküsst*, erinnerte sie sich. Wie sehr kann er sich schon verändert haben? Sie erinnerte sich an John in der Bar. Auch diesen Mann hatte sie an sich herangelassen – er hatte die Nähe ausgenutzt. Entschlossen hob sie die Kette wieder auf und stopfte sie in ihren Hosensack. Sie wusste nicht, ob das Amulett nur aktiviert werden konnte, wenn sie es um den Hals trug. Aber einen Versuch war es wert. Bei einer Sache war sie sich inzwischen ziemlich sicher: Die Pflanzen wurden von diesem Amulett geweckt und das Amulett wurde durch ihre Gefühle aktiviert. Empfindungen wie Angst, Furcht und Aufregung. Aber wie konnte sie ihre Gefühle und somit die Pflanzen kontrollieren? Sie wollte nicht versehentlich jemanden in Gefahr bringen. Den Anhänger hier lassen wollte sie aber auch nicht. Bevor jemand zu Schaden kam, konnte sie den Talisman immer noch aus dem Autofenster werfen. Allein bei dem Gedanken daran drehte es ihr den Magen um.

„Ja, wir können los." Selina atmete einmal tief ein und wieder aus, verschloss die Tür hinter sich und stieg zu Lorenz ins Auto. Der Wagen rollte los. Selina wusste nicht, wo in der Nachbarschaft Lorenz und Trudi wohnten; darum wusste sie auch nicht, ob er in die richtige Richtung fuhr. Ihr Herz hämmerte. Vor Nervosität nestelte sie am Saum ihres Shirts herum. Sie versuchte krampfhaft an etwas anderes zu denken, doch ihre Gedanken kehrten immer wieder zu dem Amulett in ihrer Hosentasche zurück. Bisher war es kühl geblieben. Trudi hatte mit der Sache bestimmt nichts zu tun; das traute sie ihr einfach nicht zu. Egal, wie sehr sie ihre beste Freundin verletzt hatte; Trudi war nicht der Typ für Intrigen – für Mord schon gar nicht. Lorenz bog in die nächste Querstraße ein – die Gärten waren ebenso gepflegt wie in ihrer Gegend. Vor einem grau marmorierten Zaun blieben sie stehen, das Schiebetor öffnete sich durch eine Fernsteuerung, die Lorenz im Wagen auslöste. Er fuhr in die Garage, die sich hinter ihnen schloss. Plötzlich war es dunkel; Selina rührte sich nicht. Sie konnte Lorenz atmen hören.

Kapitel 7

„Hör zu", sagte Lorenz. „Ich weiß, Trudi ist sauer. Seit du wieder da bist, regt sie sich pausenlos über dich auf. Und ich muss mir das anhören. Eigentlich will sie nur ihre Freundin zurück. Sie weiß nicht, dass du jetzt hier bist, aber bitte geh rein und sprecht euch aus, ja? Ich fahr in der Zwischenzeit spazieren, zum Abendessen bin ich wieder da." Lorenz öffnete die Fahrertür. Die Deckenleuchte im Wagen sprang an. Er blickte Selina abwartend entgegen. Es dauerte eine Weile, bis sie verstand, dass sie aussteigen sollte. Widerwillig stieg Selina aus dem Auto; das Garagentor öffnete sich und Lorenz fuhr rückwärts auf die Straße.

Die Garage lag hell vor ihr. Es gab nicht viel, was sie betrachten konnte. Ein zweiter PKW stand im Raum; ansonsten war der Gebäudeteil leer. Selina trat zur Tür, die ins Innere des Hauses führte, und klopfte an. Nichts geschah.

„Trudi?", rief sie, klopfte erneut und legte ihr Ohr an die Tür. Drinnen vernahm sie ein Hämmern. Sie drückte die Türklinke, blickte in den Raum. Es war die Wäschekammer. In einer Ecke stand ein Wäscheständer, in der anderen zitterte eine Waschmaschine.

„Trudi?", rief sie, als sie in den Vorraum trat. Es

roch nach Lavendel. Nicht der Duft eines Raumsprays, sondern der von getrockneten Pflanzen. Selina fühlte sich wie eine Einbrecherin. Im Flur standen eine Garderobe und mehrere Kästchen. Darauf eine Glasvase, die mit violetten Steinchen befüllt war. Eine Kerze stand darin, die noch nie jemand entzündet hatte. An der Wand darüber hing ein Bild von Lorenz und Trudi. Eine Bleistiftzeichnung. Selina streckte die Finger aus, ließ die Hand aber wieder sinken und drehte sich um. „Trudi?"

Im Haus war es still. Aus einer offenstehenden Tür tapste ihr ein Welpe entgegen. Die Füße wirkten zu groß für den kleinen Körper. Er wedelte mit dem Schweif und ließ sich auf sein Hinterteil plumpsen. Aus großen Augen blickte er Selina an, als wartete er auf ein Leckerli.

„Was bist du denn für ein Süßer?", fragte sie, kniete sich hin und kraulte ihn am Rücken. „Wo ist denn dein Frauchen?" Sie blickte sich um und zuckte zusammen. Trudi lehnte im Türrahmen und beobachtete sie.

„Was machst du hier, Selina?" Trudi sah müde aus. Unter dem Arm trug sie einen Wäschekorb.

„Ich … äh. Es tut mir leid, dass ich hier so reingeplatzt bin."

Trudi antwortete nicht, sie wartete immer noch auf eine Erklärung. Der Korb sah schwer aus.

„Lorenz hat mich hergefahren."

„Mein Mann?", fragte Trudi irritiert; schob die Schmutzwäsche an Selina vorbei in die Wäschekammer.

„Er sagte etwas davon, dass er das mit uns nicht mehr aushalte und wir uns gefälligst aussprechen sollten."

Trudi schloss die Tür, die Augenbrauen verärgert zusammengezogen. „Verräter!" Sie beugte sich zu dem Welpen hinab und hob ihn hoch. „Was bist du denn für ein Wachhund?", tadelte sie ihn und strich ihm über das Köpfchen. Scooby-Doo kuschelte sich an sein Frauchen. Trudi blickte auf. „Du solltest gehen. Unsere Freundschaft hat an dem Tag geendet, als du verschwunden bist."

Selina spürte ein Stechen in der Brust und hatte plötzlich Tränen in den Augen, die sie rasch wegblinzelte. Eine Weile stand sie verunsichert im Raum, dann nickte sie. „Mach´s gut." Sie versuchte sich an einem Lächeln. Unterdrückte den Impuls, zu Trudi zu gehen und sie zu umarmen. Sie öffnete die Tür zur Wäschekammer, blieb stehen und drehte sich um. Trudi starrte sie an, den Hund an sich gedrückt. „Lorenz sagte, er kommt erst am Abend zurück. Und er lässt mich hier erst wieder heraus, wenn wir uns ausgesprochen haben."

„Das ist auch mein Haus, Selina. Ich habe einen Schlüssel. Und ich möchte, dass du jetzt verschwindest." Trudi setzte Scooby-Doo auf den Boden, trat zur Tür und öffnete sie weit. „Ich will meine Ruhe haben. Fahr dorthin zurück, wo du hergekommen bist."

Selina betrachtete ihre ehemalige Freundin. „Es tut mir leid, dass ich abgehauen bin", flüsterte sie und trat in die Garage. Sie stellte einen Fuß in die Tür, damit Trudi sie nicht zuziehen konnte. „Aber ich habe damals keinen anderen Ausweg gesehen. Ich musste von hier weg!"

Trudi antwortete nicht. Blickte sie nur an. Selina lächelte wehmütig, trat zur Seite und suchte im Halbdunkel den Schalter für das Garagentor.

„Du hättest dich melden können", sagte Trudi.

Selina drehte sich zu ihr um, schüttelte den Kopf. „Nein. Ich … ich konnte nicht. Es tut mir leid, dass ich dich verletzt habe. Ich wollte, das wäre alles nicht passiert. Aber ich kann es nicht ungeschehen machen, oder? Nichts davon. Mach´s gut, Trudi." Endlich hatte sie den Schalter gefunden und drückte darauf. Mit einem leisen Summen fuhr das Tor nach oben.

„Warte! Komm mit rein", sagte Trudi. „Lorenz hat recht. Wir sollten reden."

Sie betraten das Esszimmer. Der Tisch war aus demselben dunklen Material wie die Küche. Die gesamte Längsseite war verglast und gab den Blick auf den Garten frei, in dem Selina ein Kräuterbeet und zwei Liegestühle erkannte. Die Schiebetür stand offen, nur ein Fliegengitter hielt Ungeziefer draußen. Trudi schloss die Tür und stellte den Deckenventilator an, der kühle Luft auf sie beide zu blasen begann.

„Lorenz und ich wären nie zusammengekommen, wenn du hiergeblieben wärst", sagte Trudi, während sie Himbeersaft aus einer Karaffe in zwei Gläser füllte. Sie schob Selina ein Glas zu, setzte sich auf den Stuhl ihr gegenüber, drehte das Getränk in ihren Händen. „Weißt du, ich konnte verstehen, dass du verschwunden bist. Aber irgendwie … Ich war überzeugt davon, dass du dich bei mir melden würdest. Wenn schon nicht bei allen anderen, aber bei mir würdest du dich melden! Wir waren beste für immer und ewig Freundinnen. Das haben wir uns geschworen, weißt du noch?" Trudi blickte auf, Selina fest in die Augen. Sie sah verletzt aus. „Aber du hast dich nicht gemeldet … nicht eine SMS. Kein Brief. Obwohl du meine Adresse kanntest." Trudi wartete auf die Reaktion ihrer Freundin. Selina hatte die Hände um ihr Glas gelegt und war den Tränen nahe.

„Es tut mir leid", flüsterte sie. „Aber ich habe nicht bleiben können."

„Ich weiß. Aber dich melden können, das hättest du."

Selina nickte. Sie wollte noch etwas sagen, stattdessen brachen die Tränen aus ihr hervor. Beschämt versteckte sie ihr Gesicht in den Händen. Trudi erhob sich von ihrem Stuhl, umrundete den Tisch und drückte Selina an sich. Eine Weile verharrten sie in dieser Position; Selinas Tränen versiegten. Und plötzlich, wie sie so an ihre beste Freundin gedrückt war, wurde ihr bewusst, dass der Polizist recht gehabt hatte: Sie war einsam. Die letzten zehn Jahre war sie umhergeirrt und hatte nach etwas gesucht, was sie als Kind bereits gefunden gehabt hatte: ein Zuhause. Trudi verschwand in der Küche und tauchte mit zwei Tellern Gemüselasagne wieder auf.

„Da Lorenz nicht da ist …" Sie zuckte mit den Schultern und grinste. Ihre Augen funkelten schelmisch. An der Wand hing eine Collage aus Hochzeitsfotos. Selina erkannte viele Gesichter. Überrascht stellte sie fest, dass ihre Mutter bei der Hochzeit dabei gewesen war. Als Trudi den Teller vor ihr abstellte, deutete sie auf das Bild.

„Als du weg warst", erklärte sie. „Habe ich deine Mutter oft besucht. Irgendwie habe ich mich ihr verpflichtet gefühlt. Ich hatte das Gefühl, das ausbügeln zu müssen, was du angerichtet hast." Lange blickte Trudi sie an. Es lag kein Vorwurf in ihrer Stimme, nur Traurigkeit. „Als ich erkannte, dass du nicht zurückkommen würdest, habe ich mit den Besuchen irgendwann aufgehört." Sie grinste verschmitzt. „Stattdessen habe ich dann Lorenz besucht."

Zwischen zwei Bissen ließ Selina die Gabel sinken. „Der Polizist war gestern bei mir. Er meinte, Mutter sei gar nicht tot."

Trudi erstarrte. „Was? Aber wieso?"

Selina zuckte ratlos mit den Schultern und zog den Brief aus der Tasche, den sie seit dem Morgen mit sich herumtrug. Sie legte ihn vor Trudi und wartete, bis diese ihn überflogen hatte. Sie erzählte ihr alles, was bisher geschehen war. Die Kleinigkeit mit der Rose, die sich um ihren Körper geschlungen hatte, ließ sie aus. Das würde sie ihr ein anderes Mal zeigen. Zuerst sollte sie lernen, wie sie diese Macht kontrollieren konnte. Einige Minuten verstrichen, in denen es absolut still war. Selina wartete auf eine Reaktion. Glaubte sie ihr? Trudi erhob sich, räumte die Teller ab; Selina konnte die Spüle in der Küche hören. Sie sah nur den Rücken ihrer Freundin, die länger als nötig dafür brauchte, um den Geschirrspüler einzuräumen, die Gläser zu polieren und einen Kaffee einzuschenken, den Selina eigentlich nicht trinken wollte. Sie verschwand in der Vorratskammer, um nach einem Kuchen zu suchen. Selina wurde unruhig und beugte sich zu dem Welpen hinab, der winselnd zu ihren Füßen saß und um Aufmerksamkeit bettelte. Als sie ihm zweimal über das Fell gefahren war, tauchte Trudi wieder auf. Sie servierte Kaffee und Kuchen, setzte sich auf den Stuhl und nippte an ihrer Tasse. Über den Rand hinweg betrachtete sie Selina.

„So wie ich das sehe, lügt entweder Frank oder

der Polizist. Wir müssen also herausfinden, ob es deiner Mutter gutgeht. Nur weiß ich nicht, wo sie jetzt lebt. Und ich denke", sie warf Selina einen anklagenden Blick zu, „dass du es auch nicht weißt. Frank anzurufen, ist keine Option. Wen können wir also sonst fragen?"

Selina war so froh, eine Verbündete zu haben, dass sie im ersten Moment vergaß, zu antworten. Es gab nur zwei Personen, von denen Selina sicher wusste, dass sie noch lebten und die sich eher selbst in ein Grab legen würden, als umzuziehen. Ihre Großeltern natürlich. Ihre Mutter hatte sich nicht gut mit ihnen verstanden, dennoch würden sie über eine Veränderung, wie den neuen Wohnort oder den Tod der eigenen Tochter, Bescheid wissen.

***

Das Haus der Großeltern lag auf der anderen Seite von Lahburg. Am Fuße der Burg, die der Stadt den Namen gegeben hatte. Im Volksmund hieß es, in der Burg würde ein Geist sein Unwesen treiben und all jenen das Leben schwer machen, die sich hier niederlassen wollten. Aus diesem Grund hatte die Festung jahrzehntelang leer gestanden und war unter den Einheimischen als die *leere Burg* bekannt gewesen. Im Laufe der Zeit war daraus die *Lahburg* geworden. Inzwischen glaubte niemand mehr an

Geister und das Felsennest war zu einer beliebten Touristenattraktion geworden. Im Sommer diente der Bau als Veranstaltungsort für Konzerte und bot einen Rundblick über die gesamte Stadt. Im Gegensatz zu all ihren Freunden war Selina noch nie auf der Burg gewesen. An sonntäglichen Familienausflügen waren sie nie den Berg hinaufgewandert, um den mittelalterlichen Bau zu besuchen. Mutter hatte ihren Eltern nicht zufällig begegnen wollen.

Trudi hatte sich bereit erklärt, Selina zu dem Haus ihrer Großeltern zu fahren. Besser gesagt hatte sie Selina dazu gedrängt. Als die Bilder der Stadt an ihr vorbeizogen, erinnerte Selina sich an den Morgen von Mellies Geburtstag zurück. Sie war von dem *Tötööö* einer Partytröte geweckt worden. Genervt hatte sie versucht, wieder einzuschlafen, und dabei gewusst, dass es hoffnungslos war. In wenigen Minuten würde Mutter in den Raum platzen. Mit Vorliebe hatte sie die schrägsten Geburtstage geplant. An Selinas letztem Geburtstag in Lahburg, es war ihr fünfzehnter gewesen, hatte sie das ganze Haus mit Schildern dekoriert. Im Wohnzimmer hatte sie einen Parcours auf den Boden gezeichnet, den Selina mit einem Bobbycar hatte absolvieren müssen, um zum Frühstückstisch zu gelangen. Selina lächelte. Wie wünschte sie sich diese Geburtstage zurück! Ihre Mutter war ein verrücktes Huhn gewesen, anders war sie nicht zu beschreiben. Sie betete, dass es ihr gutging. Zugleich hatte sie Angst davor – denn jetzt, wo sie Himmel und Hölle in Bewegung setzte, um sie zu finden, konnte sie sich vor einem Wiedersehen nicht länger drücken. Sie würde sie treffen müssen, und das versetzte sie in Panik. Zehn Jahre waren eine lange Zeit. Trudi hatte erzählt, dass Mutter sich verändert hatte. Was, wenn Selina sie nicht wiedererkannte? Was, wenn sie am Verlust ihrer Töchter zerbrochen war? Mutter hatte stets schreiende Farben getragen, mit ihren Haaren allerlei Absurditäten ausprobiert. Und sie war meistens guter Laune gewesen. Dafür hatte bei schlechter Laune das Haus gezittert und Mellie und Selina hatten es mit der Angst zu tun bekommen.

Als ihre Eltern sich getrennt hatten, hatten Mellie und sie nicht gewusst, warum. Eigentlich wusste sie es immer noch nicht. Mutter hatte nie darüber gesprochen. An Selinas fünfzehnten Geburtstag war ihr Vater plötzlich, nach fünf Jahren ohne ein Wort, vor ihrer Tür gestanden. Er hatte gelächelt und ihr alles Gute gewünscht – als wäre er nur für einen Sprung bei den Nachbarn gewesen. Selina war zu geschockt gewesen, um ein Wort zu sagen. Langsam hatte sie sich umgedreht und ihn in das Haus gelassen. Um den Esstisch war es schlagartig still geworden.

„Was machst du hier, Ralph?", hatte Mutter heiser gefragt.

„Ich wollte meiner Tochter zum Geburtstag gratulieren", hatte er geantwortet, sich zu Selina gedreht und breit gelächelt, als wäre er der beste Vater der Welt.

„Nach fünf Jahren?", hatte sie gefragt. Sein Lächeln war in sich zusammengefallen.

„Ich. Ja, ähm. Sie sind schneller vergangen, als ich dachte."

„Für die Mädchen war es eine lange Zeit", hatte sie leise gesagt und die Schwestern auf die Zimmer geschickt. Dort hatten sie gewartet und versucht, durch die Tür zu lauschen. Doch sie hatten nur undeutliche Laute vernommen, deren Intensität stetig gestiegen war. Irgendwann war die Tür ins Schloss gedonnert und sie waren nach unten gelaufen. Vater war fort gewesen, Mutter war verzweifelt zurückgeblieben. Mellie war es – die kleine Mellie, die gerade erst zehn gewesen war –, die wie selbstverständlich zu ihr hinging, Mutter sanft an der Schulter berührte und in den Arm nahm.

Der Garten ihrer Großeltern war so, wie ihre Großmutter selbst: schlicht und elegant. Es gab nur wenig Rasen; ein breiter Weg zur Haustür war betoniert, links und rechts davon wurde der Besucher von hohen Blumengefäßen mit immergrünen Pflanzen begrüßt. Trudi wartete, bis sie ausgestiegen war, dann fuhr sie davon. Ihren Großeltern musste Selina sich allein stellen.

Langsam ging Selina den Weg bis zur Tür und fühlte sich, als würde sie zum hohen Gericht schreiten. Sie tastete nach dem Anhänger, der kühl und unscheinbar in ihrer Tasche steckte. Sie sollte ihn wieder umlegen. Irgendwann musste sie schließlich lernen, damit umzugehen. Warum nicht jetzt? Ihre Großmutter würde im Haus keine Blumen haben. Ihrer Meinung nach gehörten Pflanzen und Tiere nach draußen. Daher war die Kraft des Amuletts innerhalb dieser vier Wände ungefährlich. Aber Selina würde spüren, wenn das Amulett sich erhitzte, und konnte die Kontrolle ihrer Gefühle üben. Sie zog den Talisman aus der Tasche und legte ihn sich um. Einen Moment lang fühlte sie sich sicher und geborgen. Als wäre sie wieder ein kleines Mädchen, das von den Nachbarsjungen gehänselt wurde, das aber wusste, dass es nichts zu befürchten hatte. Denn der Vater trat hinter das Mädchen und legte ihr beschützend die Hand auf die Schulter. Die kleine Selina lehnte sich an ihn und wusste, ihr konnte nichts geschehen.

Als die Erinnerung verblasste, betätigte sie die Glocke. Eine halbe Ewigkeit lang geschah nichts – sie dachte bereits, ihre Großeltern wären nicht hier –, als die Tür dann doch noch geöffnet wurde. Sie erkannte nur eine Silhouette vor der Dunkelheit des Vorraumes.

„Selina?", fragte eine alte Frau. „Ja was machst

du denn hier? Wir haben nicht mit dir gerechnet." Die Greisin trat einen Schritt nach draußen, sodass Selina ihre Großmutter erkennen konnte. Sie war kaum gealtert. Ihr Gesicht war faltiger geworden, doch die Augen stachen klar hervor wie eh und je. Unter diesen Augen hatte Selina sich als Kind gewunden. „Wie hübsch du geworden bist." Sie fasste an Selinas Gesicht und strich sanft ihre Wange entlang. Ihre Hand war von Flecken übersäht und zitterte leicht. Ein Zeichen des Alters, das Selina vor zehn Jahren noch nicht aufgefallen war. „Komm doch herein", sagte sie und führte Selina den Flur entlang. Das Haus war ihr beinahe fremd. Sie war nicht oft hier gewesen; dennoch erkannte sie Einzelheiten wieder, als erinnerte sie sich nach dem Erwachen an Bruchstücke eines Traumes. Ihr Großvater saß am Tisch, las in einer Zeitung. Als sie eintrat, schien er sie zuerst nicht zu erkennen.

„Mädchen, du bist ja groß geworden", sagte er. Ernst Radentheiner wollte sich erheben, um seine Enkelin zu begrüßen – sank jedoch ächzend auf die Bank zurück.

„Sie sieht wie Maria aus, findest du nicht?" Großmutter trat zum Radio, aus dem die Töne eines Geigenspieles klangen und drehte es leiser. „Was machst du denn jetzt?"

„Ich lebe in Wien."

„Wien … schön, ja. Und beruflich?"

Selina spürte ihren Blick, der sie zu durchleuchten schien. Sie fühlte sich an Kindheitstage zurückversetzt.

Sie wusste, was Großmutter von ihr erwartete. Mutter hatte es nur zur Volksschullehrerin gebracht. Was würde sie über ihre Berufswahl denken? „Momentan arbeite ich im Hotel *Altes Wien*."

„Du bist Kellnerin?" Ihre Stimme klang abwertend. Sie war eben doch keine gefeierte Wissenschaftlerin, keine erfolgreiche Geschäftsfrau geworden. Roswitha Radentheiner rümpfte die Nase. Sie trug ihre Haare immer noch so wie vor zehn Jahren – wie sie sie vermutlich schon als junge Frau getragen hatte: zu einem strengen Knoten zusammengefasst. Heute war der Haarschopf dunkelbraun gefärbt. Niemals hätte sie eine andere Farbe als ihre Naturhaarfarbe in Betracht gezogen.

„Was hast du da?", fragte Roswitha und starrte gebannt auf den Fleck an Selinas Shirt, an dem es zu Strahlen begonnen hatte. Selina war inzwischen so sehr an die Wärme des Anhängers gewöhnt, dass sie sein Erhitzen gar nicht bemerkt hatte. Sie versuchte, das verräterische Licht mit ihrer Hand abzuschirmen, doch Großmutter kam näher, griff nach ihrer Hand und zog den Anhänger am Garn hervor. Beide blickten sie erwartungsvoll auf das Stück Holz, das nun wieder unscheinbar in der Luft baumelte.

Die alte Frau kniff die Augen zusammen. „Das ist

ein ungewöhnliches Schmuckstück."

„Ein Andenken an Mellie", antwortete ihre Enkelin und steckte das Amulett unter ihr Shirt.

Eine Zeit blieb der Blick von Roswitha über Selinas Busen hängen. Sie wartete darauf, dass sie den rötlichen Fleck erneut sehen würde. Doch der Anhänger lag kühl an Selinas Haut; nichts wies darauf hin, dass etwas Besonderes an ihm war.

„Wie geht es Mama?", stellte Selina endlich die Frage, wegen der sie hergekommen war. Vor Angst schnürte es ihr die Luft ab. Plötzlich schwach geworden schwankte sie, griff nach der Lehne eines Stuhles und ließ sich darauf nieder.

„Alles in Ordnung mit dir, Mädel?", fragte Großvater. „Bring ihr doch was zu trinken, Rose."

Ihre Großmutter kam mit einem übersüßten Glas Holundersaft zurück und fasste Selina an die Stirn. „Ganz weiß ist sie ... bist du schwanger? Weiß Maria es schon?"

Selina schüttelte den Kopf, verzog das Gesicht, als sie puren Zucker schmeckte. Das bedeutete, ihre Mutter war noch am Leben. Erleichtert atmete sie auf. „Wie geht es Mama?"

Roswitha zog sich einen Stuhl heran. „Du hast sie noch nicht besucht?", fragte sie missbilligend und bedachte sie mit einem langen Blick. „Es geht ihr gar nicht gut. Wie es einem eben geht, wenn man zwei Töchter verloren hat. Aber über ihr Enkelkind wird sie sich freuen. Wo ist der Vater?"

Hätte es ein Kind gegeben, wäre der Erzeuger Verkäufer in einem Elektronikfachgeschäft und mit einer Barkeeperin durchgebrannt. Selina schluckte. „Ich weiß gar nicht, wo sie jetzt wohnt." Sie hatte plötzlich Tränen in den Augen und konnte nicht sagen, woher sie kamen. Ihre Großmutter hätte es Schwangerschaftshormone genannt – sie nannte es … vielleicht Heimweh? Damit Großmutter das Wasser in ihren Augen nicht sehen konnte, legte sie eine Hand darüber und täuschte Kopfschmerzen vor. Sie spürte einen Druck auf ihrer Schulter.

„Brauchst du etwas?"

Selina schüttelte den Kopf und sah auf; sie hatte sich wieder gefasst. „Weißt du, wo sie ist … und mit wem?" Ihr kam plötzlich der Gedanke, dass ihre Mutter wohl gar nicht mehr mit Frank zusammen war. Vielleicht war dies ein verworrener Versuch von ihm, ihre Liebe zurückzugewinnen. Eigentlich raffiniert, auf diesem Weg die verschwundene Tochter anzulocken.

„Sie lebt in einer kleinen Wohnung. In wilder Ehe mit diesem … diesem Frank." Roswitha schnaubte. „Ich hoffe, dass du dir einen anständigen Mann ausgesucht hast. Und ihr müsst heiraten – möglichst noch bevor das Kind da ist. Dann kann er sich nicht einfach verdrücken."

Selina lag die Bemerkung auf der Zunge, dass das

ihren Vater auch nicht davon abgehalten hatte. Sie verspürte jedoch wenig Lust, mit ihrer Großmutter zu diskutieren, und fragte stattdessen nach der Adresse.

„Ich hoffe, dass sie noch dort wohnt", sagte Roswitha, während sie Stift und Papier aus einer Lade zog. „Es ist schon wieder ein halbes Jahr her, dass wir von Maria zuletzt gehört haben."

Selina lief es kalt den Rücken hinab. Ein halbes Jahr … Die Zeitspanne erschien ihr wie ein Code, der immer wieder auftauchte. Vor einem halben Jahr war ihre Mutter vermeintlich verstorben – vor einem halben Jahr hatte Trudi sie zuletzt gesehen – vor einem halben Jahr hatten ihre Großeltern von ihr gehört … Bedeutete das etwas? Oder war es ein ungewöhnlicher Zufall, dass ihre Mutter seit einem halben Jahr wie vom Erdboden verschwunden schien? Selina stammelte hastigen Dank, griff nach der Adresse und verschwand aus dem kleinen Haus – ohne ihre Großeltern darüber aufgeklärt zu haben, dass sie fürs Erste definitiv keinen Urenkel zu erwarten hatten.

Selina hatte wenig Interesse, vor dem Haus der Großeltern zu warten. Darum ging sie die Straße entlang; auf dem Weg zu dem Geschäft, in dem Trudi einkaufen wollte. Es war eine ruhige Gegend, in der kaum Kinder lebten. Der überwiegende Teil bestand

aus Rentnern, die jeden Störenfried so lange schika-
nierten, bis er freiwillig auszog. Selina drehte das Papier mit der Adresse in ihren Händen. Was, wenn ihrer Mutter etwas zugestoßen war? Wenn sie zu ihrer
Wohnung kam und ihre Mutter war nicht mehr hier.
Nur Frank; der sie aus einem teuflischen Grund hergelockt hatte. Ihr wurde kalt, in der schwülen Luft
des Spätsommers. Sie lehnte sich an den Stamm eines Baumes, um sich für einen Moment auszuruhen.
Das Amulett sandte zarte Hitzewellen durch ihren
Körper. Selina blickte sich interessiert um: Die Pflanzen in der Umgebung wiegten sich in der Brise des
Windes. Nichts an ihnen schien ungewöhnlich. Sie
schloss die Augen. Einige Vögel zwitscherten sich ein
Lied zu, ein Rauschen in der Baumkrone über ihr.
Selina hatte das Gefühl, ihre Hände würden einschlafen — sie begannen zu kribbeln, wurden taub.
Sie versuchte sie zu bewegen, die Finger zur Faust zu
schließen. Es gelang ihr nicht; als wären sie erstarrt.
Verwirrt blickte sie an sich hinab, wo sie die Arme an
den Stamm gelegt hatte. Einen Moment registrierte
sie das Gesehene ruhig, dann rollte die Panik über
sie herein. Wie eine Welle am offenen Meer
schwappte sie über Selina hinweg, riss sie mit sich
und ließ sie verzweifelt nach Luft schnappend zurück. Ihre Hände waren dunkelbraun und knorrig,
wie der Baum, an dem sie lehnte. Dort, wo Sehnen
und Knochen verliefen, hatten sich Erhebungen aus

Holz gebildet. Die Haut war zu undurchdringbarer Rinde geworden. Ein Holzgeschwülst zog sich von ihrem Fuß über Bein und Hüfte. Sie betrachtete ihren Arm, der eben noch Haut gewesen war und sich vor ihren Augen dunkler färbte. Wie bei einem Chamäleon, das sich an die Umgebung anpassen konnte, verschmolz sie mit dem Hintergrund. Nur, dass das Tier einfach hätte weitergehen können – Selina fühlte sich wie festgewachsen. Sie musste von hier weg! Sie versuchte, ihren Körper nach vorne zu zerren, doch er war fest in der Pflanze verankert. Was geschah hier? Sie wurde nicht von dem Baum aufgesaugt – mehr schien es ihr, als würde sie zu einem Teil des Baumes, unwiederbringlich mit ihm verbunden. Die schützende Haut der Pflanze, die Rinde, beschützte nun auch sie – legte sich über den Körper, der nicht länger menschlich war, sondern ein Buckel am Holzstamm. Was geschah, wenn die Verwandlung ihren Kopf erreichte … wenn ihr Herz zu Holz erstarrte? Ein Großteil ihres Körpers war zu Naturfaser geworden. In diesen Körperteilen spürte sie nichts mehr, als gehörten sie nicht länger zu ihr. Sie waren aus Holz, wie der Anhänger um ihren Hals, der sie unaufhörlich wärmte. Als würde die Kette dorthin zurückkehren wollen, wo sie herkam. Selina wollte das Amulett abreisen, um die Verwandlung zu unterbrechen – doch ihre Hände waren längst mit dem Baum verwachsen. Sie bewegte den Kopf; starrte verzweifelt auf den Rest ihres Ichs hinab. Dort, wo sie sich verwandelte, spürte sie ein schmerzhaftes Ziehen – ihre Zellen wehrten sich gegen die Erstarrung; waren aber zu schwach, um etwas ausrichten zu können. *Lass mich los, oh bitte, lass mich los!* flüsterte Selina, zog ihren Oberkörper mit aller Kraft nach vorne. An ihrer Hüfte, wo sie zu verwachsen begann, sah sie Holzfäden reißen – der Schmerz schoss ihr in alle noch vorhandenen Glieder; betäubte ihr Gehirn – als würde sie von einem Eislutscher abbeißen. Ihr Körper begann zu kribbeln, wie nach einer langen Erstarrung. Sie stolperte, fiel, als der Baum sie wieder ausspuckte – lag kraftlos am Boden. Sie rollte sich klein zusammen, strampelte mit den Gliedern um sich, um ihr Gefühl wiederzuerlangen. Sie stand auf. Bei jedem Mal, wo ihre Beine den Boden berührten, sie einen Finger bewegte oder die Knie beugte, verspürte sie ein dumpfes Gefühl und meinte, hinfallen zu müssen. Doch sie schleppte sich weiter … weg von dem Baum. Nur weg von dem Baum! Sie ging auf der Straße; links und rechts von ihr wuchsen hohe Hecken, die sich auf sie zuzubewegen schienen. Sie beugten sich in ihre Richtung, als wollten sie Selina in ihrer Mitte gefangen nehmen. Der Schlurf vor ihr wurde immer schmaler; Selina begann zu rennen. Sie musste das Licht erreichen, bevor die Hecken so eng standen, dass sie nicht mehr weiterkam. Dass sie auch von ihnen aufgesaugt wurde.

„Komm doch zu uns", säuselte es. „Du brauchst keine Angst zu haben." Selina blickte nach oben, wo die beiden Hecken zusammenwuchsen. Nun war sie vollkommen von der Hecke umgeben, die immer näher und näher kam. Die Stimme klang wie ein Orakel … als würden hunderte Körper zugleich sprechen. Die Öffnung am Ende der Gärten wurde kleiner. Selina würde sie nicht erreichen, bevor die Hecken sich verschlossen.

Sie tastete im Lauf nach dem Amulett. Es pochte im Takt ihres Herzschlages. Selina riss es sich vom Hals und warf es weit von sich; irgendwo in die Hecken hinein. Der Klang der Stimmen verstummte, die Hecken zogen sich zurück und Selina war frei. Sie lachte auf und eilte mit klopfendem Herzen weiter. Sie musste zu Trudi. Nur weg von hier, nur weg von den Pflanzen.

Sie erkannte den Wagen ihrer Freundin von Weitem. Trudi war gerade dabei, die Einkäufe in den Kofferraum zu verfrachten. Als sie Selina auf sich zurennen sah, warf sie die restlichen Lebensmittel achtlos hinein, sprang hinter das Steuer und startete das Auto. Sobald Selina am Beifahrersitz saß, drückte sie das Gaspedal durch und fuhr mit quietschenden Reifen über den Parkplatz des Einkaufszentrums. Selina blickte immer wieder zurück, als hätte sie Angst, die Hecke könnte ihr folgen. Doch insgeheim wusste sie, dass sie in Sicherheit war – jetzt, wo sie das Amulett nicht mehr bei sich trug. Erleichtert atmete sie auf und lehnte sich im Stuhl zurück.

„Was ist passiert?", wollte Trudi wissen.

Selina setzte zu einer Antwort an, hielt dann jedoch inne. Ja, was war eigentlich passiert? Sie war mit einem Baum verwachsen, beinahe von einer Hecke eingesperrt worden und war ein Amulett losgeworden, das etwas in Gang gesetzt hatte, was sie nicht verstehen konnte. Was zur Hölle war hier los? Selina wusste nur, dass sie niemandem davon erzählen durfte. Auch Trudi nicht. Sie würde an ihrem Verstand zweifeln wie alle anderen auch. Selina schluckte. Sie wollte keine Geheimnisse vor ihrer Freundin haben. Schon gar nicht jetzt, wo sie begonnen hatte, ihr zu verzeihen. Wenn sie das Amulett noch gehabt hätte … dann hätte sie Trudi alles zeigen können.

„Selina?"

„Ich wollte nur keine Sekunde länger bei meinen Großeltern bleiben."

Obwohl Trudi auf die Straße achten sollte, warf sie ihr einen vieldeutigen Blick zu. Selina wusste, wie es aussah: Sie lief schon wieder davon. Doch dieses Mal hatte sie jeden Grund dazu. Selina betrachtete die Burg, die vom Berg auf sie herabsah. Das

Bauwerk nahm alles wahr – sah Feinde schon kommen, lange bevor sie in ihrer Nähe waren. Wie gerne hätte auch Selina diese erhabene Position innegehabt und über alles Bescheid gewusst, was um sie herum geschah.

Zurück in ihrem Elternhaus bat Selina ihre Freundin herein. Ohne Scheu betrat Trudi das Gebäude, sah sich um und lächelte. Zu einem Teil war dies auch ihr Zuhause gewesen. Viele Nachmittage hatte sie hier verbracht – mehr Zeit als zwischen ihren eigenen vier Wänden. Sie war überall dort gewesen, wo auch ihre beste Freundin gewesen war. Sie wäre ihr überall hin gefolgt. Wenn Selina sie mitgenommen hätte, wäre sie ohne zu zögern mit ihr nach Wien gezogen.

„Hast du Angst, dass deine Möbel schmutzig werden?" Trudi zeigte auf die abgedeckte Vitrine. Mit einem Ruck zog sie das Tischtuch ab, ließ es achtlos am Boden liegen und stieg darüber hinweg. Sie öffnete die Glastür und blieb einen Moment davor stehen, um den Inhalt zu betrachten. „Wann wirst du endlich aufhören, vor der Vergangenheit davonzulaufen?", fragte sie und drehte sich zu Selina um. In ihren Händen hielt sie eine Fotografie, die Selina bisher gemieden hatte. Das, was sie darauf erkennen konnte, war zu schmerzhaft. Noch schmerzhafter als die Bilder ihrer lachenden Schwester. Oder die

Fotos, auf denen sie neben ihrer Mutter stand.

„Aber das tu ich ja gar nicht!", protestierte Selina. „Ich bin zurückgekommen. Ich war in Mellies Zimmer, an ihrem Grab. Ich habe sogar ihre Unglücksstelle aufgesucht." Schon wieder spürte sie, wie ihr Tränen in die Augen schossen. Sie wollte sie wegblinzeln, doch Trudi hatte es bereits bemerkt und kam auf sie zu.

„Du weißt, dass das eine Lüge ist", sagte sie und nahm Selina in den Arm. „Wenn du dich ihr wirklich würdest stellen wollen, wäre dieser Schrank nicht zugedeckt und du würdest dich längst mit deiner Mama aussprechen." Selinas Blick fiel auf die Stelle in der Vitrine, an der eben noch das Bild gestanden hatte. Der Platz wirkte seltsam leer.

„Aber ich wusste doch nicht, dass sie noch lebt", flüsterte sie kläglich.

„Das weißt du seit gestern. Du hast dir einen ganzen Tag Zeit gelassen, um deine Großeltern aufzusuchen – und das auch erst, als ich dich dazu gedrängt habe. Und die Adresse deiner Mama weißt du seit drei Stunden. Doch bisher hast du sie mit keinem Wort erwähnt. Wovor hast du Angst?"

Selina fixierte den leeren Platz im Regal. Sie wusste genau, wovor sie sich fürchtete – und es hatte nichts mit dem Unbekannten zu tun, der ihr nach dem Leben trachtete.

„Davor." Sie zeigte auf das Bild in Trudis Händen.

„Davor, dass Mama nicht mehr dieselbe ist. Wegen mir, weil ich so egoistisch war und verschwunden bin, anstatt ihr beizustehen." Selina trat einen Schritt zurück, sah ihrer Freundin eindringlich in die Augen. „Was ist, wenn ich sie nicht mehr wiedererkenne?"

***

Als Trudi nach Hause fuhr, war es bereits spät in der Nacht. Lorenz war längst zu Hause und wartete auf Neuigkeiten. Er würde überrascht sein, zu erfahren, dass seine Frau nicht nur den Streit mit Selina beigelegt, sondern sie den ganzen Tag zusammen verbracht hatten. Als die Tür hinter Trudi ins Schloss fiel, verriegelte Selina alle Öffnungen, so gut sie konnte. Jetzt bereute sie, sich des Amuletts entledigt zu haben. Doch die heutigen Geschehnisse waren zu erschreckend gewesen. Wäre sie je wieder aus dem Heckengefängnis herausgekommen? Bisher war sie überzeugt gewesen, dass das Amulett gut war und ihr helfen wollte. Jetzt war sie sich dessen nicht mehr so sicher. Sie hatte das Gefühl gehabt, dass die Natur sie hatte einlullen und auffressen wollen. Und woher kam es überhaupt, dieses Amulett? Was war das für ein seltsamer Zauber?

Sie wusste absolut nichts darüber … dennoch hatte sie wie ein dummes Kind darauf vertraut, in

Sicherheit zu sein. Nur ein Idiot spielte mit dem Feuer. Und sie hatte sogar mit einer Art Magie gespielt. Beides schien ihr ähnlich unkontrollierbar. Sie sollte die Finger davon lassen!

Selina wollte an der Vitrine vorbei nach oben gehen, blieb stattdessen davor stehen und nahm die Fotografie an sich. Das Foto war nach ihrer Flucht entstanden; das erkannte sie sofort. Auf dem Bild waren Trudi und ihre Mutter abgebildet; Arm in Arm. Es wäre ein schönes Bild gewesen; hätte Maria sich in der kurzen Zeit, in der sie zwei Kinder verloren hatte, nicht so sehr verändert. Neben Trudi wirkte sie klein und zerbrechlich. Sie, die mit ihrer Lebensfreude und der ungewöhnlichen Art, sich zu kleiden, alle Aufmerksamkeit auf sich gezogen hatte – war unscheinbar und müde. Das Lächeln, das sie zeigte, wirkte erschöpft. Die Haare waren ungewöhnlich lang, die rote Farbe ausgewachsen. Am Ansatz zeigten sich schwarze Haare - Marias Naturhaarfarbe – die einzige Farbe, die sie nie getragen hatte. Rasch stellte Selina das Bild zurück; mit dem Glas nach unten, damit sie das Foto nicht länger betrachten musste. Sie griff nach dem Messer, das neben der Tür lag, eilte in den oberen Stock, legte sich in ihr Bett und zog die Decke bis zur Nasenspitze hoch. Am liebsten würde sie verschwinden! Beinahe wäre ihr das heute gelungen. Was wäre geschehen, wenn sie sich nicht mehr vom Baum hätte lösen können?

Wäre sie dann für alle Zeit zu Holz erstarrt? Selina begann zu zittern und zog die Bettdecke enger an sich. Was war heute passiert? Zuerst war alles so friedlich gewesen … Beinahe meinte sie wieder das Zwitschern der Vögel zu hören; das Rauschen der Blätter über ihr. Sie schloss die Augen und glitt in einen leichten Schlaf.

Kapitel 8

In aller früh wurde Selina aus dem Bett geklingelt. Sie fuhr hoch, tastete nach dem Messer am Nachtkästchen und schlich die Treppe hinunter. Wer kam um sechs Uhr an ihr Haus? Derjenige, der hinter ihr her war? War es Frank? Selinas Herz klopfte schneller. Sie wusste nicht, wie sie auf ihn reagieren sollte. War es dumm, ihn hereinzulassen? Auch wenn er selbst hier gewohnt hatte. Aber wenn tatsächlich er hinter dem steckte ... Selina betrat auf Zehenspitzen die Küche. Sie presste sich an die Wand, damit man sie vom Fenster aus nicht sehen konnte. Neben dem Herd kauerte sie sich zusammen und lugte über das Fensterbrett hinweg. Blaue Jeans – jemand hämmerte gegen das Holz. Sie hörte den Klang im ganzen Haus. Die Scheibe vibrierte. Ihr Blick wanderte höher ... kein Frank. Es war Trudi. Selina lachte auf. Bloß, was machte sie schon hier? Als sie öffnete, wehte ihr der Duft von frischen Croissants entgegen.

Trudi wedelte grinsend mit der Tüte. „Ich habe noch eben Frühstück gekauft. Eine Stärkung, bevor wir zu deiner Mama fahren."

Selina fühlte sich beklommen; als würde sich von hinten jemand auf sie legen und sie in einer erdrückenden Umarmung gefangen halten. Sie traten an der Vitrine vorbei – Trudi blieb kurz stehen, um das

Bild wieder aufzustellen – und gingen ins Esszimmer. Selinas Mund war trocken, das Gebäck bekam sie kaum hinunter. Wenig später saßen sie in Trudis Wagen.

Selinas Mutter war Volksschullehrerin. In den Sommerferien hatte sie frei. Aber vielleicht war sie nicht zu Hause … Selina hoffte es beinahe. Sie versuchte sich vorzustellen, ihrer Mutter gegenüberzutreten. Ihre Hände wurden schweißnass, die Luftröhre eng. Sie spürte Tränen in den Augen; blickte auf die Straße und fokussierte ein junges Pärchen, das hemmungslos auf einem Parkplatz herumknutschte. Die Frau saß auf der Motorhaube eines Wagens. Die Beine um den Mann geschlungen.

Frank würde nicht da sein. Er besaß eine Zahnarztpraxis und musste viel arbeiten. Das Wohnhaus, in dem die beiden lebten, lag am Stadtrand. Zu jeder Wohnung gehörte ein Balkon, der gerade groß genug für zwei Stühle und einen Hund war. Hier war kein Platz für Familien; das Durchschnittsalter der Bewohner lag bei fünfundfünfzig Jahren. Die am häufigsten angegebene Berufssparte nannte sich *Arbeitslos.* Es war keine sonderlich schöne Gegend. Obwohl am Rande der Stadt gelegen, gab es außer einigen Balkonpflanzen kein Grün. Der nächste Park und Kinderspielplatz waren zu Fuß eine halbe Stunde entfernt. Wahrscheinlich war dies der Grund, wieso sich zwei Erwachsene mit gutem

Einkommen hier niedergelassen hatten. Es gab möglichst wenig, das Maria an ein glückliches Leben und ihre Töchter erinnerte. Selina suchte nach Mutters Namen neben der Eingangstür – sie fand ihn nicht. Dafür war *Frank Haas* aufgelistet. Zögernd streckte Selina den Arm aus und wollte die Tür mit einem Ruck öffnen. Sie bewegte sich nicht. Die beiden Frauen wechselten einen Blick. Sie dachten dasselbe: *Sollten wir wirklich läuten?* Kurz entschlossen tastete Trudi nach der Glocke. Selina starrte auf Franks Namen, begann auf der Haut ihres Zeigefingers herumzunagen. Ihre Freundin berührte sie sanft an der Schulter, bis sie die Hand sinken ließ. Dann zog Trudi sie an sich.

„Es wird schon alles gut", flüsterte sie.

Selina schloss für einen Moment die Augen und konzentrierte sich auf das Kreisen von Trudis Hand auf ihrem Rücken. Sie erschrak, als ein Rauschen in der Gegensprechanlage ertönte.

„Ja bitte?", knisterte es im Funk. Es war schwer, festzustellen, ob die Stimme ihrer Mutter gehörte.

„Hallo Maria", sagte Trudi. „Ich bin´s, Trudi. Kann ich raufkommen?"

Die Frau auf der anderen Seite erwiderte nichts; doch ein Summen wies darauf hin, dass sie die Tür öffnen konnten. Selina war umso nervöser, da Trudi sie nicht erwähnt hatte. Sie war der Überraschungsgast und wusste plötzlich nicht mehr, ob sie willkommen sein würde. Vielleicht sollte sie wieder gehen? Doch Trudi stieg konstant die Treppe hoch. Sie nahmen nicht den Fahrstuhl, um die fünf Stockwerke nach oben zu gelangen. Die geschlossene Kabine hätte sie noch unruhiger gestimmt. Trudi klopfte an der Tür, an der Franks Name stand. Selina blieb hinter ihr stehen und fragte sich, wieso nur sein Name auf das Türschild gedruckt war. Wenn ihre Mutter hier lebte, würde dann nicht auch ihr Name darauf hinweisen? Aber wenn es nicht ihre Mutter war – wer war dann die Frau gewesen, die sie eingelassen hatte? Die Frau, die auf der anderen Seite der Tür stand und sie gleich in die Wohnung bitten würde?

„Es ist offen!", rief eine Frauenstimme. „Komm rein."

Ohne zu zögern, trat Trudi auf die Tür zu. Selinas Herz klopfte. Tappten sie in eine Falle? Selina fasste nach ihrer Hand, um sie zurückzuhalten – doch Trudi hatte bereits die Klinke gedrückt. Sie drehte sich zu ihr um, die Tür schwang nach innen auf. Dahinter erkannte Selina einen Gang. Einige Schuhe standen in einem Regal und verschiedene Jacken hingen auf der Garderobe. Personen konnte Selina keine sehen.

„Jetzt gibt es kein Zurück mehr", sagte Trudi und lächelte aufmunternd.

Selina wollte sagen, dass ihre Angst einen anderen Grund hatte, doch Trudi hatte sich umgedreht und spazierte in die Wohnung.

„Maria?", rief sie.

„Hier", antwortete die Stimme. Trudi verschwand in einem Zimmer, Selina blieb unschlüssig am Gang stehen. Bereit, bei dem leisesten Geräusch davonzulaufen.

„Trudi, was führt dich zu mir?", fragte die Frau. Eine Weile hörte Selina nichts mehr.

„Ich habe jemanden mitgebracht", antwortete Trudi.

Selina erstarrte. Das war ihr Auftritt. Sie wurde von einer Gänsehaut überfallen. Der Drang, davonzulaufen, war übergroß. Sie wollte weg von dieser Wohnung, weg von dem Haus ihrer Kindheit und zurück nach Wien – wo sie weiterleben konnte, ohne tagtäglich an all das denken zu müssen. Gleichzeitig wollte sie in das Zimmer treten, ihrer Mutter um den Hals fallen und alles vergessen, was in den letzten zehn Jahren geschehen war. Sie wollte, dass Mellie und sie wieder Kinder waren, sich über Kleinigkeiten stritten und dass Mutter sie viel zu früh von einer Party abholte, weil sie ihre Hausaufgaben nicht erledigt hatte.

„Selina ist zurück", erklang Trudis Stimme erneut. Dann nichts mehr. Ewig lange gar nichts mehr. Selina war unfähig, sich zu rühren. Gefangen in einem Kampf mit sich selbst – weil sie nicht wusste, welches Bedürfnis größer war. Trudi erschien im Flur, ihre Blicke trafen sich; sie stellte sich neben ein Kästchen mit einem Tischtuch darauf. Hinter ihr trat Mutter hervor.

„Selina?", flüsterte sie schwach; blieb halb im Türrahmen stehen. Langsam kam sie auf sie zu, als könnte sie nicht glauben, was sie vor sich sah. „Du bist es wirklich?" Drei Schritte vor ihr blieb sie stehen. Eine Weile standen sich die beiden stumm gegenüber. Selina wollte etwas sagen, irgendetwas, um die Stille zu durchbrechen – doch ihr Kopf war wie leer gefegt. Sie starrte ihre Mutter an. Zehn Jahre hatten sie sich nicht gesehen – die Zeit stand wie eine Mauer zwischen ihnen. Selinas Mutter hatte sich verändert; sie war zu einer Fremden geworden – und doch war sie Selina vertraut. Sie hatte stark abgenommen und trug einen grauen Jogginganzug. Etwas so Tristes hätte sie früher nicht in ihren Kleiderschrank gelassen. Ihre Kurzhaarfrisur war ausgewachsen; den knalligen Farben war ein Braun gewichen, durch das sich Strähnen des Alters zogen. Die Frau vor Selina wirkte wie ein falsches Imitat ihrer Mutter. Wie eine Zwillingsschwester, die ihr Leben lang im Schatten der anderen gestanden hatte. Maria öffnete den Mund, um etwas zu sagen, doch sie schnappte nur nach Luft. Trat einen Schritt nach vorne, blieb unschlüssig stehen.

„Ich habe dich vermisst", flüsterte Selina und hatte plötzlich Tränen auf den Wangen. Im nächsten

Moment eilte ihre Mutter auf sie zu und zog sie in eine Umarmung.

„Du bist zurück." Es klang ungläubig, als hätte sie nicht mehr damit gerechnet. Sie strich ihr über die langen Haare. Selina fühlte, wie das beklemmende Gefühl von ihr abbrach. Sie schlang die Arme um ihre Mutter und atmete den Duft ihrer Kindheit ein. Zumindest der hatte sich nicht verändert.

„Willst du reinkommen?", fragte Maria unsicher. Sie hielt Selinas Hand und strich sanft mit dem Daumen über ihre Haut. Als hätte sie Angst, ihre Tochter zu verlieren, wenn sie sie losließ. Selina nickte und trat hinter ihrer Mutter in das Innere. Endlich gab es Dinge, die sie wiedererkannte: Geflochtene Pflanzenkörbe standen am Boden und nahmen in der bereits kleinen Wohnung Platz weg. Die Pflanzen darin wuchsen üppig. Mutter hatte schon immer ein Händchen für alles Grüne gehabt. Stunden hatte sie in ihrem Garten verbracht, der in der ganzen Siedlung als der Schönste bekannt gewesen war. In einem der Töpfe steckte ein Papagei aus Holz. Eine Laubsägearbeit ihrer Schwester. Die Farbe darauf war stark verblasst. Überall standen Bilder von Mellie und ihr. Selina fragte sich, wie ihre Mutter zwischen all den Erinnerungen hatte glücklich werden können. Jeden Tag hatte sie mit der Vergangenheit gelebt und war an dieses schreckliche Ereignis erinnert worden. Als wollte sie sich selbst bestrafen. Selina betrachtete ihre Mutter, die in der Küche verschwand. Ohne ihre Farben wirkte sie unscheinbar. Als hätte sie mit den schrillen Kleidern ihre Identität abgelegt.

„Willst du etwas trinken?", fragte sie, drehte sich um. Ihre Mundwinkel hoben sich. Es ging kein Strahlen von ihr aus; ihre Augen glänzten nicht. In den zehn Jahren hatte sie das Lachen verlernt. Sie drehte Selina den Rücken zu und hantierte in der Küche. In der Wohnung gab es keine aktuellen Fotos von ihr. Nichts wies darauf hin, dass Maria ein Leben außerhalb dieser Wände führte. Nur einige Bilder von Frank und seinen Freunden waren zu sehen. Ansonsten Erinnerungen an ein Leben, das längst vorbei war. Selina setzte sich auf einen Stuhl und starrte auf die Tischplatte, um nicht permanent Mellie auf sie herabstrahlen zu sehen. Maria stellte zwei Tassen mit Eiskakao auf den Tisch. Schokolade war Mutters Allheilmittel: gegen Kälte und Hitze, schlechte Noten und Stress mit Freunden. Selina nippte daran und betrachtete Mutter über den Rand der Tasse hinweg. Sie vermisste ihre Farben: Sie war schrill und auffallend gewesen; jetzt war sie eine graue Maus.

„Warum bist du zurückgekommen?", fragte Maria leise. Ihre Augen glänzten feucht. Sie blickte ihre Tochter an, dann starrte sie auf den Becher. Selina verkrampfte sich. Die Wahrheit konnte sie ihr nicht verraten. Sie wollte Mutter nicht beunruhigen – vor allem, wollte sie sie nicht noch mehr verletzen.

„Weil ich dich vermisst habe", antwortete sie stattdessen. Ihre Mutter sah auf und lächelte; endlich lächelte sie. Es war nicht dieses Strahlen, das Selina von früher kannte – das von ihrem ganzen Körper ausgegangen war und ihr Gegenüber dazu gebracht hatte, selbst zu lachen – aber es war ein Anfang. Selina spürte, wie sich ihr Herz zusammenzog; für einen Moment bekam sie keine Luft mehr. Ja, sie hatte Mutter vermisst – wie sie auch Mellie vermisst hatte – doch sie hatte ihre Gefühle verdrängt. Ohne diesen Brief wäre sie nie zurückgekehrt. Sie hätte ihre Mutter einen einsamen Tod sterben lassen, ohne einmal an sie zu denken. Erst zu ihrem Begräbnis wäre sie wieder erschienen. Selina schämte sich; sie fühlte Trauer und zugleich Glück.

„Es tut mir leid, dass ich nach Mellies Tod davongelaufen bin", sagte sie.

„Ist schon gut", antwortete Maria. Sie griff über den Tisch nach Selinas Hand und drückte sie. Als Teenager hätte Selina sich der Berührung entzogen, jetzt erwiderte sie den Druck.

Von draußen ertönte ein Klopfen. Trudi streckte ihren Kopf durch die Tür. Selina hatte gar nicht bemerkt, dass sie verschwunden war.

„Wir müssen los", sagte sie. „Wir haben noch

einen Termin." In ihrer Stimme lag ein dringlicher Ton. War etwas passiert? Plötzlich wurde Selina bewusst, warum sie überhaupt zurück in ihre Heimatstadt gekommen war. Ihr Blick fiel auf die Uhr: Es war früher Nachmittag. Frank würde bald hier auftauchen. Wenn wirklich er der Verfasser des Briefes war … Aber was sollte er damit bezwecken? Dass Mutter und Tochter sich aussprachen? Aber das erklärte nicht alles Weitere, was hier vor sich ging: nicht das Interesse am Anhänger, nicht das Leben in den Pflanzen und nicht den Versuch, sie zu töten. Selinas Herz schlug schneller. Sie sprang auf, bemerkte aber die Panik in den Augen ihrer Mutter.

„Danke für den Kakao", sagte sie, trat zu Mutter hin. Maria erhob sich schwerfällig. Eine Handbreit voneinander entfernt standen sie sich gegenüber. Selina war unsicher, wie sie sich verhalten sollte. Sie lächelte zaghaft und zog ihre Mutter an sich.

„Ich komme morgen wieder, versprochen." Als sie einen Schritt zurücktrat, griff Mutter nach ihrer Hand. Selina blickte ihr in die Augen. *Verlass mich nicht wieder,* schien sie sagen zu wollen. Aber sie sagte nichts, drückte nur sanft ihre Finger.

„Ich freue mich schon", flüsterte sie. Dann zog Trudi Selina zur Tür hinaus und zerrte sie in das Treppenhaus, wo sie verharrten und um die Ecke lugten. Keine Sekunde zu früh: Ein leises *Bling* ertönte und Frank stieg aus dem Aufzug.

Auch er war älter geworden, aber man sah es ihm kaum an. Er war immer noch groß und schlank, trug dunkles Haar und maßgefertigte Anzüge. In dem Treppenhaus, das außer Beton und einer Eisenstange als Treppengeländer nichts zu bieten hatte, schien er fehl am Platz. Er musste Mutter wirklich lieben, dass er mit ihr in diese Wohnung gezogen war; wo sie doch davor in einem Haus gelebt hatten und er davor in einem zweistöckigen Apartment in der exklusivsten Wohngegend der Stadt. Entweder das oder es gab einen anderen Grund, wieso er bei ihr geblieben und alle Unannehmlichkeiten auf sich genommen hatte. Ein Grund, der weitaus fürchterlicher war und der etwas mit dem Amulett zu tun hatte. Ein Grund, den Selina nicht verstand.

„Mama wird Frank erzählen, dass ich da war", sprach Selina ihrer beider Befürchtung aus.

Trudi biss die Zähne aufeinander. „Ich weiß. Am besten wäre es, wenn du deiner Mum und Frank aus dem Weg gehst." Sie warf Selina einen kurzen Blick zu. „Aber das wirst du nicht machen. Es würde Maria zerstören."

Selina nickte. Sie wusste, dass ihre Freundin recht hatte. Mutter hatte nicht ausgesehen, als ob sie einen weiteren Schicksalsschlag verkraften könnte.

„Wir müssen herausfinden, was man von dir will. Du hast doch von dem Mann in der Kneipe erzählt.

John, nicht? Vielleicht können wir herausfinden, wohin er verschwunden ist. Er kann uns bestimmt sagen, was sie wollen … und wer …"

„Ich weiß bereits, was sie wollen." Selina tippte sich an die Brust.

„Das Amulett? Aber wieso? Meinst du nicht, dass du dir da was zusammenreimst? Vielleicht hat John gar nichts damit zu tun. Vielleicht wollte er dich wirklich einfach nur küssen und die Kette hat sich versehentlich gelöst."

Selina schüttelte den Kopf. Sie musste es ihr zeigen und dazu brauchte sie das Amulett zurück. „Wir müssen noch einmal zu meinen Großeltern. Ich habe etwas verloren."

***

Sie parkten das Auto in der Nähe von Selinas Großelternhaus.

„Nach was suchen wir eigentlich?", fragte Trudi.

Selina antwortete nicht, ging rasch voran. In der Nähe erkannte sie den Baum, der sie hatte verschlingen wollen. Als würde eine unsichtbare Kraft sie am Näherkommen hindern, wurde Selina immer langsamer. Trudi bemerkte ihr Zögern nicht, trat an ihr vorbei. Vor dem Baum blieb sie stehen. Gestern hatten die Blätter im Wind geweht, Vögel hatten in der Baumkrone genistet und gezwitschert. Heute war es gespenstisch ruhig. Die Blätter wiesen trist zu Boden; hingen an ihrem Wirt, als hätte ihnen etwas die Kraft entzogen. Die Piepmatze waren davongeflogen. Sie hatten erkannt, dass diese Pflanze dem Tode geweiht war.

„Was ist hier denn passiert?", fragte Trudi, legte die flache Hand an den Baum. Die Stelle, an der Selina mit der Pflanze verwachsen gewesen war, war leicht zu erkennen. Wo sie gestanden hatte, fehlte dem Baum ein großes Stück der schützenden Haut.

„Als hätte jemand die Rinde abgeschält", stellte Trudi fest.

Eher herausgerissen, dachte Selina schaudernd.

„Er wird eingehen." Trudi strich bedauernd am Stamm entlang. „Ein Baum kann ohne Rinde nicht leben. Wer macht nur so etwas?"

Selina blickte in die Baumkrone hoch. Die Blätter wirkten trocken. Ein Windstoß fuhr hindurch und ließ sie rascheln. Was würden sie ihr sagen, wenn Selina sie verstehen könnte? *Hilf uns!* Oder: *Du bist schuld!* Sie spürte ein Kribbeln. Dort, wo ihre Haut mit derer des Baumes verwachsen gewesen war. Wenn sie sich an den Stamm lehnen würde, könnte sie ihn heilen? Sie schüttelte den Kopf und trat einen Schritt zurück. Niemals wieder wollte sie so etwas erleben. Sie ließ Trudi alleine stehen und schlich suchend die Hecke entlang. Irgendwo hier musste der Anhänger liegen. Sie ging mehrmals auf und ab, fahndete zwischen dem Gras, innerhalb der Hecke. Trudi stieß zu ihr und half bei der Suche. Doch sie fanden beide nichts. Selina hatte Angst, jemand könnte ihn mitgenommen haben.

„Vielleicht ist er in einem der Gärten gelandet", vermutete Trudi und zeigte auf ein Grundstück. Bevor Selina antworten konnte, war ihre Freundin bereits auf dem Weg zur Tür und betätigte die Glocke. Niemand öffnete.

„Sollen wir einfach nachsehen?", fragte Selina unsicher.

Trudi zuckte mit den Schultern, blickte sich kurz um und stolzierte durch das Gartentor, als wäre es ihr eigenes. Selina musste lachen. Ihre Freundin hatte sich in den zehn Jahren kaum verändert. Sie hatte immer noch wenig Sinn für Regeln, als wäre sie nie erwachsen geworden. Trudi ging gebückt den Rasen ab. Es war ein kleiner Garten. Ohne Blumen, dafür mit kurz geschnittenem Gras. In der Mitte standen drei Liegestühle und ein kleiner Tisch. Selina wollte sich zu ihrer Freundin gesellen, als sie ein Bellen hörte.

„Trudi!", rief sie warnend.

Ihre Freundin erhob sich, blickte überrascht in eine Richtung, stolperte rückwärts. Ein Hund schoss um die Ecke. Bereit, die Eindringlinge zu zerfetzen. Trudi riss abwehrend die Arme hoch, blieb an Ort und Stelle stehen. Der Hund hatte die Lefzen zurückgezogen, war beinahe bei ihr angelangt. Ob er die Angst riechen konnte? Selina schrie und fuchtelte mit den Armen, doch das Tier war auf Trudi fokussiert. Gleich würde es bei ihr angekommen sein.

„Ben, stopp!", rief jemand. Der Hund hielt in der Bewegung inne, blickte zum Haus zurück. Dort war Frauchen in der Tür erschienen. Sie war rundlich, trug eine weiße Schürze mit Rüschen.

„Was machen Sie auf meinem Grundstück?", fragte sie und schwang einen Kochlöffel. Der Hund saß vor Trudi und knurrte sie an. Er wartete auf den Befehl, angreifen zu dürfen.

„Es tut uns leid", antwortete Trudi, trat langsam zur Seite. Der Hund folgte ihr, sie nicht aus den Augen lassend. „Wir haben geläutet, aber es hat niemand geöffnet. Gestern haben wir hier eine Kette verloren. Wir wollten rasch nachsehen, ob sie in ihrem Garten gelandet ist."

Die Frau wirkte etwas versöhnt, ließ den Kochlöffel sinken und rief Ben zu sich. Hinter ihr erschien ein Junge, sein Finger steckte in der Nase.

„Wer ist das, Mama?", fragte er und steckte den Finger in den Mund.

„Zwei Frauen, die ihre Kette suchen", antwortete sie. „Willst du ihnen helfen?"

Der Junge griff sich mit der Hand an die Brust, um dort etwas zu verdecken. Doch Selina hatte das Amulett bereits gesehen.

„Das ist nicht nötig", sagte sie. „Ich denke, Ihr Sohn hat die Kette bereits gefunden, habe ich recht?"

Die Frau blickte fragend zu dem Jungen hinab. „Ist das wahr?", fragte sie.

Der Junge schüttelte heftig den Kopf. Die Frau schob die kleine Hand zur Seite, bis der Anhänger zum Vorschein kam. Sie warf Selina einen fragenden Blick zu; als diese nickte, wandte sie sich an ihren Sohn.

„Du sollst nicht lügen!", rügte sie ihn. „Und stehlen schon gar nicht." Die Frau nahm ihm das Amulett ab, doch er griff danach und versuchte, es zurückzuerobern.

„Nein!", rief er. „Die Kette hat Zauberkräfte!"

Selina schnappte nach Luft, die Frau lachte.

„Ja natürlich. In Omas Schatulle findest du noch mehr solch magischer Dinge. UND JETZT LASS LOS!" Weinend verschwand der Junge in einem Zimmer.

„Vielen Dank", sagte Selina.

Trudi trat forsch auf die Straße; sie stand zwischen den zwei Hecken, wie Selina am Vortag. Sie schluckte und atmete tief ein. Wenn es wieder geschah? Aber sie hatte sich das Amulett noch nicht umgelegt, also war sie sicher, oder? Langsam ging sie auf die Hecken zu, achtete auf jede Bewegung der Pflanzen. Sie stellte sich auf die Straße und begann zu rennen; zwischen dem Heckenflur hindurch, an Trudi vorbei, die sie verdutzt anstarrte und sich nach Verfolgern umsah. Sie konnte niemanden sehen, dennoch eilte sie ihrer Freundin hinterher. Beim Auto angekommen, stützte Selina sich schwer atmend auf der Motorhaube ab.

„So. Du sagst mir jetzt sofort, was los ist!" Trudi stemmte die Hände in die Seiten, eine Zornesfalte zwischen den Brauen. Ihre Augen glitzerten gefährlich. Selina blickte vorsichtig auf. Sie wusste, dass Trudi sich kein weiteres Mal mit einer Ausrede würde abwimmeln lassen. Plötzlich hoffte sie, dass die Hecken sich zusammenziehen und sie einengen würden. Sie wollte Trudi beweisen, dass sie nicht verrückt war. Ihr Herz klopfte wie wild, als sie sich das Amulett um den Hals legte. Beinahe sofort spürte sie die Hitze; Trudi starrte gebannt auf das Shirt. Wie eine kleine Taschenlampe leuchtete das Amulett durch den Stoff. Selina griff nach Trudis Hand und zog sie mit sich. Zu einem Pflanzentrog, der einige Meter entfernt stand. Darin wuchs eine Art Farn. Obwohl es beinahe windstill war, bewegten sich die Blattwedel auffällig schnell hin und her. Einige Blätter waren an den Spitzen eingerollt wie Schneckenhäuser. Andere waren bereits voll entfaltet. Doch sie alle tanzten wild, als würde ein Puppenspieler ihre Körper lenken. Trudi starrte irritiert auf die Pflanze.

„Was ist das?", fragte sie und griff vorsichtig

danach. Als sie eine der Blätter berührte, entrollte sich eine jüngere Pflanze und wickelte sich um Trudis Handgelenk. Sie schrak zurück und riss dabei die junge Pflanze mit, die wie eine Kette an ihrem Arm baumelte. Rasch zog Selina das Amulett hervor und der Farn rutschte von Trudis Handgelenk.

Trudi starrte sie entgeistert an. „Was war das?" Ihre Augen waren geweitet.

„Das", Selina hob das Amulett hoch, „war dieser Anhänger. Jedes Mal, wenn ich aufgeregt bin, erhitzt er sich und kommuniziert dabei irgendwie mit den Pflanzen. Es ist fast so, als ob die Pflanzen mich beschützen wollen." Kurz dachte sie nach. „Außer der Baum von vorhin. Bei dem weiß ich nicht genau, was er von mir wollte."

„Das warst du?" Trudi schauderte. „Du hast ihm die Rinde abgerissen? Aber was hat er denn getan?"

Selina erzählte ihrer Freundin, was vorgefallen war. Während der Geschichte ließ Trudi die Farne nicht aus den Augen. Selina hatte ihr versichert, dass das Amulett nur bei direktem Hautkontakt aktiv wurde. Dennoch war sie vorsichtig.

Als Selina zu Ende erzählt hatte, blickte Trudi die Allee entlang. Dorthin, wo der Pflanzengigant wuchs. Von hier aus konnten sie nur die Hecken sehen.

„Aber zu guter Letzt hast du den Baum verletzt ... nicht umgekehrt", schlussfolgerte Trudi nachdenklich.

Selina runzelte die Stirn. Ihre Freundin hatte recht. Als sie die Verwandlung hatte abbrechen wollen, war ihr das gelungen. Vielleicht wollte der Baum ihr also doch nichts Böses. Wieso auch? Bisher hatte das Amulett ihr immer helfen wollen. Vielleicht musste sie nur einen Weg finden, wie sie sich vom Baum lösen konnte, ohne ihn dabei zu verletzen. Sie blickte zu ihrem Talisman hinab. Eigentlich kannte sie die Antwort ja schon. Jedes Mal, wenn sie den Anhänger abgenommen hatte, hatten sich die Pflanzen sanft zurückgezogen. Es war nie etwas geschehen.

„Wollen wir es noch einmal probieren?", fragte Selina vorsichtig.

„Was?" Trudi starrte sie an. „Bist du verrückt? Du hast mir gerade erzählt, dass du beinahe zu Holz geworden wärst!"

„Und du hast richtig erkannt, dass mir nichts passiert ist. Wenn ich mit dem Baum verschmolzen bin, nimmst du mir das Amulett einfach ab! Dann wird der Baum mich loslassen. Und wenn wir Glück haben, ist der Baum dann wieder geheilt. Dabei kann gar nichts schief gehen!" Das hoffte Selina zumindest. Laut aussprechen würde sie ihre Befürchtung sicherlich nicht. Denn sie wollte das ausprobieren! Sie wollte wissen, was es mit diesem Amulett auf sich hatte. Auch wegen Mellie. Nur wenn sie wusste, was dieser Anhänger wert war, konnten sie doch herausfinden, warum jemand ihn haben wollte.

Inzwischen hatte es zu Dämmern begonnen. Keine Neugierigen waren mehr auf der Straße. Nebeneinander gingen sie zwischen den Hecken hindurch, die sie gestern noch hatten verschlingen wollen – heute würdigten sie Selina nicht. Die Äste des Baumes beugten sich zu Boden; wie ein kranker Mann, der sich kaum auf den Beinen halten konnte. Er ging seinem Ende zu. Selina legte das Amulett zurück an seinen Platz. Sie dachte an Mike, der sich jetzt irgendwo ein Leben mit seiner neuen Flamme aufbaute und spürte die Wut zugleich mit dem Anhänger aufflammen. Sie wollte Trudi zunicken, doch diese starrte gebannt auf das Leuchten an ihrer Brust. Die Blätter wogen im Wind, irgendwo dazwischen meinte Selina ein leises Stöhnen zu hören. Klagelaute einer alten Frau. Sie lehnte sich an den Stamm, passte perfekt in die Stelle, wo die Rinde fehlte. Trudi sagte kein Wort. Sie wusste, dass etwas Bedeutendes geschehen würde. Selina schloss die Augen. Allmählich fühlte sie eine Wärme im Rücken. Wie die Sitzheizung in einem Auto erhitzte sie schnell. Mit einem Mal war die Temperatur weg; was jetzt kam, war ein intensiver, stechender Schmerz an ihrem gesamten Körper. Sie erkannte es als die Verwandlung zu Holz wieder, blickte zu Trudi,

168

die sie entsetzt anstarrte. Selina betrachtete ihren Körper, der beinahe ganz mit dem Baum verwachsen war, sah, wie die Rinde immer höher und höher stieg, auf ihr Herz zu. Sie atmete schneller. Gleich war es vorbei.

„Reiß den Anhänger ab!", rief sie.

Trudi eilte auf sie zu, griff nach der Kette. Noch bevor sie das Amulett herausziehen konnte, schoss ein Lichtblitz hervor, der Trudi nach hinten schleuderte. Selina konnte außer einem gelblichen Licht nichts sehen. Aber sie spürte den Schmerz, der größer war als alles, was sie je gespürt hatte. Wie ein Stromschlag, der durch jede ihrer Zellen schoss und sie gelähmt zurückließ.

„Was passiert hier?" Trudi war panisch. „Selina, hör damit auf!"

Doch Selina konnte nicht mehr aufhören. Beinahe ihre gesamte Haut war zu Holzfaser erstarrt; ein Kreis aus Rinde bewegte sich auf ihr Herz zu; gleichzeitig ein Holzwulst auf ihr Gesicht. Selina schrie auf, ehe der Laut im Antlitz erstarrte.

Kapitel 9

Der Schmerz war verschwunden. Selina fühlte eine durchdringende Ruhe. Das Wissen, dass sie keine Eile hatte. Sie stand hier schon seit Jahrzehnten und würde die nächsten Jahrzehnte hier stehen. Es war ein beruhigendes Gefühl, zu wissen, wo man hingehörte. Sie schloss die Augen und spürte den Kreislauf der Pflanze. Wasser wurde von den Wurzeln in die einzelnen Blätter transportiert. Sie fühlte das Nagen eines Käfers an der Rinde; wie das Streichen eines Fingers über Haut. Sie genoss das Gefühl. Das Rauschen der Blätter war hypnotisierend. Sie vernahm ein leises *Tock, Tock* - weit entfernt, doch es ließ sie nicht einschlafen.

„Selina!"

Sie erkannte, dass Trudi ihren Namen brüllte, doch sie vernahm das Wort nur leise geflüstert. Ihre Freundin machte sich Sorgen. Doch das musste sie nicht, denn Selina fühlte sich wohl. Sie wollte ihr antworten, ihr sagen, dass alles in Ordnung war. Ihr Mund bewegte sich nicht. Wie sollte er auch? Sie war ein Teil des Stammes; nur eine ungewöhnlich dicke Ausbuchtung zeigte die Stelle, an der Selina mit dem Pflanzenriesen verwachsen war.

„Wehr dich dagegen!", rief Trudi. Sie hämmerte mit beiden Fäusten links und rechts gegen den

Stamm. Selina wollte sich nicht wehren. Sie wollte bleiben, bis zum Ende der Zeit. Sie erkannte die Verzweiflung in Trudis Stimme. Wie sollte sie ihr sagen, dass sie nicht gerettet werden wollte? Trudi legte eine Hand auf die Stelle, an der sie Selinas Herz vermutete.

„Verlass mich nicht schon wieder", flüsterte sie.

Selina fühlte die Worte mehr, als dass sie sie hörte. Ihre Beine kribbelten. Das durfte sie ihnen nicht antun; sie musste sich zumindest verabschieden. Bei ihr und Mutter. Sie fühlte ein Ziehen in den Fingerspitzen, ihre Waden verkrampften sich. Sie wollte sich bücken und nach ihnen greifen; doch ihre Arme waren nach wie vor aus Holz. Sie spürte ein Pochen, als ihr Blut zu zirkulieren begann, dann fiel sie zu Boden. Selina krümmte sich. Ihr Rücken – ihr Rücken war erstarrt. Sie legte sich flach auf die Wiese und atmete langsam und stockend ein und aus. Bei jedem Atemzug brannte ihre Lunge; als hätte sie zu lange die Luft angehalten. Ihre Bauchdecke spannte und entspannte sich. Trudi eilte zu ihr, nahm sie in den Arm. Hielt sie wie einen Embryo an sich gedrückt. Selina zuckte unkontrolliert mit den Gliedern, nur langsam kam sie zur Ruhe. Nur langsam gewöhnte sich ihr Körper daran, wieder Mensch zu sein.

„Was war das?" Trudis Gesicht war nass vor

Tränen. Selina setzte sich langsam auf, schlang die Hände um ihre Knie und beugte vorsichtig den steifen Rücken. Jede Bewegung schmerzte. Sie blickte zum Baum: Die Rinde, die sie bei ihrer ersten Rückverwandlung mitgerissen hatte, war jetzt am Stamm geblieben. Selina nahm den Anhänger ab und legte ihn zwischen sich und Trudi. „Wieso konnte ich das Amulett nicht abnehmen? Es hat mich von sich geschleudert."

Zögernd griff sie nach der Kette und hielt sie in die Höhe. Inzwischen war es Nacht geworden und sie konnte nicht viel erkennen. Nicht weit von ihnen brannte eine Straßenlaterne. Ihr Licht reichte nicht weit genug, um die Szene vor dem Baum zu beleuchten.

„Lass uns von hier verschwinden." Trudi stand auf, klopfte sich den Staub von der Hose und reichte Selina den Anhänger.

***

Um acht Uhr morgens stand Trudi bereits vor der Tür; wiederum mit einem Frühstückspaket. Selina fragte sich, ob ihre Freundin glaubte, bei ihr nichts zu essen zu bekommen. Nach einem Blick in den Kühlschrank musste sie ihr recht geben. Außer einer Packung Milch und einem Stück Käse war er leer.

„Gestern Abend konnte ich dir die Kette nicht

abnehmen", sagte Trudi leise, während sie in ihrem Kaffee rührte. „Ich dachte, ich hätte dich verloren."

Selina griff nach ihrer Hand, erinnerte sich an das friedliche Gefühl, dass sie als Baum durchströmt hatte. Es hatte nicht viel gefehlt und sie wäre nicht zurückgekommen. „Ich hätte dich nicht verlassen", log sie.

Trudi lächelte sie zaghaft an.

„Meinst du, du kannst ihn auch benutzen?", fragte Selina und betrachtete nachdenklich das Amulett.

„Darf ich?" Trudis Augen funkelten.

Selina nickte, nahm das Amulett vom Hals und legte es in Trudis geöffnete Hand. Diese strich ehrfürchtig über das Holz, als sähe sie das Kunstwerk zum ersten Mal. Die hauchdünnen Buchstaben darauf schillerten. Es schien beinahe, als würden sie sich bewegen. Als wären sie nicht mit einem goldenen Farbton gezeichnet, sondern als flöße die Farbe durch die Einkerbungen.

„Sie ist wunderschön", flüsterte Trudi und legte sich den Anhänger vorsichtig um.

„Denk an etwas, was dir Angst macht. Etwas, das dich aufwühlt."

„Das ist nicht schwer." Trudi verzog das Gesicht. „Willst du wirklich nach Wien zurückgehen?"

Selina senkte den Kopf. Sie hatte gehofft, dass dieses Thema nicht erneut aufkommen würde.

Natürlich hatte sie damit gerechnet. „Ja. Ich, ich habe mir dort ein Leben aufgebaut." Sie dachte an Mike. „Ich habe einen Job." Nach ihrer kurzfristigen Abreise fragte sie sich, ob sie den Job tatsächlich noch hatte, wenn sie zurückkehrte. Um genau zu sein, gab es in Wien nichts, was sie hier nicht auch haben konnte. Sie hatte keine Beziehung mehr, keine Wohnung und arbeiten konnte sie hier genauso gut, wie dort. Aber sie wollte nicht bleiben. Sie würde herausfinden, wer hinter ihr her war, was es mit diesem Amulett auf sich hatte und was damals mit Mellie geschehen war. Dann war dieses Kapitel in ihrem Leben abgeschlossen. Vielleicht würde sie nicht mehr nach Wien zurückkehren – sie könnte Graz auswählen, oder eine andere Stadt. Dann wäre sie nahe genug, um Trudi und Mutter zu besuchen. Aber hierbleiben würde sie nicht.

Trudi sah traurig und müde aus. „Schade", sagte sie und nahm sich das Amulett wieder ab. „Bei mir funktioniert es nicht."

„Vielleicht musst du an etwas anderes denken?"

Trudi schüttelte den Kopf. „Glaub mir, es funktioniert nicht."

Eine Weile aßen sie schweigend. Das Croissant, von dem Selina abbiss, bröselte den Teller voll.

„Glaubst du …", begann sie. „Meinst du, es wäre möglich, dass Mellies Unfall etwas mit dem Anhänger zu tun hatte?"

Trudi ließ ihr Croissant sinken und kaute ange-strengt auf dem Bissen. „Wie kommst du denn da-rauf?"

„Ich weiß nicht. Ich finde es nur seltsam, dass wir beide diese Kette getragen haben und wir beide ei-nen Unfall hatten." Selina trat zu der Vitrine und nahm das Bild mit Mellies Freundin und den Efeu-ranken heraus.

Trudi lehnte sich zurück und fixierte den Bilder-rahmen in Selinas Hand. „Ich glaube, du steigerst dich da in etwas hinein. Es gibt keine Beweise für deine Theorie."

„Aber du kannst nicht leugnen, dass der Anhä-nger irgendeine Kraft innehat ..." Selina brach ab, als wären ihr die Worte peinlich. „Nennen wir es Zau-berkraft." Sie warf ihrer Freundin einen raschen Blick zu; diese nickte. „Ich glaube nicht, dass er diese Kraft erst jetzt bekommen hat. Wahrscheinlich war er schon immer irgendwie ... magisch."

Trudi schwenkte die Tasse in ihrer Hand und be-obachtete den Kaffee, wie er Wellen schlug; dann blickte sie auf. „Wie lange hast du gebraucht, um zu bemerken, dass dieser Anhänger besonders ist?"

Selina überlegte. „Eigentlich wusste ich schon, dass etwas nicht stimmt, als ich ihn aus der Erde aus-gegraben habe. Und danach spürte ich immer wie-der diese Wärme. Aber ich habe versucht, das zu verdrängen und mir eingeredet, dass es normal ist.

Erst als ich den Unfall hatte und die Rose mich versteckt hat, konnte ich es nicht länger leugnen. Und sogar da habe ich es zuerst noch auf meine Fantasie geschoben."

„Eben. Denkst du nicht, dass es Mellie ähnlich gegangen ist? Sie hätte Tage gebraucht, um die Zauberkraft des Anhängers zu verstehen. Aber sie trug ihn nur einen Tag bei sich, ehe sie …" Trudi begann wieder damit, die Tasse zu schwenken. Ein Teil der Flüssigkeit schwappte über und landete in ihrem Schoß. Sie fluchte.

„Das glaube ich nicht", widersprach Selina und legte das Bild auf den Tisch.

Trudi griff danach und zog es zu sich heran. Sie strich über Mellies Beine, um die sich Efeuranken gewickelt hatten. „Es sieht tatsächlich aus, als ob die Pflanze nach ihr greifen würde", gab sie zu. Sie unterdrückte ein Schaudern und schob das Bild zu Selina zurück. „Wer hat das Foto gemacht?"

Selina zuckte die Achseln. „Vielleicht Mama?"

„Dann sollten wir sie danach fragen. Wenn an diesem Tag etwas so Ungewöhnliches geschehen ist – dann wird sie sich daran erinnern können."

Selina nickte und räumte die leeren Teller in die Waschmaschine. „Denkst du, John ist noch irgendwo in der Nähe?"

„Ich weiß nicht." Trudi überlegte eine Weile. „Polizist Müller sagte ja, dass er bloß ein Urlauber war, der wieder abgereist ist."

„Nein!" Selina schüttelte den Kopf. „Ich weiß, dass er hinter dem Amulett her war. Es ist doch unlogisch, dass er verschwindet, obwohl er nicht bekommen hat, was er wollte."

„Du denkst, er ist noch in der Nähe?"

Selina blickte aus dem Fenster. Im Haus gegenüber meinte sie einen Schatten hinter dem Fenster zu sehen. Ihr fröstelte. Vermutlich war es nichts. Aber sie glaubte nicht, dass John unverrichteter Dinge abgereist war. Dafür hatte er zu viel riskiert. Sie dachte an seine glänzenden Augen; an den Moment, in dem er nach dem Amulett hatte greifen wollen. „Ich bin mir ziemlich sicher, dass er nicht so schnell aufgibt."

Trudi stand auf, ging im Wohnzimmer auf und ab und setzte sich wieder. „Was meinst du, warum dieses Amulett jemand so unbedingt haben will?"

„Ich weiß es nicht." Selina ließ sich auf den Stuhl neben ihrer Freundin fallen und vergrub ihre Hände in den Haaren. „Ich meine, es ist schon ziemlich cool, dass man damit Pflanzen kontrollieren kann. Und sicherlich gibt es ein solches Amulett auch nicht allzu oft. Und wer weiß, was man damit noch alles tun kann. Aber wer auch immer hinter uns her ist, ist doch total skrupellos. Das Amulett muss unglaublich wertvoll sein, wenn jemand bereit ist, dafür zwei Menschen zu töten."

Trudi schwieg einen Moment und blickte auf ihren Zeigefinger, mit dem sie im flotten Takt immer wieder auf die Tischplatte klopfte. „Hast du dich mal gefragt, warum man euch dafür aus dem Weg räumen muss? Ich meine, ein einfacher Diebstahl würde doch auch reichen, oder? Mellie war damals noch ein Kind. Wie leicht wäre es gewesen, sie zu überfallen und das Amulett zu stehlen? Und du bist jetzt auch nicht sooo schwer zu überwältigen. Ich meine, es ist ja nicht so, als würdest du eine Waffe mit dir rumschleppen. Zwei Männer mit einer Skimaske und du wärst das Amulett los. Das würde auch kaum Aufsehen erregen. Selbst wenn du sie anzeigst. Ein Überfall wäre immer unauffälliger als Mord."

Selina starrte ihre Freundin an. So genau hatte sie darüber noch nie nachgedacht. Aber sie hatte recht! Was rechtfertigte das alles? Warum trachtete ihr jemand nach dem Leben, wenn es so viele einfachere Methoden gab, an den Anhänger zu kommen. „Was willst du damit sagen?", fragte sie und hoffte, Trudi hätte die ultimative Antwort.

Doch Trudi schüttelte den Kopf. „Ich weiß es doch selbst nicht. Vielleicht war Mellies Unfall tatsächlich nur ein Unfall."

„Und mein Unfall? Denkst du vielleicht auch, ich hätte mir das alles nur ausgedacht und wollte mich umbringen?" Selina wusste nicht, ob sie wütend oder enttäuscht sein sollte.

„Nein, das denke ich nicht. Ich glaube, wir müssen herausfinden, was diesen Anhänger so begehrt macht." Trudi stand auf und schlüpfte in ihre Jacke. „Lass uns zu Maria fahren. Danach kümmern wir uns um John. Vielleicht hat der Wirt eine Idee, wo er gewohnt hat. Er muss ja den ganzen Tag im goldenen Hund verbracht haben. Ich kann mir nicht vorstellen, dass die zwei da nicht miteinander geredet haben."

Mit dem Bild im Gepäck fuhren sie zu Maria. Dieses Mal fühlte Selina sich leichter. Sie drückte den Knopf neben der Eingangstür; nach wenigen Sekunden meldete sich die Stimme.

„Guten Morgen", flötete Selinas Mutter durch die Gegensprechanlage.

Über Selinas Gesicht huschte ein Lächeln. Das klang schon eher nach der Frau, die sie an Mellies Geburtstagsmorgen mit einer Tröte geweckt hatte. Sie stapften die fünf Stockwerke nach oben und klopften an die Tür. Als hätte Maria dahinter gewartet, wurde sie sofort aufgerissen. Einen Moment standen sie sich verlegen gegenüber, dann übertrat Maria die Schwelle und fiel ihrer Tochter um den Hals.

„Wie schön, dass ihr da seid", sagte sie. „Kommt doch rein. Ich habe uns Frühstück gemacht."

Selina wollte erwidern, dass sie bereits gegessen

hatten. Doch Maria drehte sich um, führte sie gut gelaunt in das Esszimmer. Sie hatte den grauen Jogginganzug gegen eine grüne Bundhose und eine karierte Bluse getauscht. Die schulterlangen Haare hatte sie mit einer Masche zusammengefasst; das rote Band reichte ihr bis in den Rücken. Der Pferdeschwanz hüpfte auf und ab. Der Tisch war reich gedeckt. Mehrere Gläser mit Marmelade standen in der Mitte; dazwischen ein Teller mit Wurst und Käseaufschnitt. Maria hatte mit ihrer Gastfreundschaft wie immer übertrieben. Sie schenkte ihrer Tochter und Trudi eine Tasse Kaffee ein, ehe sie sich hinsetzte. Selina enthauptete eine Semmel, als sie das vierte Gedeck am Tisch bemerkte.

„Kommt noch jemand?"

„Ja. Frank ist auch da", antwortete Maria lächelnd. „Schatz, beeil dich!", rief sie.

Jetzt konnte Selina das Rauschen des Wassers hören; vermutlich stand er noch unter der Dusche. Wieso war er zu Hause? Er müsste bei der Arbeit sein.

„Er ist extra hiergeblieben, weil er dich sehen wollte", strahlte Maria.

Die Härchen an Selinas Unterarm stellten sich auf. Rasch wechselte sie einen Blick mit ihrer Freundin. Das war ungewöhnlich für ihn. Extrem ungewöhnlich. Frank war einer dieser Menschen, die nie zu Hause blieben. Die Duschbrause verstummte.

Selina stand so schnell auf, dass der Stuhl umfiel.

„Ich muss los", stammelte sie. „Ich habe was Dringendes vergessen."

Ohne die Reaktion ihrer Mutter abzuwarten, stolperte sie aus dem Zimmer und rannte geradewegs in Franks Arme, welcher sich offenbar schnell einen Bademantel umgeworfen hatte.

„Wohin denn so eilig?", fragte er. „Du willst doch nicht schon gehen, wo du gerade erst gekommen bist?" Sie ließ sich von ihm zurück in das Zimmer führen.

„Alles in Ordnung?", fragte Maria. „Was musst du denn erledigen?"

Selina spürte Franks Hand auf ihrer Schulter, er übte sanften Druck aus. Auch Trudi hatte sich erhoben und stand unsicher hinter dem Stuhl. Sie wussten beide nicht, wie sie auf Franks Anwesenheit reagieren sollten. Trudi nickte ihr kurz zu und ließ sich auf den Stuhl sinken. Sie versuchte die angespannte Atmosphäre mit einem Lächeln zu überspielen. Doch Maria hatte bemerkt, dass die Stimmung gekippt war und blickte fragend von einer zur anderen.

„Ist etwas?", fragte sie vorsichtig.

Selina spürte das Brennen des Anhängers auf ihrer Haut und blickte sich wachsam um. Noch waren die Pflanzen bewegungslos. Sie musste sich zusammenreisen! Sie atmete einmal tief ein und aus und suchte Trudis Blick. *Alles ist gut,* schien sie sagen zu wollen.

Selina lächelte, schüttelte Franks Hand ab und setzte sich neben ihre Mutter. „Nein, alles in Ordnung. Ich kann das doch später auch erledigen." Sie fühlte sich seltsam taub an.

„Ich war überrascht, als ich hörte, dass du zurückgekommen bist", gab Frank zu, während er mit dem Sägemesser eine Semmel entzweischnitt. Eine Weile war es still im Raum; nur Kaugeräusche waren zu hören. Selina erinnerte sich an das Bild in ihrer Tasche. Sie hatte ihre Mutter danach fragen wollen. Doch jetzt, da Frank hier war, konnte sie unmöglich über dieses Thema sprechen. Sie fragte sich, ob sie Mutter überhaupt danach fragen sollte. Schließlich konnte jede Information bei Frank landen. Selina wollte nicht glauben, dass er etwas damit zu tun hatte, aber ausschließen konnte sie es auch nicht. Vielleicht sollte sie ihn direkt auf den Brief ansprechen – ihn fragen, ob er etwas damit zu tun hatte. Aber nicht hier … Sie wollte auf keinen Fall, dass ihre Mutter davon erfuhr.

„So, meine Lieben." Frank hatte seine Semmel verspeist und räumte den Teller in die Küche. „Ich muss in die Praxis. Freut mich, dich endlich wiedergesehen zu haben." Er schob seinen Stuhl zum Tisch. Maria hielt ihn am Arm zurück; er drehte sich um und stand orientierungslos vor seiner Lebensgefährtin.

„Ich liebe dich", flüsterte sie.

Er nickte. „Bis später", sagte er und griff sich die Ledertasche neben der Tür.

Maria drehte sich zu ihrer Tochter und runzelte die Stirn. „Was hast du da?" Sie deutete auf Selinas Shirt. Der Anhänger leuchtete wie eine Taschenlampe durch den Stoff. Frank blieb stehen und ließ die Tasche zurück auf den Boden sinken. Auch er fixierte die Stelle. War es Gier, die in seinen Augen aufblitzte? Über die Entfernung konnte Selina seine Reaktion nicht einordnen. Aber sie beobachtete ihn genau. Als er ihren Blick bemerkte, zwang er sich zu einem Lächeln und kam langsam näher. Selina zog die Kette unter ihrem Shirt hervor und betrachtete unentwegt das Gesicht des Mannes. Seine Augen weiteten sich, als sie das Amulett herauszog. Er stand nun direkt neben ihrem Stuhl, streckte die Hand aus, um den Anhänger zu berühren. Selina verschloss ihn rasch mit der Faust und rückte mit dem Stuhl zurück. Sie würde ihn nicht zu nahe heranlassen.

„Ein ungewöhnlicher Anhänger", sagte er.

„Mellie hat ihn getragen."

Frank starrte noch einen Moment auf die Stelle, an der die Kette verschwunden war; kein Licht war mehr zu sehen. Dann verabschiedete er sich.

„Nett von ihm, dass er zum Frühstücken geblieben ist", sagte Trudi.

Mutter lächelte. „Er war ganz aus dem Häuschen, als er hörte, dass Selina wieder da ist. Er war fast noch aufgeregter als ich."

Trudi und Selina wechselten einen raschen Blick. Taten sie ihm unrecht? Freute er sich einfach, dass die Tochter seiner Liebe zurückgekehrt war? Oder freute er sich, dass er sie und den Anhänger endlich dort hatte, wo er sie haben wollte? Selina überfiel eine Gänsehaut.

„Mum", begann sie. „Erinnerst du dich an dieses Foto?" Sie zog den Bilderrahmen hervor und legte ihn zwischen Marmeladenglas und Kaffeekanne auf den Tisch. Es dauerte lange, bis Maria antwortete. Nicht, weil sie das Bild nicht erkannte, sondern weil sie für einen Moment wie gebannt war, von dem Mädchen, das darauf abgebildet war. Mit Selinas Auftauchen hatte sie gedacht, dass alles gut werden würde. Doch nichts würde ihre jüngste Tochter zurückbringen. „Erinnerst du dich daran, wie du es geschossen hast?"

Maria schüttelte den Kopf. „Es war an Mellies Geburtstag. Die Mädchen haben sich ein Eis in der Stadt geholt, dabei muss das Bild entstanden sein. Aber ich war nicht dabei … Ich weiß nur, dass alle drei irgendwie verstört waren, als sie nach Hause kamen. Sie rannten gleich auf das Zimmer."

Selina verspürte ein aufgeregtes Prickeln. Also doch. Sie hatte es gewusst. „Wer war das dritte

Mädchen?"

„Mirjam. Die Hübsche mit den Sommerspros-
sen."

***

Mirjam lebte inzwischen mit ihrem Freund und
einem kleinen Sohn in einer Gartenwohnung. Selina
erschrak, als sie erkannte, wie alt sie war. Ihre
Schwester wäre jetzt zweiundzwanzig. Sie hätte einen tollen Job haben, studieren oder um die Welt
reisen können. Vielleicht hätte auch sie schon ein
Kind gehabt. Ihr schossen Tränen in die Augen, als
sie verstand, dass sie nie eine Nichte oder einen Nef-
fen haben würde. Sie würde nie Tante sein. Sie
würde nicht erleben, wie ihre Kinder mit den Kindern ihrer Schwester aufwuchsen, sich anfreunde-
ten und sich gegenseitig Sand in die Haare warfen.

Als Mirjam die Tür öffnete, wurde sie kreide-
bleich. „Mellie … Du bist Mellies Schwester, nicht?"

„Hallo Mirjam. Ja, ich bin Selina. Wir würden gern
über Mellie reden, wenn es für dich in Ordnung ist."

Mirjam nickte zerstreut. Die Wohnung, in der sie
lebte, war klein für drei Personen. Überall lagen
Spielsachen verstreut. Man musste aufpassen, nirgends hinaufzutreten. Der kleine Wirbelwind kniete
in einer Ecke, rannte auf sie zu und wollte den Besucherinnen seine Sammlung an Feuerwehrautos

zeigen. Es dauerte, bis seine Mutter ihn davon überzeugt hatte, dass sie keine Zeit hatten. Sie führte die beiden in den Garten. Die Grünfläche war so groß wie die gesamte Wohnung. Der halbe Garten war überdacht und schien als zweites Wohnzimmer zu fungieren. Zwei Hasen hoppelten frei herum und knabberten am Gras. Ihr Körperumfang ließ erkennen, dass sie verwöhnt wurden.

„Kennst du dieses Bild noch?" Selina legte das Foto auf den Tisch.

Mirjams Reaktion war heftig. Beinahe panisch schob sie die Aufnahme von sich und nickte.

„War damals irgendetwas seltsam?", fragte Selina vorsichtig.

Mirjam beobachtete die Nagetiere, nur langsam wandte sie sich den Besucherinnen zu. „Es war unheimlich", flüsterte sie. „Wir haben es nie jemanden erzählt, weil wir es selbst kaum glauben konnten. Aber da ihr danach fragt … Warum fragt ihr eigentlich? Ist bei euch etwas passiert?"

Selina nickte langsam. „Ich glaube, dass wir etwas Ähnliches erlebt haben." Sie zog das Amulett hervor und beobachtete, wie Mirjam große Augen bekam.

„Mellie hat es auch getragen." Mirjam rückte mit dem Stuhl zurück. „Tu es weg", forderte sie, ihre Stimme klang heiser. „Irgendetwas stimmt damit nicht. Es hat sich manchmal einfach so erhitzt und durch ihr Shirt geleuchtet. Als wollte es auf sich aufmerksam machen. Ich weiß, das klingt verrückt."

„Nein", unterbrach Selina sie und steckte das Amulett zurück unter ihre Bluse. „Ganz und gar nicht. Ich habe das alles auch erlebt. Deshalb muss ich wissen, was damals", sie tippte auf das Bild, „geschehen ist."

Mirjam nickte. Jetzt, da sie den Anhänger nicht mehr sehen konnte, war sie ruhiger. „Zuerst habe ich es gar nicht bemerkt", flüsterte sie. Es klang wie der Auftakt einer Horrorgeschichte. Sie hielt den Blick auf die Stelle gerichtet, an der der Anhänger verborgen war. Als hätte sie Angst, er könnte hervorspringen und sie am Weiterreden hindern. „Mellie sagte, dass irgendetwas auf ihrem Rücken wäre. Sie dachte wohl an eine Spinne und war etwas hysterisch. Sie mochte ja keine Spinnen. Leila hat sie ausgelacht und gesagt, es wäre nur eine Efeuranke. Ich habe dann angefangen, Fotos von ihnen zu machen. Dabei ist der Efeu über ihre Schulter gekrochen. Ich habe mir nichts dabei gedacht." Mirjam lachte auf; schlug mit der flachen Hand auf ihren Unterarm. Als würde auch sie dort eine Pflanze spüren, die sich um sie legte. „Sie hat begonnen, herumzuzappeln, weil sie sich irgendwo verfangen hat. Und dann ging alles so schnell." Mirjam schluckte. Sie hatte die Arme um sich geschlungen, als wäre ihr kalt. Es war das Grauen, das sie gepackt hielt. „Plötzlich war da eine Ranke, die sie nach hinten gezogen hat. Mellie hat geschrien und sich zu wehren versucht. Leila hat sie festgehalten und ich habe am Efeu gerissen, bis er nachgegeben hat."

Die drei Frauen starrten sich an, jede hing ihren eigenen Gedanken nach. Was musste ihre Schwester für eine Angst gehabt haben ... Selina fröstelte.

„Habt ihr darüber gesprochen?", fragte Trudi.

„Nein. Bevor wir es konnten, war Mellie tot."

Kapitel 10

Am frühen Nachmittag fuhren die beiden Frauen zum *goldenen Hund*. Auf dem Weg dorthin kamen sie an einem Waldstück vorbei.

„Ich war schon einmal mit Lorenz hier", sagte Trudi und verdrehte die Augen. „Er meinte, er kenne eine Abkürzung. Wenn wir den Wald umkreist hätten, wären wir sicher in der Hälfte der Zeit zu Hause gewesen."

„Halt an!", bat Selina sie. „Ich würde gerne etwas ausprobieren." Sie steckte sich das Amulett unter die Kleidung und lächelte ihrer Freundin aufmunternd zu.

Trudi parkte an den Waldrand und drehte Selina das Gesicht zu.

„Bist du verrückt? Hast du vergessen, was gestern geschehen ist? Du wärst fast nicht mehr zurückgekommen!"

„Ach was." Selina lächelte milde. „So schlimm war es doch nicht und ich muss ja schließlich austesten, was dieses Amulett noch alles kann. Außerdem" Sie drückte Trudis Hand. „Bist du ja dabei. Du wirst schon darauf aufpassen, dass ich mich nicht wieder aus dem Staub mache." Sie zwinkerte. In Wahrheit fühlte sie sich nicht halb so zuversichtlich, wie sie sich gab. Immer noch skeptisch stieg Trudi aus dem

Wagen. Jetzt, nachdem sie wussten, wozu sie fähig waren, fühlte sich die Frauen neben den Baumriesen klein und machtlos. Das Waldstück wurde kaum von Spaziergängern besucht. Nur ein Trampelpfad führte in den Wald hinein und auf der anderen Seite wieder hinaus. Außer von ein paar Jägern wurde er kaum genutzt. In einem entsprechend schlechten Zustand befand er sich. Die Frauen kämpften sich zwischen Rosengestrüpp und tief hängenden Ästen hindurch.

Selina dachte an ihren Vater, wie er sie als Kinder einfach allein gelassen hatte. Sie spürte, wie der Anhänger sich erwärmte. Sie blickte auf; die Baumkronen schienen sich zu ihnen herabzubeugen. Als würden sie die Besucher betrachten, die es in ihre Heimat verschlagen hatte. Das Rascheln in den Blättern war lauter; vor ihnen schlängelte sich eine Wurzel über den Weg. Sie kroch aus der Erde, einige Zentimeter über den Boden und bohrte sich wie ein Wurm wieder in das Erdreich hinein. Trudi griff nach ihrer Hand. Drückte sie fest, um ihre Freundin nicht zu verlieren.

„Was geschieht hier?", fragte sie. Ihre Stimme zitterte.

An einem Himbeerstrauch färbten sich die Früchte rot – eine Ranke wurde länger und länger, legte sich um Trudis Handgelenk wie ein Armband. Panisch zog sie daran, doch die Rute zurrte sich zusammen, bis die Dornen in ihre Haut stachen. Sie schrie auf, versuchte verzweifelt, loszukommen. Riss und zerrte an dem Gestrüpp. Desto mehr sie sich wehrte, umso fester schnitten die Dornen in ihr Fleisch. Die restliche Pflanze schien nun erwacht zu sein, wuchs blitzschnell in die Höhe. Die Triebe peitschten wütend auf und ab, griffen nach Trudis Beinen, ihrer Hüfte, ihrem Arm. Der Wald verdunkelte sich. Die Bäume rückten näher zusammen, beugten sich immer tiefer zu den Frauen herab. Bis die Blätter ihre Haare streiften. Das Gebüsch links und rechts vom Wegesrand griff ineinander über. Die Zweige begannen, sich miteinander zu verweben, bis es keinen Pfad mehr gab, dem sie hätten folgen können.

„Nimm es schon ab!", fluchte Trudi. Schweißperlen standen auf ihrer Stirn.

Selina hatte plötzlich Angst, dass das Amulett sie von sich stoßen würde, wie es gestern mit Trudi geschehen war. Ihre Hand zitterte, als sie nach der Kette griff und das Amulett vorsichtig unter ihrem Shirt hervorzog. Beinahe sofort kehrte Ruhe ein. Der Druck der Ranken um Trudis Körper nahm ab. Selina fasste nach den Armen der Staude und löste sie vorsichtig, eine nach der anderen von Trudis Haut. Wo die Pflanze Trudis Körper gewürgt hatte, gab es Einstichpunkte von den Dornen. Sie war übersät von Striemen und Kratzern, aus einigen Stellen tropfte

Blut.

„Na, da bin ich dem Monster eben noch mal entkommen", schauderte Trudi; erstarrte, blickte alarmiert zum Gebüsch. Nichts regte sich. Selina stierte in die Baumkronen hoch, die sanft im Wind rauschten. Die Pflanzen waren zurückgewichen, der Pfad war frei. Und doch spürte Selina eine Präsenz. Sie wusste, dass etwas da war und sie beobachtete.

„Ich glaube, du hättest dich nicht wehren dürfen", flüsterte sie und atmete stockend ein und aus, dann steckte sie das Amulett wieder zurück an den Platz an ihrer Haut. Sie musste lernen, es zu kontrollieren. Der Schreck steckte ihr noch in allen Gliedern; beinahe sofort spürte sie die Wärme des Amuletts. Der Weg war derart verwildert, dass sie sich zwischen Rosengewächs hätten hindurchkämpfen müssen. Verunsichert blieb Trudi davor stehen. Selina trat einen Schritt in das Gestrüpp hinein. Bevor ihr Fuß den Erdboden berührte, teilte sich das Geäst vor ihr – als hätte jemand einen Scheitel gezogen. Als sie mit drei Schritten hindurchging, wedelten die langen Ausläufer hin und her, als winkten sie ihr zu. Sie trat hinter dem Horst heraus und wartete, bis auch Trudi den Durchgang geschafft hatte. Dann lächelte sie und legte sich auf den Boden. Inmitten von Schwarzbeersträuchern schloss sie die Augen. Selina hörte das Summen von Insekten, den Atem ihrer besten Freundin. Sie spürte ein Jucken an ihrem Arm und betrachtete die Stelle. Ein Haar wuchs aus ihrer Haut, wurde strammer und weniger elastisch, rekelte sich langsam hoch – bis ein zehn Zentimeter langes Schwarzbeerästchen aus ihrem Unterarm ragte. Es entzweite sich, wurde breiter. Blätter wuchsen, dann kleine Blüten, die sich zu grünen Perlen verwandelten, sich bald rötlich und dann dunkelblau färbten. Trudi betrachtete die Szene fasziniert, griff nach einer Frucht und steckte sie sich vorsichtig in den Mund.

„Schmeckt gut", stellte sie überrascht fest.

Selina wollte den Arm heben. Doch die Wurzeln des Buschwerkes hatten sich durch ihr Fleisch gegraben und an der Unterseite mit dem Erdboden verbunden. Tief wurzelten sie hinab, gruben nach Nährstoffen und Wasser. Überall an ihrem Körper begann es zu kitzeln: Knorrige Stämmchen schoben sich durch die Poren ihrer Haut. Selina spürte den Moment, an dem die Wurzeln auf die Erdfläche trafen, sich suchend in das Reich bohrten und mit Mutter Erde verbunden waren. Über ihre Arme zogen sich Wurzelausläufer, die eine Pflanze mit der anderen verband. Sie meinte, es leise in sich flüstern zu hören. Ein Netzwerk aus Stimmen, die sie nicht verstehen konnte. Nun kam das Moos: Es begann dort, wo Kleidung Selinas Körper verdeckte. Der Stoff begann zu schimmeln, zu zerfallen. Aus der körnigen Substanz, die zurückblieb, krochen Fäden heraus, die sich bald zu Polstern zusammensetzten. Sie griffen über auf die Stellen, an denen Selina keine Klamotten getragen hatte, bis sie den gesamten Körper verdeckten. Ein einzelner Pilz schoss dazwischen hervor, verband sich mit den umliegenden Pflanzen. Erneut hörte Selina ein Wispern. Es war leiser und schneller, als würden hundert Kinder durcheinandersprechen. Selbst wenn Selina ihre Sprache gesprochen hätte – aus dem Kauderwelsch konnte sie keine einzelne Stimme herausfiltern. Trudi kniete sich neben sie, griff vorsichtig an die Stelle, wo sie Selinas Schulter vermutete.

„Ich kann dich kaum noch sehen", flüsterte sie und lächelte dabei, obwohl sie Tränen in den Augen hatte. Selina spürte ein Streichen an ihren Wangen. Es war wie das Wischen einer Feder; als sich ein Moosteppich über ihr Gesicht zog. In dem Moment, als sie vollständig in die Natur eingebettet war, hörte sie auf, zu denken. Sie war zufrieden. Es gab nichts, was sie tun musste. Alle Anspannung fiel von ihr ab und ließ sie einfach sein und atmen. Die Wurzeln versorgten sie mit Leben. Das Moos lag wie eine schwere Decke auf ihr. Sie hörte ein Rauschen, wie ein weit entfernter Wasserfall. Ein beruhigendes Geräusch, das sie immer tiefer in den Schlaf sinken ließ.

***

„Selina! Wach auf, verdammt!" Trudi saß verzweifelt neben dem kleinen Hügel im Wald, der ihre Freundin gewesen war. Seit Selina die Augen geschlossen hatte, schien sie fort zu sein. Trudi langte nach einem Stein und ließ ihn auf den neu entstandenen Waldboden fallen. Zwischen Moos und Schwarzbeergestrüpp blieb er liegen. Selina rührte sich nicht. Trudi begann, gegen die Erdoberfläche zu boxen, in der Erde zu graben. Doch darunter kam kein Körper zum Vorschein – nur ein Wurzelgeflecht und noch mehr Erde. Als würden die Pflanzen hier schon ewig weilen. Sie war verzweifelt. Und wenn sie ihre Freundin verletzte? Wenn sie erwachte und plötzlich der Teil ihres Armes fehlte, den Trudi gerade umgrub? Entsetzt hielt sie inne und warf den Erdhaufen an die Ausgangsposition zurück.

***

Selina spürte unzählige Verbindungen, die durch ihren Körper liefen. Fäden, die die Pflanzen untereinander vernetzten. Wurzeln, die nach Nährstoffen in ihr tasteten und sie gleichzeitig mit dem versorgten, was sie benötigte. Es war ein Geben und Nehmen – ohne Hektik, fernab von der Welt, die sie gekannt hatte. Und irgendwo dazwischen ein Dröhnen. Selina wusste, dass das Geräusch, das mehr ein Gefühl war, von außen kam. Sie versuchte, es zu ignorieren. Doch durch das Zittern wurden Verbindungen zerstört und Wurzeln aus dem Erdreich gerissen. Erzürnt schlug Selina die Augen auf und starrte den Verursacher an: Trudi. Es war Trudi. So wie sie ihre beste Freundin erblickte, dachte sie an das Leben dort draußen, das um so vieles komplizierter war. Und doch musste sie dorthin zurück. Sie musste zurück zu den Menschen, die sie liebte, und die Ruhe des Waldes verlassen. Selina spürte, wie die Verbindungen sich zu lösen begannen. Der Pilz zog sich in das Erdreich zurück, als wäre er nie gewesen; das Moos zerfiel; die Schwarzbeerstauden schrumpften in sich zusammen, zogen die Wurzeln ein und verschwanden schließlich, als feine Härchen, in den Poren von Selinas Haut. Trudi fiel ihr um den Hals. Selina hatte noch gar nicht bemerkt, dass sie begonnen hatte, sich in einen Menschen umzuwandeln, da war es auch schon vorbei. Es war so viel einfacher und schmerzfreier als die Verwandlung zum Baum.

„Ich dachte schon, du würdest nicht mehr aufwachen!", rief Trudi. Es war ein Vorwurf.

„Ach. Ich wäre schon wieder zurückgekommen", log Selina. In Wahrheit glaubte sie nicht, dass sie von alleine den Frieden des Erdreiches je wieder verlassen hätte.

***

Nach der Verwandlung kehrten die zwei Frauen zu ihrem ursprünglichen Plan zurück und stapften in den *goldenen Hund*. Bis auf den Vierbeiner, der in der gleichen Ecke lag, wie immer, war die Kneipe leer. Selinas Blick fiel automatisch auf den Platz an der Theke, an dem John sonst gesessen hatte. Dort standen zwei Bierkrüge. Einer davon war leer, in dem anderen Glas war ein Schluck der gelblichen Flüssigkeit übrig geblieben; als wären diese letzten Tropfen zu viel gewesen. Selinas Haut prickelte. Und wenn John hier gewesen war ...? Ihr Herz schlug schneller, als sie sich rasch umblickte. Vielleicht saß er in einer dunklen Ecke und beobachtete sie. Die Glocke bimmelte, als die Tür hinter Trudi in die Angel fiel.

„Nettes Lokal", sagte sie und blickte auf eine klebrige Stelle am Tresen. Es dauerte quälend lange, bis die Schwingtür zur Küche aufgestoßen wurde und der Wirt im Raum erschien. Mit ihm drang der Geruch von Pizza nach draußen. Der Hund hob seinen Kopf, schnupperte und vergrub die Schnauze wieder zwischen den Vorderpfoten. Seine Augen blickten traurig.

„Kommt John noch manchmal vorbei?", fragte Selina vorsichtig.

„Wer?" Otto räumte die leeren Bierkrüge ab und stellte ihnen zwei Getränke hin.

Selina blickte ihn zweifelnd an: Es konnte doch nicht sein, dass er sich nicht mehr an ihn erinnerte. „Na, John. Der Mann, der immer hier saß und ein Bier getrunken hat, wenn ich vorbeigekommen bin."

„Ach so, der." Otto kratzte sich am Kopf. „Der war nur ein paar Tage hier, wohl ein Urlauber oder so."

Ein Urlauber? Das wollte Selina immer noch nicht glauben. Es musste doch irgendeine Spur geben, die zu ihm führte. Der Polizist hatte wahrscheinlich nicht näher nachgehakt. Für ihn hatte festgestanden, dass es sich um einen Selbstmordversuch gehandelt hatte. Aber sie wusste es besser! „Und wissen Sie, wo er jetzt hin ist?"

Otto musterte sie argwöhnisch. „Wieso wollen Sie das wissen?"

Es war nicht verwunderlich, dass er vorsichtig war. Der Polizist musste ihm ganz ähnliche Fragen gestellt haben. Selina hätte gerne gewusst, was genau sie besprochen hatten. Sie setzte ihr unschuldigstes Lächeln auf und blickte verträumt auf den Platz, an dem John gesessen hatte. „Ach, wissen Sie ... Ich würde ihn einfach gerne wiedersehen."

„Sie hat sich ein wenig verknallt", setzte Trudi mit gesenkter Stimme hinzu und wackelte vielsagend mit den Augenbrauen.

Der Wirt verzog seinen Mund. „Achje, die junge Liebe. Der will ich dann mal nicht im Weg stehen. Ich weiß nicht, wo er hin ist. Aber er hat wohl in Helgas B&B gewohnt … gleich die Straße rauf." Er zeigte in die Richtung. „Vielleicht weiß Helga ja genaueres."

„Danke." Selina lächelte breit und Otto verschwand hinter der Schwingtür.

Als sie ihre Getränke geleert hatten, traten sie die Reise zu Helgas B&B an. Es war nur drei Gehminuten entfernt. An der Tür hing ein A4-Blatt, an dessen oberer Ecke sich ein Klebestreifen gelöst hatte. Dadurch hatte sich ein Teil des Blattes eingerollt und die Botschaft darauf war kaum lesbar. Trudi strich es mit der Hand glatt.

Liebe Gäste! stand darauf, *Anreise ist ab 14 Uhr. Bitte einfach klingeln, ich komme dann gleich.*

Die zwei Frauen warfen sich einen kurzen Blick zu, dann ließ Trudi das Blatt los, welches sich sofort zusammenrollte, und betätigte die Klingel. Wie eine Bahnhofsglocke hörten sie es im Haus schrillen. Wenig später erschien eine große und ebenso breite Frau in der Tür.

„Familie Seeboden?", fragte sie. Ihre Stimme war rau und tief, wie die eines Mannes.

„Ähm, nein. Guten Tag. Wir suchen einen John, der bis vor kurzem hier gewohnt hat. Er hat etwas bei uns liegen gelassen, wir würden es ihm gerne zurückgeben." Selina spürte, wie sich durch ihre Nervosität das Amulett erhitzte. Sie atmete tief ein und aus. Rings um sie herum wuchsen Oleander und

Palmen, allesamt in großen Blumentöpfen. Sie wollte sich lieber nicht ausmalen, was geschah, wenn sich eine dieser Palmen selbstständig machte und mit einem der gefährlich spitzen Blätter auf Frau Helga losging.

„Also sind Sie keine Gäste?" Die Frau schnaubte genervt. „John? Ja, ein John hat hier gewohnt. Ist aber schon seit einigen Tagen abgereist. Auf Wiedersehen." Sie wollte die Tür schließen.

„Warten Sie! Haben Sie keine Adresse oder eine Telefonnummer? Es ist wirklich wichtig!" Selina zog das Amulett unter dem Shirt hervor. Im selben Moment ließ die Hitze nach.

Die Frau starrte fasziniert darauf, riss sich dann von dem Anblick los und sah Selina grimmig ins Gesicht. „Nein, habe ich nicht. Und jetzt noch einen schönen Tag."

Diese Frau war ja unglaublich freundlich! Selina überlegte, ob sie die Kette nicht doch wieder an ihren Platz zurücklegen sollte. Mit ein paar Palmenstacheln unter der Haut wäre Frau Helga vielleicht kooperationsbereiter.

Trudi griff nach der Tür, damit die Vermieterin sie nicht zuwerfen konnte. „Wissen Sie denn, was er in der Zeit getan hat? Vielleicht hat er Verwandte besucht?"

Helga kniff die Lippen zusammen. „Er verbrachte viel Zeit in der Kneipe dort und im Sportpark. Mehr weiß ich auch nicht. War´s das jetzt?"

„Ja, vielen Dank." Selina setzte ein freundliches Lächeln auf, das Helga mit einem verkniffenen Gesichtsausdruck quittierte und die Tür zuwarf.

„Freundliches Geschöpf", flüsterte Trudi.

„Das war ja ein Griff ins Klo! Wir wissen genau gleich viel wie vor diesem Tag."

„Naja", Trudi zuckte mit den Achseln. „Wir haben immerhin herausgefunden, wo John sich aufgehalten hat. Der Sportpark ist doch ein Anhaltspunkt. Ich denke, dass sie den *Jubiläumspark* gemeint hat. Dort können wir morgen mal vorbeischauen und uns umhören. Für heute muss ich nach Hause." Einen Moment lang blickte sie auf das Amulett. „Und wir wissen, dass Mellie die Kraft des Amuletts damals schon zu spüren bekommen hat und dass das Amulett anscheinend nur bei dir funktioniert. Bei dir und bei Mellie. Die Frage ist, wieso? Wieso kannst du das Amulett benützen und ich nicht?"

Selina streckte den Talisman der Sonne entgegen. Der Stein funkelte. „Vielleicht ist es ein Familiending?"

„Ja, vielleicht."

Als Selina am späten Nachmittag zu Hause abgeliefert wurde, fühlte sie sich einsam in dem großen Haus. Sie versperrte die Tür hinter sich und überprüfte alle Fenster. Dann setzte sie sich im Schneidersitz auf das Sofa und nahm das Amulett in die Hand. Eigentlich musste sie keine Angst haben, oder? Der Talisman beschützte sie. Solange sie ihn trug und sich dort aufhielt, wo es Pflanzen gab, konnte ihr nichts geschehen. Kurz entschlossen stand sie auf, verdrehte den Schlüssel im Schloss und trat in den Garten hinaus. Der Grashügel unter dem Badezimmerfenster, der vor einigen Tagen ihren Sprung hätte abfedern sollen, war längst nicht mehr da. Sie befühlte die Stelle, an derer sich die Graspölster gebildet hatten. Doch nichts wies darauf hin, dass hier etwas Ungewöhnliches geschehen war. Sie setzte sich mit dem Rücken zur Hauswand und starrte auf die Rosenhecken. Sie sollte versuchen, die Pflanzen zu kontrollieren und steckte sich den Anhänger unter das Shirt. Doch mit der Sonne im Gesicht und dem Gezwitscher der Vögel im Hintergrund war sie zu friedlich gestimmt, als dass sich das Holz erwärmen würde. Sie dachte an Mellie. An ihre rabenschwarzen Zöpfe, die sie sich jeden Morgen neu geflochten hatte. Selina war keine gute Schwester gewesen … Sie hatte Mellie von sich gestoßen. Wie oft hatte Mellie über Vater reden wollen, doch sie hatte diese Gespräche stets abgeblockt. Kein Wunder also, dass Mellie nicht zu ihr gekommen war, als dieser Anhänger ihr unheimlich geworden war. Und selbst wenn sie ihr davon erzählt hätte – was hätte Selina getan? Ziemlich sicher hätte sie ihr nicht geglaubt … vielleicht hätte sie ihre Schwester ausgelacht. Dabei hätte sie ihr helfen können … Selina war sich inzwischen sicher, dass Mellies Unfall mit dieser Kette zusammenhing. Wenn sie ihr damals geholfen … Wenn sie bei ihrer Schwester geblieben und den Nachmittag mit ihr verbracht hätte … Dann würde Mellie noch leben. Selina war so sehr mit ihren Schuldgefühlen beschäftigt, dass sie zuerst gar nicht bemerkte, wie das Amulett erhitzte. Erst, als das Gras unter ihrer Handfläche zu wachsen begann und sie am Ellbogen berührte, erwachte sie aus ihrer Gedankenwelt. Sie blickte zu dem Grasbüschel hinab, das dort gewachsen war. Wie eine Feder strich es ihren Arm entlang, fuhr sanft auf und ab. Selina kicherte, als es zu kitzeln begann, und zog die Hand zurück. Beinahe sofort schrumpften die Grashalme wieder auf normale Größe. Enttäuscht blickte sie sich um. War das alles gewesen? Ansonsten wirkte der Garten friedlich. Selina besah sich das Amulett: Es lag kühl an ihrer Haut. Da sie spürte, wie müde sie inzwischen war, verschob sie die Experimente auf den nächsten Tag. Sie betrat ihr Haus, versperrte die Tür und rollte sich am Sofa zusammen.

Geweckt wurde sie vom Schrillen der Türglocke, die sie kerzengerade hochfahren ließ. Es war beinahe schon zur Gewohnheit geworden, dass sie erst einen Blick durch das Küchenfenster warf. Es war Trudi, die längst über ihr Spionagefenster Bescheid wusste und aufgeregt mit beiden Händen winkte. Selina warf einen Blick auf die Uhr: Es war sieben Uhr abends. Was wollte ihre Freundin jetzt noch? Als sie die Tür öffnete, hob Trudi eine Reisetasche vom Boden hoch und grinste Selina an.

„Lorenz und ich haben beschlossen, vorerst bei dir einzuziehen. Das ist sicherer für dich. Das macht dir doch nichts aus?" Sie stolzierte in das Haus, ohne eine Antwort abzuwarten. Perplex sah Selina ihr hinterher. Ihr Blick fiel auf Lorenz, der sich bis oben hin bepackt seitwärts durch das Gartentor quetschte. Er zog einen Koffer hinter sich her, in der linken Hand einen Korb, unter dem Arm ein riesiges Kissen. Selina eilte ihm entgegen. Lorenz hatte die Zähne zusammengebissen, das Gesicht eigenartig verkrampft. Vermutlich hatte er Mühe, nichts fallen zu lassen. Rasch nahm Selina ihm den Korb ab. Erleichtert ließ er das Kissen fallen und atmete heftig aus.

„Danke Selina, schön dich zu sehen."

Verdutzt starrte sie in den geflochtenen Korb. Ein Hundewelpe und eine kleine Katze lagen aneinandergekuschelt darin. Langsam blickte sie auf und kreuzte seinen Blick.

„Sie hat es dir nicht gesagt, oder?", fragte er und schien nicht zu wissen, ob er dabei amüsiert oder verärgert klingen sollte.

Nein, Selina hatte definitiv nicht gewusst, dass in diesem Haus von jetzt an eine Katze, ein Hund und zwei weitere Menschen wohnen würden.

Er schüttelte den Kopf. „Das ist so typisch für sie. Wenn sie sich für was entschieden hat, geht sie mit dem Kopf durch die Wand. Tut mir leid. Wenn es dir unangenehm ist, fahren wir natürlich wieder."

„Nein!", protestierte Selina heftig. „Ich bin froh, dass ihr hier seid." Als sie zu zweit das Gepäck in das Haus stellten, stand Trudi vor der Vitrine und zog ein Bild aus der Reisetasche.

„Hier. Ich finde, das gehört auch hierher."

Selina nahm das Foto entgegen. Es zeigte Trudi und sie. Es war in diesem Wohnzimmer entstanden, an ihrem fünfzehnten Geburtstag. Die Mädchen hatten die Arme umeinandergeschlungen und grinsten um die Wette. Im Hintergrund konnte man Geschenke erahnen, die am Küchentisch lagen. Selina starrte auf das Foto. Ihr fiel plötzlich etwas ein … an diesem Tag, ein halbes Jahr vor Mellies Tod, war etwas geschehen. Nur wenige Minuten, nachdem dieses Bild entstanden war, hatte es an der Tür geläutet. Selina hatte sich grimassenschneidend von ihrer besten Freundin verabschiedet, um den Geburtstagsbesuch zu empfangen. Sie hatte nicht gewusst, wer davor stehen würde. Denn alle, die sie erwartet hatte, waren bereits hier gewesen: Ihre Mutter hatte in der Küche Kerzen in die Torte gesteckt.

Mellie hatte das Foto geschossen und war mit der Kamera zu Trudi gerannt, um ihr den Bildschirm unter die Nase zu halten. Mehr Leute hatte Selina nicht eingeladen. Erst gegen Abend würde sie ihre Freunde in einer Bar treffen. Sie hatte die Tür aufgerissen und war sprachlos der Person gegenübergestanden, mit der sie am allerwenigsten gerechnet hätte.

„Danke." Selina umarmte ihre Freundin und stellte das Bild neben die anderen in die Vitrine. Jetzt war nicht der Moment, um darüber nachzudenken. Das würde sie später tun, wenn sie alleine war. Ihr fröstelte. Sie wusste, dass diese Erinnerung alles änderte. Mit der größten Selbstverständlichkeit bezog Trudi das Zimmer ihrer Mutter und Frank. Das Kissen für die kleinen Mitbewohner legte sie auf den Boden. Während Trudi genug Wäsche in den Schrank wuchtete, um dauerhaft hier einzuziehen, folgte Lorenz Selina auf deren Zimmer.

„Ist das wohl in Ordnung für dich, dass wir in Marias Zimmer ziehen?"

„Ja klar."

Ihrer beider Blicke fielen auf die Fotoleinwand über Selinas Schreibtisch. Das Einzige, das sie nicht in die Müllsäcke vor der Tür gestopft hatte. Es war ihr peinlich, dass ein Bild von Lorenz und ihr darunter war, wie sie sich küssten.

„Wegen Trudi und mir", begann er.

Ihre Blicke trafen sich. Selina fühlte ein Kribbeln und wünschte plötzlich, ihre Freundin wäre nicht im Nebenzimmer. Sie versuchte, das Gefühl abzuschütteln, und lächelte.

„Ist schon gut. Ich bin damals einfach verschwunden. Es gibt nichts, wofür du dich entschuldigen musst." Sie hörte Trudis Schritte im Flur und nahm rasch die Aufnahme ab, die sie in ihre Hosentasche stopfte.

Trudi öffnete die Tür. „Alles in Ordnung bei euch?", fragte sie.

Selina wandte sich ihrer Freundin zu. „Alles gut. Wir haben uns gerade alte Bilder angesehen."

Trudi trat zu der Leinwand hin. „Weißt du noch?" Sie lachte und deutete auf ein Bild, das auf einem Jahrmarkt entstanden war. Sie waren alle drei darauf abgebildet: Trudi, Lorenz und Selina. Er zwischen ihnen, den Arm um beide Mädchen geschlungen. Lorenz fiel in ihr Lachen mit ein und drückte seine Frau an sich. Selina verließ leise das Zimmer. Während die zwei in Erinnerungen schwelgten, dachte auch Selina über die Vergangenheit nach. Doch ihre Gedanken waren düsterer Natur. Sie nahm das Foto an sich, das Trudi ihr geschenkt hatte, und setzte sich damit an den Küchentisch. Als sie an ihrem fünfzehnten Geburtstag die Tür geöffnet hatte, war unerwartet ihr Vater davor gestanden. Ihr

Vater, der sich fünf Jahre lang weder blicken lassen noch ihnen geschrieben hatte. In den Händen hatte er ein kleines Geschenk gehalten: Braunes Papier mit einer großen, roten Schleife daran. Doch Selina war zu verstört und verletzt gewesen, um es anzunehmen. Erst jetzt, nach all den Jahren gelang es Selina, die Puzzleteile zusammenzufügen. Nur wenige Monate später hatte sie dieses Päckchen erneut gesehen: Als Mellie an ihrem elften Geburtstag damit nach Hause gekommen war. Darin hatte die Kette mit dem Holzanhänger gelegen. Rasch drehte Selina das Bild von Trudi und ihr um, als würden dadurch auch die Erinnerungen verblassen. Sie rückte den Stuhl zurück und schlug sich verzweifelt die Hände vor das Gesicht.

Sie war es! Sie hätte die Kette bekommen sollen! Wenn sie das Geschenk damals gleich an sich genommen hätte, würde ihre Schwester noch leben. Aber wieso, um alles in der Welt, hatte ihr Vater ihnen überhaupt ein solches Geschenk gemacht?

***

Am Morgen wurde Selina von Küchengeräuschen geweckt. Noch halb im Schlaf gefangen, krochen ihr die Gerüche ihrer Kindheit in die Nase. Jeden Sonntag hatte sie ihren Vater die Treppe hinunterschleichen gehört. Eine halbe Stunde später hatte er die

Familie geweckt und dabei den Duft von Kaffee und frischen Semmeln im Haus verteilt. Ungekämmt und im Pyjama hatte die Familie sich am Esstisch versammelt und Pläne für den Tag geschmiedet. Sie konnte sich an keinen Sonntag erinnern, an dem das Ritual gebrochen worden war – bis sich auf einen Schlag alles verändert hatte. Selina verstand nicht, was geschehen war. Wie hatte er Frau und Kinder zurücklassen können, ohne einmal nach ihnen zu sehen? Am ersten Sonntag nach der Trennung hatte sie die ganze Nacht wach gelegen und auf Geräusche gelauscht, die nie erklungen waren. Als sie an diesem Morgen in die Küche gegangen war, hatte dort niemand hantiert. Da hatte sie gewusst, dass ihr Vater sie wirklich verlassen hatte. Es war das Ende ihres Sonntagsrituals gewesen.

Selina zog sich an und trat nach unten. Sie blieb im Türrahmen stehen und beobachtete die Szene: Trudi schnitt eine Tomate in Scheiben. Lorenz griff danach und steckte sie sich in den Mund. Sie warf ihm einen bösen Blick zu, dann lachten beide und küssten sich. Selina spürte ein Ziehen im Bauch. Der Klang der Glocke ließ sie aufschrecken. Trudi und Lorenz lösten sich voneinander, blickten in ihre Richtung. Eine Weile starrten beide Selina an.

„Ich geh schon", sagte sie und war froh, verschwinden zu können. Dieses eine Mal spionierte sie nicht aus dem Küchenfenster, sondern riss gleich die

Haustür auf.

„Guten Morgen." Es war Frank, der vor ihr stand. Selina wich einen Schritt zurück, was er als Einladung verstand, eintreten zu dürfen.

„Was machst du hier?"

„Ich wollte nach dem Rechten sehen. Aber allem Anschein nach hast du dich ja bereits eingenistet. Auch gut, so können wir wenigstens miteinander reden. Deine Kette leuchtet übrigens wieder."

Selina blickte auf die Stelle hinab. Tatsächlich leuchtete der Anhänger durch das Shirt. Doch das Amulett würde ihr dieses Mal nicht helfen. Es gab im gesamten Haus keine einzige Pflanze.

„Das ist eine ungewöhnliche Kette", sagte er und trat näher.

Selina wollte zurückweichen, doch stieß an die Wand.

„Wo hast du sie her?"

Sie schluckte, ihre Hände begannen zu zittern. Damit er es nicht merkte, versteckte sie sie hinter dem Rücken. „Gefunden."

„Wo hast du sie gefunden?" Er fixierte sie mit Adleraugen und kam einen weiteren Schritt auf sie zu. Selina wäre gerne davongelaufen. Doch er war bereits so nahe, dass er ihren Fluchtversuch leicht hätte aufhalten können.

„An Mellies Unfallstelle."

„Und wieso lag sie dort?" Er war so nahe, dass ihr

sein Parfum in die Nase stieg. Es roch angenehm; erinnerte an einen Waldspaziergang nach einem Regentag.

„Weil ich sie dort hingelegt habe."

Frank griff ihr an den Hals; seine Hände waren kalt, was sie frösteln ließ. Er zog am Garn, bis Selina spürte, wie das warme Holzstück ihren Körper nach oben kletterte. Eine Gänsehaut überzog die Stelle, an der es entlanggeglitten war. Frank hielt den Anhänger in einer Hand. Mit der anderen stützte er sich an der Wand, seitlich von Selina ab. Eine Schranke, die verhinderte, dass sie ihm entkommen konnte. Er war ihr viel zu nahe. Hätte sie aufgeblickt, hätte sie seinen Atem im Gesicht gespürt. Stattdessen fixierte sie seine Hand, die das Holzstück umfasst hielt. Mit dem Daumen strich er zärtlich am Anhänger entlang.

„Würdest du ihn verkaufen?"

Die Frage versetzte ihr einen Stoß. Es erinnerte sie an John. Würde auch Frank versuchen, ihr das Amulett zu entreißen, wenn sie jetzt ablehnte? „Warum?" Nun blickte sie doch auf, ihm direkt in die Augen. Ihre funkelten wütend, seine schienen verträumt. Er zuckte zusammen, ließ das Schmuckstück los und wich einen Schritt zurück.

„Als Geschenk für deine Mutter. Die Kette hat deiner Schwester gehört, nicht? Ich bin mir sicher, sie würde sie gerne haben."

„Nein", erwiderte sie. „Ich werde diesen

Anhänger nicht hergeben." Ihr Herz begann wie wild zu klopfen, als ihre Blicke sich kreuzten. Seiner war hart geworden. Sie nutzte den Freiraum, den sie gewonnen hatte, schlüpfte an ihm vorbei und trat rasch in die Küche. Lorenz und Trudi hatten den Tisch gedeckt, saßen auf dem Sofa und kraulten ihre beiden Schützlinge. Als Frank eintrat, sprang Trudi alarmiert auf. Sobald Frank die beiden Mitbewohner entdeckte, drosselte er das Tempo und blieb stehen.

„Wir haben noch etwas zu besprechen", sagte er an Selina gewandt.

„Ich sagte doch, ich gebe ihn nicht her!"

„Es geht um deine Mutter."

Rasch drehte sie sich um.

„Es ist gut, dass du wieder hier bist", sagte er ruhig. „Es tut Maria wirklich gut. Aber dass du damals verschwunden bist, war dermaßen egoistisch von dir … Du weißt ja gar nicht, was du ihr damit angetan hast. Du bist wie dein Vater! Er verschwand auch einfach und kümmerte sich einen Dreck um diejenigen, die er zurückließ."

Selina schluckte und entgegnete nichts.

„Solltest du noch einmal einfach abdampfen, werde ich dir hinterherjagen und Hackschnitzel aus dir machen, ist das klar!?" Er hatte sich vor ihr aufgebaut, die Hände bedrohlich in die Seiten gestemmt. Selina ließ die Schultern hängen und nickte.

Trudi stellte sich neben Selina und funkelte Frank

an. „Also gibst du zu, dass du den Brief geschickt hast?"

„Welchen Brief?", fragte er verwirrt.

„Tu nicht so scheinheilig! Den, mit dem du sie hierhergelockt hast." Sie streckte ihm das Schriftstück unter die Nase.

Frank griff danach, überflog den Inhalt und runzelte die Stirn. „Wieso sollte Maria denn tot sein? Wer schreibt so etwas?" Er schüttelte den Kopf und blickte Selina an. „Deshalb bist du zurück? Nicht, weil du deine Mutter ach so vermisst hast, wie du gesagt hast?" Wütend streckte er ihr den Brief entgegen. „Ich hoffe für dich, dass du ihr das niemals sagen wirst! Das würde ihr das Herz brechen." Frank drehte sich um und verschwand wutentbrannt nach draußen.

„Er war's dann wohl mal nicht", stellte Selina kleinlaut fest. Frank hatte recht. Sie war eine furchtbare Tochter.

„Ich weiß nicht." Trudi nahm ihr den Brief ab. „Er hat sich gar nicht wirklich dafür interessiert. Das ist doch eigenartig, oder? Ich meine, irgendjemand schreibt dir, dass deine Mutter gestorben ist, aber Frank lässt das völlig kalt? Er hat nur die Situation genutzt, um dir ein schlechtes Gewissen einzureden."

„Also könnte es Frank gewesen sein?" Selina fragte sich, was er davon hatte. Sie versuchte, sich ihren Stiefvater als grünes Männchen vorzustellen, das mit den Pflanzen kommunizierte. Das passte so gar nicht zu ihm.

„Ich glaube, es könnte fast jeder gewesen sein." Trudi schnaubte und wedelte mit dem Schriftstück in der Luft herum, dann ließ sie es achtlos auf das Sofa segeln. „Ich meine, der Brief wurde mit dem Computer geschrieben. Jeder hätte ihn heruntertippen können. Nur die Unterschrift wurde mit der Hand geschrieben. Aber was heißt das schon? Ich habe schon in der Volksschule die Unterschriften meiner Eltern gefälscht."

Na toll. Das bedeutete, sie wussten nichts. Plötzlich durchfuhr es Selina wie ein Stromschlag. „Der Schlüssel!"

„Was?" Trudi starrte sie verdutzt an.

Selina warf Lorenz einen raschen Seitenblick zu, warf dann alle Vorsicht über Bord. Er hatte schon mehr mitbekommen, als ihr lieb war – auf eine Sache mehr oder weniger kam es nicht mehr an. „Na, dem Brief lag doch der Schlüssel zu unserem Haus bei. Woher hat derjenige ihn?"

„Wir müssen Maria danach fragen!" Trudi war ganz aus dem Häuschen, als hätten sie den Täter bereits geschnappt.

„Hey, Wicht! Was hast du da?" Lorenz stand auf und trat zu Scooby-Doo, ihrem Welpen. Er hielt etwas Weißes zwischen den Pfoten gefangen, kaute an einem Ende herum. Er überredete den Hund, seine Beute loszulassen. „Gehört das dir?", fragte er zerknirscht. Er streckte Selina einen abgekauten Brief unter die Nase. Sie erkannte ihn nicht gleich.

Trudi zog heftig die Luft ein. „Du verdammter Köter!", rief sie und jagte den Welpen aus dem Raum. Sie kam zurück und hob das Schriftstück mit spitzen Fingern hoch. „Ist das DER Brief?"

Selina schlug sich die Hand vor das Gesicht; blickte auf das Sofa, wo der Brief gelegen war, der sie zurück in das Land getrieben hatte. Er war verschwunden. Stattdessen lag dort das Kätzchen und beobachtete interessiert das Geschehen. Trudi holte das Blatt aus dem Umschlag. Der Großteil war durchweicht und zerbissen, außer weniger Wörter konnten sie nichts entziffern. Scooby-Doo hatte ihr einziges Beweisstück gefressen.

„Was haben wir?", fragte Trudi. Sie saß mit Zettel und Stift bewaffnet am Esstisch. Nachdem Lorenz zur Arbeit gefahren war, hatten sie abgeräumt und beschlossen, ihre bisherigen Ergebnisse niederzuschreiben. Vielleicht, so hofften sie, würde ihnen dabei der Durchbruch gelingen.

„Nichts", antwortete Selina missmutig und ließ sich auf das Sofa fallen. Der Welpe legte sich zu ihr, fuhr mit der Schnauze unter ihre Hand. Ein deutliches Zeichen, dass er gekrault werden wollte. Selina ignorierte ihn. Sie war sauer. „Gestern Abend habe ich noch nachgedacht. Habe ich dir erzählt, dass Mellie das Amulett von Papa bekommen hat? Und davor wollte er es eigentlich mir schenken. Aber ich habe es nicht angenommen. Ich frage mich nur immer wieder, wieso. Er hat sich fünf Jahre lang nicht um uns geschert ... und dann schenkt er uns so etwas? Meinst du, er hat gewusst, was passieren kann?"

Trudi schwieg eine Weile. „Ich weiß nicht. Aber ich kann es mir nicht vorstellen. Ich weiß, er hat euch verlassen und es gibt nichts, was das entschuldigt. Aber er ist euer Vater. Er würde doch nicht wollen, dass euch etwas passiert. Vielleicht wusste er ja nicht, was er da herschenkt. Vielleicht fand er das Amulett einfach schön und wollte euch eine Freude machen."

Sie starrten beide auf den Talisman, der um Selinas Hals hing.

„Aber was auch immer er sich dabei gedacht hat ... wir sollten ihn besuchen und danach fragen."

„Nein!" Selina sprang auf, als wäre sie gebissen worden. „Ich will ihn nicht treffen."

„Aber wieso nicht? Er ist unsere beste Spur." Trudi nahm ihre Freundin in den Arm. „Ich weiß, dass dich die Sache mit deinem Vater fertig macht. Dass du ihm nicht verziehen hast, dass er euch verlassen hat. Aber wenn wir dieses Rätsel lösen wollen, musst du über der Vergangenheit stehen."

Selina lehnte an Trudis Schulter und rührte sich nicht. Sie wusste, dass Trudi Recht hatte. Vater könnte ihnen sagen, was es mit diesem Amulett auf sich hatte. Oder wenigstens, woher er es hatte und warum er es ihnen schenken wollte. Aber sie wollte ihn nicht sehen. Sie wollte nicht auf ihn zugehen und den ersten Schritt in Richtung einer Versöhnung machen. Wenn, dann musste er kommen – von sich aus. Er war gegangen und hatte sie im Stich gelassen. Also musste er es sein, der sie um Verzeihung bat, nicht umgekehrt. „Lass uns noch ein wenig warten", bat sie. „Wenn wir ohne seine Hilfe nicht mehr herausbekommen, dann gehen wir zu ihm. Ich verspreche es."

Trudi bedachte sie mit einem langen Blick, dann nickte sie. „Na gut. Was wissen wir sonst noch? Jemand hat dir vorgegaukelt, dass deine Mama gestorben ist. Wieso?"

„Na weil er will, dass ich hierher zurückkomme." Selina streckte ihre Hände aus. „Tadaa. Hier bin ich. Wie eine Fliege ins Netz gegangen."

„Aber was hat derjenige davon?"

„Er will den Anhänger."

„Aber wieso braucht er dazu dich?"

„Na, weil nur ich wusste, wo er ist." Selina hielt inne. „Aber wieso wusste er das? Ich konnte mich ja selbst kaum daran erinnern." Selina sprang auf und schritt im Zimmer auf und ab.

„Wann hast du den Anhänger bekommen?", fragte Trudi. Sie hatte die Beine überschlagen, ihre Fußspitze wippte auf und ab.

„Kurz vor Mellies Unfall. Warte!" Selina drehte sich um. „Das heißt, Mellie hatte die Kette zu der Zeit gar nicht … weil ich sie hatte. Aber wenn der Fahrer es wirklich auf das Amulett abgesehen hatte, dann muss er doch ausgestiegen sein, um daran zu kommen." Sie blickten sich an.

„Wir haben eine Spur", flüsterte Trudi. „Wenn er ausgestiegen ist, hat ihn vielleicht jemand erkannt."

Selina stand auf, zog sich ihre Schuhe an und trat zurück ins Wohnzimmer.

„Aber wie sollen wir einen Zeugen finden? Das Ganze ist inzwischen zehn Jahre her."

Eine Weile starrten sie Löcher in die Wand und versuchten, eine Lösung zu finden.

„Zeitungen", erinnerte Trudi. „Damals waren alle Zeitungen voll mit der Tragödie. Irgendwo finden wir bestimmt einen brauchbaren Namen."

Selina nickte und warf Trudi ihre Autoschlüssel zu. „Wo finden wir ein Zeitungsarchiv?"

„Das ist nicht notwendig", entgegnete Trudi, während sie in ihre Schuhe schlüpfte. „Maria hat alle Artikel aufgehoben."

***

Maria hatte Kuchen gebacken. Das rochen die Frauen bereits, als sie das Treppenhaus erklommen. An der Wohnungstür hing ein Kranz aus Trockenblumen, dazwischen eine Holztafel mit den Worten *Willkommen bei Frank und Maria.* Als Maria die Tür öffnete, blieben die Besucherinnen verwundert stehen. Selina starrte auf die bunte Mähne ihrer Mutter.

„Du warst beim Friseur", stellte sie fest.

„Ja!", strahlte Maria. „Gefällt es dir?"

Selina lächelte. Niemals würde sie selbst mit einem solchen Osternest am Kopf herumlaufen. „Es sieht toll aus", sagte sie. Seit ihrem ersten Besuch wirkte Maria um Jahre verjüngt.

„Kommt. Ich habe uns etwas gebacken." Maria führte sie in das Esszimmer, servierte den Kaffee in Tassen, die Selina noch aus ihrer Jugendzeit kannte: In das Keramik waren Gesichter gegossen. Die Nase einer roten Tasse ragte als übergroßer Zinken aus dem Gesicht, das Männchen mit der grünen Farbe zeigte eine Stupsnase. Links und rechts der Gesichter gab es Ohren, die anstelle von Henkeln fungierten. Wie bei einer Babyflasche hielt Selina sich mit beiden Händen daran fest und führte das Getränk zum Mund. Das Amulett hing wie immer um Selinas Hals. Inzwischen kam sie gut damit zurecht. Wenn sie nicht wollte, dass es sich aktivierte, trug sie es gut sichtbar über ihrer Kleidung.

Maria deutete darauf. „Du trägst die Kette oft."

Selina nahm den Talisman in die Hand und hob ihn leicht hoch. Die Sonnenstrahlen, die durch das Fenster fielen, ließen den Stein funkeln und die Buchstaben schimmern. Die goldenen Lettern wirkten wie Schlangen, die sich umeinander schmiegten und wie lebendige Körper am Holz tanzten. „Eigentlich immer, seit ich sie gefunden habe. Sie erinnert mich an Mellie. Willst du sie auch mal umhängen?" Ohne eine Antwort abzuwarten, nahm sich Selina das Schmuckstück ab und reichte es ihrer Mutter. Diese betrachtete das Amulett einige Zeit und bewunderte den feinen Schriftzug. Für sie waren mit dem Talisman keinerlei Erinnerungen verknüpft. Maria wusste nicht, dass ihr Ex-Mann Mellie das Amulett geschenkt hatte. Sie wusste nicht, zu was das Amulett fähig war und welche Gefahren es barg. Für sie war es einfach ein schönes Schmuckstück, das ihrer verstorbenen Tochter gehört hatte. Sie legte sich die Kette um den Hals und lächelte Selina zu. Selina hielt die Luft an. Würde gleich etwas geschehen? Sie hatte ihrer Mutter das Amulett nicht ohne Grund gegeben. Sie wollte wissen, ob es sich auch bei ihr erhitzte. Es würde bedeuten, dass das Amulett alle beschützte, die zu ihrer Familie gehörten.

„Steck es unter deine Bluse", sagte sie.

„Manchmal wird es dann ganz warm."

Maria tat wie ihr geheißen und trank einen Schluck Kaffee.

„Hast du eigentlich noch Zeitungen von Mellies Unfall?", fragte Selina.

Mutter runzelte die Stirn. „Wieso interessiert ihr euch plötzlich dafür?"

Trudi stellte die Tasse auf den Tisch und blickte ihre Freundin an. „Selina hat bisher versucht, Mellies Unfall zu verdrängen. Ich helfe ihr dabei, das aufzuarbeiten." Sie lächelte ihrer Freundin zu. Selina wusste, dass es keine Lüge war. Trudi meinte jedes Wort ernst und hatte recht.

Langsam erhob sich Maria, holte einen Pappkarton aus dem Kasten. Als sie sich umdrehte, war sie fahl im Gesicht, doch das Amulett lag unsichtbar an seinem Platz. „Nehmt sie mit. Ich will es hier nicht mehr haben."

Zögernd griff Selina nach der Kiste. Sie wog schwer. Sie fragte sich, ob es ihre eigene Schuld war, die zusätzliches Gewicht aufgelegt hatte. „Mama?", fragte sie zögernd. „Der Schlüssel zu unserem Haus. Wo hast du ihn?" Selina starrte ihre Mutter durchdringend an. Sie brauchte unerträglich lange, um zu antworten.

„Daran habe ich ja noch gar nicht gedacht. Das tut mir leid, natürlich kannst du im Haus schlafen." Maria lächelte ihrer Tochter zu und drückte ihre

Hand. Selina versuchte, ihre Ungeduld zu verbergen. „Der Ersatzschlüssel müsste noch unter der Türmatte liegen. So wie immer. Ich habe ihn nie herausgeholt."

Selina sackte zusammen, versuchte, nicht enttäuscht zu wirken und lächelte. „Danke." Einen Moment überlegte sie, ob sie ihrer Mutter erzählen sollte, dass sie bereits im Haus wohnte. Aber dann hätte sie ihr erklären müssen, wie sie an den Schlüssel gekommen war. Das wollte sie nicht tun! Sie nahm das Amulett wieder an sich und verabschiedete sich.

Während der gesamten Autofahrt verloren sie kein Wort darüber. Es gab auch nichts zu sagen. Der Schlüssel lagerte seit Jahren unter der Türmatte: Dem unoriginellsten Versteck, das es gab. Absolut jeder hätte ihn finden können … ein Obdachloser, auf der Suche nach einer Unterkunft. Ein neugieriger Nachbar, der ihre Gepflogenheiten kannte und sich über den Zustand des Hauses informieren wollte. Kleine Jungs in Folge eines Lausbubenstreiches, oder aber jemand, der es gezielt darauf abgesehen hatte.

„Wir müssen deinen Papa besuchen", sagte Trudi plötzlich und blickte Selina vorsichtig von der Seite an.

„Was? Wieso?"

„Bei deiner Mama scheint das Amulett gleich wenig zu wirken wie bei mir. Aber vielleicht gehorcht es auch nur der Verwandtschaft auf der Seite deines Papas. Ihr habt es ja schließlich auch von ihm bekommen."

Selina atmete heftig ein und aus. Sie wollte das immer noch nicht. Aber anscheinend führte kein Weg daran vorbei. Alles schien auf ihn zu weisen. Oder gab es womöglich eine andere Erklärung? Selina würde nach jedem Strohhalm greifen, wenn es nur bedeutete, ihren Vater nicht besuchen zu müssen. Vielleicht hatte es auch gar nichts mit der Familie zu tun. Vielleicht war es Zufall, dass genau Mellie und sie das Amulett beherrschen konnten. Aber eigentlich glaubte sie nicht an Zufälle. Außerdem ... sie starrte auf einen einsamen Baum, der inmitten eines Feldes stand, als wäre er die Lösung all ihrer Probleme ... wenn das tatsächlich ein Familiending war, dann bedeutete das, dass irgendein Verwandter hinter ihr her war. Aber wer aus ihrer Verwandtschaft sollte ihr nach dem Leben trachten? Sie hatte seit einer Ewigkeit niemanden mehr aus Vaters Verwandtschaft gesehen. Und ... wieso musste man sie dafür denn töten? Das ergab doch keinen Sinn! Vielleicht gab es doch einen anderen Auslöser.

„Und wenn das Amulett immer nur eine Person beschützt?", fragte Selina.

Trudi hob den Blick, starrte Selina mit offenem Mund an. Sie konnte beinahe sehen, wie sich hinter ihrer Stirn die Fäden der Erkenntnis zusammensetzten. Wie Puzzleteile, die sich auf einen Schlag ineinanderfügten und ein Bild ergaben. „Ja. Ja! Das könnte es sein. Mellie und du habt das Amulett ja auch nicht gleichzeitig genutzt. Du hast das Amulett zwar getragen, aber es hat sich nicht aktiviert. So wie bei mir."

Selina erstarrte. Sie drehte ihrer Freundin den Kopf so langsam zu, dass es ewig dauerte, bis sie sie ansah. „Also war Mellie so lange die Eigentümerin, bis sie starb. Danach ging das Eigentum an mich über", flüsterte sie.

„Aber warum genau an dich?", fragte Trudi und beantwortete sich die Frage im nächsten Moment selbst. „Weil du das Amulett zu der Zeit von Mellies Tod getragen hast. Das heißt ... das heißt ... wenn der alte Eigentümer stirbt, geht die Macht des Amuletts auf denjenigen über, der es als nächstes umlegt."

Die Frauen blickten sich geschockt an. Sie mussten es nicht aussprechen. Sie wussten, dass sie die Lösung gefunden hatten. Es passte alles zusammen. Deshalb reichte es ihrem Verfolger auch nicht, das Amulett einfach zu stehlen. Deshalb musste die alte Eigentümerin getötet werden. Selina schüttelte sich. Ihr war plötzlich so kalt, dass sie sich eine Decke von der Rückbank schnappte und sich darin einwickelte. Sie wusste nicht mehr, ob sie das Amulett haben wollte. Ja, der Talisman beschützte sie. Aber wenn sie ihn nicht hätte, würde sie keinem Schutz bedürfen. Aber sie kam aus der Sache nicht mehr heraus! Sie konnte fliehen, wohin sie wollte. Doch sie würde die Eigentümerin des Amuletts bleiben. Nur der Tod würde ihr Band trennen.

„Du musst lernen, die Pflanzen zu kontrollieren.", flüsterte Trudi.

Selina dachte an die vielen unterschiedlichen Erfahrungen, die sie inzwischen mit den Pflanzen gemacht hatte. Jedes Mal war es vollkommen anders gewesen. Nur der Anfang war gleich: Sie fühlte sich wegen irgendetwas bedroht oder regte sich auf, der Stein erhitzte sich, sandte ein Strahlen aus und danach kam Leben in die Pflanzen. Aber was dann geschah, schien sie nicht bestimmen zu können. „Ehrlich gesagt glaube ich inzwischen, dass die Pflanzen ein Eigenleben haben. Sie werden zwar vom Amulett aufgeweckt und um Hilfe gebeten. Aber was sie dann tun, entscheiden sie selbst."

„Vielleicht hast du Recht", sagte Trudi. Dann starrte sie konzentriert auf die Straße und sprach nicht mehr. Selina blickte auf den Karton mit den Zeitungsartikeln hinab. Sie hielt ihn mit beiden Händen umklammert. Es schien ein Sog davon auszugehen. Eine Art dunkle Welle, die sie erfasste und sie in einen Zustand der Panik versetzte. Sie wusste nicht, was größer war: Die Neugierde auf das, was sie innerhalb der Kiste finden würden – oder die Angst davor. Zuhause stellte sie den Pappkarton auf den Tisch und stand tatenlos davor. Sie konnte sich nicht bewegen; nur auf die Kiste starren und hoffen, dass sie plötzlich Feuer fangen würde. Sie wollte das alles nicht noch einmal erleben. Damals hatte sie alle Zeitungen gemieden; sie hatte keine Ahnung, was die Journalisten über Mellie geschrieben hatten, welche Bilder auf den Seiten gedruckt sein würden.

Trudi fasste sie am Arm und drückte sie sanft. „Du bist nicht allein", flüsterte sie und hob den Deckel ab.

Selina bewegte sich nicht, als Trudi damit begann, die Zeitschriften aus dem Karton zu nehmen und auf den Tisch zu legen. Auf allen Titelseiten waren Bilder von Mellie abgebildet, von dem Ort des Geschehens und von dem Kerzenmeer an der Unglücksstelle. Trudi trat hinter sie, fasste Selina an der Schulter und schob sie vorsichtig vorwärts. Dann drückte sie ihre Freundin auf einen Stuhl hinab.

„Ich weiß, dass es schwer ist. Aber nur, wenn du dich der Vergangenheit stellst, können wir herausfinden, was hier los ist."

Langsam schlug Selina eine Zeitung auf. Ihr Mund war trocken, als sie zu lesen begann. *Schrecklicher Unfall gestern Nachmittag.* Anfangs kam sie nur stockend vorwärts; musste mehrmals innehalten und sich selbst beruhigen. Mit der Zeit wurde es besser.

„Hier", sagte Trudi aufgeregt. „Hör dir das an: *Herr Friedrich K. erzählt: „Ich habe den Körper auf der Straße liegen sehen. Der Wagen ist sofort davongerast, als er mich gesehen hat. Aber ich bin mir sicher, dass es ein Mann war. Aber so genau habe ich darauf nicht geachtet. Da lag ja jemand am Boden. Ich bin sofort rangefahren, aber da waren auch schon andere da. Da habe ich das Mädchen erkannt. Es war furchtbar, ich habe sie ja jeden Tag gesehen."*

Trudi blickte auf. Selina war kahlweiß geworden und hielt die Hände um den Körper geschlungen. Sie trat zu ihr und nahm sie in den Arm. Erst nach einer Weile kam Trudi wieder auf das Thema zurück.

„Weißt du, wer das sein könnte? Ein Nachbar vielleicht?"

Selina nickte. „Er hat mit seiner Frau gegenüber gewohnt. Aber sie sind nicht mehr hier. Ich weiß gar nicht, ob sie noch leben. Sie waren damals ja schon alt."

„Vielleicht wissen die neuen Bewohner, was mit den Vorgängern geschehen ist?"

Selina hatte wenig Lust, sich mit Frau Larsen zu unterhalten. Sie hatten jedoch keine Alternativen. Darum verließen sie das Haus und läuteten an der Tür gegenüber.

„Frau Horst. Wie schön, dass Sie mich besuchen kommen", strahlte Karla Larsen, als sie die Tür öffnete. „Und Sie haben ja Besuch mitgebracht. Guten Tag, ich bin die Karla. Wollen´s einen Kaffee? Ich habe gerade eine Kanne aufgesetzt."

„Danke. Aber wir haben es ein bisschen eilig", antwortete Selina. „Wissen Sie, was mit dem Vorbesitzer Ihres Hauses passiert ist?"

Karla Larsen überlegte eine Weile. „Die Jungen haben das Haus verkauft. Weil die Mutter ins Altenheim gegangen ist, nachdem ihr Mann gestorben ist."

Selina ließ die Schultern hängen. Schon wieder eine Sackgasse. Sie murmelte einen Abschied und trat zurück in den Garten.

„Wollen´s wirklich keinen Kaffee?", rief Karla ihr hinterher.

Wie angewurzelt blieb Selina stehen. Ihr Blick wurde von etwas angezogen, das aus ihrem Rasen ragte. Langsam trat sie näher, warf rasch einen Blick über die Schulter, um sich zu vergewissern, dass Trudi in der Nähe war. Ihre Freundin war in ein Gespräch mit der Nachbarin vertieft. Eine eisige Kälte ergriff sie, als sie einen Knochen erkannte. Langsam beugte sie sich hinunter und zog das Gebein aus der aufgewühlten Erde. Sie war sich sicher, dass es vorhin noch nicht hier gewesen war. Ein Zeichen. Jemand hatte ihr ein Zeichen gesandt. Ein brutales, nicht falsch deutbares. Ein Knochen im Garten stand für den nahen Tod. Sie warf das Stück weit von sich, als könnte sie den Fund damit ungeschehen machen, starrte auf die Stelle, an der der Knochen am Boden aufschlug und im kurz gemähten Gras liegen blieb. Scooby-Doo, der Welpe lief um die Ecke, griff sich den Knochen und hastete damit davon. Selina starrte ihm hinterher. Sie sollte ihn aufhalten, das Beweisstück der Polizei übergeben und auf Fingerabdrücke überprüfen lassen. Doch sie war erstarrt. Jemand war hier im Garten gewesen. In der kurzen Zeit, wo sie und Trudi auf der gegenüberliegenden Straßenseite gestanden und mit der Nachbarin gesprochen hatten. Vielleicht war der Übeltäter von jemandem gesehen worden. Ihr war kalt. So furchtbar kalt. Als steckte die Furcht in jedem einzelnen Knochen und ließ sie von innen heraus erfrieren. Ein Feind, der so dreist war, war gefährlicher, als sie angenommen hatte. Er war am helllichten Tag hierhergekommen ... als würde er den Nervenkitzel genießen. Er spielte ein Spiel. Und sie war die Spielfigur.

Trudi kam gut gelaunt zurück. „Alles in Ordnung?", fragte sie vorsichtig. Blickte sich rasch um.

„Ein Knochen", flüsterte Selina. „Jemand hat einen Knochen im Garten vergraben. Es. Es ist ein Zeichen."

Trudi starrte sie an, dann begann sie schallend zu lachen. „Ja. Scooby-Doo kann schon mal gefährlich werden, wenn man ihm sein Futter verwehrt."

Verwirrt betrachtete Selina ihre Freundin.

„Der Wicht war´s", erklärte sie und zeigte auf den kleinen Hund, der in einer Ecke lag und auf dem neu entdeckten Spielzeug herumkaute. „Er ist der Übeltäter, der den Knochen vergraben hat. Er liiieeebt so was."

Zögernd fiel Selina in ihr Lachen mit ein; doch ein Teil des unguten Gefühls blieb. Auch wenn ihr Gegenspieler nicht hier im Garten gewesen war, irgendwo dort draußen war er. Vielleicht beobachtete er sie gerade … Sie blickte sich hastig um, konnte aber nichts Verdächtiges erkennen. Vielleicht saß er hinter einem Fenster der Nachbarhäuser oder fuhr jeden Tag mit dem Fahrrad an ihr vorbei und grüßte freundlich. Es konnte der Student sein, der nachmittags Hunde spazieren führte. Der Taxifahrer, der einmal pro Woche mit Frau Hans zum Arzt fuhr.

„Nein", sagte sie zu sich selbst; Trudi horchte auf. „Es ist jemand, der mich kennt. Jemand, der alles über mich und meine Familie weiß."

Kapitel 11

Trudi raffte die Zeitschriften zusammen und ließ sie ungeordnet in der Kiste verschwinden.

„Wir gehen also davon aus, dass es jemand auf die Macht dieses Amuletts abgesehen hat, oder? Derjenige, der dich wieder hergelockt hat, muss also genau wissen, dass du die neue Eigentümerin des Amuletts bist. Wer aber konnte davon wissen? Wer hat dich in der doch recht kurzen Zeit zwischen Mellies Tod und deinem Verschwinden gesehen?" Trudi zog die Zettel mit den Notizen zu sich heran und überflog mit einem Blick, was sie bereits festgehalten hatten. Es war nicht viel.

„Ich weiß nicht genau. Nachdem Mellie mir das Amulett gegeben hat, habe ich mich mit euch getroffen ... Also du, Jenny, Maya, Simon und ... Lorenz." Kurz hielt Selina inne – Lorenz war die ganze Zeit in ihrer Nähe. Sie verwarf den Gedanken – er war schließlich Trudis Ehemann. Wo sollte er sonst sein, wenn nicht dort, wo sich seine Frau befand? Trudi notierte alle Namen, einschließlich ihres eigenen. „Als ich am Abend nach Hause kam", Selina stockte, umklammerte die Tischplatte. Sie konnte Frank deutlich vor sich sehen. Sein Gesicht war gräulich gewesen.

„Wo warst du?", hatte er gefragt, sich für die

Antwort aber nicht wirklich interessiert. Seine Hand hatte gezittert, als er sie eingelassen hatte. Mutter war nicht da gewesen, dafür hatte ein fremder Mann im Esszimmer auf sie gewartet.

„Selina, richtig?", hatte er gefragt. Sie hatte verwirrt genickt. „Ich bin Martin. Ich würde mich gerne mit dir unterhalten. Wir können in den Essraum gehen, wenn du möchtest." Selina hatte die Situation nicht fassen können. Doch irgendetwas in ihr hatte gewusst, dass etwas passiert war … etwas Schreckliches.

„Wo ist Mama?", hatte sie gefragt, und gleich darauf, „Wo ist Mel?"

„Auf die du hättest aufpassen sollen?", war Frank wütend herausgeplatzt. „Wie konntest du sie nur allein lassen?"

„Nicht", hatte der fremde Mann ihn unterbrochen. „Ich würde gern mit Selina allein sprechen; ist das möglich?"

Frank hatte genickt. Er hatte nicht bekümmert, nicht niedergeschlagen ausgesehen – eher entsetzt, fassungslos.

„Möchtest du mir erzählen, was heute geschehen ist?", hatte Martin gefragt.

Selina hatte längst erkannt, dass es um ihre Schwester ging. „Wo ist Mellie?"

„Ihr seid in den Park gegangen, nicht wahr? Ist dir dort etwas aufgefallen?"

„Ist etwas mit ihr?" Selina war fürchterlich kalt geworden. Ihr Herz hatte so heftig geschlagen, dass sie außer dem gleichmäßigen *Bum Bum Bum* nichts hatte hören können. Er hatte seine Hand auf Selinas Fäuste gelegt, um sie zu beruhigen. Doch es hatte ihre Angst nur verstärkt. „Was ist mit ihr?", hatte sie erneut gefragt.

Er hatte sehr ernst ausgesehen. „Es tut mir leid. Aber deine Schwester ist bei einem Autounfall ums Leben gekommen."

Trudi setzte sich neben sie und nahm Selina in den Arm. Sie kritzelte zwei neue Namen auf ihre Liste: *Frank* und *Martin Polizist???*

„Und dann? Was ist dann passiert?" Sie drückte Selina tröstend an sich.

„Ich weiß nicht genau. Ich muss wohl das Bewusstsein verloren haben. Irgendwie stand ich unter Schock. Ich bin dann im Krankenhaus aufgewacht. Mama war da." Erneut verkrampften Selinas Hände. Trudi erkannte, dass eine aufwühlende Erinnerung folgen würde. „Ich weiß noch, dass sie mit dem Kopf auf der Matratze geschlafen hat. Sie ist sofort aufgewacht, als ich sie angesprochen habe. Mellie war tot – ich wollte einfach umarmt werden. Ich wollte, dass der Schmerz nachließ … Ich habe sie gefragt, wo Mellie ist, obwohl ich es schon wusste. Aber ich musste es von ihr hören, musste Gewissheit haben.

Mama hat geweint. Sie hat gesagt, dass Mellie ange-
fahren und am Straßenrand liegen gelassen wurde."
Selina blickte auf, auch sie weinte jetzt, wischte sich
die Tränen fort und weinte weiter. Ihre Stimme zitterte ein wenig. Ansonsten war sie ruhig, als würde
das alles sie nicht wirklich betreffen. „Dann hat sie
mich gefragt, warum ich Mellie allein gelassen habe.
Sie hat mir die Schuld gegeben. Sie hat geweint, die
ganze Zeit. Sie konnte mich gar nicht anschauen.
Dann hat sie das Zimmer verlassen. Mama hat es
nicht bei mir ausgehalten." Selina suchte Trudis
Blick. „Ich habe den Nachmittag immer und immer
wieder durchgespielt. Jedes Mal bin ich an der Stelle
hängen geblieben, als Mellie mit mir über Papa sprechen wollte. Weißt du, was ich zu ihr gesagt habe?
Ich sagte: Lass mich endlich in Ruhe! Es war das
Letzte, was ich zu meiner kleinen Schwester sagte.
Lass mich in Ruhe …" Minutenlang sprach keiner ein
Wort. Trudi strich ihrer Freundin gleichmäßig über
die Haare und summte ein Lied vor sich hin. „Am
nächsten Tag hat Frank mich abgeholt und nach
Hause gebracht. Ich war den ganzen Tag in meinem
Zimmer. Frank hat mir etwas zu essen gebracht,
Mama ist nicht hereingekommen. Sie hat nicht ein-
mal nach mir gesehen und ich habe mich nicht hin-
ausgetraut. Ich habe mich so geschämt … Ich hatte
Angst davor, Mama über den Weg zu laufen. Ihr er-
klären zu müssen, warum ich Mellie allein gelassen

habe. Den ganzen Tag starrte ich auf die Bilder an der Pinnwand. Die Bilder mit euch, meinen Freunden. Ich habe euch dafür gehasst, dass ihr mir geschrieben habt. Dass ich zu euch gegangen bin und Mellie allein gelassen habe. Dabei habe ich in Wahrheit mich selbst gehasst, aber das wollte ich nicht wahrhaben. Es war so schon schwer genug. Irgendwann habe ich beschlossen, abzuhauen. Es war am Abend. Ich packte einfach meine wichtigsten Sachen und polterte die Treppe runter. Ich war absichtlich laut. Ich wollte, dass Mama mich hört und aufhält. Dass sie mir sagt, dass sie mich lieb hat, trotz allem. Das sie mir verzeihen kann und ich nicht gehen soll. Aber keiner hat mich aufgehalten. Sie haben mich einfach ziehen lassen." Als Selina aufblickte, weinte auch Trudi.

„Ich hätte dich aufgehalten", flüsterte sie.

„Ich weiß. Aber ich konnte nicht zu dir gehen. Mellie war tot, weil ich mich mit euch getroffen habe. Ich konnte nicht mehr zu euch … auch nicht zu dir." Selina lächelte traurig. „Ich habe mir absichtlich viel Zeit gelassen, bei meiner Flucht. Ich ging zu Mellies Unfallstelle. Ich hoffte, dass Mama nach mir suchen würde. Dann bin ich zum Bahnhof und habe gewartet. Ewig habe ich gewartet, aber niemand kam. Als ich es nicht mehr länger hinauszögern konnte, bin ich in den letzten Zug nach Wien gestiegen und davongefahren. Da habe ich dann beschlossen, alles hinter mir zu lassen und nie mehr zurückzublicken. Ich würde neu anfangen und nicht ein Mal an Mellie und Mama denken. Und nicht an dich", sagte Selina und drückte die Hand ihrer besten Freundin.

„Hast du sonst jemand Bekannten getroffen?", fragte Trudi. „Im Krankenhaus vielleicht oder an Mellies Unfallstelle?"

Selina schüttelte heftig den Kopf. „Nein. Bestimmt nicht. Ich bin mir sicher, dass ich mich daran erinnern könnte. Ich bin allen aus dem Weg gegangen. Ich hätte es nicht ertragen, wenn mich jemand bedauert hätte." Sie blickten beide auf die Liste an möglichen Verdächtigen.

„Das sind nicht viele", stellte Trudi fest.

Selina hätte froh sein müssen, dass die Aufstellung derart kurz war, stattdessen verursachte es ihr Übelkeit. Keinem Einzigen davon traute sie es zu. Abgesehen von dem Polizisten Martin waren alle gute Freunde und Familienmitglieder.

„Aber wer hat ein Motiv?", fragte Trudi. „Wieso will jemand diesen Anhänger so unbedingt haben, dass er dafür über Leichen geht? Und wie passt John da hinein?"

Selina starrte Löcher in die Wand. Vor dem Tag in der Bar hatte sie John noch nie gesehen und er stand definitiv nicht auf der Liste der Verdächtigen. Wer war er also? Gingen sie die Sache falsch an? Vielleicht gab es ein magisches Gegenstück, durch das ein Unbekannter herausgefunden hatte, dass Selina die derzeitige Eigentümerin des Amuletts war. Aber wenn hier noch mehr Magie im Spiel war, dann fragte sie sich, warum es so lange gedauert hatte, bis man sie fand. Auf sie wirkte es nicht so, als hätte sie es mit einem magischen Gegner zu tun. Sonst wäre sie doch schon längst tot. Was dann? War John vielleicht nur der Auftragskiller? Der die schmutzige Arbeit erledigte, damit der wahre Fädenzieher nicht gefasst werden konnte?

„Lass uns zum Jubiläumspark fahren", sagte Selina. Dort hatte John sich aufgehalten. Vielleicht würden sie an diesem Ort Antworten finden.

Der *Jubiläumspark* war eine der wenigen Grünflächen, deren Zielgruppe nicht Familien mit Kindern waren. Hier gab es keinen Spielplatz und infolgedessen kaum Kinder. Nur eine Gruppe Jungs, die einem Ball hinterhersausten und von einem Mann mit Pfeife um den Hals angebrüllt wurden. Es war ein Sportpark, in dem sich nur Menschen aufhielten, die trainierten. Oder solche, die sich durch die Fitness der anderen selbst zu körperlicher Aktivität anspornen wollten. Am Rande des Parks gab es eine Kletterwand. Gleich zwei Sportschulen hatten sich hier angesiedelt, die verschiedene Kurse im Indoor- und Outdoorbereich anboten. Mehrere Laufstrecken führten hindurch. Die Zeit, die man dafür benötigte, wurde einem am Zielpunkt angezeigt. Um zwischen den Sportlern nicht aufzufallen, waren die zwei Frauen in Sportklamotten geschlüpft und joggten den Weg entlang. Selina wusste nicht, nach was genau sie eigentlich suchten. Sie blickten sich wachsam um und wurden dabei von etlichen Sportlern überholt, als Selina plötzlich nach Trudis Hand fasste und stehen blieb.

„Da! Ist er das?" Sie zeigte auf mehrere junge Männer, die um einen Holztisch saßen, emsig diskutierten und sich zwischendurch mit einem Schluck aus dem Flaschenbier abkühlten. Die Parkmöbel waren aus einem dicken Holz und schon lange nicht mehr gestrichen worden. Natürlich antwortete Trudi ihr nicht – sie hatte John schließlich nie zuvor gesehen. Und auch Selina war auf die Entfernung unsicher. Sie zerrte ihre Freundin hinter ein Gebüsch.

„Wir müssen näher rankommen", sagte sie.

Trudi grinste. „Wenn wir doch nur ein magisches Amulett hätten, dass dich quasi unsichtbar machen kann."

Selina betrachtete das Amulett. Ihre Freundin hatte recht! Sie war umgeben von Pflanzen; sie musste das magische Schmuckstück nur richtig benützen. Unter ihr wuchs Gras, rings um sie herum spendeten Bäume und Büsche Schatten. Direkt hinter der Sitzgruppe, auf der die Männer Platz genommen hatten, wuchs eine Mauer aus Gebüsch. Der perfekte Ort, um ihr Gespräch zu belauschen. Und doch wusste sie nicht, wie sie dorthin gelangen sollte, ohne entdeckt zu werden.

Trudi zwinkerte ihr zu. „Ich lenke sie ab. Mach was draus!" Ohne eine Antwort abzuwarten, stolzierte sie auf die Männerrunde zu. Selina ging schnell hinter einem Gebüsch in Deckung; sie wollte auf keinen Fall erkannt werden.

Trudi baute sich aufgebracht vor den Männern auf. „Meine Freundin ist in Gefahr! Bitte helft mir schnell!" Der erste Mann sprang blitzschnell auf und eilte hinter Trudi her. Einer jungen Frau in Not musste man schließlich helfen. Die anderen Männer folgten mit wenig Verzögerung. Selina huschte auf die Sitzgruppe zu. In der Eile hatten die Männer eine Bierflasche umgestoßen. Der Inhalt tropfte zu Boden und wurde von einer Tasche aufgefangen, die unter dem Tisch stand.

Bestimmt würde zumindest ein Wachtposten gleich zurückkehren, um auf ihr Hab und Gut zu achten. Selina hatte also nicht viel Zeit. Es war am besten, wenn sie sich gleich im Gebüsch versteckte, dafür brauchte sie noch nicht einmal die Kraft des Amulettes zu aktivieren. Trotzdem ließ sie zu, dass das Holz sich erhitzte. Sie versuchte, ihre Gefühle in den Griff zu bekommen. Sie wollte, dass das Amulett zwar aktiviert war und die Pflanzen jederzeit eingreifen konnten, wenn sie deren Hilfe benötigen sollte. Aber sie wollte auf keinen Fall, dass irgendjemand auf sie und diese Kraft aufmerksam wurde. Sie erkannte ein Loch im Gebüsch … wenn sie sich dort hineinquetschte, müssten die Pflanzen sie leicht verdecken können. Ihr Blick wurde von einer schwarzen Ledertasche angezogen, die am Bein der Bank lehnte. Sie stand genau dort, wo sie John hatte sitzen sehen. Oder zumindest die Person, die sie für John hielt. Sie blickte sich rasch um. Beobachtete sie jemand? Kam einer der Männer zurück? In der Nähe verlief die Laufstrecke. Die Sportler waren damit beschäftigt, ihren persönlichen Rekord zu brechen. Sie bückte sich hinab, begann in der Tasche zu kramen. Darin befand sich ein leeres Lunchpaket, ein unbeschriebener Block Papier und mehrere Kugelschreiber. Ein Seitenfach: Selina öffnete es, blickte kurz hoch. In der Ferne sah sie einen Mann auf sich zusteuern. Sie musste verschwinden! Das Loch in der Hecke war direkt hinter ihr. Der Mann kam rasch näher. Los jetzt! Sie kroch vorsichtig rückwärts, der Anhänger pulsierte inzwischen. Sie spürte die Zweige in ihrem Rücken, die sich zurückzuziehen schienen, damit sie mehr Platz hatte. Dann begannen sich die Äste vor ihr zu schließen, in sekundenschnelle wuchsen Blätter. Dort, wo davor nur ein Loch gewesen war. Sie setzte sich am Boden hin und versuchte, eine gemütliche Position einzunehmen. Der Mann war jetzt am Tisch angekommen und ließ sich auf der Bank nieder. Selina verharrte vollkommen still. Er trank einen Schluck aus einer Flasche, zog sein Handy hervor und tippte am Bildschirm herum. Es dauerte nicht lange, bis auch die anderen zurückkehrten. Sie wirkten verärgert.

„Was war das denn für eine Verrückte?", sagte einer.

„Die gehört mal anständig gebumst!"

Jetzt sah Selina die Männer ganz genau. Der eine war John, daran gab es keinen Zweifel. Er ging um den Tisch herum, kam ihr dabei gefährlich nahe und setzte sich breitbeinig auf die Sitzgelegenheit.

„Was wirst du jetzt machen?" wurde er von einem seiner Kumpel angesprochen.

John zuckte mit den Schultern. „Eine Wohnung habe ich schon, bin Montag eingezogen. Liegt eigentlich gleich hier in der Nähe."

„Hey. Das hast du gar nicht erzählt. Wann schmeißte denn eine Einweihungsparty? Und wo wohnst du da genau?"

„In dem gelben Wohnblock hinter der Boulderhalle. Kannst ja am Abend vorbeischaun, ist nicht schwer zu finden. Bin im dritten Stock; die einzige Tür ohne Türschild."

Die Härchen auf Selinas Unterarm stellten sich auf. John wohnte hier in der Nähe? Von wegen, er war nur ein Urlauber … aber das hatte sie sowieso nie geglaubt. Kurz spürte sie die Genugtuung wie ein warmes Getränk im Winter durch ihren Körper gleiten. Sie hatte große Lust, Polizist Müller aufzusuchen und ihm die Erkenntnisse vorzulegen. Was hätte es ihr gebracht? Vermutlich hätte er sowas gesagt, wie „Dann ist er halt hergezogen; na und?" und ihr nahegelegt, ihre Nase aus Sachen herauszuhalten, die sie nichts angingen. Wenn sie Pech hatte, würde er John über seine selbstmordgefährdete Stalkerin informieren. Oder taten Polizisten so etwas nicht? Wie auch immer – Müller einzuweihen war keine Option. Zumindest derzeit noch nicht. Irgendwann hätten sie genug Beweise, um dem Polizisten den gelösten Fall zu präsentieren. Sie versuchte, sich sein Gesicht und die Halbglatze vorzustellen.

„Wir könnten gleich zu dir gehen", sagte der eine Mann.

John schüttelte den Kopf, setzte die Bierflasche senkrecht an seinen Mund, um auch den letzten Rest zu leeren. „Ich muss noch zur Arbeit. Das war jetzt dann auch mein Letztes." Er steckte eine weitere leere Jausendose in seine Tasche und ließ die Schnallen zuschnappen. Selinas Blick fiel auf die Seitentasche, in die sie nicht hatte blicken können. Was wohl darin war? Vielleicht der Schlüssel zu seiner Wohnung? Die Wahrscheinlichkeit war groß. Ihr Herz klopfte schneller. Wenn es ihr irgendwie gelingen könnte, daran zu gelangen ... bis er am Abend von der Arbeit nach Hause kam, hätten sie genügend Zeit, um seine Wohnung zu durchsuchen. Vielleicht fanden sie dort einen Hinweis darauf, wer ihn beauftragt hatte. Aber wie? Trudi würde sie nicht noch einmal ablenken können. Außerdem kam Selina hier nicht ungesehen heraus, solange die Männer direkt vor ihr saßen. Sie brütete über einer Lösung, als sie eine Zaunwinde bemerkte, die langsam an einem Ast des Gebüsches nach oben wanderte. Blätter bildeten sich aus; eine weiße, kegelförmige Knospe winkte hin und her, als wollte sie Selina etwas zuflüstern. Sie starrte darauf und beobachtete, wie die Knospe sich öffnete, dabei die Form eines Sternes annahm, der immer größer wurde. Mit einem Mal falteten sich die Blätter nach außen hin auf, bis sich die Sternenform auflöste und den Blick auf eine wunderschöne weiße Blüte freigab. Den Stamm hinauf poppten weitere Blüten auf, und für einen Moment war Selina wie gefangen in dem Naturschauspiel. Der grüne Stiel der Winde wirkte so dünn wie ein Garn. Ob er stark genug war, um einen Schlüssel zu ziehen? Selina blickte zur Tasche. Würde es ihr gelingen, die Pflanze dorthin zu navigieren? Aber wie? Bisher hatte sie keinen Einfluss darauf gehabt, was geschah. Dabei war der Plan so einfach ... Die Winde würde in das Seitenfach kriechen, sich dort um den Schlüssel schlingen ... dann könnte Selina die Pflanze anhand der Sprossachse zurückziehen. Aber wie konnte sie dies der Zaunwinde mitteilen? Sie blickte zurück zu den weißen Blüten. Das grüne Garn hatte sich inzwischen bis ganz nach oben gewunden, sich um einen Zweig gewickelt, der einen halben Meter über Johns Kopf schwebte. Selina beobachtete, wie die Winde sich in Drehbewegungen von dem Zweig in Richtung Boden abseilte. Die Spitze des zarten Stieles tastete nach einem Gegenstand, an dem sie sich festhalten konnte, und wuchs dabei wie eine Locke in die Tiefe. Die Blätter und Blüten schienen im Wachstum weit langsamer zu sein, poppten im Gebüsch auf und hangelten sich den grünen Stiel entlang. Wie Popcorn schossen die weißen Blüten zwischen dem Grün hervor und zeigten den Weg an, den die Winde genommen hatte. Fasziniert wandte Selina sich wieder der Windenspitze zu, die inzwischen den Grasboden erreicht hatte, sich dort um einen Grashalm wickelte, der unter dem Würgegriff zusammenbrach und als grüner Knäuel im Rasen liegen blieb. Nun erreichte die Winde einen Ast. Wie ein Wurm wackelte die Pflanze mit der Spitze, ertastete das Holz und wickelte sich herum. Als die Winde das Ende des Astes erreicht hatte, lag sie direkt vor Johns Tasche. Beinahe schien es Selina, als würde die Spitze Witterung aufnehmen. Wie ein Hund hielt sie die schnauzenähnliche Spitze in die Luft und tastete suchend am Stoff entlang. Sie fand Halt am Ledergurt, wickelte sich darum, bis sie bei der Seitentasche angekommen war und im Inneren verschwand. Selina hielt die Luft an. Sie ließ Sekunden verstreichen, eine Minute. Dann griff sie nach dem filigranen Pflanzenfaden und begann sanft daran zu ziehen. Unter dem Zug bewegte sich der Busch, Äste wackelten. Der Stock, um den sich die Winde gewickelt hatte, wurde angehoben und schwebte einen Moment über der Erde. Doch die Windenspitze fiel nicht aus der Tasche.

„Ich muss dann los", sagte John, griff nach seiner Tasche, warf die Bierflasche in den einige Meter entfernten Mistkübel, grölte „Tor!" und riss vor Freude die Hand mit der Tasche in die Luft. Der grüne Windenfaden dehnte sich, wie eine Locke, die in die Länge gezogen wurde. Dann zog sich die Locke zusammen und das verknäulte Pflanzenende platschte zu Boden. John starrte nach unten, betrachtete verwirrt die Pflanze, die aus seiner Tasche gefallen war. Er beugte sich hinab. Das Windenende war zu einem haarähnlichen Knäuel zusammengewachsen. Wenn sich der Schlüssel darin befand, dann war er innerhalb des Pflanzenwirrwarrs gut versteckt. Selina hielt die Luft an. John nahm das Knäuel in die Hand, stand auf und grinste.

„Ein Naturhandball", feixte er. „Ist garantiert biologisch abbaubar!" Er riss den Pflanzenteil ab, der das Knäuel mit der übrigen Winde verband und warf den Ball in die Höhe.

„Fang mal!", rief er einem seiner Freunde zu und schmiss das Spielzeug zu ihm. Selina schloss die Augen und betete. Lasst es schon fallen!

John verabschiedete sich, doch die übrigen Männer spielten das Wurfgeschoss noch eine Weile im Kreis. Bis ihnen die Beschäftigung überdrüssig wurde und sie sich wieder den Getränken widmeten. Der Ball lag unachtsam auf dem Tisch in ihrer Mitte. Es verging eine Ewigkeit, bis sie ihre Zusammenkunft beendeten und den Park verließen. Das Pflanzenknäuel lag immer noch auf der hölzernen Tischplatte. Selina kletterte aus dem Busch hervor und blickte sich wachsam um. Es schien niemand in der Nähe zu sein, der sie beobachtete. Sie griff nach dem Wirrwarr, schob die Fäden zur Seite – musste sie teilweise auseinanderreißen, so gut waren sie ineinander verwachsen – und legte endlich Johns Schlüssel frei. Sie grinste und steckte ihn sich in die Tasche. Nicht nur, dass sie jetzt eine Chance hatten, endlich herauszufinden, wer hinter ihr her war … sie hatte auch verstanden, wie sie die Pflanzen um etwas bitten konnte. Selina drehte sich zu der Winde in ihrem Rücken um. Sie hatte aufgehört, in rasanter Geschwindigkeit zu wachsen und war wieder auf ihre ursprüngliche Größe zurückgeschrumpft.

„Danke", flüsterte sie und legte das zerrissene Knäuel ins Gebüsch.

***

Der gelbe Wohnblock hinter der Boulderhalle war leicht zu finden. Es war eine schöne Wohngegend. Zwischen den Wohnblöcken verlief eine schmale Straße. Wenn zwei Autos passieren wollten, musste der Nachsichtigere auf einen der Parkplätze ausweichen, die auf beiden Seiten parallel zu der Fahrbahn verliefen. Je drei Parkplätze standen nacheinander, danach kam eine schmale grüne Insel, auf der ein Laubbaum wuchs. Die Fahrzeuge, die auf diesen Parkplätzen geparkt wurden, waren von Hagel geschützt und lagen meist im Schatten. Zwischen diesen Parkplätzen und den Wohnhäusern lag ein Grünstreifen, der so breit war, dass er Kindern genügend Platz zum Fußballspielen und Herumtoben bot. Ein vielleicht vierjähriges Mädchen hielt eine Hundeleine in der Hand und rannte mit einem Hund um die Wette. Das Tier sah aus, wie die Miniaturausgabe eines Schäferhundes. Als das Mädchen hinfiel und die Leine losließ, hastete der tierische Gefährte noch einige Meter weiter, blieb dann stehen und trottete zu seinem Schützling zurück. Das Mädchen hatte zu weinen begonnen, der Hund setzte sich vor das Kind auf den Boden, blickte es mit schiefem Kopf an und schleckte ihm einmal quer über das Gesicht. Als das Mädchen lachte, begann der Hund zu hecheln und aufgeregt mit dem Schwänzchen zu wackeln.

Nur wenige Meter weiter stand ein Holzzaun, der die Grünfläche vor dem gelben Wohnhaus umzäunte. Dies war die einzige Fläche am gesamten Areal, die als Garten angelegt worden war. Ein schmaler Weg aus grauen Marmorplatten führte zur Haustür. Dies war also Johns neue Heimat. Selina spürte, wie sich vor Nervosität das Amulett erhitzte und versuchte, ihre Gefühle in den Griff zu bekommen. Rund um den Holzzaun waren Blumenkästen montiert. Selina sah die Pelargonien darin mit den Köpfen nicken. War das die Wirkung des Amuletts oder einfach der Wind? Ansonsten wirkte es ruhig und friedlich. Sie konnte die Bienen summen hören. Dazwischen das Gebrumme einer besonders dicken Hummel. Selina stieß die Gartentür auf und fühlte sich augenblicklich wie ein Einbrecher. Zwischen den Gartenbeeten kniete eine ältere Dame in der Erde, die sich jetzt erhob und sich die Erde an der Schürze abwischte. Etwas sagte Selina, dass die Dame jeden Bewohner kannte.

„Kann ich Ihnen helfen?", fragte sie.

Selina schluckte, doch Trudi trat an ihr vorbei und lächelte die Frau an.

„Wir sind Freunde von John. Er sagte, wir sollen hier auf ihn warten. Einen schönen Garten haben Sie. Ist das ihrer?"

Die Frau strahlte und kam langsam auf sie zu. Jetzt bemerkte Selina, dass sie leicht humpelte. Bestimmt fiel ihr die Gartenarbeit schwer.

„Ja. Mir gehört das alles. John ist so ein wohlerzogener junger Mann. Er wohnt ja erst seit kurzem hier. Aber ich habe ganz ein gutes Gefühl bei ihm. Er legt mir in der Früh immer die Zeitung vor die Tür, wissen Sie?" Die Frau griff nach Trudis Hand und drückte sie liebevoll. Danach wiederholte sie das Ritual bei Selina. „Haben Sie schon meine Schätze gesehen?", fragte sie und humpelte ihnen voran den Garten entlang. „Meine Kakteensammlung. Das ist mein persönlicher Favorit: Der Schwiegermuttersitz." Ihre Augen funkelten schelmisch, als sie auf einen runden Kaktus mit langen, spitzen Stacheln zeigte. Der obere Teil war abgeflacht und bestand aus einem dichten, gelben Haarfilz. Aus weiter Entfernung sah der Kaktus tatsächlich aus, wie ein Plüschhocker. „Wer sich auf dieses Möbelstück setzt, bekommt die Stacheln nie mehr aus dem Allerwertesten raus." Die Frau zwinkerte ihnen zu und zeigte mit den Händen um sich. Überall verteilt standen größere und kleinere Kakteen. Der übrige Garten bestand aus Nutzpflanzen wie Salat, Kohl, Kartoffeln oder Karotten. Nicht weit von den Kakteen entfernt stand eine Skulptur. Vielleicht war es einmal eine Frau gewesen … jetzt war sie kaum noch erkennbar, da sich Efeuranken den Platz erkämpft und die Skulptur beinahe vollständig bekleidet hatten. Als Selina nahe an dem Kunstwerk vorbeiging, spürte sie, wie eine der Ranken nach ihr griff, sie kurz festhielt und gleich darauf wieder losließ. Als wollte die Pflanze Selina auf diesem Weg mitteilen, dass sie nicht alleine war.

„Haltet Wache", flüsterte sie, obwohl sie nicht wusste, ob die Pflanzen sie verstehen konnten. Sie verabschiedeten sich von der Dame und traten das Treppenhaus hinauf. Auch hier gab es Blumen. Es war schwer zu verkennen, dass die Hausherrin einen grünen Daumen hatte. Wie versprochen fanden sie im dritten Stock eine Tür ohne Türschild. Selinas Herz klopfte wild als sie den Schlüssel aus ihrer Tasche zog und in das Schlüsselloch steckte. Die Hitze auf ihrer Haut war beinahe unerträglich; sie rechnete damit, dass das Amulett bald ein Loch in ihr Shirt brennen und der Rauchmelder über ihnen Alarm schlagen würde. Nichts davon passierte. Sie verdrehte den Schlüssel und hörte ein leises *Klack*. Trudi tippte ihr auf die Schulter.

„Sel. Sieh doch!" Sie klang angespannt. Langsam drehte Selina sich um. War John früher nach Hause zurückgekehrt? Stand die Hausdame mit einem Gewehr bewaffnet im Hausflur?

In einer Ausbuchtung der Mauer hatte ein hoher Blumentopf aus geflochtener Weide gestanden. Darin eine Kletterpflanze mit gelb gesprenkelten

Blättern, die an einer Kletterhilfe emporgewachsen war. An der Spitze der Kletterhilfe hatten die Worte *Home sweet Home* gestanden und zwei Kätzchen hatten ihre Schwänze in die Luft gestreckt. Weder von den Kätzchen noch von der Kletterhilfe war irgendetwas zu sehen. Genauso wenig wie vom Blumentopf. Ein großer Teil des Hausflures war inzwischen von der Pflanze überwuchert; sie wuchs die Stiege hinab, wickelte sich um das Geländer und um die Türklinken der Nachbarwohnungen. Selina erstarrte, als wäre sie in Sekunden zu Eis gefroren.

„Nimm sie ab!", rief Trudi. „Nimm sie schon endlich ab!"

Selina griff nach der Silberkette um ihren Hals, zog daran, bis das erhitzte Amulett den Kontakt zu ihrer Haut verlor und unschuldig im Licht der Deckenbeleuchtung funkelte. Kurz verharrte die Welt um Selina herum. Es fühlte sich an, als hätte sie ein Foto von einem besonderen Moment geschossen und starrte auf das Bild, ehe sie begriff, dass das Geschehen um sie herum weitergegangen war. Einen Wimpernschlag später zogen die Ranken sich zurück. Wie Wölfe, die sich auf ihre Beute stürzen wollen, aber vom Feuer zurückgetrieben werden. Und plötzlich war es vorbei. Der Blumentopf aus Weide stand immer noch in seiner Ecke. Das *Home sweet Home* darauf gut lesbar wie eh und je. Die Deckenleuchte flackerte leicht, als müsste sie eine

Stromschwankung ausgleichen. Die zwei Frauen drehten sich um, zu der Wohnungstür ohne Türschild, in der immer noch der Schlüssel steckte. Trudi griff nach der Türklinke, drückte sie und die Tür glitt auf ... einfach so. Dahinter stapelten sich Umzugskartons in einer Ecke, Möbel standen kreuz und quer verteilt. Es war eine Dreizimmerwohnung. Ohne Scheu blickte Trudi in die Räume. Als wäre es die Wohnung ihres Cousins und sie wären eingeladen worden. Selina fragte sich, ob John irgendwo Kameras installiert hatte. Aber das würde nichts ändern. Jetzt waren sie hier und mussten das Beste daraus machen. Hinter der einen Tür lag das Badezimmer, hinter der anderen eine Vorratskammer – ohne Vorräte darin. Dafür mit Regalen aus Alteisen, die jemand mit rostigen Nägeln in die Wand geschlagen hatte. Trudi verschloss die Türen wieder. In einer Ecke stand ein Einzelbett. Demnach wohnte John mit niemandem zusammen und hatte wohl auch nicht vor, eine Wochenendbekanntschaft mit auf sein Zimmer zu nehmen. Selina konnte sich aber auch nicht vorstellen, dass er mit dieser unordentlichen Wohnung bei irgendeiner Frau Punkte sammeln konnte. Das Bettzeug war zusammengeknüllt, direkt daneben stand der Nachttisch, der gleichzeitig als Esstisch zu fungieren schien. Der Hocker davor war aus Holz und so klein, dass Johns Knie beim Sitzen vermutlich in die Höhe ragten. Darauf wartete der leere Kaffeebecher vom Frühstück. Das einzig Luxuriöse – wenn man dies so nennen konnte – war der Schreibtisch. Dahinter stand ein Drehstuhl, der neuwertig wirkte. Einen Teil des Tisches nahm die Kochplatte ein, auf der John vermutlich sein Essen zauberte. Der Rest des Tisches verschwand unter Briefen und unordentlich übereinander gestapelter Papiere. Trudi trat darauf zu und warf einen Blick in die Unterlagen.

„Mahnungen", sagte sie. „Jetzt wissen wir wenigstens, was Johns Motiv bei der Sache ist."

Trudi begann nacheinander die Umzugskartons zu durchwühlen, während Selina die Matratze hochhob und einen Blick in das klassische Versteck warf. Doch John versteckte dort nichts. Sie spähte aus dem Fenster; beinahe rechnete sie damit, dass der Wohnungseigentümer früher zurückkam. Doch von John war weit und breit nichts zu sehen. Dennoch ließ die ungute Vorahnung sie nicht los und sie blieb am Fenster stehen, während Trudi sich weiter durch die Kisten wühlte.

„John hat einen Sohn", rief sie. „So wie es aussieht, dürfte er mit den Unterhaltszahlungen weit im Rückstand sein. So wie mit so ziemlich allen anderen Zahlungen auch. Es wundert mich, dass er diese Wohnung hier bekommen hat."

Die Hausdame kniete irgendwo zwischen den Salatbeeten und harkte in der Erde herum. Jemand trat durch das Gartentor, schritt rasch über die Marmor-platten in Richtung Haustür, hielt kurz an, um einige Worte mit der Hausbesitzerin zu wechseln.

Selina durchfuhr es. „John! Es ist John!"

Trudi blickte von einer Kiste mit Fotos und Erin-nerungsstücken auf. Gerade hielt sie das Stofftier ei-nes kleinen Tigers in der Hand, das vermutlich das Lieblingsstofftier von Johns Sohn gewesen war, so mitgenommen wie es aussah. Sie sprang auf, wuch-tete alles in den Karton zurück.

„Raus hier!", rief Selina und trat vom Fenster zu-rück, um ihrer Freundin zu helfen. Gerade noch sah sie, wie John mit der Hausdame sprach, kurz inne hielt und zu rennen begann. Bestimmt hatte sie ihm gerade von ihrer Anwesenheit erzählt. Selina stol-perte rückwärts, stieß gegen den Schreibtisch und brachte dort einen Stapel Papier ins Wanken, der sich quer über den Fußboden verteilte. Selina griff danach, um sie wieder aufzuheben.

„Lass das. Wir müssen hier raus!", rief Trudi.

Dennoch warf Selina einen Blick auf das Briefpa-pier.

Liebe Selina,

es ist so schön, nach der langen Zeit endlich von dir zu hören.

Sie begann zu zittern und ließ das Beweisstück fallen, als hätte sie sich daran verbrannt. Dann rannte sie aus der Wohnung, warf die Tür hinter ihnen zu. Sie wusste genau, was das war! Einen ganz ähnlichen Brief hatte sie erhalten. Er war mit *In Liebe, Frank* unterzeichnet gewesen. Sie hörte Schritte im Treppenhaus hallen, blickte zu der kleinen Zimmerpflanze, die vor einer halben Stunde das halbe Treppenhaus eingenommen hatte. Jetzt wuchs sie unscheinbar in ihrer Nische. Das Amulett! Selina griff danach und ließ es unter ihrem Shirt verschwinden. Es erwärmte sich beinahe sofort. Aber bestimmt würde es eine Zeit lang dauern, ehe die Pflanzen erwachten. Trudi verdrehte den Schlüssel im Schloss. Dann sahen sie sich panisch um und erkannten, dass sie in der Falle saßen. Es führte nur eine Treppe zu ihnen nach oben, und diese nahm John gerade. Sie befanden sich im dritten und letzten Stockwerk. Sie konnten nirgendwo hin, als in die Wohnung zurück. Und von dort aus dem Fenster zu springen, war keine Option. Selina begann an den Türklinken der Nachbarwohnungen zu rütteln, an die Holztüren zu hämmern. Niemand öffnete. Es konnte doch nicht sein, dass um diese Zeit noch niemand zu Hause war. Oder doch? Es war früher Nachmittag. Vielleicht arbeiteten hier alle … Die Schritte im Treppenhaus waren gefährlich nahe. Selina und Trudi fassten sich an der Hand, nickten einander zu. Als gäbe es einen geheimen Plan, den sie jetzt ausführen würden. Aber den gab es nicht! Dennoch gingen sie in Laufstellung. Vielleicht konnten sie ja an

John vorbeihasten? Als John im Treppenaufgang erschien, starrten die drei sich einen Wimpernschlag lang an. Dann begann er zu grinsen und zog eine Waffe hervor.

„Da habe ich euch nun endlich da, wo ich euch haben will."

Selina quetschte sich an die gegenüberliegende Wand. War das das Ende?

„Gebt mir das Amulett, dann lass ich euch laufen."

Selina wusste, dass er bluffte. Wenn er an die Macht ihres Talismans kommen wollte, musste er sie töten. Vermutlich wollte er sich erst einmal versichern, dass sie das Amulett bei sich trug, bevor er sie aus dem Weg räumte. Nicht, dass ihm derselbe Fehler unterlief wie damals bei Mellie.

„Du hast sie getötet, oder?", fragte Selina. „Du hast meine Schwester getötet."

Er lachte. Es war ein kaltes, hohles Lachen, das im Treppenhaus widerhallte und bei den Frauen eine Gänsehaut verursachte.

„Das kleine Ding? Das war einfach, ja. Es war ja niemand bei ihr, der den Unfall hätte bezeugen können. Das ist bei dir schon etwas schwieriger; du klebst ja fast die ganze Zeit an deiner Freundin. Wenn du mir gibst, was ich will, dann ist der Spuk vorbei und ihr könnt euer kleines, friedliches Leben weiterleben." Er ließ die Pistole um seinen

Zeigefinger herumkreisen, als wäre es ein Kinder-spielzeug. Plötzlich schlang sich eine Ranke wie aus dem nichts um den Waffengriff herum und entriss sie dem Angreifer. Ein Schuss ertönte, der irgendwo in der Wand über ihnen einschlug. Putz rieselte zu Boden.

„Was?!", rief John, wurde im nächsten Augenblick am Knöchel gepackt und nach hinten gerissen, sodass er das Gleichgewicht verlor und mit dem Gesicht voraus auf den Boden knallte. Er konnte den Sturz gerade noch mit den Händen aufhalten. „Das bekommt ihr zurück!", rief er und schlug wie wild um sich. Doch die Tentakel der Pflanze schlangen sich noch weiter um seinen Körper. John zog ein Messer aus seinem Schuh und begann, die Stränge durchzuschneiden. Wie ein verletzter Oktopus zog die Pflanze die durchtrennten Ränke zurück und rollte sie ein. Trudi griff nach Selinas Hand und riss sie mit in das Treppenhaus, die Stiegen hinab, hinaus in den Garten. Dort war bereits die Hölle los! Als hätten die Pflanzen auf sie gewartet, waberte der Efeu über, hatte bereits den halben Boden bedeckt. Wie Fangarme bewegten sich die Efeuränke durch die Luft und schienen auf ihre Beute zu warten. Die Hausbesitzerin saß staunend am Boden, die Hände in der Erde, mit offenem Mund. Selina und Trudi erreichten gerade das Gartentor, als John aus dem Hauseingang schoss. Selina drehte sich noch einmal um und begegnete seinem Blick. So feindselig. Er hob das Messer zur Angriffsposition und stürmte knurrend auf sie los. Im nächsten Moment wurde er von einer der Ranken an der Hüfte gepackt und in die Luft gehoben. Ein zweiter Tentakel wickelte sich um seine Hand, so fest, dass er von selbst das Messer fallen ließ. Dann trug das Efeugewächs ihn durch die Lüfte. Kopfüber, wirbelte ihn herum: Wie ein Karussell am Jahrmarkt. Bis hin zu der Kakteensammlung. Dort verharrte die Efeuranke einen Moment, als wollte sie, dass John verstand, was gleich passieren würde. Beinahe konnte Selina die Panik in seinen Augen sehen, dann schnellte der Efeuarm nach unten und platzierte John auf dem Schwiegermuttersitz. John schrie. Es war ein gequälter, beinahe tierischer Laut, der sicherlich bis zum Park hin hörbar war. Trudi packte sie an der Hand und zog sie weiter. Sie mussten weg von hier. Sie waren hier nicht mehr sicher. Nirgends waren sie mehr sicher!

Bevor sie nach Hause fuhren, machten sie bei einem Blumengeschäft halt und kauften Pflanzen, die ihnen nützlich erschienen. Schling- und Kletterpflanzen – und Kakteen. Alles, was ihnen bei der Verteidigung ihres Eigenheimes helfen konnte. Sie bekamen das Grünzeugs beinahe nicht in Trudis Auto, so viel nahmen sie mit. Inzwischen war es spät geworden. Trudi zog ihr Handy aus der Mittelkonsole und warf einen Blick darauf. Sie hatte es hier liegen gelassen. Schlagartig wurde sie leichenblass im Gesicht.

„Ich habe auf das Date mit Lorenz vergessen", flüsterte sie. Dreizehn verpasste Anrufe waren auf ihrem Telefon verzeichnet. „Wir waren vor drei Stunden zum Abendessen verabredet." Sie drückte in das Gaspedal und fuhr mit viel zu hoher Geschwindigkeit durch die Stadt. Selina konnte ihre Aufregung nicht nachvollziehen. Gerade eben waren sie nur knapp einem Verrückten entkommen, der garantiert Vergeltung üben und heute Nacht mit einer neuen Waffe zurückkommen würde. Da war ein vergessenes Date ihre geringste Sorge. Aber Trudi war derart angespannt, dass ihre Fingerknöchel weiß hervortraten und sie die Lippen fest aufeinandergedrückt hatte. Vermutlich war dies nicht ihr erster Streit in letzter Zeit. Gewiss tat es der Beziehung nicht gut, dass Trudi mehr Zeit auf Verbrecherjagd verbrachte als mit ihrem Ehemann. Und seit sie in Selinas Haus gezogen waren, hatten die beiden, außer im gemeinsamen Ehebett, überhaupt keine Minute mehr für sich gehabt. Dass sie Lorenz bei ihrem Katz- und Mausspiel außen vor ließen und er eigentlich keine Ahnung hatte, was sie den ganzen Tag so trieben, machte die Sache für Trudi auch nicht leichter.

Kapitel 12

Zuhause angekommen, kam ihnen ein aufgelöster Lorenz entgegen.

„Wo wart ihr?", fragte er mit einer Mischung aus Sorge und Wut.

„Es tut mir leid, Schatz. Ich habe unser Abendessen total vergessen."

„Du hast es vergessen? WIE KANN MAN SO ETWAS VERGESSEN? Wir sind extra hierhergezogen, damit Selina in Sicherheit ist. Und dann taucht ihr nie mehr auf und meldet euch nicht und seid nicht erreichbar? Was denkst du denn, was ich mir ausgemalt habe, was mit euch passiert ist? Ich habe mir Sorgen gemacht! Das ist so was von egoistisch!" Lorenz Nasenflügel bebten. Selina, die ihn nicht so kannte, schrumpfte zusammen und ergriff die Flucht. Als sie im Haus verschwand, konnte sie Trudis aufgebrachte Stimme hören. Selina schnappte sich den Welpen und setzte sich mit ihm auf das Sofa. Durch die geschlossenen Fenster konnte sie nicht verstehen, um was es bei dem Streit ging, aber sie erkannte, dass er heftig ausfiel. Irgendwann hörte sie das Aufheulen eines Motors, gleich danach wurde die Haustür aufgerissen und Trudi stapfte herein. Sie riss den Kühlschrank auf und balancierte eine Pyramide aus Lebensmitteln zum Esstisch.

„Alles in Ordnung bei euch?", fragte Selina vorsichtig.

„Ja!" Ein Würfel Butter verlor das Gleichgewicht und kullerte zu Boden. „Ach Scheiße!" Trudi kippte den Rest auf den Tisch und versetzte dem Würfel einen Fußtritt. Er wurde quer durch das Zimmer geschleudert. „Wie kann man denn nur so kleinlich sein?", schimpfte sie, eilte der Butter hinterher und hob sie auf.

„Nun ja, er hat sich bestimmt Sorgen gemacht."

Trudi warf ihr einen vernichtenden Blick zu.

Selina hob beschwichtigend die Hände. „Ich mein ja nur. Ich kann verstehen, dass er wütend ist. Er hat den ganzen Abend auf uns gewartet. Wir hätten ihm zumindest eine Nachricht schreiben müssen."

Trudi setzte zum Gegenangriff an, ließ dann jedoch die Schultern hängen und sich auf den Stuhl sinken. Mit der Gewissheit, dass sie im Unrecht war, war auch die Energie aus ihrem Körper gewichen. „Ich weiß", gab sie zu.

„Fahr ihm hinterher. Macht euch morgen einen schönen Tag, ich komm hier schon klar."

„Sicher?"

Selina dachte an John und die Waffe in seiner Hand. Sie war sich alles andere als sicher. Aber das hier war auch wichtig. Sie konnte nicht ihr Ziel über die Beziehung ihrer besten Freundin stellen. Sie lächelte breit und gespielt zuversichtlich. „Jaaa. Ich habe ja schließlich einen Wachhund." Selina lachte und zeigte auf Scooby-Doo, der den Kopf in ihren Schoß gelegt hatte und zu schlafen schien.

Trudi hob skeptisch die Augenbrauen.

„Außerdem haben wir zwei Dutzend Pflanzen gekauft. Die könnten wir noch schnell im Garten und im Haus verteilen. Dann bin ich bestens geschützt. Und das Amulett werde ich nicht ablegen, versprochen."

„Wenn du meinst. Morgen Abend bin ich zurück. Aber keine Alleingänge, ist das klar?"

Selina nickte. „Keine Alleingänge, versprochen."

Sobald sie die Pflanzen verteilt hatten und die Tür hinter Trudi zugefallen war, verdrehte Selina den Schlüssel, zog alle Vorhänge zu und setzte sich mit einem Messer an den Küchentisch. Sie starrte auf das Blatt mit den Verdächtigen. „Was hast du davon?", fragte sie. Wieso wollte diesen Anhänger jemand so unbedingt haben? Gut, man konnte damit mit dem Waldboden, mit einer Pflanze, einem Baum verschmelzen … das war schon etwas wirklich Besonderes. Und bestimmt gab es nicht viele solcher Anhänger. Aber wo war das Motiv? Und woher wusste der Angreifer von der Macht der Kette? Selina langte nach einem neuen Blatt. *Motiv* schrieb sie ganz oben hin. Was waren die häufigsten Motive? Liebe? Sie dachte eine Weile darüber nach. Aber nein, das traf hier nicht zu, oder? Geld. Ja, das war gut. In den richtigen Händen war der Anhänger bestimmt ein Vermögen wert. Naturforscher würden massenhaft dafür bezahlen, einmal mit den Pflanzen in Verbindung zu stehen, über die sie forschten. Macht. Konnte man durch den Anhänger Macht erlangen? Wahrscheinlich schon, ja. Schließlich verteidigten die Pflanzen einen gegen seine Feinde. Man wurde also beschützt. Selina fuhr ihren Laptop hoch und gab den ersten Namen von der Liste der Verdächtigen im Internet ein. Kurz überlegte sie, ob sie den Polizisten anrufen sollte, der ihren Unfall behandelt hatte. Aber was würde sie ihm erzählen? Er würde sie auslachen und in eine Klinik einweisen … mit der Anmerkung, dass sie unter Halluzinationen litt und akut selbstmordgefährdet war.

Über Jenny gab es, außer einem Facebookprofil, nicht viel zu erfahren. Das Profilbild stammte noch aus der Zeit, in der sie gemeinsam ihre Kreise gezogen hatten. Seitdem schien sie hier nicht mehr aktiv zu sein. Im Gegensatz dazu war Maya in allen sozialen Netzwerken vertreten, hatte über eine halbe Million Follower und postete täglich Bilder von ihrem zweijährigen Sohn und ihrem Border Collie. Sie traf sich oft mit Freunden zum Frühstück, ging am Freitagabend auf glitzernde Partys und fuhr am Sonntag mit der Kleinfamilie in die Berge. Ihr Mann war Entwickler von Computerspielen und auf Insta und Co. nur insofern vertreten, dass Maya ihn auf sämtlichen Beiträgen markieren konnte. Zum Schluss noch Simon: Er war damals Mayas Freund gewesen, heute war er als Bauingenieur auf der ganzen Welt unterwegs. Das Internet war voll mit Bildern von ihm. Laut einem Artikel in der Kleinen Zeitung befand er sich seit einem Monat in China. Wo er für das restliche Jahr bleiben würde, um an einem Großprojekt zu arbeiten. Ihn konnte Selina also ausschließen, oder? Maya erschien ihr auch unwahrscheinlich. Sie schien alles zu haben, was sie brauchte, und wirkte glücklich. Natürlich konnten Bilder täuschen. Aber Mayas Leben schien so normal und transparent; da passte ein magisches Amulett einfach nicht hinein. Was war mit Jenny? Jenny war die Stille in ihrer Runde gewesen. Sie hatte nie viel über sich preisgegeben; jedes Detail hatte man ihr aus der Nase ziehen müssen. Selina beschloss, am nächsten Morgen einen Ausflug zu wagen. Dagegen konnte Trudi nichts einzuwenden haben. Nur ein Spaziergang: zu dem Haus von Jennys Eltern und wieder zurück.

***

Jennys Familie war nie wohlhabend gewesen. In der Schule war ihr der Spitzname *Caritas* verliehen worden, weil sie die alten Klamotten ihrer älteren Cousine tragen musste. Sobald Jenny 14 Jahre alt geworden war, hatte sie am Wochenende kleine Jobs angenommen und ihre Kleider selbst gekauft. Ihren Spitznamen hatte sie dadurch allerdings nicht abschütteln können. Ihre Eltern hatten ein baufälliges Haus von einem Onkel zweiten Grades geerbt, dem es an eigenen Nachkommen gemangelt hatte. Über die Jahre hatten sie das Haus in Eigenregie renoviert. Jennys Vater hatte stets an etwas herumgebastelt, wenn Selina ihre Freundin besucht hatte. Heute, zehn Jahre später, war das Heim gewiss fertig. Selina war neugierig, was die Familie daraus gemacht hatte. Doch als sie davorstand, war es nicht wesentlich verändert. Gewiss erkannte sie, dass vieles ausgebessert und renoviert worden war. Doch es war immer noch eine Baustelle. Selina setzte sich eine Weile auf eine Steinmauer, ehe sie beschloss zu läuten. Es war Jennys Vater, der öffnete. Er war ein kleiner Mann, nur mit Unterhemd und Boxershorts bekleidet.

„Jenny ist gerade auf der Uni", informierte er sie nach den übrigen Begrüßungsfloskeln. Er hatte sie sofort erkannt, obwohl Selina als Jugendliche nicht oft hier gewesen war. Dafür hatte sie eine Zeit lang von allen Titelseiten gelächelt. Mellie und sie hatten die Verkaufszahlen sämtlicher Zeitschriften in die Höhe schnellen lassen. *Das Mädchen, das verschwand.* Sicherlich kannten viele der alten Einwohner ihr Gesicht.

Jenny studierte also? Es fiel Selina schwer, sie sich als Studentin vorzustellen, wo sie immer noch das Bild des schüchternen Mädchens mit den zu weiten Hosen vor sich hatte. Jenny hatte sich in der Schule schwergetan.

„Sie studiert Alte Geschichte."

Selina überlegte, ob sie nach Hause gehen, auf Trudi warten und sie über die neue Sachlage in Kenntnis setzen sollte. Aber sie hatte nicht mehr ewig Zeit … Nach dem Zusammentreffen mit John hatte sie das Gefühl, das ihr jeden Moment jemand eine Waffe an den Kopf halten konnte. Sie musste dem unbekannten Auftraggeber zuvorkommen und dieses Rätsel lösen, bevor er es doch noch schaffte, die Macht über das Amulett zu erlangen. Fünfzig Meter von Jennys Elternhaus entfernt gab es eine Bushaltestelle. Eine halbe Stunde später fand Selina sich am Campus wieder. Es war das erste Mal, dass sie Universitätsgelände betrat. Sie fühlte sich fehl am Platz, als sie Studenten an sich vorbeieilen sah. Niemand beachtete sie, da sie in die Atmosphäre passte. Sie hätte eine von ihnen sein können, doch sie war es nicht. Sie hatte sich für ein anderes Leben entschieden. Sie wusste, dass ihr dieser Weg nun für immer verwehrt war. Mit 16 Jahren hatte sie noch nicht gewusst, wohin es sie nach der Schule verschlagen würde. Aber Studieren war immer eine Option gewesen. Wenn es Mellies Unfall nicht gegeben hätte, wäre sie Trudi mit großer Wahrscheinlichkeit hierher gefolgt. Sie wären nebeneinander in den Hörsälen gesessen, hätten gemeinsam für Prüfungen gepaukt und sich abends über Professoren beschwert. Was wäre aus ihr und Lorenz geworden? Hätten er und Trudi trotzdem zueinander gefunden?

Sie wusste nicht genau, wonach sie Ausschau hielt. Sie wusste nur, dass Jenny Geschichte studierte. Aber wie sollte sie sie finden? In das Gebäude stolzieren und nach einer Tür Ausschau halten, auf der *Geschichte* stand? Umherrennen und darauf warten, dass Jenny ihr zufällig über den Weg lief? Sie wusste nicht einmal, wie ihre alte Freundin jetzt aussah. Und was wollte sie tun, wenn sie Jenny fand?

Anstelle von Jenny traf sie auf eine alte Klassenkollegin. Selina kannte sie nicht wirklich gut und auch der Name wollte ihr nicht einfallen. Dennoch ging sie zu ihr, um sie zu begrüßen. Vielleicht wusste sie ja, wo Jenny zu finden war. Die junge Frau saß in der sogenannten Studierzone. Die Studenten dort hatten Bücherstapel vor sich stehen und tippten emsig in ihre Computer. Niemand sprach ein Wort. Ein junger Mann hatte Kopfhörer auf den Ohren und kaute auf seinem Bleistift. Aus Tischen war eine lange Tafel gestellt worden; die Studenten saßen mit dem Rücken zur Wand. Die junge Frau starrte gerade Löcher in die Luft, als Selina sie erkannte. Auch sie verschwand hinter einem Stapel an Büchern – im

Fußbereich war ein Transparent angebracht, das vermutlich ein Zitat in lateinischer Sprache enthielt. Ihre ehemalige Klassenkollegin war erfreut, als sie Selina erkannte.

„Kennst du Jenny noch?", fragte Selina mit gesenkter Stimme.

„Ja klar. Wir hatten gerade die Vorlesung bei Professor Engel zusammen."

„Du studierst auch Geschichte?", fragte Selina und verspürte ein aufgeregtes Kribbeln. Bedeutete das etwas? Das Amulett begann, sich zu erhitzen.

„Nein." Die Frau lachte. „Gott bewahre! Die ganzen Zahlen könnte ich mir nie merken. Diese Vorlesung besuche ich aus Interesse. Aber wenn du sie suchst ... an dem Tisch dort sitzen ihre Freunde. Die wissen bestimmt, wo sie ist." Sie lächelte und zeigte auf einen Tisch im Kantinenbereich. Die Studentin neben ihnen räusperte sich laut und warf den beiden einen finsteren Blick zu.

„Entschuldigung", hauchte Selinas ehemalige Klassenkollegin.

„Ich geh´ dann jetzt", flüsterte Selina und lächelte. „Es war schön, dich zu sehen."

Sie steuerte auf den Tisch mit den vier Studenten zu. Alle hatten einen Laptop vor sich und tippten emsig in die Tastatur. Sollte sie Jennys Freunde ansprechen? Selina wollte sie nicht stören, lieber aus sicherer Entfernung beobachten. Vielleicht würde Jenny von selbst auftauchen. Selina kaufte sich in der Kantine ein Brötchen und setzte sich an einen Tisch in der Nähe. Nach einer Weile klappten drei der Studenten ihre Computer zusammen und verschwanden im Treiben der Universität. Einer blieb allein zurück. Selina steuerte auf ihn zu.

„Darf ich mich setzen?", fragte sie. Er brachte nicht mehr als ein Nicken zustande und wandte sich direkt wieder dem Bildschirm zu. „Du bist doch ein Freund von Jenny?"

Er blickte auf, fokussierte sie und nickte. „Jaaa?" Er hielt inne, klappte das Notebook zusammen und lehnte sich über den Tisch so weit nach vorne, wie es ihm möglich war. „Was hast du da?"

Selina wusste sofort, was er meinte, und zog langsam den Anhänger unter dem Shirt hervor, ließ den jungen Mann dabei allerdings nicht aus den Augen. Wusste er etwas? Studierte er im selben Fach wie Jenny?

Seine Augen leuchteten. „Ist das … ist das das Pars Vitae?" Er wirkte atemlos.

Selina starrte ihn verwirrt an. Ihr Herz klopfte.

„Das Stück des Lebens", erklärte er.

Sie hatte keine Ahnung, was dieses Amulett war. Aber sie musste mehr erfahren und nickte.

„Wow!" Er sprang auf, hastete zu ihr, streckte den Arm aus und hielt inne. „Darf ich?"

Selina nickte.

Er griff vorsichtig, beinahe ehrfürchtig danach, fuhr daran entlang. „Wow. Das muss ich unbedingt Jenny zeigen. Hast du Lust, uns später zu treffen? Sie wäre bestimmt ganz aus dem Häuschen."

War das eine gute Idee? Trudi war nicht hier, Selina war auf sich allein gestellt. Aber zwischen den ganzen Menschen, was sollte ihr schon passieren? Sie nickte.

„Wunderbar. Sagen wir, in einer Stunde? Auf den gelben Stühlen im Hinterhof unter dem Lindenbaum. Da sind wir ungestört." Er grinste sie an und verschwand.

Selinas Körper war von einer Gänsehaut überzogen. Im Hinterhof … wo sie ungestört waren. Wie ferngesteuert wanderte sie durch die Universität. Fragte einen Studenten nach dem Ort des Hinterhofes und gelangte durch eine automatische Tür nach draußen. Ungestört war genau das Wort, das ihr zu diesem Ort einfiel. Nur zwei Studenten saßen auf den wenigen verteilten Stühlen unter dem Schatten der Bäume. Sie waren in das Lesen eines Buches vertieft und achteten nicht auf Selina, als sie die Stufen hinabstieg und sich auf den gelben Stühlen niederließ. Nach einer Weile erhoben sich auch die letzten Zeugen und ließen sie alleine zurück. Sollte sie das wirklich tun? Hier, vollkommen allein konnte alles passieren. Sie dachte an Trudi. Sie würde ihr den Kopf abreißen, wenn sie jetzt hierbleiben und sich der Gefahr stellen würde. Selina sollte nach Hause fahren und ein andermal zurückkommen. Sie wussten ja jetzt, nach wem sie suchten. Hierzubleiben wäre Wahnsinn. Aber Selina war viel zu neugierig, um zu fahren. Und wenn sie sich versteckte? Sich anhörte, über was die beiden sprachen? Vielleicht würde Jenny ihrem Freund erzählen, dass sie Selina hergelockt hatte. Vielleicht steckten sie auch zusammen unter einer Decke und das Treffen war ein Trick von ihm, um an den Anhänger zu kommen. Ihr Blick fiel auf den Baum; das Amulett pochte. Es erhitzte sich immer weiter, als wollte es ihr etwas sagen. Sie könnte mit dem Baum verschmelzen und unsichtbar werden. Ihr Gaumen war trocken, als sie an ihre Baumverwandlungen dachte. Wäre sie von alleine je wieder erwacht? Hätte sie sich ohne Trudis Hilfe vom Baum gelöst? Es war riskant, sich ohne Rückversicherung in diese fremde Welt zu begeben – wenn nicht gar dumm. Aber sie musste es tun! Sie musste herausfinden, was hier los war. Ohne länger über die Konsequenzen nachzudenken, lehnte sie sich an den Stamm des Baumes, schloss die Augen und fühlte ein Kribbeln in den Fingerspitzen; ein Taubheitsgefühl in den Beinen. Sie meinte, unter ihrem Gewicht zusammensacken zu müssen – doch sie wurde bereits an der Hüfte gehalten. Da war ein Brennen im Nacken, ein Knacken von Knochen, als sie an den starren Hintergrund gepresst wurde. Selina spürte

eine durchdringende Hitze, ein aufkeimendes Durst-
gefühl, und mit einem Mal … waren all diese irdi-
schen Empfindungen verschwunden. Sie war in die
Natur gebettet und zufrieden. In ihr nichts als Wohl-
gefühl, lauschte sie auf das Rauschen in der Krone.
Auf das Konzert der Vögel. Beruhigend und friedlich.
Diese Welt war ein perfekter Ort.

Kapitel 13

Selina tastete nach den Verbindungen der Wurzeln, die weit unter ihr im Erdreich verliefen und sie mit Informationen fütterten. Der letzte Regen war schon Tage her; langsam wurde das Wasser knapp. Doch sie verspürte keine Sorge. Die Pflanzen im Park waren gut vernetzt. Sie versorgten einander gegenseitig. Was der eine im Überschuss hatte, gab er an die Schwächeren ab und bekam in Notzeiten lebenserhaltende Nährstoffe oder Flüssigkeit. An der Rinde kratzte jemand. Vielleicht ein Vogel, der eine Larve aus ihrem Körper zog. Sie fühlte einen Moment nach dem Kitzeln eines Wurmes – ein Gefühl wie ungewaschene Kopfhaut – konnte aber außer dem Schaben nichts feststellen. Da war keine Larve. Demnach würde auch kein Piepmatz danach suchen. Da war etwas anderes ... Etwas ... Sie riss die Augen auf. Das Licht war im ersten Moment unerträglich, Selina benötigte eine Ewigkeit, um sich an die Helligkeit zu gewöhnen. Es stach in den Augen – sie vergoss Tränen, bis das Brennen endlich aufhörte. Langsam, langsam erkannte sie etwas. Ein Schatten legte sich vor das Licht ... Ein Gesicht. Ein ihr völlig unbekanntes. Sie spürte, wie ihre menschlichen Gefühle durchkamen und die Ruhe des Baumes verdrängten. Wie sie sich langsam aus ihrer Gestalt zu lösen begann, die

Holzfasern sich zurückzogen und die Rinde sie unge-
schützt zurückließ. Sie wollte nicht. Sie wollte bleiben. Versuchte, sich mit aller Kraft an den Stamm zu
klammern – doch als die Verbindung nachließ,
kippte sie steif nach vorne und wurde aufgefangen.
Schwer atmend lag sie in den Armen der fremden
Person und bewegte langsam Muskel für Muskel.
Jede Bewegung erschütterte ihren Körper, stach ins
Gewebe und ließ den Schmerz im Kopf nachhallen.
Sie hörte nichts, außer einem Heulen, ähnlich dem
Warngeräusch einer Sirene. Wie eine Puppe lag sie
in den Armen der Frau. Als die Zuckungen ihrer Glieder nachließen, erschlaffte sie und sackte am Boden
zusammen. Die Fremde legte sie flach auf den Bo-
den.

„Selina!" Die Frau tätschelte ihre Wangen.
„Selina, kennst du mich?"

Ein Schleier lag vor ihren Augen, der alle Bilder
unscharf wirken ließ. Als würde sie durch Wasser blicken. Langsam, nach hundert Mal blinzeln, wurde
ihre Sicht klarer und sie erkannte die Frau, die besorgt zu ihr herunterblickte. Im ersten Moment
wusste sie nur eines: Es war nicht Trudi.

„Selina, ist alles in Ordnung?" Es war Jenny, die
über ihr kniete. Tausend Gefühle strömten gleichzeitig auf Selina ein. Furcht. Weil sie nicht wusste, ob
sie ihrer ehemaligen Freundin vertrauen konnte.

Wenn sie wirklich hinter dem Anschlag steckte?

Verwirrung.

„Wie habt ihr mich gefunden?", krächzte sie. Sie setzte sich langsam auf, stützte sich mit den Händen am Boden ab. Jennys Freund war bei ihr. Er stellte sich als David vor, griff unter Selinas Armen hindurch und hob sie auf einen Stuhl.

„Nun ja. Wir waren hier verabredet", erinnerte er sie. Jenny griff nach dem Amulett um Selinas Hals. Sie war noch zu schwach, um sich zu wehren, und zu müde, um sich darüber aufzuregen. Sie rechnete damit, jeden Moment ein Messer im Rücken zu spüren.

„Er ist es wirklich, oder? Natürlich. Er muss es sein. Sonst hättest du nicht in Symbiose mit dem Baum gehen können. Das ist Wahnsinn. Wir müssen es sofort Professor Engel sagen!" Jenny war überschwänglich und grinste Selina ins Gesicht. Als sie den Anhänger losließ, fiel er an seine Stelle über Selinas Klamotten zurück. Ein Stück Stoff trennte ihn von ihrer Haut. Selina setzte sich aufrecht hin; langsam kamen ihre Lebensgeister zurück.

„Wie habt ihr mich finden können?", wiederholte sie die Frage. Sie blickte den beiden ins Gesicht.

„Du warst wirklich gut verborgen", gab Jenny zu und gluckste. „Aber wir treffen uns hier jeden Tag. Wir wissen, wie dieser Baum aussieht. Und heute … war er irgendwie verändert." Sie grinste Selina an, als wäre es ein Versteckspiel, bei dem sie gewonnen hatte. „Da David mir von seinem Verdacht erzählt hat, haben wir eins und eins zusammengezählt."

So viel zu Selinas genialem Plan, ihr Gespräch zu belauschen.

„Woher wisst ihr von dem Amulett?", fragte sie.

„Von der Vorlesung über regionale Mythen und Legenden, bei Professor Engel. Sehr interessant. Aber eigentlich glaubt niemand wirklich, dass es das Pars Vitae gegeben hat. Alle Überlieferungen gehen auf mündliche Erzählungen zurück."

„Aber ihr habt es geglaubt?", fragte Selina und sah sich möglichst unauffällig nach einem Fluchtweg um. Wenn es ihr gelang, zur Tür zu kommen, wäre sie Mitten in der Aula. Dort waren genug Studenten, dass sie vor einem Angriff geschützt war.

„Jetzt glauben wir es." Jenny grinste breit. „Würdest du beim nächsten Mal mitkommen? Das wäre doch DIE Sensation, wenn wir den Beweis erbringen könnten." Jenny drehte sich ihrem Freund zu. „Und uns würde das garantiert eine Eins sichern."

Für den Moment waren die beiden abgelenkt. Selina sprang auf und sprintete los. Die Tür lag vor ihr. Nur fünfzig Meter … aber sie war noch sehr schwach, spürte eine Hand auf der Schulter; Jenny war plötzlich da. Selina schlug um sich, wurde an den Händen gepackt und festgehalten.

„Hey. Was ist denn los? Du musst ja nicht. Niemand zwingt dich dazu, dich vor die Studenten zu stellen. War ja nur ein Vorschlag." Jenny sah zerknirscht aus. „Ich wusste ja nicht, dass du solche Bühnenangst hast. Lass sie schon los, David!"

Selinas Herz klopfte. Sie musste nicht? „Ihr habt nichts damit zu tun, oder?"

„Mit was?"

„Wollt ihr den Anhänger haben?"

Jenny starrte sie verwirrt an. „Ich glaub, ich versteh deine Frage nicht richtig. Willst du ihn verkaufen? Mit Sicherheit ist er ein Vermögen wert. Wir könnten ihn uns nie leisten. Wo hast du ihn eigentlich her?"

„Von Mellie."

Jenny wurde bleich, trat zögernd einen Schritt auf sie zu und nahm sie in die Arme. „Du warst ja damals so plötzlich weg. Ich konnte dir nie sagen, wie leid es mir tut." Sie setzten sich auf die Stühle.

„Erzählt niemandem von dem Anhänger, ja?", bat Selina. Die zwei Studenten wechselten einen Blick und nickten schließlich. „Könnt ihr mir sagen, was ihr darüber wisst?"

„Das Pars Vitae, lateinisch für das Stück des Lebens. Es gibt keinen Beweis dafür, dass es das Pars Vitae wirklich gab. Es wird aber an so vielen Stellen erwähnt, dass man davon ausgehen kann, dass es tatsächlich existiert. Oder existiert hat. Denn seit Jahrhunderten finden sich keine Eintragungen mehr darüber. Man erzählt sich, dass es von einer Hexe geschaffen wurde. Ihre große Liebe wurde als Strafe in einen Baum verwandelt. Sie fand durch diesen Anhänger einen Weg, auf immer mit ihrer Liebe vereint zu sein. Aber ehrlich gesagt", Jenny stockte und warf der Kette einen schiefen Blick zu. Sie senkte die Stimme, als verrate sie ein Geheimnis. „Ehrlich gesagt glaubt doch niemand wirklich daran. Für uns war das alles Hokuspokus. Ich meine, Hexen … ehrlich? Aber anscheinend …" Sie zuckte mit den Schultern und schüttelte sich.

Selina nahm den Anhänger ab und drehte ihn in den Händen. Hexen … Jenny hatte recht. Das alles klang wie ein Märchen. Aber sie hatte es erlebt, nicht? Wie sollte das alles sonst möglich sein, wenn nicht durch die Kraft eines Zaubers? Langsam musste sie einsehen, dass hier andere Mächte am Werk waren.

„Und …" Selina traute sich beinahe nicht, die Frage zu stellen. „Gibt es Hexen immer noch?" Ihre Hände zitterten leicht, als sie sich vorstellte, dass ihr Feind ein Magier sein könnte.

Jenny schüttelte heftig den Kopf, hielt inne, zuckte die Schultern. „Keine Ahnung. Ich hätte nein gesagt, aber bis eben hätte ich nicht daran gedacht, dass es je so etwas gab."

„Ich glaube nicht", schaltete sich David ein. „Ich bin mir sicher, dass es keine mehr gibt. Wir wissen von Dingen, die vor Jahrtausenden geschehen sind.

Und obendrauf steht an gefühlt jeder Ecke eine Kamera. Wenn es Zauberer gäbe, wäre doch längst einer gefilmt worden und im Netz viral gegangen."

Durch diese Worte fühlte Selina sich etwas beruhigt. Sie selbst glaubte auch nicht daran. Nichts, was ihr bisher geschehen war, war magisch gewesen … außer der Anhänger an sich. Der Unfall, die Art und Weise, wie John an das Pars Vitae gelangen wollte … Hier waren keine Zauberkräfte zugegen gewesen. Wäre ein Hexer hinter ihr her … Selina war sich sicher, dass er die Kette längst geholt hätte. Nein! Vielleicht hatte es irgendwann Hexen gegeben, jetzt waren keine hier. Wer auch immer hinter ihr her war; Selina war sich sicher, dass es ein normaler Mensch war. Jemand, den sie sehr gut gekannt hatte. Aber wer von ihrer Liste blieb noch übrig? Sie hatte beinahe alle ausgeschlossen.

„War sonst noch jemand bei der Vorlesung, den ich kenne?", fragte sie und spürte, wie ihr Herz heftig zu schlagen begann. Ihr Handy läutete im ungünstigsten Zeitpunkt. Mit vor Anspannung tauben Fingern holte sie es hervor und erkannte Trudis Namen auf dem Display. In Erwartung einer Standpauke hob sie ab.

„Wo zum Teufel bist du?"

Selina nannte Trudi ihren Standort, legte auf und blickte Jenny abwartend an.

„Nein, außer Laura kennst du niemanden mehr,

denke ich."

Erleichtert atmete Selina aus. Laura war ihre ehemalige Klassenkollegin, die sie heute bereits getroffen hatte. Sie wusste nicht, was sie erwartet hatte. Wahrscheinlich, dass Jenny den Namen von jemanden nannte, der ebenfalls auf der Liste stand. Als sie sich von den beiden verabschiedete und vor die Universität trat, um auf Trudi zu warten, spielte sie die Geschehnisse des heutigen Tages immer wieder durch. Sie hatte viel Neues erfahren und wusste im Grunde doch nicht mehr als vorher. Trudis Wagen rollte in die Straße ein, blieb neben Selina stehen.

„Bist du wahnsinnig?", fuhr Trudi sie an, sobald Selina die Tür zugezogen hatte. „Was, verdammt noch mal, verstehst du nicht an: Mach keine Alleingänge?!"

„Es tut mir leid", antwortete Selina zerknirscht. „Ich wollte eigentlich nur spazieren gehen, habe mich dann aber entschlossen, Jenny hinterher zu spionieren."

Trudi starrte sie mit einer Mischung aus Entrüstung und Neugierde an.

„Sie war es nicht", fügte Selina rasch hinzu und erzählte ihr, was sie über das Stück des Lebens in Erfahrung gebracht hatte. Dass sie sich zu Recherchezwecken mit einem Baum verbunden hatte, ließ sie vorsichtshalber unerwähnt.

***

Zurück zu Hause wurden sie von zwei hungrigen Mitbewohnern begrüßt. Selina hatte ein schlechtes Gewissen. Es wäre ihre Aufgabe gewesen, sich um sie zu kümmern.

„Wie war es mit Lorenz?", fragte sie, während sie Futter in zwei Näpfe gab. Die kleinen Monster stürzten sich hungrig darauf.

„Es war ... gut." Trudi lächelte in sich hinein. „Sehr gut sogar."

Selina sah von den schmatzenden Haustieren auf. Als sie in Trudis verträumtes Gesicht blickte, lachte sie auf. „Reden wir noch von der Aussprache mit Lorenz oder schon über den Versöhnungssex?"

Trudis Augen funkelten. „Über beides ...?" Sie ließ sich auf das Sofa fallen und wurde schlagartig ernst. „Es ist schwer für mich, weil ich ihm nicht die ganze Wahrheit sagen kann. Ich will ihn nicht belügen. Aber wenn ich ihm erzähle, dass dieser Anhänger Zauberkräfte hat. Naja, er würde mich für verrückt erklären." Sie lachte auf. „Er ist sowieso kurz davor."

„Was hast du ihm eigentlich erzählt?", fragte Selina. Der Umgang mit ihm war bisher unkompliziert gewesen. Sie hatten vor ihm nicht offen über das Magiezeugs gesprochen, aber das meiste andere hatte er mitbekommen. Dennoch hatte er nicht nachgebohrt. So war er schon in der Schule gewesen. Als guter Beobachter hatte er stets über alles Bescheid gewusst, aber nichts ausgeplaudert.

„Eigentlich alles andere. Ich habe gesagt, dass wir nicht wissen, warum jemand hinter dir her ist." Trudi ließ die Schultern hängen und kauerte sich auf dem Sofa zusammen. Selina raffte die Notizen vom Küchentisch an sich, setzte sich neben ihre Freundin auf das Sofa und legte den Kopf auf ihre Schulter.

„Wenn das alles vorbei ist, dann weihen wir ihn ein. In Ordnung? Dann haben wir genügend Zeit, um ihm alles zu zeigen, was man mit dem Amulett machen kann. Nur im Moment …"

„Im Moment müssen wir herausfinden, was hier eigentlich geschieht. Ich weiß, wir dürfen uns nicht ablenken lassen." Trudi lächelte verständnisvoll und griff nach den Notizen. „Motiv", las sie vor, was Selina am Abend aufgeschrieben hatte. „Du glaubst, dass Geld das Motiv sein könnte?"

Selina nickte. „Jenny meinte, dass der Anhänger ein Vermögen wert ist."

Trudi tippte auf das Motiv der Liebe, das Selina großzügig durchgestrichen hatte.

„Der Anhänger wurde aus Liebe erschaffen", erinnerte Selina sich. „Es könnte sein, dass doch Liebe das Motiv ist."

Trudi dachte eine Weile darüber nach, dann schüttelte sie lachend den Kopf. „Du glaubst aber nicht wirklich, dass jemand in einen Baum verwandelt wurde … und jemand anders den Anhänger stehlen will, um mit seiner großen Liebe vereint zu sein? Und selbst, wenn dem so wäre. Wer sollte das sein? Wir sind eigentlich davon ausgegangen, dass Mellies und dein Unfall zusammenhängen, oder? Unsere Freunde waren damals noch zu jung. Ich glaube nicht, dass einer von ihnen deine Schwester getötet hätte, um mit seiner Liebe vereint zu sein. Abgesehen davon waren das unsere Freunde. Wir wussten, in wen sie verliebt waren, und davon ist niemand auf mysteriöse Weise verschwunden."

Selina musste ihr recht geben. Auf der Liste standen noch zwei Namen: Martin, der Polizist, den sie bisher gar nicht beleuchtet hatten, und Frank. Was wusste Selina über seine Vergangenheit? Eigentlich gar nichts. Sie konnte sich nicht daran erinnern, je mit ihm über sein Leben davor geredet zu haben. Das war nicht weiter verwunderlich. Er war erst ein halbes Jahr vor ihrer Flucht aufgetaucht. Und als Teenager hatte sie nicht den Drang verspürt, den Lebensgefährten ihrer Mutter näher kennenzulernen.

„Was ist mit Franks großer Liebe?", fragte Selina.

„Du meinst deine Mutter?"

„Glaubst du, dass sie das ist?"

Trudi schüttelte langsam den Kopf. „Ganz ehrlich? Als ich gesehen habe, wo die beiden jetzt wohnen … Da dachte ich mir: Er muss sie wirklich lieben, um sich das anzutun. Dein Stiefvater hat immer viel

Wert auf Äußeres gelegt. Er trägt schicke Klamotten, ist immer gepflegt ... Deine Mutter hingegen hat sich in den letzten Jahren gehen lassen. Er fährt ein teures Auto und wohnte in exquisiten Wohngegenden. Er ist ihr zuliebe in diese Wohnung gezogen. So etwas macht man nur aus Liebe, oder?" Sie ließ das Gesagte eine Weile im Raum stehen. Bevor Selina antworten konnte, fuhr sie fort. „Aber als ich die beiden dann zusammen erlebt habe ... Da war keine Zuneigung. Warum auch immer er noch mit ihr zusammen ist – wenn es aus Liebe ist, dann hält er das gut versteckt."

„Ja. Er ist derjenige auf der Liste, der mir am verdächtigsten erscheint. Nur warum? Aus Geldsorgen? Soweit ich weiß, läuft seine Zahnarztpraxis wirklich gut. Und vor zehn Jahren ist sie ganz bestimmt gut gelaufen. Was dann? Macht vielleicht? Aber ich kann mir nicht vorstellen, wie er dadurch an Einfluss gewinnen will, ohne den Verdacht auf sich zu lenken. Vielleicht wird er bedroht und will sich mit der Kraft der Pflanzen schützen. Sonst bleibt nur noch Liebe übrig." Trudi legte die Aufzeichnungen zur Seite. Im Flur wurde die Tür geöffnet.

Lorenz kam mit einem gut gelaunten „Guten Abend die Damen" zur Tür herein.

Trudi stand auf, küsste ihren Mann. Zwischen den beiden war wieder alles im Reinen. Sie drehte sich zu Selina um. „Dann müssen wir ihn morgen observieren. Ich glaube, du hast das beste Werkzeug, um unentdeckt herumschnüffeln zu können. Gute Nacht, Selina."

Kapitel 14

„Musst du nicht langsam los?", fragte Trudi.

Es war Montagmorgen. Die Sonne fiel schräg durch das Küchenfenster; Selina konnte Schlieren am Glas sehen, die von ihrer schlechten Fensterputzkunst stammten.

Lorenz blickte vom Teller auf und zog seine Augenbrauen fragend in die Höhe. „Wieso? Was habt ihr schon wieder geplant?" Er seufzte. „Aber ja ... ich muss zur Arbeit. Es kann ja nicht jeder zwei Monate im Sommer frei haben." Er küsste seine Frau, schnappte sich die Autoschlüssel und verschwand.

„Los jetzt! Wir müssen einen guten Platz finden, wo du dich vor Frank verstecken und ihn im Auge behalten kannst."

Diese Aufgabe stellte sich als schwerer heraus als gedacht. Selina war durch ihre Verwandlung an eine einzelne Pflanze gebunden. Sie konnte nicht einfach von Baum zu Baum springen und so die Person des Interesses verfolgen. Sie mussten in Erfahrung bringen, wo Frank sich gerne aufhielt. In der Wohnung? Neben Maria würde er gewiss nicht über Dinge sprechen, die dieses Rätsel lösen konnten. Trotzdem statteten sie Selinas Mutter einen Besuch ab.

„Hallo, ihr zwei. Wie schön, dass ihr mich wieder einmal besuchen kommt." Es lag ein Vorwurf in ihrer

Stimme. Selina dachte nach. Es war zwei Tage her, dass sie ihre Mutter zuletzt gesehen hatte. Keine sehr lange Zeit. Aber vermutlich durfte sie sauer sein, nachdem Selina sie zehn Jahre hatte warten lassen. Sie ließen sich zwei Gläser Eistee richten.

„Bist du eigentlich immer hier, wenn du frei hast?", fragte Selina und schauderte innerlich. Für zwei Personen war die Wohnung groß genug – wenn sie von acht Uhr abends, bis acht Uhr früh genutzt wurde. Viel Platz, um sich zu entfalten, bot sie nicht.

„Ich gehe manchmal im Wald spazieren."

Früher hatte ihre Mutter einen Garten gehabt, den sie mit Freude bepflanzt und ausgefallen dekoriert hatte. Ein Storch aus Alteisen hatte neben dem Gartentor gestanden – in seinem Schnabel der Griff eines Kübels, in dem Hängepelargonien geblüht hatten. Nach ihrem Auszug war der Vogel aus dem Garten verschwunden; wie alle anderen Dekoobjekte auch.

„Willst du nicht wieder in das Haus ziehen?", fragte Selina leise.

Ihre Mutter schüttelte den Kopf. „Nein. Ich fühle mich wohl hier."

Selina sah ihr an, dass es eine Lüge war. Mutter war ebenso auf der Flucht vor den Erinnerungen, wie sie es war. Sie hatte die gesamte Wohnung mit Fotos von ihnen gepflastert; doch sie wollte nicht zurück an den Ort, an dem sie glücklich gewesen war.

Selina wollte ihr sagen, dass sie verstand. Dass sie ehrlich sein und mit ihr sprechen konnte. Doch da auch Selina dieses Thema meiden wollte, blieb sie stumm. Stattdessen ging sie zu ihrer Mutter und nahm sie in den Arm. Danach verschwand sie für eine Weile im Badezimmer. Als sich die Tür hinter Selina geschlossen hatte, setzte Trudi sich zu Maria an den Tisch. „Und, wie geht es dir? Wie läuft es mit Frank? Ist alles gut zwischen euch beiden?"

Maria lächelte in ihr Glas. „Alles gut, ja."

Trudi zögerte, die Frage zu stellen. Es ging sie eigentlich nichts an. „Und … seid ihr verliebt?"

Maria sah überrascht auf, fasste nach der Hand, an der Trudis Ehering steckte. Sanft fuhr sie am Gold entlang. „Das anfängliche Verliebtsein verblasst irgendwann. Das wirst du auch noch merken. Aber er ist noch da. Ich kann mich auf ihn verlassen. Das ist doch das Wichtigste, oder?"

Ja, das war das Wichtigste. Trotzdem glaubte Trudi nicht daran, dass Maria in dieser Beziehung glücklich war. Irgendetwas an ihrem Verhalten sagte ihr, dass sie nicht aus Liebe zusammen waren. Ihre Liebe war irgendwann verpufft … So ging es vielen Paaren. Die Frage war, wieso sie sich nicht getrennt hatten. Sie waren nicht verheiratet, hatten keine gemeinsamen Kinder, kein Haus. Es gab nichts, was diese zwei Menschen aneinanderband. Sie betrachtete Maria so eindringlich, dass diese den Blick senkte und das Glas im Kreis zu drehen begann. Sie glaubte, die Antwort zu kennen: Maria hatte ihren Mann und zwei Töchter verloren. Ohne Frank wäre sie allein. Sie hätte ihn niemals verlassen. Aber er … Was hatte ihn hier gehalten? Mitleid? Nächstenliebe? Nein, so schätzte sie ihn nicht ein. Frank war freundlich, zuvorkommend, man konnte vieles von ihm haben … aber er war sich selbst am nächsten. Er hätte sein Leben nicht für Maria geopfert.

„Und was macht Frank in seiner Freizeit? Verbringt er auch viel Zeit in der Wohnung?", fragte Trudi beiläufig.

Maria schien froh, das Thema abgehakt zu haben. „Nein, er ist nicht oft hier, sondern meistens im Jubiläumspark. Er macht viel Sport." Sie erhob sich, griff nach den leeren Gläsern.

Der Jubiläumspark. Interessant. Frank verbrachte seine Freizeit in demselben Park wie John. Das war doch ein ziemlich großer Zufall. Nun gut, Trudi musste sich eingestehen, dass dies der einzige Sportpark in Lahburg war. Vermutlich trieben sich alle frischluftbegeisterten Sportler dort herum. Aber trotzdem …

„Maria?" Trudi wartete, bis sie sich zu ihr umdrehte. „Wieso ziehst du nicht in das Haus zurück?"

Maria schüttelte den Kopf, ließ die Gläser stehen und sich schwach auf den Stuhl sinken. Sie sah sich nach dem Badezimmer um. Als wollte sie sich vergewissern, dass ihre Tochter nicht plötzlich zurückkam. „Ich wohne seit acht Jahren hier. Ich habe mich daran gewöhnt. Und außerdem ..." Sie stockte und griff nach Trudis Händen, als bräuchte sie jemanden zum Festhalten. „Ich habe es dort nicht mehr ausgehalten. In dem großen Haus, ohne meine Mädchen. Selina ist zurück ... das ist schön. Aber wer weiß, für wie lange. Und Melli. Melli wird nichts zurückbringen. Sie wird immer fehlen. Das Haus ist zu groß für mich. Es ... es verschlingt mich." Sie sah sich um. „Diese Wohnung ist klein. So klein, dass niemand mehr darin Platz hätte. Ich kann mir gar nicht vorstellen, dass noch jemand darin wohnt. Und ... und sie hat keine Vorgeschichte."

Trudi nickte, drückte Marias Hand. Um ihr zu zeigen, dass sie verstand. Um ihr zu zeigen, dass sie nicht allein war. „Und Frank ist der Richtige für dich?"

„Er ist da, oder?" Maria blickte aus einem der zwei Fenster nach draußen, als wäre sie mit ihren Gedanken wo anders.

„Was ist mit Richard?"

Maria wandte sich ihr ruckartig zu. Als Trudi den Schmerz in ihrem Gesicht erkannte, bereute sie ihre Neugierde. Aber sie konnte die Frage nicht mehr zurücknehmen. Richard war Marias Ex-Mann. Selinas Vater, von dem niemand recht wusste, wieso er die Familie verlassen hatte. In diesem Moment verachtete Trudi sich selbst. Für ihr Talent, so lange nachzubohren, bis sie jedes Detail aus ihrem Gegenüber herausgekitzelt hatte. Sie wollte Maria sagen, dass es nicht wichtig war; dass sie nicht antworten musste. Doch es war beinahe ein Zwang, der sie dazu trieb, immer weiter zu fragen. „Was wäre, wenn er hier wäre?"

Maria sagte lange nichts. „Wenn Richard hier wäre, wäre ich nicht mit Frank zusammen", antwortete sie leise.

„Also ist er der Richtige?"

„Das dachte ich einmal, ja. Aber zu einer Beziehung gehören immer zwei, oder?" Maria blickte auf ihre Hände und drehte an einem Ring, der nicht mehr da war. Dort hatte elf Jahre lang ihr Ehering gesteckt, bis sie ihn eines Tages wütend abgestreift und von sich geworfen hatte.

„Warum ist er gegangen?", fragte Trudi. Sie spürte eine Nervosität in sich. Es war eine Frage, die sie überhaupt nichts anging. Ein Rätsel, das diese Familie seit eineinhalb Jahrzehnten begleitete. Nicht einmal ihre Töchter hatten es lösen können. Sie wusste, dass Selina an der Tür lauschte und jedes Wort verstehen konnte.

Maria hob den Blick. Ihr musste klar sein, dass Trudi ihrer Tochter alles weitererzählen würde. Vielleicht war sie froh darüber, das Geheimnis nicht länger mit sich herumtragen zu müssen. Vielleicht war sie erleichtert, es ihr nicht eines Tages selbst verraten zu müssen. „Weil er mich betrogen hat." Ihre Stimme war kühl und emotionslos. „Er ist nachts oft nicht nach Hause gekommen, hat lange Reisen unternommen. Ich bin misstrauisch geworden und habe ihm hinterherspioniert. Ich habe Dutzende Hotelrechnungen und Rechnungen für teure Abendessen gefunden. Er hat Luxusurlaub mit seiner Anderen gemacht, während ich mich zuhause um unsere Mädchen gekümmert habe." Maria sagte eine Weile nichts, blickte aus dem Fenster. Als sie Trudi ansah, hatte sie Tränen in den Augen.

Trudi blickte auf, als die Tür zum Badezimmer geöffnet wurde. Selina stand im Türrahmen und starrte sie an. Trudi fragte sich, was ihre Freundin dachte. Nach der Trennung der Eltern hatte Selina nicht oft über ihren Vater gesprochen. Wie alle unschönen Dinge hatte sie auch dies zu verdrängen versucht. Aber Trudi hatte gewusst, dass sie an der Frage verzweifelt war. An der Frage, wieso er sie zurückgelassen hatte. Selina tat einen zögerlichen Schritt nach vorne, auf ihre Mutter zu, die immer noch auf ihren Ringfinger starrte. Maria saß zusammengesunken am Stuhl. Die Schultern nach vorne gekippt, die Wangen eingefallen. Die rote Bluse wirkte auf einmal zu groß für ihren Körper. Vor Maria blieb sie stehen, bis diese zu ihr hochsah.

„Ach Mama, warum hast du nichts gesagt?",

fragte Selina und nahm ihre Mutter in den Arm.

In diesem Moment schrillte Marias Smartphone. Es war ein altmodischer Ton, wie man ihn von einem Festnetztelefon kannte. Schwerfällig löste sie sich von ihrer Tochter und starrte auf den Bildschirm.

„Frank", seufzte sie und ließ sich auffällig lange Zeit, ehe sie abhob. „Ja? ... Na gut, bis gleich." Sie ließ die Hand mit dem Gerät sinken und blickte müde auf, als hätte das Telefonat sie unendlich viel Kraft gekostet. „Frank kommt gleich nach Hause. Wollt ihr mitessen?"

„Nein, danke." Selina sprang schnell vom Stuhl auf und war sich eine Sekunde später darüber im Klaren, wie das wirken musste. Sie versuchte sich an einem entspannten Lächeln. „Wir haben wirklich noch viel vor heute. Ein andermal gerne. Mach´s gut." Sie umarmte ihre Mutter zum Abschied und zwang sich, gemächlich aus der Wohnung zu schlendern, obwohl sie am liebsten gerannt wäre.

„Das war etwas unfreundlich", sagte Trudi, während sie neben ihr die Treppen hinabpolterte.

„Ging nicht anders. Ich will nicht mit Frank an einem Tisch sitzen und nett lächeln, obwohl er mich am liebsten tot sehen würde."

„Du weißt doch noch gar nicht, ob er dahintersteckt", warf Trudi ein.

„Ich habe das im Gefühl." Selina blieb vor der Haustür stehen und blickte sich um: Viele Pflanzen gab es hier nicht. „Nutzen wir unsere Chance! Ich versteck mich hier, vielleicht erfahre ich ja etwas." Direkt vor dem Haus stand ein Holzstuhl, der jeder Witterung ausgesetzt war. Die Sitzfläche begann sich bereits vom Gerüst zu lösen und war gräulich. Daneben stand ein großer Plastikblumentopf mit einem Buchsbaum darin, den niemand zu pflegen schien. Die Äste standen wie unrasiert nach allen Seiten hin ab. Es war die einzige Pflanze weit und breit, abgesehen von wenigen bepflanzten Balkonkästen. Trudi zeigte darauf.

„Was? Hier soll ich rein? Das Gebüsch ist doch viel zu klein für mich."

„Du kannst es ja versuchen", erwiderte sie ungeduldig und blickte auf die Uhr.

Selina zog eine Grimasse, blickte sich rasch um und dachte an John und die Waffe in seiner Hand. Beinahe sofort spürte sie die vertraute Wärme. Zögernd streckte sie die Hand nach den Blättern aus. Zuerst geschah nichts, dann schob sich eine Knospe aus dem Gehölz. Ein Ast schlang sich um ihr Handgelenk. Selina drehte sich um und hockte sich vor dem Blumentopf auf die Erde. Aus allen Enden wuchsen nun Zweige hervor, legten sich um ihre Arme, ihre Beine, ihren Rumpf. Zogen Selina an sich, als wäre sie ein Kind, das es zu beschützen galt. Bald war nicht nur die Frau verhüllt, sondern auch der Blumentopf, in dem die Pflanze wuchs. Der Buchsbaum war innerhalb weniger Minuten drei-, viermal so groß geworden.

„Perfekt", sagte Trudi und lachte leise auf. „Es ist der Wahnsinn, echt! Ich komme später zurück."

Selina musste nicht lange zusammengekauert zwischen der Pflanze warten, da kam Frank bereits über die Straße gehumpelt. Von den Zweigen verhüllt zu sein, war nicht zu vergleichen mit dem Gefühl, ein Teil eines Baumes zu sein oder im Waldboden zu versinken. Jetzt war sie sie selbst. Ein Mensch, der sich in einem Gebüsch versteckte; nichts anderes. Ihre Füße schmerzten von der ungemütlichen Lage. Sie hätte sich gerne bewegt und die Haltung verändert. Aber Frank war beinahe bei ihr und hätte die Bewegung gesehen. Er blieb ruckartig stehen und starrte sie an. Hatte er etwas bemerkt?

Selina versuchte, flach zu atmen, damit er das Geräusch nicht hörte. Sie verkrampfte. Nicht bewegen, nur nicht bewegen! Jedes Zucken ihres Fingers konnte sie verraten. Ihre Beine begannen bereits, einzuschlafen. Sie hatte Angst, plötzlich umzukippen und den Topf in ihrem Rücken mit sich zu reißen. Frank starrte auf ihr Versteck, ließ die Augen suchend umherwandern, als suchte er nach einem Loch im Gebüsch. Nach einer Lücke, durch die er sie erspähen konnte. Natürlich, fiel ihr plötzlich ein! Das langsame Atmen bereitete ihr Mühe, sie bekam nur noch schwer Luft. Frank ging zweimal täglich an diesem Gebüsch vorbei. Ihm war garantiert nicht entgangen, dass es um ein Vielfaches gewachsen war. Selina spürte einen Schweißtropfen, der ihre Stirn hinabglitt, über ihre Nase tropfte, ihr Kinn entlangkitzelte. Sie war versucht, ihn fortzuwischen.

Frank schüttelte den Kopf, als wäre er über sich selbst verwundert. Endlich drehte er ihr den Rücken zu, zog den Stuhl zurecht. Mit der flachen Hand testete er die Tragfähigkeit, ließ sich vorsichtig auf die Sitzfläche sinken.

„Aaaah." Frank griff nach seinem rechten Fuß, legte ihn auf das linke Knie. Vorsichtig zog er Schuh und Socke aus und ließ das Gelenk kreisen. Sein Gesicht war verzerrt. Er zog sich wieder an, holte sein Handy hervor und tippte darauf herum. Plötzlich hielt er inne und starrte überrascht auf den Bildschirm. Ein Klingeln ertönte. Frank ließ sich lange Zeit, ehe er abhob.

„Ich bin überrascht, dass du anrufst", sagte er. Er stand auf, humpelte einen Schritt vor, ließ sich langsam zurück auf den Stuhl sinken. „Ich warne dich. Halte dich von Maria fern. Ich werde nicht zulassen, dass du öfters hier auftauchst und sie wieder verletzt. Sonst komme ich dich in deiner Junggesellenbude besuchen." Pause. „Du Mistkerl", sprach er in das Telefon. „Meinst du, ich weiß nicht, was du vorhast? Jahrelang hast du dich nicht blicken lassen, zuletzt zum Geburtstag deiner Tochter. Und jetzt, wo

Selina wieder hier aufgetaucht ist, stehst du auch auf der Matte." Pause. „Ach komm, hör schon auf. Es ist offensichtlich! Du willst deine alte Familie zurück. Sind dir die jungen Hüpfer etwa zu langweilig geworden?" Wütend nahm Frank das Handy vom Ohr, steckte es zurück in seine Tasche und humpelte in das Wohnhaus.

Selina verharrte noch eine Weile im Gebüsch, bis der Buchsbaum sich von allein zurückzog und sie als ungeschütztes Häufchen Elend zurückließ. Sie hatte gerade zum ersten Mal seit weit über zehn Jahren von ihrem Vater gehört. Obwohl sie ihn dafür hasste, sie zurückgelassen zu haben, liebte sie ihn. Er war ein wundervoller Vater gewesen - als er noch da war. Sie waren glücklich gewesen: Mutter, Vater, Mellie und sie. Mit seinem Verschwinden war das Unheil über die Familie gekommen. Zuerst war er gegangen, dann Mellie. Zum Schluss war auch der letzte Rest auseinandergebrochen. Selbst wenn Vater sie jetzt um Vergebung bitten würde. Sie wusste nicht, ob sie ihm verzeihen konnte. Nicht, weil er Mutter betrogen oder sie zurückgelassen hatte. Nein! Weil er mit seinem Verschwinden den Stein ins Rollen gebracht hatte, der diese Familie unter sich begrub. Wer auch immer für den Tod ihrer Schwester verantwortlich war … für Selina war Vater Mitschuld an dem Unglück.

Trudi wartete eine Straße weiter. Sie saß vor einem mit Efeu bewachsenen Rosenbogen. Dahinter begann ein schön angelegter Garten, der für die Allgemeinheit zugänglich war. Als Selina auf sie zukam, klopfte sie neben sich ins Gras.

„Und?"

Ächzend ließ Selina sich neben ihr nieder. „Nichts und. Vater hat ihn angerufen." Sie zuckte mit den Schultern, als wäre es ihr egal. „Er hat nichts Spannendes gesagt."

Trudi betrachtete sie einen Moment lang prüfend; Selina wich ihrem Blick aus. „Wir stecken in einer Sackgasse", stellte sie fest und blickte konzentriert in die Ferne. „Erinnerst du dich noch daran, was du mir versprochen hast, sollten wir in einer Sackgasse stecken?"

Selina runzelte die Stirn und dachte angestrengt nach. Sie kam nicht darauf.

„Wir wollten deinen Vater besuchen."

Selina schüttelte vehement den Kopf und sprang auf. „Nein. Schon gar nicht jetzt. Nein!" Nicht, nachdem sie erfahren hatte, was er Mutter angetan hatte.

Auch Trudi erhob sich, viel langsamer als ihre Freundin. Vorsichtig griff sie nach ihren Händen und hielt sie fest. Vor dem Efeubogen, mit dem blühenden Garten im Hintergrund, gaben sie ein idyllisches Bild ab. Beinahe wirkte es wie eine kitschige

Hochzeitsfotografie. Ein Pärchen, das sich das Ja-Wort gab. Nur die Hochzeitsgarderobe fehlte. Und ein Standesbeamter. „Du weißt, dass wir keine andere Wahl haben."

Selina wusste es. Sie hatte es eigentlich schon beim letzten Mal gewusst. Doch da hatte sie noch die Hoffnung gehabt, auch ohne Vater hinter das Rätsel zu kommen. Jetzt kamen ihr alle Hinweise vor wie Rauchschwaden – die sich verflüchtigten, sobald sie danach griff. Sie wusste gar nichts! Und spätestens seit der Begegnung mit John in dessen Wohnung hatte sie auch eine Mordsangst. Ja, die Pflanzen hatten sie beschützt ... aber wie lange würde ihnen das noch gelingen? Irgendwann würde John einfach des Nachts durch ihr Fenster steigen und sie im Schlaf ersticken. Vor lauter Panik begann sie schnappartig zu Atmen und klammerte sich an der Hand ihrer Freundin fest. Trudi blickte ihr in die Augen und atmete geräuschvoll ein und aus, bis Selina sich wieder einigermaßen im Griff hatte.

„Gut", sagte Selina entschlossen, „dann wollen wir mal herausfinden, wieso Papa uns dieses Amulett geschenkt hat. Vielleicht war es ja seine Absicht, uns umzubringen." Selina lachte trocken auf. Erst als sie die Worte ausgesprochen hatte, wurde ihr bewusst, dass sie diese Möglichkeit nie in Betracht gezogen hatte. Der Gedanke, dass ihr eigener Vater ihnen etwas Böses wollte, war so abwegig, so monströs … und doch war er da. Aber welchen Nutzen hatte er davon? Wenn Vater das Amulett vor ihnen gehabt hatte, dann musste er doch gewusst haben, was er ihnen schenkte. Oder nicht? Und wenn er es gewusst hatte … wieso hatte er sie nicht gewarnt? Als Kinder hatte er ihnen eingebläut, nicht mit dem Feuer zu spielen; nicht auf die heiße Herdplatte zu greifen und nicht zu Fremden ins Auto zu steigen. Aber ein magisches Amulett verschenkte er einfach so? Selinas Herz klopfte heftig, als sie zu ihrer besten Freundin lugte. Trudi sah ernst und traurig aus und versuchte, ihrem Blick auszuweichen. Als hätte auch sie diese Möglichkeit bereits in Betracht gezogen.

„Wir sollten morgen hinfahren", sagte Selina bestimmt. Sie musste es wissen! Sie musste sichergehen, dass nicht ihr eigener Vater hinter dieser Verschwörung steckte. Denn wenn er ihnen das Amulett absichtlich geschenkt hatte … Nein! Das durfte sie nicht denken! Aber wenn er es tatsächlich nicht im Guten verschenkt hatte, wer sagte ihr, dass er nicht hinter dem Allen hier steckte? Wer sagte ihr, dass nicht er John engagiert hatte? Aber warum sollte er das machen? Warum sollte er ihnen das Amulett schenken, um es dann wieder zurückhaben zu wollen? Vielleicht hatte er gewollt, dass sie es aktivierten. Vielleicht hatte er gewollt, dass Selina es aktivierte. Schließlich war sie es gewesen, der er das

Amulett zuerst geschenkt hatte. Aber sie hatte es nicht angenommen. Hatte Vater das Amulett deshalb Mellie geschenkt? Damit es auf Umwegen zu ihr kam? Aber nein. Das glaubte sie einfach nicht. Das konnte sie nicht glauben! Das würde er nicht tun … oder?

Kapitel 15

Sie bogen in ihre Straße ein. Der Zeitungsbote warf einen Brief in den Postkasten der Nachbarn. An ihrem Postfach fuhr er wie immer vorbei. Offiziell lebte niemand hier. Trudi parkte den Wagen in der Garage, der dem Kia vorbehalten gewesen war. Lorenz war nicht zu Hause. Seit sie bei Selina wohnten, traf er sich fast täglich mit seinen Kumpels, um die beiden bei ihren Detektivarbeiten nicht zu stören.

„Hey Zwerge, wo seid ihr?", rief Trudi, sobald sie das Gartentor geöffnet hatte. Weder Scooby-Doo noch Lilli tauchten auf, obwohl sie inzwischen hungrig sein mussten. Sie suchten den gesamten Garten ab; Selina entdeckte ein Loch, das unter dem Zaun hindurchführte.

„Dieser Wicht!", fluchte Trudi, machte sich nicht die Mühe, durch das Gartentor zu treten, sondern kletterte auf der Stelle über den Zaun. „Scooby-Doo!", brüllte sie in die Nachbarschaft. Weder Hund noch Katze meldeten sich. Dafür riss im Haus gegenüber jemand das Fenster auf.

„Der Köter hat meinen Schuh gefressen!" Es war ein sehr verärgerter Herr Larsen. Er warf die Verglasung wieder zu und stapfte eine Minute später durch die Vordertür. In den Händen hielt er einen angekauten Lackschuh. Selina hätte losgelacht, wenn der Mann nicht so ernst ausgesehen hätte.

„Wissen Sie, was die kosten?", schimpfte er. „Dreihundert Euro habe ich gezahlt. Dreihundert! Das werden Sie mir ersetzen!"

„D... das tut mir leid", stammelte Trudi. Selina fragte sich, wie man so teure Schuhe vor der Tür stehen lassen konnte.

„Red keinen Unsinn, Herbert!" Karla Larsen kam aus ihrem Garten. Sie hatte eine grüne Schürze umgebunden, auf der Erdspuren zu sehen waren. „Die haben nicht mal nen Hunderter gekostet, und du wolltest sie sowieso entsorgen, weil sie dir nicht mehr passen. Nimm die jungen Leute doch nicht aus!"

„Ähm. Nun ja, da muss ich sie wohl verwechselt haben." Er kratzte sich am Kopf, verabschiedete sich mit einem Nicken und verschwand auffällig schnell im Haus.

Trudi starrte ihm verdutzt hinterher.

„Hier. Ich denke, das ist der Rabauke, den Sie vermissen. Scooby-Doo, also?" Frau Larsen hielt den Welpen in den Händen und reichte ihn an Trudi weiter. Lilli strich ihr um die Beine und schnurrte. „Er hat mir beim Garten umgraben geholfen. Ein sehr fleißiger kleiner Bursche." Sie zwinkerte. „Ich muss jetzt aber leider los. In die Küche. Mein Mann wird immer etwas unleidlich, wenn er Hunger hat. Ach. Wenn Sie einmal jemanden brauchen, um auf die zwei aufzupassen … klingeln sie einfach."

„Danke." Trudi war ehrlich erfreut.

***

Bereits in aller Früh kletterten die beiden in das Auto und fuhren zu der Adresse, wo sie Selinas Vater vermuteten. Sicher waren sie nicht, dass sie ihn dort finden würden. Es war das Haus von Selinas Großtante. Vater hatte es geerbt, als sie gestorben war, und nach der Scheidung dorthin gezogen. Obwohl das Haus nicht weit von ihnen entfernt lag, hatte er sie nicht besucht und Selina war nie zuvor dort gewesen. Laut Google Maps war es ein abseits liegendes Gebäude am Land. Die Straße, die hinführte, war schmal. Selina musste an ihren Unfall denken und drehte sich immer wieder um, um zu sehen, ob ihnen ein Fahrzeug folgte. Ein roter Kleinwagen fuhr lange Zeit hinter ihnen, doch sobald Trudi beschleunigte, fiel er zurück. Ansonsten waren sie alleine. Niemand schien an diesen entlegenen Ort reisen zu wollen. Der Asphalt war rissig, von mehreren Schlaglöchern durchzogen. Links und rechts ihres Weges wuchsen Bäume. Ein aufgeräumtes Wäldchen. Es war offensichtlich, dass es von Menschenhand erschaffen war; die Stämme der Pflanzen wuchsen dünn und gerade und standen alle in einer Linie.

Sie ließen ihr Auto irgendwo am Straßenrand

stehen. Für Vorbeifahrende musste es wirken, als würden sie nach Pilzen suchen.

„Gleich hinter dieser Kurve", flüsterte Trudi und starrte auf ihr Smartphone. *Ankunftszeit: Zwei Minuten,* stand darauf.

Sie folgten nicht der Straße, sondern schlichen durch den Wald. Die dünnen Baumstämme boten kaum Sichtschutz. Bei jedem Schritt konnten sie es unter ihren Füßen knirschen hören. Hinter sich hörte Selina ein Knacken, mit erhobenen Händen drehte sie sich um und meinte, jemanden davonhuschen zu sehen. Sie spürte die Hitze des Amuletts; die dünnen Baumstämme bogen sich in alle Richtungen. Wie Discobesucher schienen sie alle zum selben Lied zu tanzen.

„Ist etwas?" Auch Trudi hatte sich umgedreht und spähte in das kahle Wäldchen hinein.

Selina schüttelte den Kopf. „Ich dachte, ich hätte jemanden gesehen." Aber es war beinahe unmöglich, sich hier zu verstecken. Wahrscheinlich spielten ihr die Sinne einen Streich. Sie drehte sich zurück und starrte erwartungsvoll in die Richtung, in der sie das Haus vermutete. Zwischen den Baumstämmen konnten sie es hindurchblitzen sehen. Dies musste das Haus sein, in dem ihr Vater lebte. Würde er hier sein? Wie würde er darauf reagieren, plötzlich seiner Tochter gegenüberzustehen? Sollten sie sich überhaupt zu erkennen geben? Sollten sie nicht

lieber herumschleichen und so versuchen herauszufinden, ob er der Angreifer war?

Wie sehr sie sich auch das Hirn zermarterte:
Selina fiel kein Grund ein, aus dem ihr Vater Melli
und sie hätte angreifen sollen. Wenn er den Anhänger hätte zurückhaben wollen, hätte er sie doch
bloß besuchen und danach fragen müssen.

Selina war bewusst, dass sie versuchte, ihren Vater als Angreifer auszuschließen. Sie wollte nicht,
dass er für den Tod ihrer Schwester verantwortlich
war. Doch alle Fäden schienen zu ihm zu laufen.
Trudi blieb stehen und drehte sich zu ihr um.

„Sind wir hier richtig?", fragte sie skeptisch.

Sie standen vor einer heruntergekommenen
Bauernhütte. Sie wirkte nicht bewohnt. Es stand
kein Auto davor und Garage schien es ebenfalls
keine zu geben. Doch Google zeigte an, dass sie sich
am richtigen Ort aufhielten. Selina stellte sich vor,
wie ihr Vater heute aussah. Das Bild eines Einsied-
lers, mit langem Bart und ungekämmten Haaren,
kam ihr in den Sinn. In einem großen Bogen umrun-
deten sie das Haus – versuchten zu erspähen, ob hinter den Fenstern jemand stand. Alles wirkte ruhig,
nahezu gespenstisch. Das Gras war lange nicht mehr
gemäht worden, bog sich sanft im Wind. Neben dem
Haus stand ein blaues Fass, dass das Wasser aus der
Regenrinne sammelte – es war übervoll. Sie wechselten einen Blick, dann schlich Trudi sich gebückt an

das Haus heran. *Vielleicht ist niemand da,* hoffte Selina. Sie lugten durch ein Fenster in das Innere des Hauses. Sie sahen alte Polstermöbel. Ein Sofa in einer hässlichen grünen Farbe, das heute niemand mehr kaufen würde. Selina konnte sich nicht vorstellen, dass ihr Vater hier lebte. Trudi legte eine Hand an die Scheibe, um besser sehen zu können ... Das Fenster glitt nach innen auf. Sie erschreckten sich beide, standen einen Moment still. Von nirgends erklang ein Laut. Trudi stieß das Fenster ganz auf; blickte zu ihrer Freundin zurück. Für einen Moment wirkte es, als würde sie auf ihre Zustimmung warten, dann zog sie sich am Fenstersims hoch, verharrte einen Moment im Rahmen und ließ sich auf der anderen Seite zu Boden gleiten. Sie blickte sich rasch um. Niemand war hier. Selina kletterte ebenfalls durch das Fenster. Auf den Möbeln lag Staub. Viel Staub. Hier hatte schon lange niemand mehr gewischt. Trudi öffnete die Tür, sie quietschte. Eine Weile verharrten sie, lauschten auf Geräusche. Auf irgendetwas ... doch da war nichts! Außer das Schlagen ihrer eigenen Herzen. Sie öffneten ein Zimmer, fanden eine verlassene Küche; in der es weder Töpfe noch Besteck gab. Ein großes Esszimmer mit Tisch aber ohne Stühle. Die Regale waren leer. Der Holzboden knarrte bei jedem Schritt. Sie durchsuchten ein Zimmer nach dem anderen. Niemand war hier, das Haus war schon lange unbewohnt.

„Meinst du, wir finden hier etwas?", flüsterte Selina.

Trudi zuckte die Schultern. „Keine Ahnung. Es scheint niemand da zu sein. Schau du dich im Wohnzimmer um, ich nehm mir die Küche vor, okay?"

Selina nickte, trat über den dunklen Flur zurück in den Raum mit den Polstermöbeln. Der Wind hatte das Fenster zugeworfen, ansonsten wirkte das Zimmer unverändert. Sie warf die Polster vom Sofa, tastete in der Stoffritze, legte sich flach auf den Boden und leuchtete mit dem Handy unter das Möbelstück. Sie erkannte eine Spinne, die im Lichtstrahl übergroß erschien und durch das Staubmeer davoneilte. Hinter ihr fiel die Tür in die Angel. Selina stand auf, drehte sich um und … schrie auf. Ein Mann stand vor ihr; nicht ihr Vater.

„Die blasse Lady", sagte er. „So sieht man sich wieder." Dieses Mal war John nicht angetrunken. Die Tür hinter ihm war verschlossen, Selina registrierte den Schlüssel, der darin steckte. Also war ihnen doch jemand gefolgt. Langsam tastete sie sich rückwärts in Richtung Fenster. Sie musste es aufreißen und hindurchspringen, so schnell sie konnte. Und dann? Trudi war noch im Haus. Ihr Herz klopfte. Waren noch mehr von ihnen da? Sie spürte, wie sich das Amulett erwärmte. Aber im Haus hatte sie keine Pflanzen gesehen, die ihr helfen konnten.

„Was willst du?" Selina klang ruhig. Die ganze Zeit

schon bereitete sie sich darauf vor, dass irgendetwas geschah. Beinahe war sie froh, nicht länger im Dunkeln tappen zu müssen. Auch wenn sie immer noch nicht wusste, wer hinter dem Ganzen steckte. Vielleicht würde John etwas verraten …

„Du weißt, was ich will." John trat näher, mit einem unheimlichen Glänzen in den Augen.

„Aber wieso … für wen?"

John antwortete nicht, rückte ihr noch weiter auf die Pelle. Das Fenster war nun direkt hinter ihr. Selina meinte, das Glas im Rücken zu spüren.

Sie blickte ihm fest in die Augen. „Arbeitest du für meinen Vater?"

Er erstarrte, dann lachte er. „Schlaues Mädchen." Er sprang mit einem Satz nach vorne. Selina riss am Fenster. Es war zu! Sie zerrte daran, John packte sie am Arm. „Ich habe es verschlossen", flüsterte er. Seine Augen leuchteten. Wie bei einem Jungen, der am Weihnachtstag mit seinen Geschenken spielen durfte. „Gib sie schon her." Seine Stimme klang sanft. Als sie sich nicht rührte, fuhr er mit der Hand an ihren Hals und tastete nach der Kette. Er blickte auf, Selina in die Augen, und grinste. Es war ein teuflisches Grinsen, Selina hätte sich nicht gewundert, einen Goldzahn aufblitzen zu sehen. Doch er hatte keinen. Er riss kräftig an der Silberkette. Selina wusste, was geschehen würde – noch bevor es geschah. Sie nahm die Hände hoch, um sich vor der

Explosion zu schützen. Es gab einen Knall, ein grelles Licht, das sogar durch ihre geschlossenen Augenlider hindurch schmerzte. John schrie. Als sie die Augen öffnete, konnte sie bunte Punkte tanzen sehen. Es dauerte, bis diese verschwanden und sie den Rauch im Zimmer bemerkte. Das Amulett hing immer noch um ihren Hals.

John lag in der anderen Ecke des Raumes. Er starrte sie an, fassungslos. Er stand auf, klopfte sich den Staub von der Hose und betrachtete sie eine Weile. Er lachte leise, als würde er sich über etwas amüsieren. Plötzlich wurde er ernst und blickte ihr direkt ins Gesicht.

„Er sagte mir, dass so etwas passieren könnte. Aber das wird dir jetzt auch nichts mehr helfen." Dann kam die Wut – Selina erkannte sie in seinem Gesicht; in seinen Augen, die eben noch gefunkelt hatten. Jetzt wurden sie dunkel wie die leeren Augenhöhlen im Antlitz eines Dämons. Selina spürte eine Kälte, die von ihm ausging. Vor Furcht erstarrte sie zu Eis. Er packte sie an den Schultern, schüttelte sie, schleuderte sie von sich. Selina spürte einen harten Grund, als sie gegen die Wand krachte. Eine Taubheit, als ihr Kopf an die Mauer geschmettert wurde. Sie öffnete langsam die Augen. Ein grauer Schleier lag davor, durch den sie nicht viel erkannte. Nur Schatten und Licht … Wie in weiter Ferne hörte sie ein Klirren. Etwas prasselte auf ihr Gesicht herab;

wie Regentropfen ... Scharfe, tödliche Tropfen.

„Selina!" Ein Schrei, wie in Watte gepackt. Dumpf und laut und doch leise zugleich. Und so weit entfernt. Sie versuchte zu blinzeln, doch wollte eigentlich nur schlafen.

„Selina!" Plötzlich kamen ihre Empfindungen zurück. Und der Lärm. Was war das für ein Lärm? Ein Rauschen. Sie schlug die Augen auf und konnte wieder klar sehen. Die Scheibe über ihr war zersplittert. Sie selbst war von Scherben bedeckt; alles war rot. John stand in einer Ecke. Seine Augen waren vor Schreck weit aufgerissen. Er führte eine Waffe, die er mit beiden Händen umklammert hielt. Er schwenkte damit nach links und rechts, als wüsste er nicht, wohin er zuerst schießen sollte. Auf Selina oder auf die Pflanze, die durch das zerstörte Fenster hereinkroch. Sie sah aus wie eine Rosenranke. Nur war sie abnormal dick. So dick wie der Oberschenkel eines stämmigen Mannes. Sie schlug wild um sich und zerstörte alles, was ihr dabei in die Quere kam. Selina duckte sich, um nicht von der Kraft der Ranke außer Gefecht gesetzt zu werden. Die Pflanze erinnerte sie an den Schweif eines Drachen: Mit Stacheln besetzt und kräftig hin- und herschlagend. John feuerte eine Kugel ab, die irgendwo im Schweif des Pflanzendrachen stecken blieb. Selina hörte ein Brüllen, wie von einem wilden Tier und erkannte, dass es das Surren des Peitschenhiebes war. John blickte entsetzt auf seinen Gegner und ballerte wild drauf los, bis ihm die Munition ausging. Er starrte auf die Drachenspitze, die ihm von Sekunde zu Sekunde näher zu kommen schien. Gleich würde sie ihn erreichen. Er hastete zur Tür und verdrehte mit zitternden Fingern den Schlüssel. Die Ranke holte aus, John riss die Tür auf, sprang nach draußen und wurde vom Knall der zudonnernden Tür begleitet. Der Drache wütete noch eine Zeit lang weiter. Doch als Selina erkannte, dass John nicht wiederkam, wurden auch die Angriffe der Pflanze weniger. Schließlich schrumpfte sie zusammen und kroch durch das Fenster nach draußen.

Trudi erschien in der zerbrochenen Scheibe. „Alles in Ordnung?", fragte sie besorgt. „John ist gerade an mir vorbeigerannt. Ihr müsst ihm ja ordentlich Angst eingejagt haben." Sie zog geräuschvoll die Luft ein. „Au weia. Du bist ja schlimm verletzt!"

Selina spürte ihre Verletzungen kaum, tastete aber trotzdem nach ihrem Gesicht. In ihrem Arm steckten mehrere Glassplitter, die sie mithilfe ihrer Fingernägel herauszog. „Was ist passiert?"

„Ich habe einen Knall gehört und wollte in das Zimmer. Aber es war verschlossen. Als ich Johns Stimme gehört habe, war mir alles klar. Aber ich kam nicht hinein! Also habe ich versucht, durch das Fenster zu gelangen, aber auch das war zu!" Sie zeigte hinter sich. „Dann habe ich einen Stein genommen und ihn gegen die Scheibe geworfen. Noch bevor ich hindurchblicken konnte, haben die Pflanzen zu wachsen begonnen. Eine ist gleich darauf durch die Scheibe gekrochen. Es ging so wahnsinnig schnell! Als hätten sie gespürt, wie dringend du ihre Hilfe gebraucht hast. Lass uns verschwinden! Nicht, dass John doch noch zurückkommt. Außerdem sollten wir deine Wunden säubern."

Selina nickte, öffnete das Fenster von innen und kletterte hinaus. „In Ordnung. Aber lass uns das bei Mama machen, ja. Wir müssen mit ihr reden!"

Trudi runzelte die Stirn. „Du willst das alles Maria erzählen? Aber wieso?" Sie streckte vorsichtig die Hand nach Selinas Gesicht aus, zog einen Glassplitter aus ihrer Haut. Sie zuckte zusammen, als Blut aus der Wunde zu tropfen begann. „Es tut mir so leid. Du musst höllische Schmerzen haben."

Selina schüttelte den Kopf. „Eigentlich spüre ich fast gar nichts. Vielleicht stehe ich unter Schock." Sie drehte sich zum Fenster um, wieder zu Trudi und holte tief Luft. „John hat zugegeben, dass Papa hinter alldem steckt." Sie brach ab, um sich eine Träne fortzuwischen, presste die Lippen aufeinander. Ihr Vater, ihr eigener Vater ...! „Mama kennt ihn besser, als jeder andere. Vielleicht weiß sie etwas, was uns weiterhelfen kann."

Trudi starrte sie entgeistert an. „Das hat John gesagt? Aber dir ist schon klar, dass er vielleicht nicht die Wahrheit gesagt hat?"

Selina dachte eine Weile über diese Möglichkeit nach. Sie wollte daran glauben. Wie sehr wollte sie das! Aber sie hatten endlich, nach wochenlanger Arbeit und Ungewissheit, eine Antwort gefunden. Auch wenn ihr diese nicht gefiel ... sie musste ihr nachgehen. Ihre Lippe zitterte leicht, als sie versuchte zu lächeln. „Vielleicht hat er gelogen. Vielleicht aber auch nicht."

***

Trudi parkte den Wagen auf dem Parkplatz, der für Frank reserviert war. Selina öffnete die Autotür und kam langsam auf die Füße. Sie fühlte sich so schwach, dass Trudi sie stützen musste. Am Eingang wartete bereits Maria, die ihnen entgegeneilte, als sie Selinas Gesundheitszustand bemerkte.

„Schatz, wie siehst du denn aus? Was ist denn passiert?", fragte sie geschockt. Bekam aber keine Antwort.

Sie öffnete die Haustür, räumte rasch einen Stapel Zeitschriften vom Sofa. Selina legte sich hin und starrte an die Wand. Sie spürte die Hände ihrer Mutter; als sie sanft begann, ihr mit einem feuchten Tuch das Blut von der Haut zu wischen.

„Du bist gar nicht verletzt", stellte Mutter verwundert fest. „Von wem ist dann all das Blut?"

Selina war zu müde, um zu antworten. Am liebsten hätte sie geschlafen und alles vergessen, was in den letzten Stunden passiert war.

„Du hast recht." Trudi strich ihre Hand entlang. „Aber ich schwöre dir, dass sie verletzt war. Ich versteh das nicht." Sie suchte Selinas Blick. „Du bist direkt unter der Scheibe gehockt, ich habe die Splitter aus dir herausgezogen." Sie stockte. „Ich habe gesehen, wie du geblutet hast. Das ist dein Blut! Ich habe die Wunden gesehen." Sie blickte an die Stelle, an der das Amulett versteckt lag. Nichts deutete daraufhin, dass es aktiviert war. Es leuchtete nicht und sandte keine Wärme aus. „Meinst du, es liegt am Amulett?"

Selina dachte darüber nach. Auch nach ihrem Autounfall hatte sie keinerlei Verletzungen gehabt. Noch nicht einmal einen blauen Fleck. Die Ärztin hatte es als Wunder bezeichnet. Vielleicht war es tatsächlich ein Wunder ... ein magisches.

„Was meinst du damit?", fragte Maria, tauchte das Tuch in einen Wasserkübel und wrang es aus. Augenblicklich färbte die klare Flüssigkeit sich rot.

Trudi schüttelte den Kopf.

Maria wusch auch den letzten Rest des Blutes von dem Körper ihrer Tochter. Bald sah Selina wieder aus wie vor dem Zusammenstoß mit John. Nur, dass sie sich ausgelaugt und schwach fühlte. Maria deckte sie zu und stopfte die Bettdecke unter ihren

Körper. Im Jugendalter hätte sie sich dagegen ge-
wehrt, behandelt zu werden wie ein Kind. Jetzt genoss sie es. Für einen Moment schloss sie die Augen
und stellte sich vor, sie wäre wieder zehn, hätte sich
beim Spielen mit Mellie die Knie aufgeschlagen.

„Alles wird wieder gut", hätte Mutter geflüstert,
ihr die verschwitzten Haare aus der Stirn gestrichen
und einen Kuss darauf gedrückt.

„Tut es fest weh, Sel?" Sie konnte Mellie neben
sich stehen sehen. Ihre großen Augen waren mit Tränen gefüllt. Sie hielt ihr linkes Handgelenk mit der
rechten Hand umschlungen, die Schultern nach
vorne geneigt. Sie sah bedrückt aus. Als wäre es ihre
Schuld, dass Selina das Gleichgewicht verloren und
mit dem Fahrrad gestürzt war.

Selina biss die Zähne zusammen und schüttelte
den Kopf, während Mutter mit einem Spray an-
rückte und die Flüssigkeit auf der Schürfwunde verteilte. Es brannte … oh, wie es brannte!

„Ihr Raudis!", tadelte Vater und strubbelte durch
Selinas Haare. Sie war zu abgelenkt von dem
Schmerz, als dass sie sich darüber aufgeregt hätte.
Vater bückte sich, schob eine Hand unter ihre Knie,
eine andere hinter ihren Rücken und hob sie hoch.
„Uff, bist du schwer. Was hast du zu Mittag geges-
sen? Ein ganzes Schwein?"

„Nein, Papa!", rief Melli. „Wir hatten doch heute
Spaghetti!"

Vater setzte sie auf das Sofa und stellte den Fernseher an. Mutter tauchte hinter ihm mit zwei Tassen heißer Schokolade auf. Melli bekam große Augen, setzte sich neben ihre Schwester und streckte beide Hände nach ihrer Tasse aus. Sie trank einen Schluck, lächelte selig und lehnte den Kopf an die Schulter ihrer großen Schwester.

„Was ist passiert?", fragte Mutter.

Trudis Stimme riss sie aus dem Tagtraum. Plötzlich fand sie sich in Mutters zu kleiner Wohnung wieder. Melli war tot und Vater war zu ihrem schlimmsten Feind geworden. Selina konnte nichts gegen die Tränen machen, die ihr über die Wangen kullerten. Sie lag still am Sofa, konnte die Hände nicht bewegen, weil ihre Mutter sie mit der Decke an ihren Körper gepresst hatte. Es fühlte sich an wie eine Zwangsjacke. Selina versuchte, sich zu befreien. Verharrte jedoch, als Trudi zu erzählen begann, was in den letzten Wochen geschehen war. Angefangen bei dem Brief mit der Nachricht um Mutters Tod. Maria setzte sich auf den Stuhl, tastete unter der Decke nach der Hand ihrer Tochter und drückte sie leicht. Selina starrte an die Wand und konnte nur an eines denken: Mama weiß jetzt, dass ich nicht freiwillig zurückgekommen bin.

„Ihr meint, Mellies Unfall ... war gar kein Unfall?", fragte Maria schwach.

„Ja", gab Trudi leise zu.

„Mama? Ich bin mir sicher, dass Papa dahintersteckt."

„Was?" Maria zog die Hand zurück und starrte ihre Tochter an. „Wie kommst du auf so einen Blödsinn?"

„Alle Hinweise führen zu ihm. Den Anhänger, der all dies ausgelöst hat, haben wir von ihm bekommen. Er hat sich in den vergangenen fünfzehn Jahren nur zweimal bei uns blicken gelassen. Und beide Male hatte es mit dem Amulett zu tun. Und außerdem … hat der Mann, der mich überfallen hat, zugegeben, dass Papa sein Auftraggeber ist."

Maria sprang vom Stuhl auf, sie war bleich im Gesicht. Schüttelte den Kopf. Wieder und wieder. „Nein!", sagte sie bestimmt. „Nein, das kann nicht sein. Das glaube ich nicht! Euer Vater liebt euch! Er würde nichts tun, was euch schaden könnte. Los, wir fahren zu ihm!"

„Was?" Selina zuckte zusammen. „Du willst zu ihm fahren und mich ausliefern?"

„Wir werden mit ihm sprechen. Ich weiß, dass er es nicht ist. Ich kann mich nicht so sehr in ihm getäuscht haben."

„Aber Mama", widersprach Selina und setzte sich aufrecht hin. „Er konnte uns doch auch verlassen und links liegen lassen. Das hättest du dir sicherlich auch nicht von ihm gedacht."

Maria traten Tränen in die Augen. Schwach ließ

sie sich neben ihrer Tochter auf das Sofa sinken, küsste sie auf die Stirn, legte ihre Hände in den Schoß und blickte Selina an. „Er hat mich verlassen, weil ich ihn darum gebeten habe." Verblüfft starrte Selina ihre Mutter an. Maria versuchte zu lächeln, doch es scheiterte. „Nach seinem Betrug konnte ich es nicht ertragen, ihn sehen zu müssen. Ich sagte zu ihm, wenn er mich wirklich liebte, würde er respektieren, dass ich ihn nicht mehr sehen wollte. Er sollte verschwinden und sich nie mehr blicken lassen. Er hat mich angebettelt, zurückkommen zu dürfen. Er schwor, dass er mich und euch Mädchen liebe und mich nicht betrogen habe. Er wiederholte immer wieder, dass er mich nie betrügen würde. Aber das machte es nur noch schlimmer: Dass er nicht zu seinem Fehler stand. Ich konnte es ihm nicht verzeihen." Unbeholfen wischte sie die Tränen fort, die immer schneller nachkamen. Sie vergrub ihr Gesicht in den Händen. „Es tut mir leid", schluchzte sie.

Selina starrte ihre Mutter an, die zusammengekauert vor ihr saß und den Wasserstrom zu verbergen suchte. Deshalb hatte Vater sie verlassen? Sie warf Trudi einen Blick zu, dann nahm sie ihre Mutter zögernd in die Arme. „Aber Mama, was ist, wenn er dich wirklich nicht betrogen hat? Vielleicht gibt es einen anderen Grund für seine Abwesenheit und die Hotelrechnungen." Zugegeben konnte auch Selina sich keinen vorstellen.

Maria sprang entrüstet auf. „Nimmst du ihn etwa in Schutz? Er hätte mir doch nur eine Erklärung liefern müssen … irgendwas. Glaubst du etwa, ich wollte, dass unsere Ehe vorbei war und ich euch Mädchen allein großziehen musste? Aber er hat nichts gesagt. Nur immer wieder wiederholt, dass er mich nie betrügen würde. Aber was hätte ich davon denn sonst halten sollen?"

„Es tut mir leid, Mama", sagte Selina leise und griff nach der Hand ihrer Mutter. „Ich hätte das nicht sagen dürfen. Es ist nur so, dass ich es mir nicht vorstellen kann" Sie brach ab. Konnte sie nicht? Sie hatte sich auch nicht vorstellen können, dass ihr Vater von einem Tag auf den anderen verschwand und sich nicht mehr um sie und Mellie kümmerte. Und doch hatte er es getan. Nichts und niemand hätte ihn davon abhalten dürfen, seine Töchter zu besuchen. Egal, ob Mutter es ihm verboten hatte oder nicht. Sie waren doch seine Mädchen … Vielleicht war der Mann, den sie zu kennen geglaubt hatte, jemand anderes gewesen.

„Wir beide, du und ich." Maria zeigte auf ihre Tochter. „Wir werden deinem Vater einen Besuch abstatten."

„Bist du dir ganz sicher?" Selina suchte nach einem Gegenargument. Irgendetwas, was sie von dieser Idee abbringen konnte.

„Ich will, dass er dir in die Augen sieht und sagt,

dass er damit nichts zu tun hat. Trudi? Du bleibst hier. Nur für alle Fälle …, wenn du eine Stunde nichts von uns hörst, ruf die Polizei."

„In Ordnung", sagte Trudi und nickte.

„Du siehst gut aus", bemerkte Trudi, als Maria aus dem Badezimmer kam. Sie war nicht vergleichbar mit dem Menschen, den sie hier vor einigen Tagen vorgefunden hatten. Seit Selina zurück war, hatte sie sich verändert. Sie hatte ihre bunten Klamotten aus dem Schrank geholt, den Friseur besucht, und jetzt war sie geschminkt.

Maria strahlte. Wurde aber sofort ernst, als sie den bekümmerten Ausdruck in Selinas Gesicht entdeckte. „Können wir?"

Selina nickte, umarmte ihre beste Freundin zum Abschied.

„Es wird schon gut gehen", flüsterte Trudi ihr in die Haare. „Ich wünsche dir, dass dein Vater nicht dahintersteckt. Und …", über Selinas Schulter warf sie einen Blick auf Maria, die an der Tür wartete. Sie ließ sich die lange Perlenkette durch die Finger gleiten und schien mit ihren Gedanken weit entfernt zu sein. „Ich wünsche es mir für deine Mutter."

„Das wünsche ich mir auch." Selina lächelte ihrer Freundin schwach zu und verließ mit Maria das Wohnhaus.

Es dauerte nicht lange, bis sie die Wohnung ihres

Vaters erreichten. Mutter hatte gewusst, wo er lebte. Selina wollte in sicherer Entfernung stehen bleiben und die Lage auskundschaften, doch ihre Mutter eilte zielstrebig darauf zu. Richard hatte sich eine schöne Gegend ausgesucht. Es war ein Wohngebiet, in dem überwiegend Eigentumswohnungen und Einfamilienhäuser verkauft wurden. Obwohl es mitten in der Stadt lag, war es von Lärm und Verkehr ausgegrenzt. Nur Anwohner durften in die Siedlung einfahren und hatten auf Kinder Rücksicht zu nehmen.

„Ja?", polterte eine männliche Stimme in der Gegensprechanlage.

Maria setzte zu einer Antwort an, verstummte dann aber.

„Dann eben nicht." Der Mann klang genervt. Das Rauschen in der Anlage verstummte.

Maria warf ihrer Tochter einen kurzen Blick zu, drückte erneut den Knopf. Dieses Mal dauerte es quälend lange, bis jemand antwortete.

„Was jetzt?!"

„Ich bin´s. Maria."

Vor Anspannung hielt Selina die Luft an und starrte auf den Lautsprecher, aus dem nur ein Knacken kam.

„Maria?" Ein Flüstern. „Was machst du hier? Ich habe nicht mit dir gerechnet. Willst du raufkommen? Warte kurz. Ich mach gleich auf!"

Das Rauschen verklang. Mutter und Tochter sahen sich an. Minutenlang geschah nichts. Was machte er so lange? Rief er seinen Komplizen an? Selina wollte nicht daran glauben. Versuchte, den Gedanken zu verdrängen. Ein leises Piepsen an der Tür. Maria zog daran, mit einem *Klack* ging die Tür nach außen auf. Sie stiegen die Stufen nach oben; auf halbem Weg in den vierten Stock kam ihnen eine Blondine entgegen: Groß, hohe Absätze, Hotpants. Sie starrte ihre Mutter so durchdringend an, dass Selina der Verdacht kam, sie würden sich kennen. Ihr Vater wartete bereits in der Tür.

„Maria, ich … Selina." Er war überrascht. „Du bist hier?" Er ging einen Schritt auf sie zu. „Ihr seid hier? Wollt ihr … wollt ihr reinkommen?"

Selina konnte ihre Augen nicht von ihrem Vater abwenden. Er sah nicht aus wie der Einsiedler, den sie sich gestern vorgestellt hatte. Er war genau so, wie sie ihn in Erinnerung hatte. Die dunklen Haare inzwischen angegraut, die Haut nicht mehr so straff. Vermutlich ging er immer noch ins Fitnessstudio.

„Was weißt du darüber?", fragte Maria, griff ihrer Tochter an den Hals und zog das Amulett hervor. Sie blickte ihm starr ins Gesicht.

„Das ist Melanies Kette", sagte er leise. „Du hättest sie nicht umhängen sollen." Er fuhr sich mit der Hand ins Gesicht, sah verzweifelt aus, gequält. „Kommt mit." Er drehte sich um und ging in seine

Wohnung. Selina wollte ihm folgen, doch ihre Mutter hielt sie zurück.

„Warst du es?" Ihre Stimme zitterte.

„Was?"

„Hast du Melanie den Anhänger geschenkt?"

„An ihrem Geburtstag, ja." Er stützte sich am Türrahmen ab, als wäre er zu schwach, um auf den Füßen zu stehen.

„Warum nur?" Maria hatte Tränen in den Augen, ließ die Kette los, die sie die ganze Zeit gehalten hatte. Sie fiel an Selinas Hals zurück.

Richard runzelte die Stirn. „Es ist ein Familienerbstück. Ich wollte sie eigentlich meiner ältesten Tochter schenken. Aber sie wollte das Geschenk nicht annehmen."

Maria drehte sich ruckartig zu ihr um. „Du hättest sie bekommen sollen?"

Selina presste die Lippen aufeinander und nickte. „Er wollte sie mir schenken, als er an meinem fünfzehnten Geburtstag vor der Tür stand. Weißt du noch?" Sie war verzweifelt.

Ihre Mutter nickte langsam, wandte sich ihrem Ex-Mann zu und ging langsam zu ihm hin. „Wieso willst du die Kette zurückhaben?" Sie funkelte ihn bedrohlich an.

Er hob abwehrend die Hände. „Will ich doch gar nicht. Sie gehört euch! So wie es aussieht, gehört sie jetzt Selina."

„Du steckst also nicht dahinter?"

„Hinter was?"

„Hinter den Angriffen auf meine Töchter!", schrie sie. All die angestaute Wut, die Frustration der letzten zehn Jahre lag in diesem Satz. Sie versetzte ihm einen kräftigen Stoß, er taumelte.

„Was?" Überrascht blickte er auf, betrachtete Selina. Packte seine Ex-Frau an den Händen, die ihn erneut nach hinten stieß. „Maria, beruhige dich. Was redest du da? Welche Angriffe?"

„Wegen dieser dummen, dämlichen Kette! Wie konntest du sie ihnen nur schenken? Wie konntest du nur, Richard? Sie sind deine Töchter!"

„Was? Aber, ich verstehe nicht. Was ist hier los?" Er blickte seine Tochter an, die nun langsam näher kam. Er starrte auf die Stelle an ihrem Shirt, unter der es hell strahlte.

„Der Anhänger, Papa. Der Anhänger, den du uns geschenkt hast. Seinetwegen ist Mellie tot."

„Nein!" Er schüttelte den Kopf. „Das Amulett ist nicht böse. Es war ein Autounfall, ein dummer Unfall. Sag, dass das nicht wahr ist!"

„Nein, Papa. Es war Absicht. Jemand ist hinter dieser Kette her. Deshalb musst du uns sagen, was du darüber weißt."

Richard trat langsam zurück, schüttelte immer wieder den Kopf. Er war blass im Gesicht, tastete nach etwas, an dem er sich festhalten konnte. Es war

Marias Hand, die er erfasste. „Sag mir bitte, dass es nicht meine Schuld ist", flüsterte er.

Maria schlang ihren Arm um seine Taille, um ihn zu stützen. Sie war viel kleiner als er, führte ihn in die Wohnung zurück und half ihm, auf einem Ledersofa Platz zu nehmen, welches das halbe Wohnzimmer einnahm. Maria und Selina ließen sich ihm gegenüber nieder. Sie saßen auf zwei Couchstühlen. In der Mitte stand ein Tisch aus Glas, darauf eine Weinflasche und zwei halb leere Rotweingläser. Nach einer Weile, in der sie alle stumm auf die Gläser gestarrt hatten, stand Richard auf, räumte den Alkohol in die Küche und kam mit einer Wasserkaraffe und Gläsern zurück.

„Ich habe Melanie das Amulett an ihrem Geburtstag geschenkt. Aber ich hatte keine Zeit, ihr zu erklären, was es damit auf sich hat. Also wollte ich am nächsten Tag zurückkommen. Ich habe sie davor gewarnt, sich das Amulett umzulegen. Ich sagte zu ihr, sie dürfe es auf keinen Fall überstreifen. Aber am nächsten Tag war sie bereits tot. Warum nur …?" Er schluchzte auf, vergrub sein Gesicht in seinen Händen.

Selina erinnerte sich an den Tag von Mellies Geburtstag zurück. Mellie hatte aufgeregt an ihre Tür geklopft. Obwohl Selina ihre Ruhe hatte haben wollen, hatte sie ihre kleine Schwester eingelassen. Schließlich war es ihr Geburtstag gewesen. Mellie hatte ihr das braune Päckchen mit der roten Schleife entgegengestreckt und so schnell gesprochen, dass Selina kein Wort verstanden hatte.

„Beruhige dich", hatte sie gesagt und das Geschenk entgegengenommen. Es war bereits geöffnet gewesen. Im Gegensatz zu Selina hatte Mellie ihre Geschenke nicht aufgerissen, sondern die Klebestreifen mit einem Messer durchtrennt und das Geschenkpapier fein säuberlich zusammengefaltet. Selina hatte die kleine Box darin geöffnet und auf das Amulett geblickt. Sie hatte sofort gewusst, dass es etwas Besonderes war. Der feine Schriftzug darauf hatte sich bewegt. Wie Schlangen in einer Grube hatten die Linien sich umeinander geschlängelt. Der Smaragd hatte gefunkelt; so verführerisch, als hätte er gewollt, dass Selina danach griff. Sie hatte sich zusammenreisen müssen, nicht nach dem Amulett zu fassen und es sich überzustreifen. Vielleicht war es keine Einbildung gewesen, wie sie damals gedacht hatte. Vielleicht hatte das Amulett absichtlich versucht, sie zu verführen. Es war damals ohne Gebieter gewesen. Es hatte jemanden gesucht, den es beschützen konnte. Selina fröstelte, als sie an Mellies Gesicht dachte. Es war von der Aufregung gerötet gewesen.

„Papa hat es mir geschenkt!", hatte sie gesagt und dabei selig gelächelt.

Selina hatte versucht, ihre Eifersucht

hinunterzuschlucken. „Leg es dir um."

Doch Mellie hatte den Kopf geschüttelt. „Papa hat es verboten. Er hat gesagt, es sei ein Familienerbstück. Er kommt morgen wieder, und dann machen wir das zusammen."

Selina wusste nicht recht, was sie zu ihrer Aufforderung getrieben hatte. War es die Eifersucht gewesen, die Vaters Plan durchkreuzen wollte? Sie wusste nur, dass sie ihrem Vater diesen Moment nicht gegönnt hatte. Nach fünf Jahren Abwesenheit hatte er nicht das Recht gehabt, das Familienerbstück weiterzureichen und dabei Glück zu verspüren.

„Ich habe Mellie dazu gedrängt, das Amulett umzulegen", gab Selina leise zu. Sie blickte auf ihre Hände, die sie ineinander verkrampft hatte. Sie konnte ihre Eltern nicht ansehen. Selina wollte die Tränen fortwischen, die ihr über das Gesicht liefen, aber sie konnte sich nicht bewegen. Nur hier sitzen und sich die Szene immer wieder vorstellen. Wie Mellie in die Schachtel gegriffen, vorsichtig das Amulett herausgeholt und sich übergestreift hatte. Im selben Moment waren die Schlangen zu Eis gefroren und der Stein hatte zu funkeln aufgehört. Mellie hatte gelächelt und das Erbstück in die Hand genommen.

„Es ist schön, nicht?" Sie hatte das Amulett unter ihr Shirt gesteckt. „Meinst du, Papa wird sauer sein, dass ich die Kette ohne ihn umgelegt habe?"

„Vielleicht kommt er auch gar nicht", hatte Selina geantwortet. „So wie er auch in den letzten fünf Jahren nicht da war."

Mellie hatte traurig den Kopf hängen lassen. Selina hätte sie trösten müssen, stattdessen hatte sie eine seltsame Befriedigung darin verspürt, ihrer Schwester die Freude genommen zu haben.

„Er wird ganz warm", hatte sie gesagt und den Anhänger wieder hervorgezogen.

Als Selinas Starre nachließ, blickte sie in die Gesichter ihrer Eltern. Beide hatten Tränen in den Augen.

„Es tut mir leid", sagte Selina. „Es tut mir so leid."

„Von dem Augenblick an war Mellie die Eigentümerin." Vater betrachtete einen Punkt an der Decke. „Ohne, dass sie überhaupt wusste, welche Macht sie da um den Hals trug."

Mutter griff vorsichtig nach Selinas Händen, die sie immer noch ineinander verschränkt hielt. „Du konntest es nicht wissen", sagte sie leise. „Es war nicht deine Schuld."

Vater räusperte sich. „Es war meine. Ich hätte mir gleich die Zeit nehmen und mit Mellie über die Bedeutung des Amuletts sprechen müssen. Ich war in Eile, weil ich einem Hinweis nachgegangen bin." Er stockte. „Ihr müsst wissen, dass das Amulett schon lange im Familienbesitz ist. Davor gehörte es meinem Vater, also deinem Großvater." Er nickte Selina zu. „Er hat mit mir als Kind Stunden im Wald verbracht, um mir die Macht des Amuletts näherzubringen. Doch als ich älter wurde, hatte er immer weniger Zeit für solche Ausflüge." Er stand auf, ging im Zimmer auf und ab, trank einen Schluck aus seinem Wasserglas und setzte sich schließlich wieder hin. Er wirkte müde. „Ich sollte euch das nicht erzählen. Aber … ich glaube ohnehin, dass es nur Aberglaube ist. Außerdem müsst ihr alles wissen, damit ihr versteht, was hier vor sich geht und damit wir Selina beschützen können." Er holte tief Luft und sah Selina in die Augen. „An dem Abend, bevor dein Großvater starb, holte er mich zur Seite und weihte mich in sein Geheimnis ein: Er sagte, er hätte deshalb so wenig Zeit gehabt, weil er einer wichtigen Sache auf der Spur war. Er würde mir davon erzählen, weil ich sein Nachfolger werden sollte. Wenn er eines Tages starb, sollte ich sein Amulett bekommen und der neue Eigentümer werden. Und ich sollte sein Vermächtnis fortführen. Er erzählte mir, dass es drei solcher Ketten gab und dass alle drei gemeinsam die größte Macht hätten. Er hatte es sich in den Kopf gesetzt, alle drei Amulette zu finden und zu vereinen. Es war ihm bereits gelungen, auch ein zweites Amulett ausfindig zu machen. Aber das dritte Amulett schien verschollen zu sein. Er warnte mich, dass ich niemandem davon erzählen dürfte, denn es gab Leute, die eine Fusionierung der drei Amulette um jeden Preis verhindern wollten. Er war überzeugt davon, dass man sich selbst und alle Mitwisser in Gefahr brachte, wenn man darüber sprach. Ich hielt das damals für ziemlichen Humbug. Doch in dieser Nacht starb mein Vater. Ob es nun Zufall war oder tatsächlich damit zusammenhing, dass er mir von seinem Geheimnis erzählte, weiß ich nicht. Ich sah es als Warnung. Wollt ihr etwas zu trinken?" Er zog die drei Gläser zu sich heran, füllte Flüssigkeit hinein, schob Selina ein Glas zu. Das zweite Glas reichte er Maria und ließ es erst los, als sie ihn anblickte.

„Ich habe dich nicht betrogen", sagte er. „Das hätte ich nie getan. Ich bin auf einen Hinweis gestoßen, wo das dritte Amulett sich aufhalten könnte. Ich bin ihm nachgegangen, schließlich hatte ich Vater versprochen, sein Vermächtnis fortzuführen. Und dabei habe ich mich immer weiter in die Suche hineingesteigert, bis mir nichts anderes mehr wichtig war. Es tut mir leid. Ich weiß, dass ich zu weit gegangen bin. Ich hätte dir davon erzählen müssen. Aber ich hatte Angst, dass an Vaters Warnung etwas Wahres daran war. Und ich wollte euch auf keinen Fall in Gefahr bringen."

Maria wandte den Blick ab und starrte auf ihr Wasserglas. Selina meinte eine Träne in ihren Augen schimmern zu sehen. „Konntest du das dritte

Amulett finden?", fragte sie leise.

Vater schüttelte den Kopf. „Es ist mir immer noch nicht gelungen. Doch an dem Tag von Mellies Geburtstag erhielt ich einen wichtigen Hinweis. Deshalb hatte ich nicht viel Zeit." Er schluckte. „Ich hätte mir Zeit für euch nehmen müssen. Ich weiß, es tut mir leid. Es ist wie eine Sucht. Jedem neuen Hinweis muss ich nachgehen, ich kann nicht damit aufhören, bis ich das Amulett gefunden habe."

„Du suchst immer noch danach?", fragte Selina traurig.

Richard nickte. „Ja. Aber ich weiß, dass es nicht mehr lange dauert. Ich bin so kurz davor, es zu finden."

Einen Augenblick starrten sie alle schweigend auf die Gläser, dann zog Selina das Amulett unter dem Shirt hervor und legte es zwischen ihren Eltern auf den Tisch. Ihr Vater streckte die Hand aus, hob es hoch und drehte es hin und her, als würde er es zum ersten Mal richtig betrachten.

Dann zog auch er ein Amulett unter seinem Hemd hervor und hielt es hoch. Es sah ähnlich aus wie Selinas und doch war es einzigartig. Es war aus einem ebenso dunklen Holz geschnitzt, doch der Anhänger war etwas ovaler und leicht wellig. Der Smaragd in der Mitte wirkte dunkler und voller. Beinahe wie Moos nach einem starken Regenfall. Die feinen Linien waren silbern und zeigten ein anderes

Muster, doch sie waren ebenso verworren und unentwirrbar wie auf Selinas Amulett. Er führte die beiden Schmuckstücke zueinander. Als das Holz sich berührte, sprühten Funken nach allen Seiten und ein leichter Schlag durchzuckte Selinas Körper, als hätte sie an das Band eines Weidezauns gefasst. Sie spürte das Gefühl in sich nachhallen. Ihr Vater verzog das Gesicht zu einem Grinsen. Es fiel kläglich in sich zusammen, als er sich erinnerte, was dieses Schmuckstück angerichtet hatte.

„Dies hier ist das Amulett, das deinem Großvater gehörte." Er steckte seinen eigenen Talisman zurück an den Ort unter seiner Kleidung. „Du trägst das Amulett, das er nach langer Suche gefunden hat. Ich wollte es eigentlich dir schenken, meiner ältesten Tochter." Er lächelte Selina zu. „Du bist gerade fünfzehn geworden. Ich fand es eine nette Geste, sie dir zu schenken, und obendrein", er warf einen Blick in Marias Richtung, „fand ich es einen guten Vorwand, euch wiederzusehen. Aber du wolltest sie nicht und Maria hat mich aus dem Haus geworfen. Was ich beides absolut verstehen kann. Also hab´ ich das Geschenk zurück in die Kiste mit den Erinnerungen gelegt und dabei in den alten Fotoalben geblättert." Er betrachtete Maria nachdenklich. „Wusstest du, dass ich eine Muschel von unserem ersten Meerurlaub mitgenommen habe? Als du rückwärts ins Wasser gefallen bist. Du warst klatschnass und hast dich den ganzen Weg zum Hotel an mich geklammert." Er warf seiner Tochter einen Blick zu. „Es war April. Sie konnte froh sein, dass sie sich keine Erkältung geholt hat."

Maria stellte das Glas ab, als erinnerte sie sich erst jetzt, dass sie es noch festhielt. Richard griff über den Tisch nach ihrer Hand. „Mit dir wurde es nie langweilig. Damals wusste ich, dass ich nie wieder mit jemand anderen in den Urlaub fahren will." Langsam zog sie ihre Hand zurück, verschränkte sie in ihrem Schoß und hielt den Blick gesenkt – um nicht zufällig seinen Augen zu begegnen.

„Wie man hört, hast du ja jetzt genügend Frauen, die mit dir überallhin fahren", sagte sie leise.

„Du hast ja auch jemanden." Er räusperte sich, griff erneut nach dem Anhänger, fuhr am Holz entlang. „An Mellies Geburtstag hab´ ich das Geschenk dann wieder ausgepackt." Er ballte die Hand zu einer Faust, sprang plötzlich auf und stürmte aus dem Zimmer. Selina konnte einen Schrei hören: Verzweiflung.

Lange saßen Mutter und Tochter nebeneinander, ohne zu sprechen, ohne sich zu bewegen. Dann stand Selina auf und blickte sich in der Wohnung ihres Vaters um: Sie war zu groß für einen einzigen Mann. Sie war zweistöckig, teuer eingerichtet, größtenteils in Schwarz. Es gab weder Dekoobjekte noch Blumen. Alles war penibel zusammengeräumt; wie in einem überteuerten Hotelzimmer. Als Richard zurückkam, stellte er eine Holztruhe auf den Tisch. Sie sah aus wie eine Schatztruhe in Piratenfilmen. Anstelle von Gold und Schmuck zog er ein Buch hervor. Es war dick, mit einem Einband aus Leder. Die Schrift darauf war derart verschnörkelt, dass Selina sie nicht entziffern konnte.

„Unsere Familienchronik", erklärte er und ließ das Buch mit einem *Rums* auf den Tisch fallen. Ungefähr in der Mitte des Wälzers lächelte Selina ihr eigenes Gesicht entgegen. „Selina Horst. Tochter von Richard Horst und Maria Radentheiner." Er sah auf und lächelte sie an. „Hier ist noch viel Platz." Er strich über die Seite. Auf der nächsten Doppelseite war Mellie verewigt. Nur ihr Geburtsdatum stand dort, neben weniger anderer Eintragungen. Niemand hatte ihr Sterbedatum eingetragen. Die zweite Seite, die ihrem Leben vorbehalten war, würde für immer leer bleiben. Rasch blätterte Richard zum Anfang des Buches, überflog lautlos die einzelnen Seiten. Die Eintragungen waren uralt und kaum lesbar. Familienangehörige, die vor Jahrhunderten gelebt hatten. Selinas Vater schien keine Probleme mit der Schrift zu haben. Er blätterte weiter nach hinten. Eine Generation vor Selinas Großvater stoppte er abrupt und ließ den Zeigefinger auf der Seite ruhen. „Hier." Seine Hand zitterte, als er auf den Eintrag zeigte. Selina konnte die Schrift allerdings nicht entziffern.

Maria beugte sich über den Wälzer. „Ich erhielt das Schmuckstück nach Vaters Tod", las sie vor.

„Die Kette", hauchte Selina aufgeregt.

„Das Amulett veränderte mein Leben", dozierte Maria weiter. „Vater hatte mich gewarnt, leichtfertig damit umzugehen. Es konnte passieren, dass man für immer in dieser Welt blieb. Ich begann, Nachforschungen anzustellen, woher das Schmuckstück kam." Maria blätterte auf die nächste Seite und las stumm weiter.

„Was steht da?", fragte Selina, die es als Einzige nicht entschlüsseln konnte.

Richard hatte die Stirn in Falten gelegt. Maria und er sahen sich lange an. „Das Amulett ist noch gar nicht so lange im Besitz unserer Familie. Hier steht nichts Genaues. Nur, dass das Amulett zuvor einer anderen Familie gehörte. Es steht weder hier, wem das Amulett davor gehörte, noch, warum es in unseren Familienbesitz überging."

„Nun ja", sagte Maria. „Ich bezweifle, dass die andere Familie ein solches Amulett einfach so hergegeben hat."

„Du denkst an eine Gewalttat?", fragte Richard.

„An Mord, ja. Es wäre also denkbar, dass jemand aus dieser Familie das Amulett zurück will. Wenn hier doch nur was Nützliches drinnen stehen würde."

„Niemand wird so dumm sein und ein Mordgeständnis in einer Familienchronik niederschreiben." Richard blätterte weiter. „Hier", sagte er. Wieder lasen sie beide, die Köpfe dabei so eng über das alte Papier gebeugt, dass sich ihre Gesichter beinahe berührten. „Vor Jahrtausenden gab es wohl eine Hexe namens Dorothea", fasste Richard den Text für seine Tochter zusammen. „Die eine noch mächtigere Hexe verärgert hatte. Aus Rache verwandelte diese den Mann von Dorothea in einen Baum. Wie sehr Dorothea sich anstrengte, wen sie auch um Rat fragte, sie konnte ihre Liebe nicht zurückverwandeln. Also beschloss sie stattdessen, sich selbst in einen Baum zu verwandeln, um ihm nahe zu sein. Die beiden hatten drei gemeinsame Kinder, die sie nicht im Stich lassen konnte. Also erschuf sie dieses Amulett, durch das sie zwischen den beiden Körpern wechseln konnte. In der Nacht verschmolz sie mit dem Baum, der ihr Mann war, und war ihm näher als je zuvor. Am Tag kehrte sie in diese Welt zu ihren Kindern zurück und kümmerte sich um sie. Als die Mädchen alt genug waren, um für sich selbst zu sorgen, erstellte sie für jedes Kind ein eigenes Amulett und verschmolz selbst für alle Zeit mit diesem Baum." Er blickte skeptisch auf die Buchseite. „Das klingt wie ein Märchen."

„Ein Märchen, für das es einen Beweis gibt", sagte Selina und zeigte auf den Anhänger. „Jemand will diese Kette unbedingt haben. Die Frage ist nur, wieso?"

Maria zuckte plötzlich zusammen. „Wir haben vergessen, Trudi Bescheid zu geben! Du musst sie sofort anrufen. Nicht, dass sie noch die Polizei kontaktiert."

Selina zog rasch ihr Handy aus der Tasche und verschwand im Vorraum. Als sie nach dem Telefonat in das Wohnzimmer zurückkam, saßen ihre Eltern nebeneinander auf dem Sofa und entzifferten gemeinsam die Chronik von Richards Familie.

„Ich glaube, wir haben ein Motiv gefunden", sagte er und sah dabei sehr ernst aus.

Kapitel 16

Gespannt setzte Selina sich auf den Stuhl und starrte ihre Eltern an.

„Ein anderes Motiv, als dass die bestohlene Familie ihr Amulett zurückhaben will?" Ihr war dieses Motiv ziemlich glaubwürdig erschienen. Inzwischen waren sie sogar im Besitz zwei solcher Amulette. Es gab somit zwei Familien, die ihres Erbstückes erleichtert worden waren. Sie fragte sich, wie ihr Großvater an das Amulett gelangt war. Niemand gab doch ein solches magisches Artefakt einfach so her. Aber das er dafür jemanden ermordet hatte, konnte sie auch nicht glauben. Und was war mit ihrem eigenen Vater? Er war inzwischen seit eineinhalb Jahrzehnten auf der Jagd nach dem dritten Amulett. Er hatte selbst gesagt, dass er dem Pars Vitae schon sehr nahegekommen war. Vielleicht hatte er bei seiner Schnitzeljagd jemanden verärgert, der nicht vor Mord zurückschreckte. Und der vielleicht selbst in den Besitz aller drei Amulette gelangen wollte. Ihr Vater zeigte auf eine Stelle im Buch. Selina starrte unwissend darauf, wartete auf die Erklärung. Im Hintergrund hörte sie die Uhr aus dem Vorraum ticken.

„Insgesamt gibt es vier Anhänger. Davon ist einer verschwunden, als Dorothea sich dazu entschlossen

hat, für immer bei ihrem Mann zu bleiben. Die restlichen drei Anhänger wurden von Generation zu Generation weitergereicht. Wir wissen, was sie alle ge-
mein haben. Jonathan schreibt hier – das ist dein ur-
"

„Ist doch egal, wer er ist. Was schreibt er?", unterbrach Selina ihn ungeduldig.

„Du kannst deshalb in die Welt der Pflanzen ein-
tauchen, weil Dorothea in dem Anhänger die Kraft
der Pflanzen geballt hat. Es ist beinahe so, als würde
sich ein Stück von jeder Pflanze, die es auf der Welt
gibt, in diesem Anhänger befinden." Er starrte sie gespannt an. Als erwartete er, dass sie von selbst auf
die Lösung kommen würde.

Selina schüttelte den Kopf.

„Hast du vielleicht schon bemerkt, dass du mit
dem Amulett schneller heilst als normale Leute?"

Selina nickte. Ja, das war ihr bereits aufgefallen.
Aber sie hatte nicht die Zeit gehabt, wirklich darüber
nachzudenken.

„Was könnte also das Motiv sein?"

„Ich weiß nicht … Geldgier? Die Kette ist bestimmt viel wert."

„Möglich. Aber es gibt ein viel stärkeres Motiv."
Richard schüttelte den Kopf. „Worauf basiert die
moderne Medizin?"

Selina starrte ihn an. Sie zermarterte sich den
Kopf, war aber viel zu aufgeregt, um wirklich über

eine Lösung nachdenken zu können.

„Auf dem Wissen der Kräuterhexen", beantwortete er seine Frage. „Beinahe für jedes Leid ist ein Kraut gewachsen."

Selina verstand immer noch nicht. Richard beugte sich weit über den Tisch, starrte sie durchdringend an.

Maria erhob sich, setzte sich auf den Stuhl neben ihrer Tochter und wandte sich ihr zu. „Wenn in diesem Anhänger die Kräfte aller Pflanzen vereint sind, dann kann damit jedes Gebrechen geheilt werden."

Richard zeigte erneut auf das Buch. „Jonathan schreibt, dass der Anhänger ein Wunderheilmittel ist. Solange sein Eigentümer ihn trägt, wird jede Wunde rasend schnell heilen, er wird in kürzester Zeit gesunden und ein langes Leben haben. Was aber alles nicht bedeutet, dass du unbesiegbar bist. Irgendwann müssen auch wir sterben." Er zwinkerte seiner Tochter zu. „Aber neunzig Jahre sollten kein Problem für dich sein, wenn dich nicht davor jemand umbringt. Das einzige Problem ist, dass das Amulett an eine Person gebunden ist. Es wird zwar dich heilen, aber wenn beispielsweise deine Mutter erkrankt, hilft es ihr gar nichts."

In Selinas Fingerspitzen begann es zu kribbeln, sie spürte Adrenalin in ihre Glieder kriechen. Hatte plötzlich das Bedürfnis, loslaufen zu müssen. Sie sprang hoch und schritt aufgeregt im Zimmer auf

und ab. „Das heißt … das heißt, jemand will den An-
hänger, weil er damit jemand anderen heilen kann?
Oder sich selbst?" Sie hielt inne, drehte sich zu ihren
Eltern um und klammerte sich an die Lehne des
Stuhles. „Jemand hat meine Schwester getötet, um
sich oder jemand anderen zu retten?"

Maria stand auf, nahm ihre Tochter in den Arm,
drückte sie fest. „Ja. Ich glaube, das ist die Lösung,
Liebes."

Richard betrachtete sie nachdenklich. „Ich denke
auch, dass das der Grund ist. Wir haben es mit jemandem zu tun, der seit mindestens zehn Jahren an
einer schweren Krankheit leidet. An einer Krankheit,
die so furchtbar ist, dass er bereit ist, dafür zwei andere Menschen zu töten." Er blickte sie fragend an.
„Kennt ihr so jemanden?"

Mutter und Tochter betrachteten einander.
„Nein." Sie schüttelten einstimmig die Köpfe. Vielleicht war es aber gar niemand, den sie kannten.
Vielleicht war es eine Person, deren Familie zuvor im
Besitz des Amuletts gewesen war. Der Kreis der Verdächtigen hatte sich gerade erheblich erweitert.
Selina war frustriert. Würde das Spiel je ein Ende
nehmen? Dennoch gab es eine Person auf ihrer
Liste, die sie noch nicht überprüft hatten. Ein Mann,
der gewusst hatte, dass sie die Kette trug, den sie
davor aber nie gesehen hatte. Martin, der Polizist,
der sie über den Tod ihrer Schwester informiert

hatte.

„Was können wir tun?", fragte ihr Vater.

„Gar nichts. Das mache ich mit Trudi." Sie lächelte. „Fahren wir nach Hause, Mama?"

Maria schreckte hoch, als wäre sie mit ihren Gedanken wo anders gewesen. „Ich helfe deinem Vater noch beim Wegräumen", sagte sie. „Ich nehme mir dann später ein Taxi und rufe dich an, wenn ich zu Hause bin. In Ordnung?"

Selina nickte. „Bis später." Als sie die Tür zum Wohnzimmer hinter sich zuzog, konnte sie die Stimme ihrer Mutter hören. Für einen Moment verharrte sie lauschend.

„Du hast sie noch", sagte Maria. Selina konnte das Lächeln in ihrer Stimme hören.

„Ich hätte die Hose nie weggeworfen", antwortete er.

Selina versuchte, durch das Schlüsselloch zu spähen. Ihre Mutter hielt eine hässliche blaue Jeans in die Luft. Darauf waren bunte Blumen genäht, die an den Enden wegstanden. Selbst für ihre Mutter ein gewagtes Outfit.

„Als ich dich damit in den Hörsaal spazieren sah, habe ich mich in dich verliebt."

Für eine Weile war es still im Zimmer.

„Und ich habe eingesehen, dass du nicht der Spießer warst, für den ich dich gehalten habe."

***

Als Selina nach Hause kam, dämmerte es bereits.
Die Tür war verschlossen, niemand war hier. Noch
nicht einmal Hund und Katz, die ihren Garten umgru-
ben oder nach Futter bettelten. Selina zog ihr Handy
hervor und wählte Trudis Nummer. Sie hatte ihrer
Freundin den Schlüssel gegeben und kam selbst
nicht mehr in das Haus. Trudi hatte angedeutet, dass
sie den ganzen Tag hier verbringen und sich eine
Auszeit vom Detektivspiel nehmen wollte. Selina erkannte einen Liegestuhl am Rasen, daneben ein leeres Cocktailglas und ein aufgeschlagenes Buch. Im
Jugendalter hatten sie beide viel gelesen. Oft hatten
sie sich das gleiche Buch gekauft und nebeneinan-
dersitzend darin geblättert. Nachmittage waren damit vergangen, dass sie über männliche Charaktere
geschwärmt und über Figuren gelästert hatten.
Trudi hob nicht ab. In Selinas Nacken stellten sich die
Härchen auf, als sie daran dachte, die Nacht auf dem
Liegestuhl verbringen zu müssen. Ungeschützt und
leicht angreifbar. Wo war Trudi bloß? Mit Lorenz auf
ein Date verschwunden? Aber sie hätte doch nie darauf vergessen, ihrer Freundin den Schlüssel zu hin-
terlegen. Selina suchte unter dem Teppich vor der
Tür, in der Vase … Nirgends konnte sie ihn finden.
Und wenn Trudi nicht freiwillig gegangen war?
Selina blickte sich um, durchsuchte den Garten auf

Kampfspuren; konnte aber keine sehen. Sollte sie Lorenz anrufen? Auch er müsste längst hier sein. Wahrscheinlich war er wieder mit Freunden unterwegs.

„Frau Horst, huhu!", rief es vom Nachbargarten herüber. Es war Karla Larsen. „Sie suchen bestimmt ihre Freundin. Wir trinken gerade einen Kaffee, möchten sie auch einen?"

Erleichtert ließ Selina sich zu einem Getränk überreden. Wollte aber lieber mit Trudi allein sein und ihr von den neuesten Erkenntnissen berichten. Als sie hinter das Haus trat, saß Trudi auf einem Gartenstuhl, die Augen geschlossen, das Gesicht in den Himmel gestreckt. Sie sah entspannt aus. Das Kätzchen lag zusammengerollt auf ihrem Schoß, Scooby-Doo hatte sich an ihre Beine gelegt. Sie musste etwas gehört haben, denn plötzlich drehte sie sich zu ihr um.

„Was ist mit deinem Vater?", fragte sie leise. „Wo ist Maria?"

„Er war es nicht." Selina lächelte. „Sie ist noch bei ihm."

Trudi zog überrascht die Augenbrauen hoch. „Alles klar … Da wird Frank sich nicht freuen … Konntet ihr etwas herausfinden?"

Selina nickte. Doch ehe sie von den Erkenntnissen berichten konnte, kam Frau Larsen mit Kaffee und Kuchen um die Ecke.

„Das ich Sie auch endlich einladen darf", sagte sie und strahlte.

Wenig später verabschiedeten sie sich von Frau Larsen und gingen in ihr Haus. Trudi war so gespannt, dass Selina sofort mit der Berichterstattung begann. Selina wollte absperren, doch Trudi hielt sie davon ab.

„Lorenz kommt bestimmt auch gleich", sagte sie und sah dabei traurig aus.

„Habt ihr euch wieder gestritten?"

Trudi schüttelte den Kopf. „Wir sehen uns in letzter Zeit nicht oft genug, um zu streiten. Aber jetzt erzähl schon, was hast du herausgefunden?"

Selina erzählte ihr von der Kraft des Anhängers. Von ihrem Verdacht, der Angreifer müsste jemand sein, der einen geliebten Menschen mit einer schweren Krankheit helfen wollte.

Trudi wurde leichenblass, schnappte mehrere Male nach Luft. Sie starrte ihre beste Freundin an. „Lorenz hat eine Großtante. Sie hat Krebs im Endstadium", flüsterte sie entsetzt. Ihre Augen weiteten sich, als sie den Blick hob und jemanden hinter Selina fokussierte. „Lorenz", flüsterte sie. „Ich …"

„Das traust du mir wirklich zu?", fragte er. Selina hatte nicht mitbekommen, dass er das Haus betreten und ihr Gespräch belauscht hatte. Er stand im Türrahmen, die Arme verschränkt. „Meinst du nicht, ich hätte mir die Kette einfach genommen, wenn ich gewollt hätte?" Er kam auf sie zu, fuhr Selina an den Hals. Ihr Herz schlug kräftig, doch sie zwang sich, stehen zu bleiben. Sie spürte einen kräftigen Ruck. Ein Brennen, dort, wo das Garn in ihr Fleisch schnitt – dann hielt Lorenz die Kette in den Händen und hielt sie hoch. „Selina schläft im Nebenzimmer. Ich hätte mich nur in der Nacht zu ihr schleichen und sie holen müssen."

„Es tut mir leid", sagte Trudi. „Ich hab's nur so dahingeredet. Natürlich glaube ich nicht, dass du dahintersteckst. Ich liebe dich."

„Tust du das?", fragte er. „Glaubst du, ich weiß nicht, warum du vor zehn Jahren zu mir gekommen bist?" Er zeigte auf Selina. „Ihretwegen. Du warst wütend auf sie, also wolltest du dich rächen."

„Was tut das denn jetzt zur Sache? Das ist ewig her. Und außerdem hast du dich auch nicht beschwert, als ich mit dir geschlafen habe."

„Du hast mich benutzt!", knurrte er. „Die ganze Zeit ging es nur um sie. Genau wie jetzt auch! Und ich Idiot habe mich tatsächlich in dich verliebt!"

„Aber das habe ich doch auch!" Trudi fuchtelte hilflos mit den Armen, sie hatte Tränen in den Augen.

„Hast du das wirklich?"

„Glaubst du, ich hätte dich sonst geheiratet und es acht Jahre lang mit dir ausgehalten?" Trudi ließ sich schwach auf dem Sofa nieder und vergrub das

Gesicht in den Händen.

Lorenz lachte auf. „Nein. Eigentlich nicht. Ich bin ein Idiot." Er setzte sich zu Trudi, nahm sie in den Arm. „Es ist wohl alles etwas viel für mich in letzter Zeit. Ich hätte meine Frau gerne mal wieder für mich. Nichts für ungut, Selina."

Selina vollführte eine Wischbewegung mit der Hand. „Ich lass euch dann mal allein." Bevor sie den Raum verließ, drehte sie sich zu Lorenz um, der seiner Frau etwas ins Ohr flüsterte. Trudi kicherte. „Es ist bald vorbei", sagte Selina und blickte ihm fest in die Augen. „Dann hast du deine Frau wieder für dich."

Trudi fuhr hoch. „Du willst uns wieder verlassen?", fragte sie scharf.

Eine Weile betrachtete Selina das Paar und dachte über die Frage nach. Wollte sie zurück nach Wien gehen? Sie hatte lange nicht mehr darüber nachgedacht. Dann schüttelte sie den Kopf. „Nein. So schnell werdet ihr mich nicht mehr los."

„Das will ich auch hoffen." Lorenz zwinkerte ihr zu. „Du hast gar keine Ahnung, wie oft ich mir in den letzten zehn Jahren Geschichten über dich anhören musste."

***

Am nächsten Morgen brach Lorenz bereits früh

zur Arbeit auf. Als Selina die Küche betrat, saß Trudi vor einer Tasse Kaffee und durchforstete das Internet nach einem Polizisten mit dem Namen Martin. Da sie nicht viele Informationen hatten, verlief die Suche erfolglos.

„Du könntest deine Mutter oder Frank nach seinem vollen Namen fragen. Vielleicht wissen sie ihn noch."

Selina zuckte zusammen. Ihre Mutter hatte sich gestern nicht mehr gemeldet, obwohl sie es versprochen hatte. Sie langte nach ihrem Handy, bereits nach dem ersten Läuten nahm jemand ab.

„Mama?", fragte sie mit tauben Lippen. „Warum hast du nicht angerufen?"

„Hallo Schatz, es tut mir leid. Es ist spät geworden, gestern. Ich wollte dich nicht wecken. Konntet ihr noch etwas herausfinden?"

„Nicht wirklich. Mama, der Polizist, der damals an Mellies Unfall ermittelt hat … dieser Martin, weißt du, wie er heißt?"

Maria überlegte eine Weile. „Nein. Leider nicht. Warte, Frank ist da, ich frag ihn mal."

Selina hörte, wie eine Tür geöffnet wurde.

Franks Stimme. „Der Polizist? Ja, Martin Engelreich. Hast du sie schon gefragt?"

Selina vernahm ein Knistern, dann war ihre Mutter wieder am Telefon. „Martin Engelreich", wiederholte sie. „Was wollt ihr von ihm? Braucht ihr noch

Details über den Unfall?"

„Ja", antwortete Selina ausweichend. „Was solltest du mich fragen, Mama?"

„Oh, du hast es gehört. Frank hat vorgeschlagen, dass wir wieder in das Haus ziehen könnten. Wenn du möchtest?" Sie klang nicht glücklich dabei. Selina fragte sich, warum. Für sie wäre es eine Erleichterung: Trudi und Lorenz könnten in ihr normales Leben zurückkehren und sie wäre trotzdem nicht allein. Und für ihre Mutter wäre es sicherlich besser, wieder in dem Haus mit dem großen Garten zu leben als in dieser zu kleinen Wohnung. Was also hielt sie davon ab? Waren es die Erinnerungen an Mellie? Sie würde sich daran gewöhnen. Auch Selina hatte davor Angst gehabt, doch jetzt ging es ihr besser. Oder ging es um etwas anderes? Vielleicht um den Mann, der sie begleiten sollte?

„Das. Das wäre schön, ja."

Ihre Mutter antwortete nicht sofort. „Dann ziehen wir heute noch zurück", sagte sie langsam. „Wirst du da sein, Selina? Ich … ich möchte das nicht alleine machen."

„Ja. Ja natürlich, Mama. Ich warte hier auf dich." Selina konnte sich nur zu gut vorstellen, wie ihre Mutter sich fühlte. Vor Kurzem war sie selbst dazu gezwungen gewesen, in dieses Haus zurückzukehren. Sie hätte sich gerne davor gedrückt. Jetzt war sie froh darüber, es nicht getan zu haben. Selina war sich sicher, dass es auch ihrer Mutter guttun würde. An diesem Ort war sie glücklich gewesen. Sie könnte es wieder sein.

„Er heißt Martin Engelreich", informierte sie Trudi, sobald ihre Mutter aus der Leitung verschwunden war. Ihre Freundin gab den Namen ins Internet ein. Sie wurden sofort fündig. Martin arbeitete bei der Landespolizeidirektion Lahburg, also ganz in der Nähe. Auf dem Foto blickte er streng in die Kamera.

„Aber wie wollen wir herausfinden, ob er einen kranken Angehörigen hat?" Trudi durchsuchte die sozialen Netzwerke nach ihm. Auf Facebook hatte er ein Profil angelegt. Auch hier das gleiche Foto. Trudi klickte darauf. Sie erfuhren, dass das Bild bereits zwölf Jahre alt war. Sein Facebookverlauf zeigte immer dasselbe: Glückwünsche an seinem Geburtstag, das restliche Jahr nichts, wieder Glückwünsche zu seinem Geburtstag. Trudi reiste weit in die Vergangenheit, bis sie auf Aktivitäten stieß. Vor zwölf Jahren war Martin auf Facebook sehr aktiv gewesen. Sie erfuhren kaum etwas über seinen Beruf, dafür über sein Privatleben: Beinahe jedes Wochenende hatte er Fotos von sich und seiner Frau gepostet. Beim Klettern, beim Wandern mit ihrem Hund, beim Mountainbiken. Das reichte weit nach hinten. Vor 16 Jahren hatten die beiden geheiratet. Es gab ein

Dutzend Fotos von den beiden in Hochzeitsgarderobe. Er hatte lange Zeit ein Hochzeitsfoto als Profilbild eingestellt: Er trug sie auf Händen; sie lachten beide mit offenen Mündern in die Kamera. Das Bild wirkte nicht gestellt. Beinahe konnte Selina ihr Lachen hören. Bis er dieses Bild vor zwölf Jahren durch jenes Porträt in Polizeimontur ersetzt hatte, bei dem er keinen Mundwinkel verzog. Von da an war es mit seiner Profilaktivität vorbei.

„Meinst du, da ist etwas passiert?", fragte Selina.

Trudi nickte. „Vielleicht geht es um seine Frau. Wir sollten zur Polizeiwache fahren und uns umhören."

Selina verzog das Gesicht. „Ich habe Mama versprochen, auf sie zu warten und ihr beim Einzug zu helfen. Ich kann heute nicht weg."

„Macht nichts!" Trudi stand auf, stellte ihren Becher in die Spüle und schnappte sich die Autoschlüssel. „Heute starte ich mal einen Alleingang." Sie grinste. „Aber im Gegensatz zu dir passe ich auf und schicke dir stündlich ein Update, okay? Grüß Maria von mir. Ich freue mich, dass sie wieder einzieht. Lorenz kommt dann später unsere Sachen holen. Also sehen wir uns heute nicht mehr ... Morgen früh Frühstück bei dir? Ich bring Croissants mit."

Selina nickte und sah ihrer Freundin hinterher, wie sie gut gelaunt das Haus verließ. Sie freute sich, wieder mit Lorenz in das eigene Heim zurückziehen zu können.

***

Selina saß auf den Stufen vor ihrem Haus, das Kätzchen auf dem Schoß und wartete auf das Taxi, das jeden Moment auftauchen würde. Ihre Mutter hatte sie vor wenigen Minuten angerufen. Sie hatte nervös geklungen.

Das Fahrzeug hielt direkt vor dem Gartentor. Selina sah, wie die Tür auf der Beifahrerseite geöffnet wurde. Ein Fuß traf auf den Asphalt, dann kam der Kopf zum Vorschein. Der Taxifahrer lud das Gepäck aus, Maria streckte ihm einen Geldschein entgegen; ohne den Blick vom Haus abzuwenden. Der Wagen fuhr davon, ihre Mutter stand immer noch da. Neben den ganzen Koffern und Taschen. Frank würde erst später zu ihnen stoßen. Selina ging auf sie zu. Sie nahm den Weg, auf dem inzwischen wieder Kies lag. Nach vierzehn Tagen harter Arbeit sah das Grundstück beinahe aus wie in alten Zeiten. Doch obwohl der Garten ordentlich wirkte, fehlte ihm der Glanz, den Maria ihm gegeben hatte. Ihre Mutter hatte diesen Ort geliebt, ihre ganze Energie hineingesteckt. Als Selina vor ihr stand, schreckte Maria auf, als wäre sie aus einem Traum erwacht.

„Du hast es hergerichtet." Sie lächelte.

Selina nahm ihre Mutter an der Hand und führte

sie auf das Grundstück; zurück an den Ort, den sie Zuhause genannt hatten. Vor der Vitrine blieb sie stehen; warf einen Blick auf die Bilder darin. Maria weinte, als sie ihr letztes Familienfoto aus dem Schrank holte. Es war an Mellies Geburtstag entstanden. In aller Früh, als Selina eigentlich noch hatte schlafen wollen. Sie hatte sich mies gefühlt, weil sie sich nach ihrem Bett zurückgesehnt hatte. Die übertrieben gute Laune ihrer Mutter hatte genervt. Doch sie hatte sich zu einem Lächeln gezwungen, Mellie zuliebe; die über beide Wangen gestrahlt hatte. Elf Jahre. Sie hatte noch ihr ganzes Leben vor sich … hatten sie damals gedacht. Noch genügend Zeit, um sich zu streiten und wieder zu versöhnen. Um der kleinen Schwester zuzuhören und ihr zu versichern, dass Vater nicht ihretwegen gegangen war. Selina hatte verabsäumt, ihr zu sagen, dass sie sie lieb hatte. Es war zu wenig Zeit gewesen … viel zu wenig.

„Weißt du noch?", fragte Mutter und lächelte unter Tränen. „Du wolltest nicht aufstehen."

„Du hast mich mit dieser furchtbaren Partytröte geweckt. Mir blieb nichts anderes übrig." Selina strich über den Rahmen und stellte das Bild zurück. „Mellie hat den Rummel geliebt, den du veranstaltet hast."

„Sie war so ein liebes Mädchen." Mutter schluchzte auf, klammerte sich an ihre Tochter. „Das hätte nicht passieren dürfen."

„Ich weiß. Es tut mir leid. Es tut mir so leid."
Selina spürte Tränen hochsteigen, drückte ihre Mutter an sich. Über ihren Kopf hinweg sah sie das Gesicht ihrer Schwester. Es lächelte sie an.

***

Nachdem sie alle Koffer ausgeräumt und Marias Zimmer bezogen hatten, klopfte es an der Tür und Lorenz kam herein.

„Ich komme unsere Sachen abholen. Selina, ähm. Hast du eine Minute?" Er deutete nach oben. Sie nickte und folgte ihm in den oberen Stock in ihr Zimmer. Die Fotowand hing immer noch an ihrem Platz.

„Ist alles gut zwischen uns?", fragte er und blieb vor den Bildern stehen. Selina spürte dieses Kribbeln in der Magengegend und stellte sich neben ihn. Lorenz war beinahe auf jedem Foto abgebildet. Auf den meisten waren sie alle drei zu sehen. Er hatte schon damals zwischen den beiden Mädchen gestanden, als hätte er sich nicht entscheiden können. Mit einem Mal verstand Selina, dass diese Fotografien mehrere Geschichten erzählten: Die Liebesgeschichte von ihr und Lorenz ... genauso wie die Liebesgeschichte zwischen Lorenz und Trudi. Sie fragte sich, ob Trudi damals schon etwas für ihn empfunden hatte. Auf dem einen Bild wirkte es, als würde sie ihn anhimmeln. Aber selbst wenn Trudi in ihn verliebt gewesen war, sie hatte nichts gesagt. Selina war mit Lorenz zusammen gewesen, und Trudi hatte das respektiert. Selina blickte den Mann ihrer besten Freundin lange an. Er sah müde aus.

„Wenn ich nicht gegangen wäre ...?", begann Selina langsam; hielt dann jedoch inne. Sie hatte kein Recht darauf, das zu fragen. Lorenz war inzwischen verheiratet. Nicht mit irgendjemandem; sondern mit Trudi.

Lorenz griff nach ihrer Hand, ließ sie sofort wieder los. „Wenn du nicht gegangen wärst, wäre ich nie mit Trudi zusammengekommen." Er schluckte so laut, dass Selina es hören konnte. „Es wäre egal gewesen, in wen ich mich verliebt hätte. Trudi ist eine treue Seele. Sie hätte dir niemals den Jungen weggenommen."

Selina blickte auf die Bilder und erkannte, dass sie eine weitere Geschichte erzählten: Die von zwei Mädchen, die ihre Freundschaft durch nichts zerstören ließen – auch durch keinen Mann.

„Ich war damals heftig in dich verknallt, Selina. Als du weg warst, hatte ich furchtbaren Liebeskummer." Er lachte trocken auf. „Trudi hat mir darüber hinweggeholfen, und dabei habe ich mich in sie verliebt. Ich liebe sie wirklich." Er fuhr sich durch die Haare, blickte Selina aus großen Augen an. Als wartete er darauf, dass sie ihm ihre Zustimmung gab.

Selina lächelte. „Alles gut. Ich freue mich, dass du

und Trudi glücklich seid. Alles andere ist Schnee von gestern."

Lorenz wirkte erleichtert. Er schnappte sich die Taschen, die Trudi bereits gepackt hatte. Selina half ihm, sie zum Auto zu tragen.

„Bis bald", verabschiedete er sich.

„Lorenz? Danke, dass ihr hier eingezogen seid. Und … danke, dass du mich zu Trudi geschliffen hast, obwohl sie mich gar nicht sehen wollte."

Er lachte. „Oh, sie wollte dich sehen. Sie war nur zu stur, um über ihren Schatten zu springen."

Lorenz rollte langsam aus der Siedlung und Selina kehrte in das Haus zu ihrer Mutter zurück. Es dauerte nicht lange und Frank kam nach Hause. Selina beobachtete ihn vom Küchenfenster aus. Er blickte nicht nach links oder rechts, ging zielstrebig auf die Haustür zu – als wäre er gestern erst hier gewesen. Er winkte dem Mann von Frau Larsen zu und rief etwas über die Grundstücke hinweg, das Selina nicht verstehen konnte. Er war guter Laune. Ihre Mutter stellte sich neben sie.

„Frank hat hier immer wieder nach dem Rechten gesehen. Ich wollte nicht mehr herkommen." Sie lächelte schwach. „Ich bin so froh, dass du wieder da bist."

„Ich auch. Mama, was hast du gestern noch mit Papa besprochen?", fragte Selina neugierig. Wohlwissend, dass es sie nichts anging.

Maria blickte weiterhin aus dem Fenster. „Ich würde nicht sagen, dass wir direkt über etwas gesprochen haben."

„Sondern?", fragte Selina und betrachtete ihre Mutter, die ihre Augen von Frank abwandte und ihrer Tochter einen Seitenblick zuwarf. Sie bekam rote Flecken am Hals.

„Über die Vergangenheit. Wir haben über die Vergangenheit gesprochen", antwortete sie schnell. Die Tür wurde aufgestoßen.

„Hallo alle zusammen. Jemand zu Hause?", rief Frank. „Was haltet ihr davon, wenn ich uns eine Pizza ins Rohr werfe?" Er streckte ihnen erwähnte Tiefkühlware entgegen.

Maria schüttelte den Kopf. „Es tut mir leid, aber ich denke, ich werde heute früh nach oben gehen. Ich bin wirklich müde." Sie lächelte ihrer Tochter zu und hielt ein Bild in die Höhe. Es zeigte Selina, Trudi und Mellie, wie sie die Arme umeinandergelegt hatten und breit grinsten. „Das ist ein schönes Bild. Ich werde es ins Wohnzimmer hängen. Und Selina, danke, dass du heute da warst. Wir sehen uns morgen früh."

Selina wollte es ihrer Mutter gleichtun und ebenfalls verschwinden. Morgen stand ein langer Tag an. Selbst wenn Trudi herausfand, dass Martin nicht der Gesuchte war … Selina spürte, dass sie ganz nahe dran waren. Wenn er es nicht war, dann wahrscheinlich jemand aus einer Amuletträgerfamilie. Doch als sie Frank dabei beobachtete, wie er seine Umzugskartons durch den Garten schleppte, verspürte sie Mitleid und kam ihm zu Hilfe.

„Danke Selina." Er lächelte. „Tragen wir einfach alle Kisten in den oberen Stock, ich verräum sie dann schon."

Sie half Frank dabei, einen besonders sperrigen Karton aus dem Wagen zu heben. Uff, war der schwer. Seitwärts quetschten sie sich durch das Gartentor. Frank stolperte über einen Stein, verlor das Gleichgewicht und rutschte mit den Fingern vom Karton ab, der mit einem *Rums* auf den Boden platschte und auf der Seite aufplatzte. Der Inhalt quoll heraus. Frank stöhnte genervt auf.

„Warte hier. Ich hol zwei Körbe, dann schlichten wir das Ganze um."

Selina hob den Deckel ab und starrte auf die Fotografie eines Mädchens. Die vielleicht Fünfjährige hatte blonde Haare und schlang ihre zierlichen Händchen um einen zwanzig Jahre jüngeren Frank. Frank grinste breit, als das Mädchen ihm einen fetten Schmatzer auf die Wange drückte. Er sah glücklicher aus, als Selina ihn je erlebt hatte. Sie fragte sich, wann das Bild entstanden war.

Frank kam über den Schotterweg auf sie zu und stellte die Körbe auf den Boden.

„Wer ist das?", fragte Selina.

Er nahm ihr das Bild ab und verzog wehmütig das Gesicht. „Niemand."

Keine sonderlich zufriedenstellende Antwort, dennoch fragte Selina nicht weiter. Die Erinnerung schien Frank zu schmerzen. Also begann sie damit, die übrigen Dinge in die Körbe umzuschlichten. Bis auf dieses eine Foto gab es nichts mehr, was ihre Aufmerksamkeit erregte. Größtenteils waren Bücher darin; philosophische Ratgeber und eine Hundeschule waren darunter. Obwohl Frank nie einen Hund gehabt hatte. Zumindest nicht, soweit sie wusste. Aber allem Anschein nach wusste sie nicht allzu viel über ihren Stiefvater. Vielleicht sollte sie das ändern und sich öfters mit ihm unterhalten. Er war vor ihr fertig, schnappte sich seinen Korb und verschwand im Haus. Selina stapelte noch einige Bücher in ihren Korb, als ein großer Schlüssel seitwärts zwischen den Umschlägen hinunterrutschte. Sie wusste nicht, wieso. Aber sie war neugierig geworden. Einen solch großen Schlüssel sah man schließlich nicht jeden Tag. Sie schob die Bücher auseinander, fuhr mit ihrer flachen Hand den entstandenen Spalt hinunter und ertastete das lange Metall. Sie zog den Schlüssel hervor. Er war um einiges länger als ihre ausgestreckte Hand und wirkte ziemlich robust. Was musste das für ein gigantisches Schlüsselloch sein, in das ein solcher Schlüssel passte? Und was lag wohl hinter der Tür, die dieses Schloss versperrte? Vor Selinas innerem Auge blitzte ein Schlüsselloch auf, das sie vor nicht allzu langer Zeit gesehen hatte und das dementsprechend groß gewesen war. Es war die Tür zu ihrem Keller hier. Damals hatte sie sich gewundert, dass sie keinen dazugehörigen Schlüssel gefunden hatte, aber sie hatte nicht näher nachgeforscht. Es ergab keinen Sinn, wieso Mutter den Schlüssel mit in ihre neue Wohnung genommen hatte. Schließlich hatte der Keller nie etwas Wichtiges beherbergt. Früher hatten sie den Schlüssel einfach an der Tür stecken lassen.

Aber wenn ihr das schon eigenartig erschien … dann war es doch noch viel merkwürdiger, dass nicht Mutter den Schlüssel gelagert hatte, sondern Frank. In einer Schachtel, gut versteckt zwischen Bücherstapeln. Selina schüttelte den Kopf über sich selbst. Sie wurde langsam paranoid. Wenn Frank etwas in diesem Keller versteckte, dann würde er doch kaum seelenruhig zulassen, dass Selina in dieser Kiste stöberte. Andererseits … vielleicht hatte er im Eifer des Gefechtes auf den Schlüssel vergessen. Oder er rechnete nicht damit, dass Selina den Schlüssel mit der Kellertür in Verbindung setzen würde. Oder sie sah wirklich langsam Geister und der Schlüssel kam ganz wo anders her. Vielleicht war es ein Erinnerungsstück und passte zu einer alten Truhe auf dem Dachboden seiner eigenen Mutter. Sie konnte Frank die Treppe herunterpoltern hören.

Gleich würde er im Garten erscheinen. Ohne länger darüber nachzudenken, packte sie den Schlüssel und steckte ihn in ihren Korb. Dann stand sie auf und trug den Korb an Frank vorbei nach oben. Sie stellte alles neben die anderen Umzugskartons, ergriff den Schlüssel und verschwand damit in ihrem Zimmer, wo sie ihn unter dem Kopfpolster versteckte. Sie konnte doch zumindest nachsehen, ob der Schlüssel in das Schlüsselloch im Keller passte. Es würde Frank wohl kaum auffallen, wenn sie ihn erst am nächsten Morgen zu den anderen Sachen legte.

Als sie alle Kartons ausgeladen hatten, bedankte Frank sich bei ihr und verschwand im oberen Stock, um seine Sachen auszupacken. Selina setzte sich auf ihr Bett und zog den Schlüssel hervor. Jetzt war genau der richtige Moment, um ihn in das Schloss zu stecken. Sie wusste nicht, wann sie in nächster Zeit ihre Ruhe haben würde. Ihre Mutter hatte immer noch Sommerferien und würde zumindest den ganzen nächsten Tag um sie herumtanzen. Möglichst unauffällig trat Selina die Treppen hinunter und ging in die Küche, um sich ein Glas Wasser einzuschenken. Niemand folgte ihr. Das Amulett hatte sich erhitzt; Selina zog es rasch hervor, damit die Pflanzen nicht zu wachsen begannen und sie verrieten. Sie stieg die paar Stufen in den Keller hinab und stand vor der eisernen Tür. Obwohl dieser Bereich normal geheizt wurde, konnte Selina die Kälte spüren, die durch die Ritze an der Unterseite der Kellertür hervordrang. Sie steckte den Schlüssel in das Loch: Er passte perfekt. Sie schluckte, begann leicht zu zittern und wusste nicht, warum. Plötzlich hatte sie das Bedürfnis, Trudi anzurufen. Doch als sie danach tastete, konnte sie ihr Handy nicht finden. Es lag nutzlos im oberen Stock. Sollte sie es holen? Um was zu tun? Ihren einzigen ungestörten Moment zu verschwenden und ihrer Freundin von faulen Kartoffeln zu erzählen? Sie hielt die Luft an, packte den riesigen Schlüssel mit beiden Händen und drehte ihn herum. Ein leises *Klack* ertönte, als sich das Schloss öffnete. Selina musste nichts weiter tun, als an der Schwelle zur Unterwelt zu verharren, denn die Tür glitt von allein nach innen auf. Sie konnte zu Beginn kaum etwas erkennen, so dunkel war es im Raum. Der Geruch von Moder schlug ihr entgegen. Leicht süßlich und so dicht, dass sie meinte, keinen Sauerstoff aus der Luft saugen zu können. Gleich an der rechten Seite der Wand konnte sie im fahlen Schein des Lichtes, das vom oberen Stock herunterdrang, eine Taschenlampe sehen. Sie griff danach und drückte auf einen Knopf. Sofort strahlte es hell aus dem Plastikkörper heraus. Sie beleuchtete die gegenüberliegende Wand. Jetzt war ihr auch klar, wieso es so finster im inneren war. Die Wände waren tiefschwarz und von Ruß bedeckt. Der Raum war weit kleiner, als sie ihn in Erinnerung hatte. Sie wusste nur noch, dass mehrere Holztische herumgestanden hatten, auf denen Mutter in großen Kisten Obst und Gemüse gelagert hatte. Davon war nichts mehr da. Selina ließ den Kegel der Lampe herumtanzen und hielt die Luft an. Sie wusste, dass sie nicht hier sein durfte! Sie sollte schnellstmöglich verschwinden, Trudi anrufen und ein andermal wiederkommen. Mit ihrer besten Freundin gemeinsam. Aber sie konnte den Blick nicht abwenden. An die Wände waren alte Regale geschraubt, die genauso schwarz waren wie die Wand dahinter. Darauf standen ein Dutzend Kerzen, die teilweise schon weit heruntergebrannt waren, manche wirkten noch recht neu. Das Kerzenwachs hatte sich über die Regale verteilt, war teilweise über die Ablageflächen heruntergetropft und irgendwo zwischen der Regalkante und dem Boden erstarrt. Die roten und weißen Wachsskulpturen hatten sich untereinander vermischt und verliehen dem bizarren Raum etwas Schönes. Doch diese zufällig entstandenen Kunstwerke waren das einzig reizvolle in dem Keller. Selinas gesamter Körper war von einer Gänsehaut überzogen, als sie zu erfassen versuchte, was sie da vor sich sah. War dies ein Opferraum? Es fehlten nur das Bild einer verhassten Person und eine Voodoo-Puppe daneben. Zwischen den Kerzen standen Reagenzgläser in verschiedenen Größen. Selina erkannte sofort, welche schon länger nicht mehr heruntergenommen worden waren. Diese Gläser waren von Wachs umflossen und an die Regalböden geklebt. In einem Behälter erkannte sie eine tote Spinne mit zusammengeschrumpeltem Körper. In gut leserlichen Buchstaben hatte jemand das Etikett darauf beschriftet: Argiope bruennichi. Selina fragte sich, was es bedeutete und betrachtete auch die Aufschriften auf den übrigen Gläsern. Nichts davon konnte sie übersetzen. Vermutlich waren es die lateinischen Bezeichnungen der Dinge, die hinter den Glasscheiben gefangen waren. Zum Großteil waren es Pflanzen und haarige Substanzen. Sie schüttelte sich, als sie ein dickflüssiges Gelee erkannte, in dem Bläschen aufstiegen, die als grüner Dampf an der Oberfläche verpufften. Sie spürte einen Luftzug, der über ihre Haut strich und ihre Haare durcheinanderwirbelte. Selina erstarrte. In dem Raum gab es kein Fenster, keine Nische. Langsam drehte sie sich um und starrte zur offenen Tür. Doch auch dort stand niemand. Woher war also dieser Wind gekommen? Reiß dich zusammen!, schalt sie sich selbst.

Zwischen all den Regalen stand das Prachtstück des Opferraumes: Ein aus Stein gehauener Altar. Zögernd trat Selina darauf zu und beleuchtete dessen Oberfläche. Sie war ungleichmäßig und Selina konnte in den Dellen die Rückstände von Blut und Haaren erkennen. Direkt darüber hing der Schädel eines Ziegenbocks. Im Licht der Taschenlampe schienen die leeren Augenhöhlen noch dunkler. Beinahe schien es ihr, als würde der Schädel des toten Tieres sich bewegen; als wäre noch Leben hinter den schwarzen Löchern. Die Hörner waren spitz genug, um damit Selinas Herz zu durchbohren. Was war das hier? Sie drehte sich um und beleuchtete eine Wand voller Notizzettel, die jemand mit Nägeln in die Wand geschlagen und mit einem roten Faden untereinander verbunden hatte. Dazwischen blickte Selina ihr eigenes Gesicht entgegen. Und Mellies Gesicht und das ihrer Mutter, ihres Vaters und ihres Großvaters. Dort hingen Zeitungsausschnitte, der Ausdruck aus einer Fachzeitschrift, der sich um das Pars Vitae drehte. Sie starrte auf die herausgerissene Seite eines Buches. Die Schrift darauf war genauso unleserlich wie in der Familienchronik, die Vater ihr gezeigt hatte. War dies etwas Ähnliches? Hatte auch Frank seine Familienchronik durchblättert, in der Hoffnung, einen Hinweis darauf zu finden, wo das Amulett sich befand? Sie wich einen Schritt zurück und ließ vor Furcht die Taschenlampe fallen. Als diese zu Boden fiel, ging augenblicklich das Licht aus. Selinas Herz klopfte. Was tat sie hier? Sie konnte nur beten, dass Frank ihr Verschwinden nicht bemerkt hatte. Langsam trat sie aus dem Keller hinaus, blickte wachsam die Treppe hinauf. Sie konnte weder jemanden sehen noch hören. Sie verschloss die Kellertür hinter sich, zog den gigantischen Schlüssel ab und ließ ihn in dem Umhängetäschchen verschwinden, das sie extra aus diesem Grund mitgenommen hatte. Dann trat sie die Treppen nach oben.

Im Wohnzimmer war niemand, aber sie konnte das Wasser in der Spüle hören, als ob jemand den Abwasch machen würde. Ihre Mutter? Mit klopfendem Herzen ging sie darauf zu. Die Tür in den Vorraum war verschlossen. Sie steckte sich das Amulett unter ihr Shirt und spürte erleichtert, wie es sofort aufflammte. Der Talisman würde sie beschützen! Sie drehte sich erwartungsvoll zu der Zimmerpflanze um, die sie in einer Ecke positioniert hatte. Für den Fall, dass jemand in das Haus eindrang. Und erkannte mit einem Schlag, dass die Pflanze nicht mehr dort war. Selina erstarrte. Noch bevor die Person aus der Küchenzeile hervortrat, noch bevor sie sich zu ihr umdrehte, wusste sie, dass es nicht Mutter war. Wieso hätte ihre Mutter auch die Pflanze wegräumen sollen?

„Du bist allein." Es war Frank, der ihre schlimmsten Befürchtungen aussprach. „Ich habe alle deine grünen Freunde weggeräumt und alle Öffnungen verschlossen. Sie werden dir nicht helfen."

Langsam drehte Selina sich zu ihm um. Ihr war so kalt, so fürchterlich kalt. Eigentlich müsste die Luft vor ihr zu Eis gefrieren – ihre Worte müssten als

Wolke ihren Körper verlassen. „Wieso?", war alles, was sie herausbrachte.

„Ich bin kein schlechter Mensch. Wirklich nicht. Aber ich habe keine andere Wahl. Weißt du, das Foto, das du heute bei mir gesehen hast? Mit dem kleinen Mädchen?"

Selina nickte wie in Trance. Das Gespräch wirkte beinahe normal. Als würde sie sich mit ihrem Stiefvater unterhalten und nicht mit einem Verrückten, der sie umbringen wollte. Frank hielt ein Kissen in den Händen, das er mit beiden Händen knetete, als würde ihm das Mut verleihen.

„Das ist meine Tochter, Sandra. Sie ist jetzt fünfundzwanzig. Doch sie hat nicht einmal die Hälfte ihres Lebens wirklich erlebt. Meinetwegen!" Er suchte Selinas Blick, als wollte er, dass sie verstand. „Ich hatte einen schweren Autounfall, weil ich angetrunken nach Hause gefahren bin, und Sandra saß am Rücksitz. Und seitdem …" Er schüttelte den Kopf, wischte sich mit der Hand eine Schweißperle von der Stirn. Selina versuchte, Millimeter für Millimeter näher an das Fenster zu kommen. Wenn sie es schaffte, es aufzureißen, konnten die Pflanzen zu ihr kommen. Die Tür war für sie versperrt, da Frank fast direkt davor stand. „Seitdem liegt sie im Koma. Und es sieht nicht so aus, als ob sie wieder erwachen wird. Es gibt eigentlich keine Hoffnung für sie. Die Ärzte haben uns dazu geraten, die Geräte

abzuschalten. Aber ich kann das nicht! Nicht, solange es nur die geringste Chance gibt, dass sie wieder aufwacht. Und die gibt es! Durch dieses Amulett.
Das Amulett, das du um deinen Hals trägst. Es gehörte früher meiner Familie. Also habe ich ein An-
recht darauf! Denn wenn nicht einer deiner Vorfah-
ren es gestohlen hätte, dann würde es immer noch
uns gehören und all dies wäre nie nötig geworden!"
Frank kam nun auf sie zu, was Selina dazu veran-
lasste, schneller rückwärts zu treten.

„Bleib stehen! Oder ich rufe so laut, dass Mama
uns hören kann!", drohte sie ihm.

Frank schüttelte bedauernd den Kopf. „Deine
Mutter hatte Angst, dass sie in ihrer ersten Nacht
hier kein Auge zutun wird, deshalb habe ich ihr ein
starkes Schlafmittel gegeben. Sie schläft wie ein
Baby."

Selina war entsetzt, als sie sich vorstellte, ihre
Mutter könnte am nächsten Tag erwachen und auch
ihre zweite Tochter wäre verstorben. Während sie
friedlich geschlummert hatte.

Es war so offensichtlich gewesen. Sie hatte Frank
von Anfang an im Visier gehabt. Er hatte den Brief
sogar unterschrieben. Wie hatte sie sich nur täuschen lassen können? Vielleicht gerade deshalb,
weil es so offensichtlich gewesen war.

„Du hast gewusst, dass das Amulett bei uns ist?"
Selina erinnerte sich an die Recherchewand im

Keller. Er musste diesen Plan schon ausgebrütet haben, lange bevor er ihre Mutter kennengelernt hatte.

„Ich habe es vermutet, ja. Deine Eltern waren zu der Zeit bereits getrennt und Maria war offensichtlich auf der Suche nach einem neuen Partner. Es war ein leichtes Spiel, mich in die Familie einzuschleichen. Ein paar Komplimente und Maria hing an meinen Lippen. Nachdem Richard sie betrogen hatte, hätte sie jeden genommen, der ihr das Gefühl gab, etwas Besonderes zu sein."

Selina hasste ihn dafür, wie er über ihre Mutter sprach. Hätte sie nicht solche Angst gehabt, wäre sie zu ihm gegangen und hätte ihm eine geknallt. Was hielt sie eigentlich davon ab? Bisher hatte er noch keine Waffe gezogen; also besaß er vielleicht gar keine. Es musste schließlich einen Grund geben, wieso er John engagiert und sie nicht selbst aus dem Weg geräumt hatte. Er war ihr also mit nichts überlegen, außer vielleicht mit der Tatsache, dass er größer und stärker war. Sie musste es nur zum Fenster schaffen und ihn lange genug ablenken, damit die Pflanzen hereinkommen und ihr helfen konnten. Dann wäre sie gerettet!

„Wie hast du mich in Wien finden können?", fragte sie und trat einen weiteren Schritt rückwärts, in Richtung Fenster.

Er verzog den Mund zu einem Lächeln, bei dem

er seine Zähne zeigte; es wirkte grotesk, beinahe unmenschlich. Irgendetwas daran erinnerte sie an das Maul eines Krokodils.

„Das war alles andere als leicht. Ich musste dafür eine Schlange opfern und ihre Seele in mich aufnehmen."

Was? Frank lachte, als er Selinas verwirrten Gesichtsausdruck sah. Er musste eine Schlangenseele in sich aufnehmen? Hatte er sie nicht mehr alle? „Was soll das heißen?"

„Das wüsstest du wohl gern, hm? Das ist eine der Sachen, die du nie ..." Selina trat einen weiteren Schritt rückwärts, blickte Frank in die Augen, machte eine Kehrtwendung und rannte auf das Fenster zu. Sie riss es auf und spürte die warme Augustluft, die ihr entgegenschlug. Augenblicklich begann sie zu schwitzen. Sie erkannte die Rosengewächse, die in rasender Geschwindigkeit an Größe gewannen. Sie musste Frank nur kurz aufhalten und sie wäre gerettet. Rasch drehte sie sich zu ihm um. Er stand immer noch an derselben Stelle und grinste sie an. Wieso versuchte er nicht, sie aufzuhalten? Er wusste schließlich alles über das Amulett. Über seine heilende Wirkung genauso wie über die Fähigkeit, die Pflanzenwelt zu rufen.

„Weißt du, ich bin ziemlich gut über die Amulette informiert. Ich habe mich viele Jahre damit beschäftigt. Schon lange bevor ich diesen Unfall hatte und

Sandra ins Koma fiel. Ich weiß auch, dass dein Vater im Besitz eines zweiten Amuletts ist und dass er verzweifelt versucht, das dritte Amulett zu finden." Er machte eine bedeutsame Pause.

Selinas Handflächen begannen zu schwitzen. Wieso nur hatte sie das Gefühl, dass er ihr einen Schritt voraus war? Endlich begann eine Rosenranke durch das Fenster zu klettern, mitten in den Raum hinein. Sie war nicht annähernd so dick, wie der Drachenschweif beim letzten Mal. Aber sie wuchs in gigantischer Geschwindigkeit, breitete sich im gesamten Raum aus, bedeckte alle Wände. Bald sah das Zimmer aus, als hätte es eine Tapete aus Rosen. Aber die Pflanze griff nicht an. Sie umkreiste Frank, genauso, wie sie auch Selina umkreiste. Umschloss das gesamte Zimmer, sodass es unmöglich wurde, dass jemand herein oder hinauskam.

„Dein Vater ist ein würdiger Gegner. Es war schwer, das dritte Amulett vor ihm verborgen zu halten. Ich musste mir immer wieder neue Verschleierungstaktiken und falsche Hinweise ausdenken. Und trotzdem … er kam mir beinahe auf die Spur. Ich bin fast erleichtert, dass du den Keller gefunden hast und das Ganze ein Ende hat."

„Du hast die Schachtel absichtlich fallen lassen, oder? Du wolltest, dass ich den Schlüssel finde", schlussfolgerte Selina leise.

„Ja, ja, du hast Recht. Ich wollte, dass du den

Schlüssel findest und in den Keller blickst. Eigentlich habe ich John engagiert, damit er die Drecksarbeit für mich erledigt. Aber seien wir mal ehrlich ... er ist nicht der hellste Bursche und war dir nicht gewachsen. Also ... ich fand das Katz- und Mausspiel zwischen euch beiden zwar recht amüsant. Aber irgendwann musste es auch einmal zu Ende gebracht werden, und er war dazu einfach nicht fähig."

Selina betrachtete das Rosengebüsch, das inzwischen das gesamte Fenster und die Wohnungswand auskleidete, nun aber viel langsamer wuchs. „Du wolltest, dass ich das Fenster öffne, oder?"

„Ja, das wollte ich. Ich wollte, dass du die Pflanzen hereinlässt und erkennst, dass sie dir nicht helfen werden."

„Aber wieso?"

Anstelle einer Antwort langte Frank nach einer Lederkette, die um seinen Hals hing, und begann daran zu ziehen. Bis ein Amulett zum Vorschein kam, das ihrem eigenen stark ähnelte und wiederum völlig einzigartig war. Das hier war es also ... das dritte Amulett. Er grinste breit. „Es ist wunderschön, oder? Ich habe es schon lange ... sehr lange. Bereits in meinen Jugendjahren habe ich mich mit der Familiengeschichte beschäftigt und mich darüber geärgert, dass es einer anderen Familie gelungen war, unser Amulett zu stehlen. Ich konnte damals jedoch noch nicht herausfinden, wo genau unser Amulett gelandet war, also begnügte ich mich stattdessen mit diesem hier."

„Wie bist du daran gekommen?", fragte Selina verurteilend und beobachtete, wie sich eine Rosenranke von der Wand löste und über den Boden zu kriechen begann.

Er hob abwehrend die Hände. „Ich habe niemanden dafür umgebracht, falls du das andeuten willst. Ein Bekannter hat mir von dem Amulett erzählt. Ziemlich bald habe ich herausgefunden, dass das Amulett gemeinsam mit seiner früheren Besitzerin unter der Erde verscharrt war. Es ist wirklich nicht leicht, mit einer Schaufel ein Grab auszuheben. Aber … meine Mühen wurden belohnt und ich habe das Amulett an mich genommen. Wie ich sagte: Ich bin kein schlechter Mensch. Ich tue das alles nur für Sandra. Für seine Kinder tut man alles, absolut alles. Maria würde mich sicherlich verstehen."

Selina schüttelte den Kopf. Diese Unterhaltung war so grotesk. „Mama würde nie das Leben von jemand anderem über ihr eigenes stellen. Das tust du aber, nicht? Schließlich könntest du dich selbst umbringen und Sandra dein Amulett geben. Das tust du aber nicht, weil du ein selbstsüchtiges Arschloch bist!" In dem Moment, in dem sie die Worte ausgesprochen hatte, bereute sie diese schon wieder. Es war sicherlich nicht die beste Idee, ihn wütend zu machen. Andererseits war es egal. Diese Nacht würde so oder so gleich enden. Frank würde sie töten und das Amulett an sich nehmen. Es machte noch nicht einmal Sinn, das ganze hinauszuzögern. Niemand würde kommen, um sie zu retten. Ihre Mutter schlief tief und fest und würde nicht vor dem Morgengrauen erwachen. Frank war schließlich nicht dumm, er hatte das Schlafmittel sicherlich richtig dosiert. Für Lorenz gab es keinen Grund, zurückzukommen, und Trudi würde erst morgen früh wieder auftauchen. Sie war allein. Selbst die Pflanzen, die um sie herum wuchsen, schienen ihr nicht helfen zu wollen. Inzwischen hatten die Rosenranken auch den gesamten Boden bedeckt, dabei genug Platz für Selinas und Franks Füße gelassen. Sie hatten die Möbel erklommen und das gesamte Wohnzimmer in ein Gewächshaus verwandelt. Nur der Wohnzimmertisch neben Selina war noch frei. Darauf stand das Bild, das ihrer Mutter so gut gefallen und welches sie hierhergestellt hatte. Selina griff danach und blickte einen Moment in die Gesichter von Mellie und Trudi. Sie wünschte sich, mehr Zeit mit ihnen gehabt zu haben. Sie klammerte sich an das Bild und drückte es fest an sich. Sie würde in ihre Gesichter blicken, wenn sie ihren letzten Atemzug nahm. Selina fühlte sich wie eingekerkert in einem grünen Gefängnis. Sie fragte sich, wohin die Pflanzen als nächstes wachsen würden. Bald wäre kein Platz mehr für sie und Frank.

„Bringen wir es zu Ende", forderte sie ihn auf.

Frank starrte sie irritiert an. Damit hatte er sicherlich nicht gerechnet, er schüttelte den Kopf. „Nicht so schnell. Ich will, dass du es verstehst."

Selina verstand plötzlich, was er war. Kein besorgter Vater, der das Beste für seine Tochter wollte. Er genoss dieses Katz- und Mausspiel, wie er es nannte, und wollte es voll auskosten. Der Unfall und seine dem Tod geweihte Tochter gaben ihm bloß die Rechtfertigung, zu tun, was er tun wollte.

„Du hast Recht. Ich könnte mich selbst opfern, um Sandras Leben zu retten. Aber das kann und will ich nicht! Wenn Sandra erwacht, wird sie jemanden brauchen, der ihr hilft. Sie wird mich brauchen! Euch hingegen braucht sie nicht. Und ganz nebenbei bemerkt hänge ich an meinem Leben. Wieso sollte ich es aufgeben, wo es doch noch zwei andere Amulette gibt?"

Er war wahnsinnig! Was ging in seinem Kopf vor? Und für was hatte er John gebraucht, wo er selbst doch viel mächtiger war? „Wieso hast du John engagiert, wo doch du selbst ein Amulettträger bist? Du hättest eine viel bessere Chance gegen mich gehabt. Magie mit nichts als einer Waffe zu bekämpfen ist ziemlich unfair, findest du nicht?"

„Ach das. Nun ja, du musst wissen, dass wir Amulettträger einander nicht angreifen können." Er blickte sie vielsagend an. Das erklärte auch, wieso die Rosen zwar das gesamte Zimmer für sich beansprucht hatten, dabei jedoch einen weiten Bogen um Selina und Frank machten.

Bedeutete das, er konnte sie gar nicht töten? Dann musste sie doch nur eine Lücke zwischen den Pflanzen finden, sich hindurchzwängen und wäre frei. Selina blickte sich um. Das hingegen war gar nicht so einfach. Sie fühlte sich wie in einem Dickicht, das in jeder Sekunde undurchdringlicher wurde. Ein Albtraum in grün.

„Zumindest", fuhr er fort. „Können wir nicht unsere Pflanzen aufeinanderhetzen. Die Pflanzen greifen einander nicht gegenseitig an und uns auch nicht. Als normaler Mensch kann ich dir natürlich das Leben nehmen. Somit wäre ich John in nichts überlegen gewesen, und nun ja, mein Leben ist mir ein wenig mehr wert als seines. Und John macht für Geld so ziemlich alles, ohne lange nachzufragen oder darüber nachzudenken. Es muss bloß der Preis stimmen." Frank lachte. „Und Geld habe ich genug."

„Das stimmt nicht", widersprach Selina. „Du wärst John immer noch weit voraus gewesen. Selbst wenn dein Amulett keine Macht hat. Schließlich wäre dann auch mein Amulett nutzlos gewesen." Sie erinnerte sich an Johns panischen Blick zurück, als der Schweif des Pflanzendrachen nach ihm geschlagen hatte. Er hatte Todesangst verspürt.

Die Pflanzen um sie herum wuchsen inzwischen

so dicht, dass nur noch die kleine Fläche zwischen ihr und Frank frei war. Sie spürte eine Ranke im Rücken, die sie sanft vorwärtszuschieben begann. Die Pflanzen wollten mehr Platz. Selina lächelte bitter. Der Talisman, der sie bis eben beschützt hatte, bedeutete nun ihr Ende.

„Du hast es genossen, oder? Dass ich dich und Mama besucht habe und keine Ahnung hatte, wer du in Wahrheit bist. Du hast meine Angst gespürt, weil ich nicht wusste, wem ich vertrauen kann. Das ist der Grund, warum du John engagiert hast. Weil du das Spiel liebst. Das Gefühl der Macht, als ich neben dir am Frühstückstisch saß und du wusstest, du könntest mich jetzt töten. Du wolltest sehen, wie mich die Angst zerfrisst und ich verlerne, allen um mich herum zu vertrauen. Alles hat hierhergeführt, nicht wahr? Du wolltest an Mamas Seite zurück in dieses Haus ziehen. Deshalb hast du es ihr auch vorgeschlagen. Du wolltest, dass ich den Schlüssel finde und in den Keller gehe und dass Mama diese Tablette nimmt. Du hattest sogar geplant, dass Trudi und Lorenz wieder ausziehen und heute Nacht keinen Grund haben, hierher zurückzukehren. Gratuliere, dein Plan ist aufgegangen."

„Erwischt!", sagte Frank und grinste. „Ein guter Plan, oder was sagst du?"

Selina konnte nicht anders, als zu nicken. Sie wusste, dass sie keine Chance gegen ihn hatte. Aber bevor das hier zu Ende ging, wollte sie noch etwas wissen: „Dieser Wind, den ich im Keller gespürt habe ... Was war das?" Ihr fröstelte. Irgendwie wusste sie, dass es keine normale Erklärung dafür gab. Wie es auch keine normale Erklärung für das Amulett gab und dafür, dass sie mit Pflanzen kommunizieren konnte.

„Weißt du, die Amulette kommen aus einer Zeit, in der die Magie in unserer Welt noch viel präsenter war. Heute sucht man verzweifelt nach der kleinsten magischen Regung. Ich habe danach gesucht und gesucht und gesucht und es ist mir gelungen, einige wenige Schwingungen ausfindig zu machen. Konserviert in alten Steinen und den Knochen ausgestorbener Tierarten. Ich habe diese Gegenstände hierhergebracht und somit die wenige Magie an diesem Ort konzentriert. Alles nur zu dem Zweck, um die anderen Amulette zu finden. Es ist mir gelungen, oder nicht?" Er lächelte beinahe sentimental und strich über den Anhänger, der um seinen Hals hing.

„So konntest du mein Amulett finden? Indem du möglichst viel Magie an einem Ort konzentriert hast?", fragte Selina nach einer Weile. Sie konnte sich nicht wirklich vorstellen, wie das funktionieren sollte.

Als wäre Frank aus einer Trance erwacht, blickte er verträumt hoch. Es dauerte, bis er antwortete.

„Das Wichtigste ist das Amulett. Mithilfe eines

Amulettes kann man die anderen Amulette aufspüren. Allerdings nur, wenn man dafür die Seele eines Tieres opfert. Und damit das funktioniert, muss man an einem Ort sein, an dem sich Magie befindet."

„Okaaay." Selina verstand eigentlich gar nichts. Was sollte das heißen? Man musste die Seele eines Tieres opfern? „Und dieser Wind, den ich im Raum gespürt habe? Ich meine, es gibt dort unten kein Fenster, keine Nische, kein Nichts. Dort dürfte eigentlich kein Lufthauch wehen." Sie schlang die Arme um ihren Körper – als könnte sie sich selbst Wärme und Trost spenden.

„Magie. Du hast Magie gespürt. Als du mit deinem Amulett den Raum betreten hast, haben die magischen Gegenstände die Magie im Amulett gespürt. Diesen Austausch, der zwischen den Gegenständen stattfindet, spürst du als Wind."

Sie standen einander nun direkt gegenüber. Selina konnte ihre Hände noch nicht einmal mehr ganz ausbreiten, ohne in ein Dornengestrüpp zu greifen. Sie blickte auf das Polster, das Frank immer noch umklammert hielt und welches wie eine dunkle Vorahnung zwischen ihnen schwebte. Sie wusste jetzt, wofür Frank es mitgebracht hatte. Sie blickte ihm direkt ins Gesicht; er grinste sie an. Sie wussten beide, dass es zu Ende war. War das Bedauern in seinem Blick? Er hob das Kissen hoch, seine Hände dabei vollkommen ruhig. Er kannte keine Skrupel.

Ein letztes Mal sah sie ihn an, seine Augen waren hart geworden. Ein Fels, den nichts mehr umstimmen konnte. Sie blickte auf das Foto in ihrer Hand: Den linken Arm hatte sie um Mellie geschlungen, den rechten Arm um Trudi.

Sie schloss die Augen; spürte den Stoff, der sich auf ihr Gesicht legte. Erst sanft, wie das Lächeln der Schwester, dann erdrückend, wie die Schuld, die sie trug.

Sie fühlte, wie das Bild ihr aus den Händen glitt und auf den Boden krachte. Benebelt tastete sie nach dem Amulett um ihren Hals, zog es hervor und griff mit der anderen Hand nach dem Lederband, an dem Franks Amulett hing. Bevor ihr die Luft ausging, führte sie die beiden Amulette zusammen; wie auch ihr Vater es getan hatte. Sie spürte einen Schlag, der sie durchzuckte. Viel intensiver als beim letzten Mal. Ein helles Licht schien förmlich zwischen ihnen zu explodieren und schoss einen halben Meter in die Luft. Wie eine kleine Rakete, die zu früh gezündet worden war. Sie rang nach Luft, als der Druck des Kissens aus ihrem Gesicht verschwand. Frank war nach hinten getaumelt, weiter, als es gerade eben noch möglich gewesen wäre. Die Pflanzen zogen sich langsam vor ihnen zurück. Selina wurde von einem Gefühl der Erleichterung durchflutet. Als würde sie in einem Gefängnis sitzen und es wäre ihr gelungen, ein Loch in die Wand zu schlagen. Obwohl sie noch immer von dem Grünzeugs umgeben war, spürte sie, dass sich etwas verändert hatte. Die Ranken schlangen sich um Möbelstücke, wuchsen an den Wänden hoch und winkten mit ihren langen Armen. Beinahe als wollten sie, dass Selina auf sie aufmerksam wurde. Sie unterdrückten den Impuls, selbst die Hand zu heben und zurückzuwinken.

Frank blickte sie wütend an. „Was war das?" Nun war er derjenige, der Fragen stellte.

„Anscheinend weißt du doch nicht alles über die Amulette." Selina versuchte das brennende Gefühl in ihrer Luftröhre zu ignorieren. Mit grimmigem Blick hielt sie Franks Amulett nach oben. Während der Explosion hatte sie es so arg festgehalten, wie es ihr nur irgend möglich gewesen war. Nun war sie diejenige mit der größeren Macht. Einen Augenblick starrte Frank darauf. Dann wurde sein Gesichtsausdruck kalt und seine Augen begannen beinahe dämonisch zu glühen.

„Gib mir das Amulett zurück!", zischte er. Es klang fast wie der Laut einer Schlange. Seine Augenlider zuckten; plötzlich preschte er los; auf Selina zu.

Sie steckte ihr eigenes Amulett zurück unter ihre Kleidung und spürte, wie es wärmer und wärmer wurde. Auf keinen Fall durfte sie zulassen, dass er sein Amulett wieder in die Hände bekam. Sie rannte an ihm vorbei, an die andere Seite der Wohnung, zerrte an der Tür ... sie war verschlossen! Frank war schon wieder bei ihr, sie schlurfte zwischen ihm und der Wand hindurch und ließ sich von ihm quer durch das Zimmer jagen. Ein Schrei! Sie drehte sich um und sah gerade noch, wie Frank mit den Beinen voran in die Luft gehoben wurde. Eine Rosenranke hatte ihn am Hosenbein erwischt und ließ ihn im Raum baumeln, wie eine Christbaumkugel.

„Lass mich runter!", befahl er.

Plötzlich krachte es hinter Selina, sie spürte einen Schlag am Hinterkopf und verlor durch ihre eigene Drehbewegung das Gleichgewicht. Sie fand sich am Boden wieder und blickte auf. Direkt hinter ihr lag ein Mann in einem Wirrwarr aus Pflanzen. Ihr Herz schlug ungleichmäßig gegen ihren Brustkorb. Wer war das? Ein Mann, der definitiv nicht John war. Es dauerte nur eine Sekunde, bis sie ihn erkannte. Es war Martin, der Polizist und er schien sich kein wenig verändert zu haben. Als hätte das Tragen der Polizeiuniform ihn konserviert.

Der Pflanzenhaufen, in dem er lag, wirkte wie ein großes, grünes Plüschkissen. Die Ranken hatten sich umeinandergeschlungen, bis sie ein dichtes Geflecht ergaben. Beinahe schien es, als hätte jemand aus den Strängen ein Kissen gestrickt. Selina fragte sich, ob das Grünzeugs den Mann absichtlich aufgefangen hatte. Bedeutete das, er war einer von den Guten?

„Was zur Hölle ist hier los?", fragte er und

kämpfte sich mühsam zwischen dem Pflanzenkissen hervor. Er hielt eine Waffe in den Händen, mit der er abwechselnd auf Frank und die Rosenranke zielte, die ihn gefangen hielt. Die Ranke hatte Ähnlichkeit mit einer gigantischen Schlange, aus deren Maul Frank baumelte.

Martin brauchte lange, bis er sich soweit an den Anblick der Rosenschlange gewöhnt hatte, dass er sich Selina zuwenden konnte.

Er nickte ihr zu. „Selina Horst, schon lange nicht mehr gesehen." Dann ließ er die Waffe rasch sinken. „Entschuldigung. Der Anblick hier hat mich etwas verblüfft. Was … was genau ist das? Aber nein, vergessen sie die Frage. Ihre Freundin hat mich bereits über das Wichtigste in Kenntnis gesetzt. Das hier muss dann wohl eine … Ähm … herkömmliche Rose sein!?"

Selina nickte benommen. Ihre Freundin? Also war er auf Trudis Geheiß gekommen? Aber warum? Hatte sie etwa geahnt, dass hier nicht alles mit rechten Dingen zuging? Sie blickte zur zersplitterten Wohnzimmertür, in der nun Trudi erschien, die sofort auf sie zueilte.

„Selina? Alles in Ordnung?", fragte sie. „Ich habe Martin gesucht, und rate mal, was ich herausgefunden habe." Trudi blickte ihre Freundin herausfordernd an, beantwortete die Frage aber sogleich selbst. Frank hing immer noch verkehrt über im

Raum. „Seine Frau starb vor zwölf Jahren bei einem Kletterunfall. Er hatte also kein Motiv. Also habe ich ihn eingeweiht und ihm unsere Verdächtigenliste gezeigt. Und er sagte, dass er alle ausschließen würde, die damals noch Minderjährig waren. Was ja auf so ziemlich alle zutrifft ... Da war dann nur noch Frank übrig. Und der, naja. Der war hier bei dir. Da habe ich eins und eins zusammengezählt und wir sind hergerast. Gott, Selina, ich habe mir solche Sorgen gemacht! Ich bin so froh, dass es dir gut geht. Wo ist Maria?" Trudi sprach so schnell, dass Selina eine Weile brauchte, bis ihre letzte Frage bei ihr angekommen war. Dann sprang sie vom Boden auf.

„Mama!", rief sie, bekam aber keine Antwort. Wie auch? „Ruf den Rettungswagen!", wies sie Trudi an, dann rannte sie in den ersten Stock, in das Schlafzimmer ihrer Mutter. Wie Dornröschen lag sie da. Sie war bis zum Brustansatz hinauf zugedeckt, auf ihrem Bauch lag ein aufgeschlagenes Buch, darauf ihre beiden Hände. Selina ging leise auf sie zu. Sie wirkte so friedlich. Selina war erleichtert, dass sie von all dem nichts mitbekommen hatte. Sie legte ihren Zeigefinger auf Mutters Oberlippe und spürte einen warmen Lufthauch. Selina lächelte, beugte sich zu ihrer Mutter hinab und drückte ihr einen Kuss auf die Stirn.

„Schlaf weiter", flüsterte sie. Wenn sie erst einmal erwacht war, würde das Chaos über sie hereinstürzen. Selina fragte sich, ob ihre Mutter nach der heutigen Nacht je wieder würde durchschlafen können. Ohne aufzuwachen und auf verdächtige Geräusche zu lauschen. Ob sie je wieder einem Mann würde vertrauen können? Selina hatte ein Jahrzehnt unter den Schuldgefühlen wegen Mellies Tod gelitten. Morgen würde ihre Mutter erfahren, dass sie den Teufel in das Haus gelassen hatte. Draußen konnte Selina die ersten Martinshörner hören. Bald würde es hier von Polizisten nur so wimmeln. Sie stellte sich an das Schlafzimmerfenster und blickte nach unten. Mehrere Wägen parkten vor dem Haus. Die blauen Lichter tanzten über die Mauern. In den Nachbarhäusern gingen die ersten Glühbirnen an und ein Fenster wurde aufgerissen. Irgendwo hörte Selina einen Hund bellen, ein zweiter stimmte mit ein. Selina holte einmal tief Luft, drehte sich noch einmal nach ihrer Mutter um und lächelte ihr zu, obwohl sie es nicht sehen konnte. Dann verschloss sie leise die Tür hinter sich und trat die Stufen wieder nach unten. Trudi war aus dem Wohnzimmer verschwunden. Sie stand im Hausflur, in enger Umarmung mit Lorenz. Selina fragte sich, wie er so schnell hatte hier sein können. Er hob seinen Blick und starrte sie an.

„Ist alles in Ordnung?"

Selina nickte und begab sich ins Wohnzimmer. Die Pflanze hatte sich längst zurückgezogen. Sie fragte sich, ob die Neuankömmlinge sie noch gesehen hatten. Vermutlich nicht, sonst würde eine größere Aufregung herrschen. Frank war an den Händen gefesselt und wurde von einer jungen Polizistin aus dem Haus geführt. Er blickte Selina finster an, als er an ihr vorbeischritt.

„Du hast etwas, das mir gehört", sagte er. Selina zog Franks Amulett aus ihrem Umhängetäschchen und hob es hoch. Wie ein Pendel schwenkte es hin und her. Frank folgte dem Schmuckstück mit seinen Augen, als wäre er hypnotisiert.

„Jetzt gehört es mir", antwortete sie selbstsicher und unterdrückte den Impuls, ihn nach der Tierseele zu fragen, durch die er sie hatte finden können. Er würde ihr sein Geheimnis bestimmt nicht verraten.

„Du weißt, dass es seinen Eigentümer nicht wechseln wird."

Bevor Frank durch die Tür nach draußen geschoben wurde, rief Selina ihm hinterher. „Dann warte ich einfach, bis du im Gefängnis stirbst."

Seine Antwort hörte sie nicht mehr, doch die Polizistin drehte sich mit einem irritierten Blick zu ihr um.

Martin kam aus dem Wohnzimmer und streckte ihr zum Abschied die Hand entgegen. „Während Sie oben waren, hat Herr Haas ein Geständnis abgelegt. Dabei hat er auch seinen Komplizen genannt. Einen gewissen John Knie. Meine Kollegen sind bereits an ihm dran. Es ist nur eine Frage der Zeit, bis wir ihn fassen können. Wir halten Sie über alles am Laufenden, wenn sie möchten. Ich bin jetzt dahin, aber meine Kollegin wird noch Ihre Aussage aufnehmen." Martin senkte die Stimme und beugte sich nahe an sie heran. „Aber ganz im Vertrauen … ich würde die ungewöhnlichen und magischen Details rund um das Amulett weglassen. Keiner meiner Kollegen hat etwas davon mitbekommen und auch Frank Haas war so weise, nichts davon zu erwähnen. Niemand würde Ihnen das glauben. Man würde Sie als verrückt einstufen und Ihnen jede Glaubwürdigkeit als Zeugin entziehen. Nur so mein Tipp." Er nickte ihr noch einmal kurz zu, dann verschwand er nach draußen in die warme Nacht.

Epilog

Das Krankenhaus lag mitten in Lahburg. Selina war nervös, ihre Hände schwitzten. Trudi fasste danach und drückte sie fest.

„Du tust das Richtige", sagte sie.

Wieso hatte Selina dann eine solche Angst davor? Ihr Amulett trug sie wie immer um den Hals. Inzwischen war es ein Teil von ihr geworden. Obwohl die Gefahr gebannt war, konnte sie sich nicht vorstellen, je wieder ohne den Schutz des Talismans zu leben. Ohne fühlte sie sich nackt und angreifbar und irgendwie … normal. Und trotzdem hatten sie sich dazu entschlossen, die drei Amulette zu vereinen, um Franks Tochter zu helfen. Sie fragte sich, was das bedeutete. Würden die drei Schmuckstücke zu einem einzigen verschmelzen? Wer würde es dann in Zukunft tragen dürfen? Sie oder ihr Vater? Oder jemand ganz anders? Mit der geballten Kraft wollten sie Sandra aus dem Koma erwecken. Selina kniff die Lippen zusammen und nickte. Ja, Trudi hatte vollkommen recht: Sie tat das Richtige.

„Bereit?", fragte ihr Vater und trat durch den Haupteingang des Krankenhauses.

Selina seufzte und schritt hinter ihm her. Eine Krankenschwester wies ihnen den Weg zu Sandras

Zimmer. Selina hätte gerne einen Moment davor verharrt und über das nachgedacht, was sie gleich tun würde. Doch ihr Vater klopfte einmal kurz an – bekam natürlich keine Antwort von der anderen Seite – und trat zielstrebig in den Raum. Er hatte keinerlei Zweifel an dem, was er gleich tun würde. Natürlich, er hatte schließlich eineinhalb Jahrzehnte nach dem dritten Amulett gesucht. Einzig und allein aus dem Grund, sie alle zu vereinen. Er war an seinem Ziel angekommen.

Selina schlich vorsichtig in das Zimmer. Sie wusste nicht, was sie erwartet hatte. Vielleicht, dass es Sandra gar nicht gab und Frank sie bloß erfunden hatte – als Vorwand, für all seine Taten. Aber Sandra gab es. Sie lag leblos vor ihnen. Die Haut vom Entzug des Tageslichts fahl und beinahe durchsichtig. Sie wirkte klein und zierlich - nicht wie eine erwachsene Frau, sondern eher wie das Kind, als welches sie in den Tiefschlaf gefallen war. Selinas Vater zog sein Amulett hervor und legte es sanft auf Sandras Brustkorb. Dann blickte er abwartend zu seiner Tochter und lächelte ihr aufmunternd zu. Sie griff in ihre Tasche, zog Franks Amulett hervor und platzierte es direkt neben dem anderen. Als sich die beiden Stücke berührten, stöhnte Selinas Vater gequält auf und ballte die Hand zur Faust. Ob Frank den Schmerz ebenfalls spüren konnte?

Sie legte die Hand um ihr eigenes Amulett, hob

es hoch und betrachtete die schmalen Linien, die sie am Anfang für Buchstaben gehalten hatte. Inzwischen sah sie darin ein Nest aus Schlangen, die sich umeinanderwanden und zu einem Bild erstarrten, wann es ihnen gerade passte. Ihr Vater hatte ihr anvertraut, dass er in den Linien die Ranken von Pflanzen erkannte, die umeinander wuchsen. Selina musste ihm zugestehen, dass seine Vorstellung Sinn ergab. Trotzdem fand sie die Idee mit der Schlangengrube schöner.

Schweren Herzens nahm sie das Amulett ab und hielt es hoch in die Luft, kippte es leicht schräg, bis die Sonne direkt auf den Stein fiel und ihn funkeln ließ. Grüne Kristalle wurden an die Wand projiziert, drehten sich, hüpften umher. Es war magisch schön. Selina lächelte, ließ das Amulett sinken und wechselte einen langen Blick mit Trudi. Ihre Freundin drängte sie nicht, stand einfach still da und sah ihr ernst in die Augen. Es hatte keinen Zweck, es hinauszuzögern. Selina drückte ihren Glücksbringer noch einmal fest an sich, dann legte sie ihn vorsichtig zwischen die anderen beiden, die bereits auf Sandras Brust lagen.

Sie wusste nicht, was zuerst kam: War es das Licht, das plötzlich aus der Mitte der drei Amulette hervorschoss? – So hell wie eine grelle Taschenlampe, die direkt in die Augen leuchtete. Oder war es der Schmerz? – Dieses Mal war er nicht vergleichbar mit einem Stromschlag. Er drang in jede einzelne Zelle, wütete dort sekundenlang und hallte in ihr nach, lange nachdem er verschwunden war. Selina war an der Wand zusammengesackt und blickte kraftlos zu Trudi hoch, die ihr eine Hand entgegenstreckte.

„Alles in Ordnung?", fragte sie. Es klang dumpf und weit entfernt. Wie ein Schrei im dichten Schneefall.

Selina schloss die Augen und horchte auf das Pochen ihres Herzens. Es schlug viel zu schnell. Sie spürte eine Berührung an der Schulter, zuckte zusammen und schlug die Augen auf: Trudi.

„Selina?" Vater kniete vor ihr. Er war grau im Gesicht. Sicher hatte auch er den Schlag gespürt. „Ist wieder alles gut?"

Zögernd nickte Selina.

"Komm schon! Lass uns dieses Mädchen retten!" Er erhob sich schwerfällig, klopfte sich nicht vorhandenen Staub von der Hose und drehte sich zu Sandra um. Langsam kam Selina wieder auf die Füße. Sie fühlte sich schwach. Ihr Vater stand neben dem Krankenbett und betrachtete die schlafende junge Frau. Sandra wirkte unverändert und auch die Amulette hatten nichts magisches mehr an sich.

„Ist nichts passiert?" Selina war enttäuscht. Sie hatte erwartet, dass Sandra nach der Explosion wie durch ein Wunder die Augen aufschlagen würde.

„Nein. Sobald ihr beide umgekippt seid, ist das Licht erloschen", antwortete Trudi.

„Vielleicht müssen wir es nochmal versuchen. Und dieses Mal müssen wir stärker sein." Selina graute bei der Vorstellung, das hier wieder fühlen zu müssen. Ohne die Antwort ihres Vaters abzuwarten, trat sie auf Sandra zu. Sie wollte eben nach ihrem Amulett greifen, als sie innehielt.

Es war nicht alles ruhig, wie sie gedacht hatten. Einzelne Fäden auf den Anhängern bewegten sich. Nicht alle; der Großteil war erstarrt – doch ein oder zwei Fäden pro Amulett schlängelten sich über das Holz. Beinahe schien es, als würden sie sich mit den Köpfen voran in das Holz hineinbohren und dort dann langsam verschwinden. Sobald der eine Faden erloschen war, bewegte sich ein anderer und begann nun ebenfalls, nach einer geeigneten Stelle im Holz zu suchen und dort zu graben, bis er verschwunden war. Selina runzelte die Stirn und griff vorsichtig nach ihrem Amulett. Ihre Hand zitterte, als sie das Holz berührte. Solche Angst hatte sie davor, den Schmerz zu spüren. Doch nichts dergleichen geschah. Stattdessen fühlte sie eine Wärme. Besser gesagt eine Hitze – so stark, dass sie das Amulett aus Reflex wieder fallen ließ. Erneut fasste sie es an, biss die Zähne aufeinander und hob es leicht hoch. Nur so weit, dass sie unter das Schmuckstück blicken konnte. Sie achtete darauf, dass die Amulette sich weiterhin berührten. Dort sah sie die Fäden wieder. Goldene Fäden von ihrem Amulett, silberne vom Amulett ihres Vaters und bronzene von Franks. Jetzt erkannte sie auch, was sie waren: Keine Buchstaben und keine Schlangen. Es waren auch keine Pflanzenranken ... sondern Wurzeln, die sich in Sandras Brustkorb gruben. Fasziniert starrte Selina auf die dünnen Fäden, die rasch strammer wurden und sich zu einem Geflecht vernetzten, das man nur schwer von seinem Wirt lösen konnte. Sie legte das Amulett wieder ab, richtete sich langsam auf und drehte sich verblüfft um.

„Was geschieht hier?", fragte sie.

Doch weder ihr Vater noch ihre beste Freundin konnten ihr eine Antwort darauf geben. Sie starrten nur fasziniert auf die Amulette. Inzwischen hatte sich das Fädenwirrwarr auf der Oberfläche gelichtet und auch die letzten verschwanden als Wurzeln in Sandras Fleisch. Dann begannen die drei Steine zu leuchten; alle in einem anderen grün: Franks Stein war der hellste, beinahe durchsichtig – mit einem zarten Farbton. Wie das Halstuch einer jungen Frau. Selinas Farbe war kräftig wie frisches Gras im Frühjahr. Richards Amulett hatte den dunkelsten Stein, wie gesättigtes Moos nach langem Regenfall. Die Lichter erstrahlten und wurden alle leicht schräg in die Mitte geworfen, wo sie sich zu einer einzigen

Farbe verbanden: Grün wie das Blatt eines jungen Apfelbaumes, der in diesem Jahr seine ersten Früchte trug. Selina konnte die Triebe vor ihrem inneren Auge sehen. Sie heftete den Blick auf den Fleck, an dem das Licht erstrahlte und meinte … meinte, darunter etwas zu erblicken. Sie trat näher. Ihre Augen begannen zu tränen, so hell war es. Der Schmerz fuhr ihr ins Gehirn, doch sie begann durch das Licht hindurchzusehen. Sanfte Konturen zu erblicken. Ein kleines Pflänzchen, das sich räkelte. Zuerst zart und krumm, dann streckte es mutig das Köpfchen aus dem Lichterwall heraus. Selina hörte Trudi neben sich scharf Luft holen. Das grüne Licht wurde immer schwächer, während die Pflanze wuchs und wuchs. Sie bildete Zweige aus und Blätter und hielt plötzlich in ihrem Wachstum inne. Alle drei beugten sich vorsichtig über das Miniaturbäumchen, als in diesem Moment eine Blüte zu wachsen begann. Ein zartes rosarot, das sich öffnete, für Sekunden ihre Pracht zeigte und die Blütenblätter abwarf, die leise zu Boden rieselten und dort verdorrt waren, bevor Selina danach hatte greifen können. In dem Augenblick, in dem sie abgelenkt war, hatte sich eine kleine, rote Kugel gebildet – dort, wo eben noch die rosa Blüte gewesen war. Selina schluckte und wartete. Nichts geschah. Sie sah sich nach ihren Wegbegleitern um. Die sahen ähnlich planlos aus wie sie. Sie beugten sich über das Bäumchen und warteten.

„Was machen wir jetzt?", fragte Richard, nachdem sie über eine halbe Stunde ergebnislos auf das Bäumchen gestarrt hatten.

Selina strich Sandra die Haare zurück. Sie schlief bereits so lange. Wie würde sie sich fühlen, wenn sie erwachte? Hatte sie im Koma irgendetwas mitbekommen? Konnte sie sich nach all der Zeit überhaupt noch an das erinnern, was vor ihrem Unfall geschehen war? Und wie würde es ihr damit gehen, plötzlich als erwachsene Frau zu erwachen … wo sie doch gerade eben noch ein Kind gewesen war? Selina fröstelte es. Sie konnte sich nicht vorstellen, in Sandras Haut zu stecken.

Langsam streckte sie die Hand aus und griff nach der Beere. Sie fühlte sich fest an. Sollte Selina sie pflücken? Und dann? Sie in Sandras Mund stecken? Was sollte schon schief gehen? Selbst wenn sie die junge Frau damit vergiftete … Einen schlimmeren Zustand als den jetzigen konnte es nicht geben. Sie war gefangen im ewigen Schlaf. Es war Zeit, Dornröschen aufzuwecken.

„Warte!", rief Trudi.

Selina ließ die Frucht los und drehte sich zu ihr um.

"Du kannst sie nicht einfach abreißen. Wir wissen doch gar nicht, was wir damit machen sollen."

"Vielleicht sollten wir sie Sandra zu essen geben", schlug Selina vor.

"Aber es würde lange dauern, bis die Frucht in ihrem Magen angekommen ist. Eigentlich wird sie künstlich ernährt. Vielleicht gelingt es uns, die Frucht dort unterzumischen", schlug Richard vor.

Selina wandte sich nachdenklich dem Bäumchen zu und zog scharf die Luft ein. Während sie miteinander gesprochen hatten, war die Beere weitergereift und hing nun als verdorrte Frucht am Baum. Sie hätten eher handeln müssen! Und jetzt? War ihre Chance vertan?

„Ich glaube, wir sollten fahren", sagte Trudi nachdenklich. „Und wir müssen das Ding da mitnehmen, bevor es jemand sieht." Sie zeigte auf den Baum, der aus Sandras Brustkorb wuchs. Keine neue Frucht hatte sich gebildet.

Selina nickte. Aber wie sollten sie die Pflanzen hier wieder rausbekommen, ohne Sandra zu verletzen? Vorsichtig griff sie danach und zog daran. Ohne dass die Pflanze sich wehrte, glitten die Wurzeln aus Sandras Brustraum und baumelten in der Luft. Beinahe wirkte das Gewächs wie ein normaler Baum, der verpflanzt werden sollte. Nur die drei Amulette waren gewöhnungsbedürftig. Doch unter dem dichten Wurzelgewächs waren sie ohnehin kaum erkennbar.

„Verschwinden wir", stimmte Selina ihrer

Freundin zu.

„Wartet!" Richard hatte sich über Sandra gebeugt. „Ich glaube, da tut sich etwas", sagte er. Und tatsächlich. Als die zwei Frauen näher kamen, griff Sandra nach Selinas Hand. Sie erschrak so sehr, dass sie beinahe die Pflanze fallen ließ. Sandras Augen waren weiterhin geschlossen, doch in ihrem Gesicht lag ein angedeutetes Lächeln.

„Wir sollten den Ärzten Bescheid geben", sagte Trudi und verschwand durch die Tür. Als die erste Krankenschwester in das Zimmer rauschte, war Selina zu sehr damit beschäftigt, den Baum zu verstecken, als dass sie etwas anderes mitbekommen hätte. Ihr Vater schob sie aus dem Raum.

„Sie wird wieder, oder?", fragte Trudi aufgeregt.

Selina grinste breit. Hatten sie gerade ein Leben gerettet? Was war geschehen? War die heilende Kraft der Beere von selbst in Sandras Körper übergegangen? Schützend legte sie ihre zweite Hand über den Baum. Sie mussten ihn irgendwohin bringen, wo er wachsen und gedeihen konnte. Vielleicht würden weitere Beeren heranreifen. Früchte, die für jedermann zugänglich waren. Nicht nur für die wenigen Auserwählten, die im Besitz der Amulette waren.

An der Tür wartete Mutter. Sie kam ihnen lächelnd in einer schreiend roten Garderobe entgegen. Auf ihrem dunklen Haar saß ein halbrunder Hut mit etwas in der Mitte, das aussah wie der Stängel eines Apfels.

„Sie sieht aus wie ein Fliegenpilz", bemerkte Vater und lachte leise. Laut sagte er: „Hallo Maria, du siehst gut aus."

„Das mit dem Fliegenpilz habe ich gehört", antwortete sie und zupfte an ihrer Hose.

Einen Augenblick lang starrte Richard sie an. Als wüsste er nicht, was er darauf erwidern sollte. Dann grinste er breit. „Du weißt doch, dass der Fliegenpilz mein Lieblingspilz ist. Gehen wir ein Stück?" Er hielt für Maria die Tür auf und blickte sie abwartend an.

Sie lächelte zu ihm auf. Dann blickte sie zu ihrer Tochter. „Was hast du da?" Sie zeigte auf das Bäumchen, das immer noch zwischen Selinas Handflächen gebettet war. Richard wartete noch in der Tür, als Selina ihrer Mutter zu erklären begann, was gerade geschehen war.

„Wir müssen also einen Platz finden, wo wir ihn einpflanzen können? Am besten an einem Ort, wo nie jemand vorbeikommt."

„Ich glaube, ich kenne den richtigen Wald dafür." Trudi blickte Selina vielsagend an.

Natürlich! Das Wäldchen, in dem sie sich mit dem Waldboden verbunden hatte. Es gab kaum Spaziergänger, die dorthin gingen. Und auch wenn, dann blieben sie auf dem Weg – falls man den

Trampelpfad so nennen konnte.

Es begann bereits zu dämmern, als sie den perfekten Platz gefunden hatten. Mitten im Wald lag eine kleine Lichtung, die so weit vom Wanderweg entfernt war, dass sich niemand zufällig dorthin verirren würde.

„Hier?", fragte Trudi und rammte die Schaufel in den Boden. Zwei Spatenstiche reichten, und das Loch war groß genug, dass der Wurzelballen Platz hatte. Selina begann vorsichtig, das Wirrwarr an Wurzeln zu lösen, um zu ihrem Amulett durchzudringen. Sie wollte es zurückhaben! Sicherlich würde sie ihr Amulett nicht hier vergraben. Endlich hatte sie es geschafft! Sanft strich sie über die glatte Oberfläche ihres Talismans, umschloss ihn mit der Hand und zog fest daran. Sie spürte einen heftigen Widerstand. Einen Stich in ihrem Magen. Endlich begannen die ersten Wurzeln zu reißen und ihr Amulett freizugeben.

Trudi fasste nach ihrer Hand. „Halt! Sieh nur!"

Selina blickte auf das kleine Bäumchen, das eben noch grün gewesen war. Wie ein kleiner Apfelbaum, dem es an nichts fehlte. Jetzt hatten sich einzelne Blätter verfärbt, die ganze Pflanze wirkte traurig und müde, als hätte sie seit Wochen kein Wasser gesehen.

„Er stirbt, wenn du dein Amulett da rausnimmst.

Die Amulette sind der Nährboden, auf dem dieser Baum wächst. Mehr noch: Die Amulette sind der Baum."

Selina schluckte. Trudi hatte recht. Sie musste ihr Amulett hier zurücklassen. Hier gehörte es hin. Die Gefahr war gebannt, sie war nicht mehr auf die schützende Funktion angewiesen. In ihrer Welt würde dieses Amulett zu viel Unruhe stiften. Irgendjemand würde bemerken, dass dies kein normales Schmuckstück war. Und Selina konnte sich nur ausmalen, was geschah, wenn die Information von einem magischen Artefakt an die falschen Leute geriet. Hier konnte das Wunder friedlich wachsen. Niemandem würde sie davon erzählen. Denn sie hatte ja selbst erlebt, wozu Menschen fähig waren, wenn es um die Existenz eines Wunderheilmittels ging. So wie es aussah, war die Beere des Baumes zwar für jeden nützlich, der sie verspeiste – aber auch dieses Wundermittel war stark begrenzt. Vielleicht würden ja irgendwann mehrere dieser Bäume hier im Wald wachsen. Selina blickte auf die kleine Pflanze hinab, der immer noch keine neue Frucht gewachsen war. Ein letztes Mal betrachtete sie ihren Talisman, dann legte sie die Wurzeln wieder darüber. Schweren Herzens bettete sie das Gewächs ins Erdloch. Trudi bedeckte das Wurzelwerk mit Erde; es herrschte ähnlich bedrückte Stimmung wie bei einer Beerdigung.

Maria schüttete eine Kanne mit Wasser darüber, die sie mitgebracht hatten. Dann traten sie alle einen Schritt zurück und betrachteten ihr Werk. Der kleine Baum sah verloren aus, auf der für ihn viel zu großen Lichtung. Ob er noch wachsen würde? Oder würde er so klein bleiben und dem nächsten Waldbewohner als Zwischenmahlzeit dienen?

Sobald das Wasser vom Boden aufgesaugt war, begann sich der Baum zu regen. Die Blätter, die sich vorhin braun verfärbt hatten, fielen zu Boden und wurden in Sekundenschnelle zu Humus. Einzelne kleine Triebe zeigten sich im Geäst und bald schon erstrahlte das Bäumchen wieder im frischen Grün.

„Wahnsinn!", staunte Maria und griff nach Richards Hand. Aus dem Augenwinkel sah Selina, wie er sie an sich drückte. Selina lächelte und drehte sich zu ihrer Freundin um.

„Gehen wir?"

Trudi nickte. „Lorenz müsste auch schon zu Hause sein. Er wartet bestimmt auf unsere Berichterstattung."

Selina hakte sich unter und blickte zu ihren Eltern, die im Gespräch vertieft nebeneinander standen und zu dem Bäumchen hinabblickten.

„Lassen wir sie in Ruhe." Trudi lächelte und zog Selina mit sich.

Als sie sich am Ende der Lichtung noch einmal umdrehte, meinte Selina es unter dem Erdboden sanft leuchten zu sehen. Ein wohliges Dimmern wie das Licht ihres Talismans. Zum Abschied hob sie die Hand und griff sich an die Stelle, an der das Amulett stets gelegen hatte. Sie würde es vermissen. Und doch freute sie sich auf das, was noch kommen würde. Denn eines hatte sie beschlossen: Diesen Ort und all seine Menschen würde sie nicht wieder verlassen.

Man sagt, ein Buch zu schreiben sei eine einsame Angelegenheit. Und das stimmt auch – denn am besten schreibt es sich im stillen Kämmerlein. Ohne Ablenkung.

Doch ohne eine Vielzahl an Menschen, die mich unterstützt und mir die Ruhe im Kämmerlein ermöglicht haben, würde es dieses Buch nicht geben. Deshalb geht mein Dank an meine Freunde, die mich immer wieder motiviert haben. Ganz besonders an Sarah, Helena und Hannah – die Textschnipsel oder ein ganzes Manuskript gelesen und mir Rückmeldung aus Leserperspektive gegeben haben. Dann an meinen Lektor David Hollmer, der nicht nur das Beste aus dem Buch herausgeholt hat, sondern mir auch bei Fragen rund um die Veröffentlichung zur Seite stand. Und natürlich an meinen Coverdesigner Jervy Bonifacio, der einfach großartige Arbeit geleistet hat. Ich kann kaum glauben, dass mein Buch so schön aussieht. Und zu guter Letzt an meine Familie, die mir das Gefühl gab, auf dem richtigen Weg zu sein – auch wenn sich dieser Weg oft unmöglich anfühlte. Ganz besonders an meine Mutter, die mich als Kind regelmäßig in Buchhandlungen schleppte und in mir die Leidenschaft fürs Lesen weckte. Sie hat dieses Buch so oft gelesen, dass sie es inzwischen fast besser kennt als ich.

Über die Autorin

Anna Fischinger studierte Germanistik an der AAU Klagenfurt. In den Sommermonaten leitet sie eine kleine Kinderreitschule, im Winter schreibt sie an ihren Büchern. Wenn sie nicht gerade am Pferderücken sitzt oder sich Geschichten ausdenkt, arbeitet sie an ihrem Masterstudium Kreatives Schreiben. Sie lebt in Kärnten/Österreich.

Folge der Autorin auf Instagram oder Facebook. Dort erfährst du alles über die Buchveröffentlichung und den Entstehungsprozess und kannst dich über das Buch austauschen. Sobald es Neuigkeiten zu ihrem nächsten Buch gibt, erfährst du dort davon.

Instagram:
annafischinger_autorin
Facebook: Anna Fischinger
X: afisch_autorin

@ANNAFISCHINGER_AUTORIN